Barbara Taylor Bradford

LA SPLENDEUR DE CAVENDON HALL

Roman

Traduit de l'anglais (Etats-Unis)
par Nelly Ganancia

PRESSES DE LA CITÉ

Titre original : *Cavendon Hall*

Cet ouvrage a été originalement publié en langue anglaise par HarperCollins Publishers Ltd.

ISBN 978-2-258-10993-3

Presses de la Cité | un département **place des éditeurs**

place des éditeurs

Pour Bob, avec tout mon amour.

PERSONNAGES

À L'ÉTAGE NOBLE

La famille Ingham en 1913

Les parents

Charles Ingham, quarante-quatre ans, sixième comte de Mowbray. Seigneur et propriétaire de Cavendon Hall. Désigné sous le nom de lord Mowbray.
Felicity Ingham, quarante-trois ans, son épouse, comtesse de Mowbray. Héritière de la fortune de feu son père, un capitaine d'industrie. Désignée sous le nom de lady Mowbray.

Leurs enfants

Guy Ingham, vingt-deux ans, héritier du titre. Pensionnaire à l'université d'Oxford. Il porte le titre de Honorable Guy Ingham.
Miles Ingham, quatorze ans, cadet dans l'ordre de succession, pensionnaire à Eton College. Il porte le titre de Honorable Miles Ingham.
Lady Diedre Ingham, aînée des filles, vingt ans, demeure à Cavendon Hall.

Lady Daphné Ingham, dix-sept ans, demeure à Cavendon Hall.
Lady DeLacy Ingham, douze ans, demeure à Cavendon Hall.
Lady Dulcie Ingham, cinq ans, benjamine de la famille, sous la responsabilité de la nourrice.
Les domestiques parlent affectueusement des demoiselles de Cavendon comme des « Quatre D ».

Autres membres de la famille Ingham

Lady Lavinia Ingham Lawson, quarante ans, sœur du comte. Epouse de John Edward Lawson, dit Jack, puissant homme d'affaires. Lorsqu'elle séjourne dans le Yorkshire, elle vit à Skelldale House, sur le domaine de Cavendon. Elle réside à Londres la plupart du temps.
Lady Vanessa Ingham, trente-quatre ans, sœur du comte. Restée célibataire, elle dispose d'appartements privés à Cavendon Hall. Elle demeure le plus souvent à Londres.
Lady Gwendolyn Ingham Baildon, soixante-douze ans, tante du comte. Elle réside au manoir de Little Skell, sur le domaine de Cavendon. Veuve de feu Paul Baildon.
Honorable Hugo Ingham Stanton, trente-deux ans, cousin germain du comte, neveu de lady Gwendolyn. Son père, Ian Stanton, qui élevait des chevaux de course, ainsi que sa mère, lady Evelyne Ingham Stanton, sont morts. Il vit hors d'Angleterre depuis plusieurs années.

DANS L'ESCALIER

L'autre famille : les Swann

Les Swann sont au service de la maison Ingham depuis plus de deux siècles. En conséquence, les deux familles se vouent une confiance totale et réciproque, et leurs destins sont liés à bien des égards. Depuis des générations, les Swann vivent au village de Little Skell, situé en bordure du domaine de Cavendon. Les représentants actuels de la famille Swann, aussi loyaux et dévoués que l'étaient leurs ancêtres, seraient prêts à défendre leurs maîtres de leur propre vie.

La famille Swann en 1913

Walter Swann, trente-cinq ans, valet du comte. Chef de la famille Swann.
Alice Swann, trente-deux ans, son épouse. Couturière hors pair, elle prend soin de la garde-robe de la comtesse et confectionne des vêtements pour les demoiselles Ingham.
Harry, quinze ans, leur fils. Apprenti jardinier à Cavendon.
Cecily, douze ans, leur fille. Elle bénéficie d'une éducation gratuite à Cavendon Hall, où elle suit les leçons aux côtés de DeLacy.

Autres membres de la famille Swann

Percy, trente-deux ans, frère cadet de Walter. Garde-chasse du domaine.
Edna, trente-trois ans, épouse de Percy. Travaille à Cavendon de façon occasionnelle.
Joe, dix-sept ans, leur fils. Apprenti auprès de son père.
Bill, vingt-huit ans, cousin germain de Walter. Chef jardinier à Cavendon. Il est célibataire.
Ted, trente-huit ans, cousin germain de Walter, veuf. Charpentier et superviseur de la maintenance intérieure de Cavendon Hall.
Paul, quatorze ans, fils de Ted. Apprenti charpentier auprès de son père.
Eric, trente-trois ans, frère de Ted, cousin germain de Walter. Majordome à la résidence londonienne de lord Mowbray. Célibataire.

Laura, vingt-six ans, sœur de Ted, cousine germaine de Walter. Gouvernante à la résidence londonienne de lord Mowbray.
Charlotte, quarante-cinq ans, tante de Walter et Percy. Charlotte est la matriarche de la famille Swann. Elle est très respectée de tous et les Ingham la traitent avec une déférence particulière. Dans sa jeunesse, Charlotte a travaillé comme assistante personnelle de David Ingham, cinquième comte de Mowbray, jusqu'à la mort de ce dernier. La véritable nature de leurs relations a donné lieu à bien des spéculations.
Dorothy Pinkerton, née Swann, cousine de Charlotte. Elle vit à Londres, où elle est mariée à un enquêteur de Scotland Yard.

À L'OFFICE

M. Henry Hanson, majordome.
Mme Agnès Thwaites, gouvernante.
Mme Nell Jackson, cuisinière.
Mlle Olive Wilson, femme de chambre personnelle de la comtesse.
M. Malcolm Smith, premier valet de pied.
M. Gordon Lane, second valet de pied.
Mlle Elsie Roland, première femme de chambre.
Mlle Mary Ince, deuxième femme de chambre.
Mlle Peggy Swift, troisième femme de chambre.
Mlle Polly Wren, fille de cuisine.
M. Stanley Gregg, chauffeur.

AUTRES EMPLOYÉS

Mlle Maureen Carlton, la nourrice.
Mlle Audrey Payne, la préceptrice. Elle ne passe pas l'été à Cavendon.

LES OUVRIERS DU DOMAINE

La propriété s'étend sur plusieurs centaines d'hectares, dont une vaste lande réservée à la chasse au tétras et plusieurs terrains loués en fermage. Cavendon n'est pas seulement la demeure d'une famille noble, c'est aussi une importante source d'emploi pour les habitants des environs. Les villages adjacents au domaine – Little Skell, Mowbray et High Clough – ont été bâtis par les différents comtes de Mowbray afin d'y loger leurs employés. Au fil des siècles, ils ont été pourvus d'églises et d'écoles, puis plus récemment de bureaux de poste et de petits commerces.

La maintenance des espaces extérieurs est assurée par une escouade d'ouvriers, dont cinq jardiniers qui prennent soin du parc paysager sous la supervision de Bill Swann. Plusieurs bûcherons veillent à entretenir les bois de façon à faciliter la traque du gibier dans les vallons. Percy Swann dirige quant à lui une équipe de cinq gardes-chasses, assistés de nombreux rabatteurs quand arrivent les « Fusils ».

Le 12 août marque en grande pompe l'ouverture de la chasse au tétras, qui se termine en décembre. En septembre débute la saison de la perdrix et celle du canard sauvage, tandis que l'on peut tirer le faisan du 1er novembre jusqu'à la fin du mois de décembre.

Sous le terme de « Fusils », on désigne les gentilshommes, nobles pour la plupart, qui viennent chasser à Cavendon.

PREMIÈRE PARTIE

Les belles demoiselles de Cavendon
Mai 1913

Elle est belle, donc faite pour être courtisée,
Elle est femme, donc faite pour être séduite.

William Shakespeare

Honorez les femmes : elles tressent et mêlent
Des roses célestes à la vie terrestre.

Johann von Schiller

L'homme est un chasseur, la femme son gibier.

Alfred Tennyson

1

Cecily Swann était impatiente de s'atteler à la mission qui lui avait été confiée. Ce matin-là, elle devait se rendre à Cavendon Hall pour examiner de somptueuses robes de soirée et en déceler les accrocs éventuels, car sa mère affirmait qu'elle seule pouvait mener à bien cette tâche délicate. Elle pressa le pas sur le chemin de terre.

On l'avait priée de se présenter au château à dix heures précises, et elle ne s'autoriserait pas une minute de retard.

Consciente des talents de sa fille, Alice Swann affirmait souvent avec une pointe de fierté que la ponctualité était une seconde nature chez elle. Sa maturité et son sens des responsabilités, très développé pour ses douze ans, étonnaient bien des gens.

Cecily leva les yeux. Au sommet de la colline se dressait Cavendon Hall, l'une des plus nobles demeures d'Angleterre et un véritable joyau d'architecture néoclassique.

Après avoir acheté cette terre de plusieurs centaines d'hectares dans les vallons du Yorkshire, Humphrey Ingham, premier comte de Mowbray, avait fait appel aux deux plus célèbres architectes de l'époque pour y bâtir sa résidence : John Carr, venu de la ville de York toute proche, et le grand Robert Adam.

Une fois l'édifice achevé, en 1761, Lancelot « Capability » Brown en avait aménagé les jardins, imposants et sophistiqués. On pouvait encore les admirer dans leur état d'origine au début du XXe siècle. Juste devant la façade du château, un lac artificiel avait été creusé, tandis que des jardins aquatiques s'étendaient à l'arrière du bâtiment.

Depuis sa plus tendre enfance, Cecily se rendait régulièrement à Cavendon. Elle connaissait le domaine comme sa poche et il n'y avait pas pour elle de plus bel endroit sur terre. Son père, Walter Swann, était le valet du comte, à l'instar de son propre père et de son grand-oncle Henry avant lui.

De génération en génération, depuis plus de cent cinquante ans, les Swann vivaient au village de Little Skell et travaillaient au service du château. Leur famille était donc très liée à celle des Ingham, qui leur accordait de nombreux privilèges en reconnaissance de leur indéfectible loyauté. Walter affirmait souvent qu'il n'aurait pas hésité à donner sa propre vie pour protéger le comte d'une balle perdue.

Alors qu'elle cheminait ainsi, plongée dans ses pensées, Cecily sursauta et s'arrêta net. Une silhouette venait de se dresser devant elle. La petite fille reconnut aussitôt Genevra, une jeune bohémienne qui rôdait souvent dans ces parages.

Campée au milieu du sentier, les poings sur les hanches, la gitane lui adressait un large sourire. Ses yeux sombres luisaient.

— Tu m'as fait peur ! s'exclama Cecily en faisant un pas de côté. Et d'abord, d'où sors-tu comme ça ?

— D'là-bas, répondit-elle en désignant la longue prairie. Je t'ai vue arriver, 'tite Cecily, mussée derrière le mur.

— Je suis pressée, indiqua Cecily, cherchant sans succès à continuer son chemin.

— Pour sûr, dit la gitane. Te v'là en route pour c'te grande vieille maison. Fais donc voir ta main, que je te dise la bonne aventure.

— Je n'ai pas de pièce à te donner, Genevra.

— J'ai point besoin de ton argent, ni d'ta main non plus. Je sais tout de toi.

— Qu'est-ce que tu racontes… ? fit Cecily en fronçant les sourcils.

La jeune femme lui jeta un regard étrange, avant de se tourner vers Cavendon. Les nombreuses fenêtres et baies vitrées scintillaient de mille feux, tandis que les pierres de taille de la bâtisse brillaient comme du marbre poli.

Genevra avait beau savoir qu'il s'agissait d'une illusion provoquée par la lumière de mai, elle avait toujours été impressionnée par l'aura qui semblait nimber le château. Elle possédait le don, celui de double vue. Soudain, elle ferma les yeux, occultant la vision de l'avenir qui venait de lui apparaître. Elle les rouvrit pour contempler la petite fille.

— Pourquoi me regardes-tu comme ça ? Il y a un problème ?

— Non, non, bredouilla la bohémienne. Tout est pour le mieux, 'tite Cecily.

Elle ramassa alors un bâton, à l'aide duquel elle dessina sur le sol un carré surmonté d'un oiseau.

— Qu'est-ce que ça veut dire ? s'inquiéta l'enfant.

— Oh, rien du tout…

L'instant d'après, le trouble de la gitane semblait dissipé. Elle éclata de rire, puis virevolta sur ses talons d'une pirouette. Les deux mains sur le muret de pierres sèches, elle lança les jambes en l'air, exécuta une roue et atterrit dans le champ voisin.

Après avoir réajusté son fichu rouge sur ses cheveux noirs, elle traversa la prairie en gambadant. Son rire continua à résonner dans la campagne, longtemps après qu'elle eut disparu derrière un bosquet.

Cecily secoua la tête, interloquée par le comportement étrange de Genevra. De la pointe de son soulier, elle effaça les signes tracés dans la terre battue et se remit en marche.

— Complètement toquée, marmonna la petite fille.

La bohémienne vivait avec sa famille dans l'une des deux roulottes chamarrées qui stationnaient à la sortie du bois aux campanules, bien au-delà de la longue prairie. Pendant toute la belle saison, ils y séjournaient avec l'autorisation du comte de Mowbray. Personne ne savait où ils disparaissaient l'hiver.

Cecily avait appris par Miles qu'ils venaient à Cavendon depuis de nombreuses années. Du haut de ses quatorze ans, le fils cadet du comte se demandait pourquoi son père se montrait si généreux envers les romanichels. Miles et sa sœur DeLacy avaient toujours été les compagnons de jeu de Cecily, ses meilleurs amis.

De Little Skell, le chemin de terre menait tout droit à la façade arrière de Cavendon Hall. Alors que Cecily traversait la cour pavée au petit trot, dix heures sonnèrent au clocheton des écuries. Elle n'était pas en retard.

Tandis qu'elle reprenait son souffle, la voix énergique de la cuisinière, en train de réprimander la servante avec son accent typique du Yorkshire, lui parvint de l'intérieur.

— Reste donc pas là à bayer aux corneilles, Polly ! Et pour l'amour du bon Dieu, combien de fois faudra que je te répète de mettre la cuiller en fer dans le pot à farine avant de le refermer ? On est pas là pour nourrir les charançons !

— Oui, madame Jackson, bredouilla la jeune fille.

Cecily sourit sous cape. Son père disait souvent que la cuisinière aboyait, mais ne mordait pas. Sous ses dehors bourrus, Nell Jackson avait bon cœur et savait faire preuve d'une tendresse toute maternelle.

Lorsque Cecily ouvrit la porte de la cuisine, une bouffée d'air chaud l'enveloppa et de délicieux fumets lui chatouillèrent les narines. Nell se retourna vivement. A la vue de la petite fille qui venait de pénétrer dans son domaine, son visage se fendit d'un large sourire. Elle n'avait jamais caché son affection pour elle.

— Bonjour, ma belle !

— Bonjour, madame Jackson. Bonjour, Polly.

Polly, toujours intimidée quand Cecily lui adressait la parole, répondit d'un simple signe de tête tout en continuant de s'affairer dans un coin.

— Maman m'envoie pour regarder les robes de lady Daphné, expliqua Cecily.

— Dame oui, j'ai entendu ça ! Alors, vas-y vite. Lady DeLacy est en haut à t'attendre. Elle va être ton assistante, à ce qu'il paraît ! dit la cuisinière avec un clin d'œil et un petit rire complice.

Cecily rit à son tour.

— Maman sera là vers onze heures, annonça-t-elle.

— Alors, quand vous aurez fini, vous descendrez déjeuner avec nous, et ton papa aussi. Y aura une surprise !

— Merci beaucoup, madame Jackson, répondit Cecily avant de se diriger vers l'escalier de service.

Nell Jackson la regarda s'éloigner. Cecily était jolie. Tout à coup, la cuisinière entrevit sous ses traits enfantins la jeune femme qu'elle ne tarderait pas à devenir. Une vraie beauté. Et une vraie Swann, cela ne faisait aucun doute, avec ses pommettes hautes, son teint ivoire et ses yeux couleur de lavande, un beau gris pâle et bleuté. Sans compter ce flot chatoyant de cheveux auburn.

Ce sera le portrait craché de sa grand-tante, songea Nell en remuant le contenu de sa marmite. Quel beau gâchis ! Si elle l'avait voulu, Charlotte Swann aurait pu devenir quelqu'un. Pourvu que la petiote ne fasse pas la même sottise, et qu'elle ne s'éternise pas ici, se dit la cuisinière avec un soupir. Cours, Cecily, le monde t'attend ! Sauve-toi ! Et ne te retourne pas.

2

La bibliothèque de Cavendon disposait de superbes proportions. Sur deux des murs, d'imposants rayonnages en acajou s'élevaient jusqu'au plafond à caissons, doré à l'or fin et rehaussé de motifs animaux et végétaux peints dans des couleurs vives. Plusieurs hautes fenêtres et deux portes vitrées donnaient sur la terrasse, qui longeait la façade sur toute sa longueur.

En dépit de la douceur printanière, une flambée brûlait dans la cheminée. Charles Ingham, sixième comte de Mowbray, exigeait que le feu soit entretenu en permanence dans la bibliothèque, se conformant en cela à la coutume instaurée par son grand-père. Pour une raison qui échappait encore à tous, il s'agissait – même au cœur de l'été – de la pièce la plus froide de Cavendon.

Dès qu'il y pénétra ce matin-là, Charles redressa le tableau d'un cheval signé du grand peintre animalier George Stubbs, puis se saisit du tisonnier. Tandis qu'il attisait les braises d'un geste énergique, les bûches craquèrent et une gerbe d'étincelles s'éleva.

La main appuyée contre le manteau de la cheminée, il resta un moment à contempler les flammes. Ce jour-là, son épouse Felicity s'était absentée pour rendre visite à sa sœur, qui demeurait en ville, à Harrogate. Une fois de plus, Charles se demanda pourquoi il ne l'y avait pas accompagnée. *Parce qu'elle ne voulait pas que tu viennes*, lui rappela une petite voix intérieure. Il aurait été inutile d'insister.

« Ce sera plus commode pour Anne, lui avait dit Felicity au petit déjeuner. Si tu viens, elle se sentira obligée de faire des efforts pour te recevoir, et je ne veux pas la fatiguer. »

Il se pliait de plus en plus souvent à sa volonté. D'un autre côté, force lui était de reconnaître que son épouse était le bon sens fait femme. Se détournant de la cheminée, Charles foula le tapis persan pour s'asseoir à un imposant bureau d'associés, contemporain du château. Il laissa échapper un soupir. Sa belle-sœur Anne, dont la santé laissait à désirer, leur causait bien du souci depuis quelque temps. Mais en l'occurrence, elle semblait avoir de bonnes nouvelles à annoncer ce jour-là.

Felicity n'avait emmené avec elle que l'aînée de leurs filles, Diedre. A vingt ans, c'était sans aucun doute la plus raisonnable de leurs six enfants. Guy, vingt-deux ans, se montrait lui aussi sérieux et fiable la plupart du temps. Il hériterait un jour du titre de comte. Mais il lui arrivait encore de s'adonner à des excès imprévisibles qui inquiétaient son père.

Quant à Miles, c'était bien sûr l'intellectuel de la famille, et il témoignait en outre d'un sens artistique très développé pour ses quatorze ans. Charles n'avait aucune crainte quant à l'avenir de son cadet.

Venaient ensuite ses trois autres filles, avec en tête Daphné, la beauté de la famille, une pure rose anglaise qui ferait sans doute chavirer le cœur des hommes. Il nourrissait de grandes ambitions pour sa Daphné et la destinait à épouser le fils d'un duc, rien de moins.

Sa sœur DeLacy était la plus drôle de la fratrie. Charles se surprit à sourire. A douze ans, c'était une fillette espiègle. Il avait conscience qu'elle devait encore gagner en maturité, mais ses pitreries parvenaient toujours à le dérider. Enfin, l'adorable benjamine se prénommait Dulcie. A tout juste cinq ans, elle était déjà douée d'une personnalité bien affirmée, ce qui ne laissait pas d'étonner son père.

Quelle chance ! se dit-il. Oui, quelle chance j'ai eue d'épouser la meilleure des femmes, et de fonder avec elle une famille si merveilleuse ! Six beaux enfants, dont chacun est extraordinaire à sa façon. Je suis à n'en pas douter le plus heureux des hommes.

Tandis qu'il parcourait rapidement la pile de courrier du matin, l'une des enveloppes attira son attention. Elle portait le cachet de Zurich. Intrigué, il l'ouvrit à l'aide d'un coupe-papier en argent et resta stupéfait.

La lettre était signée de son cousin germain, Hugo Ingham Stanton, parti de Cavendon à l'âge de seize ans. Le père de Hugo, Ian Stanton, avait bien informé Charles que son fils était établi à l'étranger. Mais depuis le décès de son oncle, Charles n'avait plus eu aucune nouvelle de Hugo et il lui tardait d'en apprendre davantage.

Zurich, 26 avril 1913

Mon bien cher Charles,

Tu seras sans doute surpris de recevoir cette lettre de ma main après tant d'années. En effet, les circonstances pour le moins particulières dans lesquelles j'ai dû m'éloigner de Cavendon, ainsi que les termes dans lesquels ma mère et moi nous sommes quittés, m'ont poussé à couper tout contact avec la famille.

J'ai certes reçu des nouvelles de mon père, chaque année au moment de mon anniversaire, et ce jusqu'à sa mort. Lui excepté, personne ne s'est cependant donné la peine de m'écrire en Amérique, aussi n'avais-je guère le cœur à prendre la plume.

Je t'épargnerai les détails fastidieux de la vie qui fut la mienne au cours des seize dernières années. Sache seulement que j'ai prospéré, en particulier grâce à l'ami de mon père, Benjamin Silver, qui a eu la bonté de m'employer comme apprenti dans sa société immobilière dès mon arrivée à New York. C'était un homme aussi magnanime que talentueux. Il m'a enseigné tout ce que j'avais besoin de savoir, de sorte qu'à ma propre surprise la fortune m'a rapidement souri.

A l'âge de vingt-deux ans, j'ai épousé Loretta, la fille de M. Silver. Notre union a été des plus heureuses pendant neuf années, quoique hélas nous n'ayons jamais eu d'enfants. De constitution fragile, Loretta est morte l'an dernier, me laissant en proie à un profond chagrin. Je vis toujours à Zurich depuis sa disparition.

Toutefois, la solitude me fait aujourd'hui regretter ma patrie d'origine, aussi ai-je décidé de rentrer en Angleterre afin de m'installer dans le Yorkshire de façon permanente. J'aimerais te rendre visite et espère sincèrement que tu me réserveras un accueil cordial. Nous devons en effet discuter de plusieurs affaires d'importance, notamment des biens que je possède dans la région.

J'envisage d'embarquer dès le mois de juin pour Londres, où je prendrai mes quartiers au Claridge. Je pourrai ensuite venir à Cavendon en juillet, à la date qui te conviendra.

J'attends ta réponse avec impatience et t'envoie mes amitiés sincères, ainsi qu'à Felicity.

Bien à toi,
ton cousin,
Hugo

P-S : Je sais que tu ne m'as jamais tenu pour responsable du tragique décès de mon frère, en dépit de toutes les opinions contraires.

Charles s'adossa à son fauteuil, puis reposa la lettre. Les yeux clos, il songea au manoir de Little Skell, la propriété qui avait appartenu à la mère de Hugo.

A n'en pas douter, son cousin comptait reprendre possession de ce qui lui revenait de droit.

Avec un soupir, Charles se redressa et ouvrit les yeux. Il se trouvait face à un dilemme. Le manoir appartenait à Hugo. Or leur tante, lady Gwendolyn Ingham Baildon, y avait élu domicile et, à soixante-douze ans, elle ne se laisserait pas déloger si facilement.

A l'idée des proportions démesurées que pourrait prendre un conflit entre Hugo et sa tante, Charles frissonna.

Il se leva enfin et s'approcha de la baie vitrée pour contempler la terrasse. Si seulement Felicity était là... Il lui fallait s'ouvrir de ses soucis à quelqu'un, et ce au plus vite.

C'est alors qu'il vit une silhouette descendre les marches du perron et s'engager sur l'allée de gravier menant à Skelldale House. *Charlotte Swann.* Personne d'autre qu'elle n'était plus à même de lui venir en aide.

Sans prendre le temps d'y réfléchir à deux fois, il sortit sur la terrasse.

— Charlotte, revenez ! appela-t-il.

Elle fit volte-face et son visage s'illumina d'un grand sourire tandis qu'elle lui adressait un signe de la main.

— Bonjour, répondit-elle en remontant aussitôt les marches. Que se passe-t-il ? Vous semblez contrarié. Il y a un problème ?

— Je le crains... Auriez-vous quelques minutes à m'accorder ? J'aimerais vous montrer quelque chose, et connaître votre avis concernant une affaire de famille. Enfin, si vous en avez le temps et si cela ne vous ennuie pas. Sinon...

— Oh, Charles, je vous en prie, ne dites pas de bêtises. Bien sûr que cela ne m'ennuie pas. J'allais seulement à Skelldale House, chercher une robe pour Lavinia. Elle veut que je la lui envoie à sa maison de Londres.

— Merci beaucoup, Charlotte, vous m'ôtez une épine du pied. Voici : je suis confronté à un dilemme, expliqua-t-il en l'entraînant dans la bibliothèque. Du moins, pas encore. Mais la situation risque fort de dégénérer en bataille rangée.

3

Lorsqu'ils se retrouvaient seuls, Charles Ingham et Charlotte Swann ne s'embarrassaient guère de cérémonies.

Charlotte avait été élevée au château par la préceptrice de l'époque, en même temps que Charles et ses jeunes deux sœurs, Lavinia et Vanessa.

C'était en effet l'un des privilèges accordés un siècle plus tôt par le troisième comte de Mowbray, un homme bon et charitable. En reconnaissance du dévouement des Swann, une fille de la famille était invitée à suivre les leçons dispensées aux jeunes châtelains. La coutume se perpétuait avec Cecily, qui fréquentait la salle d'étude aux côtés de DeLacy sous la férule de Mlle Audrey Payne.

Quand ils étaient petits, Charlotte et Charles prenaient un malin plaisir à s'appeler mutuellement Charlie, ce qui avait le don d'agacer les sœurs du jeune garçon. Ils étaient restés inséparables jusqu'au départ de Charles pour Eton, puis leurs relations s'étaient encore distendues après son entrée à Cambridge. Ils vivaient désormais dans deux mondes distincts. Mais s'ils prenaient soin de se parler de façon formelle et respectueuse en public, ou en présence d'autres membres de la famille Ingham, leur amitié sincère restait inaltérée.

Charles n'avait jamais oublié la façon dont Charlotte s'occupait de lui dans leur enfance, alors qu'elle n'avait que un an de plus que lui.

C'était elle qui les avait consolés, ses sœurs et lui, lorsque leur mère avait été terrassée par une crise cardiaque, elle encore qui les avait soutenus quand leur père s'était remarié, à peine deux ans plus tard. En effet, ils détestaient la nouvelle comtesse, qui portait le titre de Honorable Harriette Storm. Harriette avait réussi à piéger le comte dans sa solitude, mais, ainsi que Charlotte aimait le faire remarquer, il n'y avait rien de plus superficiel que la beauté de cette femme snob, autoritaire, colérique, et parfois carrément méchante.

A l'époque, ils lui avaient joué toutes sortes de tours pendables, puis Charlotte avait fait preuve d'une imagination particulièrement fertile pour l'affubler de surnoms imagés. Mauvais-Temps, Harriette-la-Tempête, ou encore Jour-de-Pluie n'en étaient que quelques exemples. Autant de sobriquets qui les avaient aidés à dépasser le stade des farces puériles et à se défouler quand la marâtre avait le dos tourné.

Cette seconde union se révéla catastrophique pour le comte lui-même, qui s'était retranché à cette époque dans une sorte de carapace. Le mariage fut de courte durée. En effet, Mauvais-Temps ne tarda pas à retourner vivre à Londres, et c'est là qu'elle mourut peu de temps après, le foie ravagé par les incroyables quantités d'alcool qu'elle consommait depuis sa jeunesse.

Alors que Charlotte redressait à son tour la toile peinte par George Stubbs, Charles se souvint l'avoir vue exécuter ce geste des dizaines de fois à l'époque où elle travaillait pour son père.

— Je viens de le faire, indiqua-t-il en riant. Ce tableau ne veut pas tenir en place. Mais ce n'est pas moi qui vais te l'apprendre ! conclut-il en revenant au tutoiement de leur jeunesse.

— Tu sais comme moi qu'il a déjà été ré-accroché un certain nombre de fois. Il va encore me falloir demander un vieux bouchon à M. Hanson pour le faire tenir.

— Un vieux bouchon ? s'étonna Charles.

— Oui, j'en taille un morceau en forme de biseau, que je glisse entre le mur et le bas du cadre. C'est le seul remède !

Charles se contenta d'acquiescer, en pensant aux bouts de liège qu'il ramassait de temps à autre depuis des années. Il savait enfin d'où ils provenaient et quel était leur usage !

— Je t'en prie, ma chère, assieds-toi. J'ai besoin de me confier à quelqu'un.

Tandis qu'il prenait place en face d'elle, elle lui jeta un regard en coin. Rayonnant de santé, à près de quarante-cinq ans Charles ne paraissait pas son âge. Comme la plupart des hommes de la famille Ingham, il était grand, séduisant, le teint clair, avec des yeux d'un bleu pâle et des cheveux châtain clair. Les activités de plein air lui permettaient de conserver une silhouette athlétique. Lors de ses voyages à l'étranger, les gens identifiaient lord Mowbray comme un Anglais au premier coup d'œil. Ou plus précisément : comme un *gentleman* anglais, songea Charlotte. Toute son allure dégageait un je-ne-sais-quoi d'élégance, de solennité et de raffinement.

Il se pencha pour lui tendre la lettre de Hugo.

— Voici le courrier que j'ai reçu ce matin. Et je dois avouer qu'il m'a pour le moins surpris.

Elle s'en saisit, intriguée. Charlotte, qui était dotée d'un esprit vif et d'une intelligence aiguisée, savait presque tout de la vie actuelle et passée des habitants de Cavendon, mais également de tous ceux qui gravitaient dans l'orbite du château. En effet, elle avait officié de nombreuses années comme assistante personnelle du père de Charles, le cinquième comte de Mowbray.

Elle ne fut pas surprise de découvrir la signature de Hugo. Depuis longtemps déjà, elle pressentait que le jeune homme finirait par reparaître au domaine.

— Tu penses qu'il vient se réapproprier le manoir de Little Skell, n'est-ce pas ? dit-elle après avoir parcouru la lettre.

— Cela me semble évident.

Charlotte hocha la tête, avant de froncer les sourcils.

— Pourtant, cette maison doit renfermer pour lui de terribles souvenirs, reprit-elle.

— C'est ce que j'aurais pensé moi aussi. Cependant, il écrit noir sur blanc qu'il veut discuter avec moi du bien qu'il possède en Angleterre, et s'installer à demeure dans le Yorkshire...

— Au manoir de Little Skell. Et sans doute ne se soucie-t-il pas de devoir déloger une vieille dame qui vit dans cette maison depuis des temps antédiluviens ! Une époque bien antérieure au décès de ses parents, dans tous les cas.

— Pour être franc, je ne sais que dire. Nous ne nous sommes pas revus depuis seize ans. Seize ans... C'était aussi son âge d'ailleurs. Enfin, peu importe. A mon avis, Hugo sait parfaitement que sa tante vit encore au manoir. Qu'en penses-tu ?

— Même à l'autre bout du monde, il est facile de s'informer sur une famille aussi connue que les Ingham, affirma Charlotte. Je me souviens bien de Hugo. C'était un bon garçon. Mais il pourrait avoir changé, compte tenu de la façon dont il a été chassé du domaine par sa propre mère.

— Oui, dit Charles. Mon père a toujours jugé scandaleuse la réaction de sa sœur. Loin d'accuser Hugo de la mort de son frère, il affirmait au contraire qu'il avait tenté de le sauver. Peter était inconscient de nature, un vrai casse-cou. Cette sortie en barque sur le lac, au milieu de la nuit, alors qu'il était ivre, n'était qu'une imprudence de trop.

— Il est vrai que ta tante, lady Evelyne, ne cachait pas sa préférence pour Peter et qu'elle n'a jamais accordé beaucoup d'importance à Hugo. Quel malheur ! C'est une bien triste histoire.

— Charlotte, tu sais combien j'ai confiance en ton jugement, déclara Charles en se penchant vers elle. Dis-moi : que dois-je faire ? J'imagine déjà le scandale, si Hugo décide bel et bien de se réapproprier le manoir. Or, c'est son droit le plus strict. Mais que deviendrait dans ce cas tante Gwendolyn ? Où vivrait-elle ? Avec nous, dans l'aile est ? Je ne vois guère d'autre possibilité.

— Non, non, répliqua Charlotte en secouant énergiquement la tête. Ce ne serait pas une solution. Il y a déjà Felicity et toi, les six enfants... sans compter ta sœur Vanessa, mais aussi la nourrice, la préceptrice et tout le personnel. Lady Gwendolyn aura l'impression de se retrouver à l'hôtel ! C'est une femme âgée, qui a ses habitudes et qui aime tout régenter. J'entends par là qu'elle veut rester maîtresse chez elle et diriger ses propres domestiques à sa guise. Elle tient beaucoup à son indépendance et à son intimité.

— Tu as sans doute raison, marmonna Charles.

— Avec tout le respect que je te dois, Charles, elle ne serait pas à son aise ici. Elle se sentirait toujours de trop. A vrai dire, je la crois capable d'engager une véritable bataille pour pouvoir rester dans sa maison.

— Qui n'est pas vraiment la sienne, souligna Charles. Si seulement sa sœur Evelyne avait songé à modifier son testament... Ma tante sera forcée de partir, c'est inévitable. Je ne conçois pas que mon cousin se soit mis en tête de revenir vivre ici ! C'est terriblement fâcheux.

— Sans vouloir noircir le tableau... je te ferais remarquer que ce n'est pas tout.

— Qu'entends-tu par là ?

— Certes, nous pouvons prévoir que lady Gwendolyn sera très affectée par ce changement. Mais ne penses-tu pas que le retour de Hugo risque en outre de déplaire à d'autres personnes ? Certains le croient encore coupable de la mort de Peter, et...

— Ils ignorent les faits ! riposta Charles d'un ton sec, avant de se lever pour s'approcher de la cheminée. Ou ils refusent d'accepter la vérité.

Un silence s'ensuivit. Charles imaginait déjà le pire. Mais grâce à son charme et à son tact coutumiers, peut-être Felicity parviendrait-elle à convaincre tante Gwendolyn d'emménager avec eux. Son épouse savait se montrer persuasive.

Le rejoignant près du feu, Charlotte fut frappée une fois de plus par sa ressemblance avec son père, David Ingham, disparu huit ans plus tôt. Le cinquième comte de Mowbray l'avait embauchée pour l'aider à gérer les affaires du domaine, aux côtés de M. Harris, le comptable, de M. Nelson, l'intendant, et de Maude Greene, la secrétaire. Jour après jour, pendant vingt ans, ils avaient travaillé ensemble dans l'aile sud du château.

— Je sais ! s'exclama soudain Charlotte. Dans l'aile sud, c'est là que lady Gwendolyn pourrait habiter !

— Les pièces que mon père utilisait comme bureau ? Charlotte, tu es géniale ! En effet, elle pourrait s'y installer. Et même très confortablement !

— Mais oui, ton père y avait aménagé plusieurs salles de bains, ainsi qu'une petite cuisine. Tous les meubles de bureau sont maintenant dans l'annexe que tu as fait construire dans les écuries, alors que lady Gwendolyn pourrait profiter dans l'aile sud des fauteuils et canapés que tu as descendus des greniers.

— Absolument. Et je sais aussi que ces quelques pièces sont maintenues en parfait état par Hanson et Mme Thwaites. Tout comme le reste du château, au demeurant.

— Si lady Gwendolyn acceptait, elle bénéficierait en quelque sorte d'un appartement indépendant.

— Et je serais heureux d'y apporter toutes les modifications qu'elle pourrait désirer, ajouta Charles. Allons tout de suite y jeter un coup d'œil ! Tu as le temps, n'est-ce pas ?

— Bien sûr. Ne perdons pas une minute ! Hugo Stanton pourrait exiger de s'installer au manoir dès son arrivée.

Charles ne le savait que trop bien.

Alors qu'ils parcouraient les différentes pièces de l'aile sud, Charles s'interrogeait quant à la nature des relations qu'avaient entretenues Charlotte et son père.

Au début de leur collaboration, elle n'était âgée que de dix-sept ans à peine. Bien plus qu'une simple assistante, elle avait accompagné le vieux comte en toutes circonstances, au cours de tous ses voyages. Et c'était même elle qui lui avait fermé les yeux après son dernier soupir.

Cette proximité avait certes donné lieu à bien des spéculations, mais jamais à de véritables rumeurs. Qu'en était-il vraiment ? Personne n'en savait rien, d'autant que son père avait fait preuve toute sa vie d'une grande discrétion.

A présent, Charlotte était en train de lui expliquer que tante Gwendolyn aimerait sans doute installer sa chambre à coucher à l'emplacement du salon lavande, mais Charles ne l'écoutait pas.

Le soleil printanier dardait dans la pièce un rayon oblique, transformant en un casque cuivré les cheveux auburn de Charlotte. Comme toujours, elle était pâle et ses yeux clairs, d'un gris bleuté, semblaient immenses. Pour la première fois de sa vie, Charles la regarda d'un œil objectif. Il se rendit compte alors à quel point elle était belle. Elle paraissait à peine la moitié de son âge.

Comment son père aurait-il pu lui résister, jour après jour, pendant vingt ans ?

Ce n'était qu'une supposition, il n'en avait aucune preuve. Mais il les connaissait l'un et l'autre mieux que quiconque, mieux que sa propre épouse, dont il était pourtant si proche. Il avait conscience de leurs qualités et de leurs défauts, de leurs rêves et de leurs désirs. Et cela ne faisait aucun doute : son père et Charlotte avaient été liés… de la façon la plus étroite qui soit.

Charles l'observait avec tant d'insistance qu'elle finit par s'en apercevoir. Brusquement, il se détourna, bredouillant quelque chose au sujet de la petite cuisine, et sortit de la pièce en toute hâte.

Après tout, en quoi cela le concernait-il ? Son père était mort. Si Charlotte l'avait rendu heureux, l'avait aidé à supporter ses soucis, eh bien, tant mieux pour lui ! Charles espérait qu'ils s'étaient aimés.

Et Charlotte, alors ? Quels étaient ses sentiments aujourd'hui ? Le vieux comte lui manquait sans doute terriblement. Tout à coup, Charles aurait voulu l'interroger, ne serait-ce que pour sonder ses états d'âme. Mais il ne se serait jamais permis une telle indiscrétion.

4

La robe de soirée reposait sur un drap blanc, étendu sur le sol de la chambre de lady DeLacy Ingham. Agenouillées près de cette merveille rehaussée de perles de cristal vertes, bleues et turquoise, Cecily et DeLacy n'en finissaient pas de s'extasier...

— Comme Daphné va être belle ! soupira DeLacy. Tu ne crois pas, Ceci ?

— C'est sûr, mais nous devons d'abord vérifier qu'il ne manque pas de perles, qu'il n'y a pas de fil cassé ou un autre petit problème... Ma mère a besoin de savoir si elle aura beaucoup de travail pour remettre la robe en état.

— Alors allons-y ! Je commence ici ? Par le col et les manches ?

— Oui, bonne idée. Moi, je vais examiner l'ourlet. Ma mère dit que les messieurs ont tendance à l'abîmer. En dansant, ils marchent parfois sur le bas de la robe.

— Ce qu'ils peuvent être lourdauds ! déclara DeLacy avec son franc-parler coutumier. Oh, regarde, Cecily. Comme la robe brille quand je la touche ! On dirait la mer, les vagues... Elle sera exactement assortie aux yeux de Daphné. J'espère qu'elle sera habillée ainsi, quand elle rencontrera le fils du duc !

— Oui... murmura Cecily, concentrée sur sa tâche.

La robe avait été confectionnée par un grand couturier parisien et la comtesse ne l'avait portée que deux ou trois fois. Elle revenait désormais à Daphné, qui l'étrennerait lors d'un bal au cours de l'été, une fois qu'Alice Swann l'aurait ajustée à ses mesures.

— L'ourlet est presque intact, déclara Cecily au bout de quelques minutes. Et de ton côté ?

— Le col et les manches aussi. Il ne manque pas une seule perle.

— Tant mieux, maman va être contente.

Chacune se saisit d'un bout de la robe, qu'elles reposèrent précautionneusement sur le lit.

— Mon Dieu, qu'elle est lourde ! s'exclama DeLacy.

— Oui, c'est pour ça qu'on doit toujours ranger une robe brodée dans une boîte ou un tiroir. Si on l'accroche à un cintre, elle finit par s'allonger et se déformer sous le poids des perles.

DeLacy acquiesça, captivée par tout ce que Cecily pouvait lui apprendre, surtout en ce qui concernait les belles toilettes.

Cecily lissa les derniers plis du vêtement, puis le recouvrit de la cotonnade. Elle s'approcha ensuite de la fenêtre, espérant apercevoir sa mère sur le chemin. Il était encore trop tôt.

Restée près de son lit, DeLacy contemplait à présent la seconde robe, un nuage de tulle, de taffetas et de dentelle.

— Je crois que je la préfère encore à l'autre. C'est exactement à cela que doit ressembler une vraie robe de bal !

— Oh oui ! Maman m'a dit que Madame la comtesse ne l'a portée qu'une fois. Elle est depuis des années sous une housse, dans le placard en cèdre. C'est pourquoi elle est toujours aussi blanche et elle n'a pas viré.

— Qu'est-ce que tu veux dire par là ?

— Il arrive que la dentelle blanche jaunisse ou ternisse avec le temps. Mais celle-ci a l'air comme neuve, on voit qu'elle a été bien protégée.

Tout à coup, DeLacy se saisit de la robe, la serra contre elle et se mit à virevolter en chantonnant, comme si elle valsait dans une salle de bal.

Comme paralysée, Cecily n'en croyait pas ses yeux. Comment son amie pouvait-elle ainsi sauter et danser en tenant dans ses bras le si précieux vêtement ? Les jupons très amples, qui se déployaient au gré des mouvements de DeLacy, menaçaient à tout instant de se déchirer en s'accrochant au coin d'un meuble !

— DeLacy, je t'en prie, arrête ! finit par dire Cecily. Le tissu risque de s'endommager, il est très fragile. Pour l'amour de Dieu, repose la robe sur le lit !

Tout en prononçant ces mots, elle fit un pas en avant, mais DeLacy s'esquiva.

— Ne t'inquiète pas, je ne vais pas l'abîmer, répondit cette dernière sans cesser de tournoyer.

— Allez, arrête maintenant ! s'écria Cecily, des sanglots dans la voix.

Mais DeLacy Ingham, perdue dans son monde imaginaire, n'écoutait pas Cecily Swann.

C'est alors que l'accident se produisit.

Impuissante, Cecily le vit arriver, avec la lenteur d'un mauvais rêve.

DeLacy se prit le pied dans le bas de la robe. Elle tituba, perdit l'équilibre et se rattrapa au bureau. Dans son élan, elle renversa l'encrier, qui se mit à rouler vers elle. Elle tenta de reculer… trop tard. L'encre bleue avait giclé partout sur la robe de dentelle blanche.

Cecily poussa un cri et resta clouée sur place, horrifiée.

DeLacy baissa la tête pour constater les dégâts. Quand elle les releva vers son amie, ses yeux étaient remplis de larmes.

— Regarde ce que tu as fait ! dit Cecily d'une voix tremblante. Pourquoi ne m'as-tu pas écoutée ? Pourquoi n'as-tu pas fait attention ?

Plantée au milieu de la pièce, les joues baignées de larmes, DeLacy restait coite.

5

— Bonté divine, DeLacy ! Quelle est la cause de ce tapage ? s'exclama Daphné sur le seuil de la chambre.

DeLacy, toute tremblante, ne répondit pas et tenta de ravaler ses larmes. Quand elle découvrirait la catastrophe, sa sœur serait furieuse.

— Pourquoi tiens-tu ma robe comme ça ? Tu vas la chiffonner... Seigneur ! Est-ce que c'est de l'encre ? Comment de l'encre a-t-elle pu atterrir sur ma robe blanche ?

La jeune fille était livide et sa voix, d'ordinaire si douce, venait de monter d'une ou deux octaves. Voyant qu'elle ne parviendrait pas à arracher un mot à DeLacy tétanisée, elle se tourna vers Cecily.

— Peux-tu fournir une explication ? J'aimerais savoir comment c'est arrivé !

Cecily toussota. Elle ne voulait ni mentir à Daphné ni trahir sa meilleure amie, et elle n'avait aucune envie d'expliquer les circonstances du drame.

Ce ne fut pas nécessaire, car au même instant Alice pénétra dans la pièce. A son tour, Cecily se mit à trembler. Elle avait trahi la confiance de sa mère et se préparait à essuyer ses foudres.

Lorsque Alice vit la robe dans les bras de DeLacy, elle se figea net, consternée.

— Elle est fichue, déclara-t-elle, sans toutefois hausser le ton. Cecily, voudrais-tu m'expliquer ce qui s'est passé, je te prie ?

La petite fille secoua la tête et recula craintivement en direction de la fenêtre.

— Je t'ai confié une tâche, Cecily. Je t'ai demandé d'aller chercher les robes au grenier et d'y faire très attention. Tu en étais responsable. Et pourtant, il semble clair que tu n'as pas pris soin de celle-ci. Est-ce que je me trompe ?

— C'est un accident, maman, dit-elle en battant des paupières pour refouler ses larmes. Je te demande pardon.

Toujours polie, surtout en présence des Ingham, Alice contint sa colère et se contenta d'opiner. Et en un éclair, elle comprit que sa fille protégeait DeLacy. Avant qu'elle lui pose la moindre question, cette dernière s'avança spontanément, puis prit une profonde inspiration.

— Madame Alice, je vous en prie, il ne faut pas gronder Ceci, fit-elle d'une voix tremblante. Elle est innocente, tout est ma faute. C'est moi qui ai pris la robe, je me suis mise à danser avec, et puis j'ai trébuché. Je suis tombée et j'ai renversé l'encrier. Ce que je peux être sotte !

Elle sanglotait maintenant sans retenue.

Alice se pencha vers elle.

— Merci d'avoir dit la vérité, lady DeLacy. Mais n'écrasez pas la robe ainsi, ou vous allez finir de la gâter. Je vous en prie, donnez-la-moi.

— Je vous demande pardon, madame Alice, je suis vraiment désolée.

Alice reposa la robe pour examiner de plus près les taches d'encre, pratiquement impossibles à nettoyer.

A dix-sept ans, Daphné Ingham était une jeune fille hors du commun, qui se distinguait non seulement par sa beauté exceptionnelle, mais aussi par sa délicatesse et son bon cœur.

— Ne t'inquiète pas, Lacy chérie, intervint-elle en s'approchant. C'était un accident, comme l'a dit Cecily. Maman comprendra. Ce sont des choses qui arrivent, et nous savons que tu ne pensais pas à mal.

A ces mots, DeLacy se jeta à son cou et sanglota de plus belle. Daphné la serra sur son cœur. Il n'était pas question que sa petite sœur se mette dans un état pareil pour une malheureuse robe.

Lady Daphné Ingham se souciait de son apparence vestimentaire pour la seule et unique raison qu'on l'y avait incitée dès son plus jeune âge. Son rang et son éducation l'exigeaient. Mais contre toute attente, elle ne se montrait ni vaine ni particulièrement coquette. En outre, elle savait que son père pourrait sans difficulté lui offrir une robe neuve.

— Allez, DeLacy, sèche tes larmes, reprit-elle au bout d'un moment. Pleurer n'arrange rien. Madame Alice, pensez-vous pouvoir nettoyer la dentelle et les jupons ?

Alice secoua la tête.

— J'ai bien peur que non, Mademoiselle. Je pourrais toujours essayer le jus de citron, le sel, le vinaigre blanc... Mais non, non... Il n'y a rien de pire que l'encre, vous savez, c'est une vraie teinture. A propos d'encre, il y en a partout sur le bureau et sur le tapis. Dois-je appeler Mme Thwaites pour qu'elle nous envoie une femme de chambre ?

— Ne vous inquiétez pas, madame Alice, je vais sonner Peggy. En attendant, ne nous approchons plus de cette encre, il ne s'agirait pas de tacher autre chose.

— Vous avez raison, lady Daphné. Je me disais...

— Maman, je sais comment réparer la robe ! s'exclama Cecily.

Elle avait repris confiance en elle et parlait maintenant avec excitation.

— Je suis sûre que lady Daphné pourra la porter quand même au bal de cet été !

— Ceci, tu ne pourras jamais enlever ces taches…

— Maman, je t'en prie, viens voir. Toi aussi, DeLacy, et vous, lady Daphné. Laissez-moi vous expliquer ce que je veux faire.

Toutes trois se regroupèrent autour d'elle.

— Voici mon idée : je vais découper le devant de la jupe en dentelle. Mais pas n'importe comment ! Je vais former un pan, bien étroit en haut, au niveau à la taille, et qui s'évase en descendant jusqu'au sol. Ensuite, je ferai la même chose avec le jupon de taffetas, et pareil avec le tulle. Et si la deuxième couche de tulle porte des traces d'encre, je la découperai aussi.

— Et après ? demanda Alice, perplexe.

— Je remplacerai un à un les pans de dentelle, de taffetas et de tulle. Mais il sera sans doute difficile de retrouver la même dentelle. Il faudra peut-être aller jusqu'à Londres.

Alice comprit soudain où sa fille voulait en venir. Elle tenait peut-être la solution.

— C'est une bonne idée, Cecily, très astucieuse. Malheureusement, tu as raison en ce qui concerne la dentelle. Je crois que nous ne trouverons un tissu aussi fin qu'à Londres, chez Harrods. Et ce n'est pas tout. D'abord, nous ne pouvons pas utiliser n'importe quelle dentelle. Un motif différent se verrait comme le nez au milieu de la figure. De plus, il y aurait des coutures sur le devant.

— J'y ai déjà pensé, s'empressa d'ajouter Cecily. Je pourrais les cacher avec un fin ruban de dentelle, que je coudrais également tout autour de la taille en finition. Ou alors… nous pourrions même refaire toute la jupe, avec de la dentelle neuve.

— Je comprends, répondit Alice, mais alors c'est toute la jupe qui ne sera plus assortie au corsage.

Et ne songe même pas à confectionner un nouveau corsage, Cecily. Ni toi ni moi n'en serions capables.

— Pas besoin d'y changer quoi que ce soit, maman.

— Madame Alice, je pense qu'elle a raison, intervint Daphné avec un grand sourire. Ses idées sont simplement géniales ! Cecily, je crois que tu pourras un jour devenir une grande couturière et une vraie artiste de la dentelle, comme la célèbre Lucile de Hanover Square !

— Qui sait ? renchérit Alice, souriant pour la première fois depuis qu'elle avait pénétré dans la pièce. J'ai toujours su que Cecily était naturellement douée dans ce domaine.

— Mais la dentelle coûtera sans doute une fortune ? argua l'enfant, pragmatique.

Daphné s'empressa de répondre avant qu'Alice puisse ouvrir la bouche.

— Ne t'inquiète pas pour ça, Cecily. Je suis à peu près certaine que ton plan va fonctionner, et je sais que papa paiera sans problème tous les tissus dont tu auras besoin.

Alice souleva alors la robe et la tendit à sa fille.

— Porte-la donc dans le salon de couture. Nous verrons mieux les taches sur le mannequin. Je me charge de la robe de perles, elle est trop lourde pour toi. Voulez-vous nous suivre, Mademoiselle ? Vous pourriez déjà passer ces deux robes pour voir si elles sont à votre taille.

— Avec plaisir, répondit Daphné. Laissez-moi seulement enfiler un déshabillé. DeLacy, je vais sonner Peggy. Attends-la et rejoins-nous quand elle aura fini de nettoyer l'encre. Ma sœur peut assister à l'essayage, n'est-ce pas, madame Alice ?

— Mais bien sûr, répondit la couturière avec un grand sourire.

Sur ce, elle quitta la pièce, suivie de Cecily.

— Je ferais mieux de sortir la plate-forme d'essayage pour ajuster les ourlets, déclara Alice en ouvrant le vaste placard du salon de couture.

— Attends, maman, je vais t'aider !

— Ne t'inquiète pas, ma chérie, j'y arrive toute seule.

Alice coucha sur le côté la grosse caisse de bois peinte en blanc et la poussa jusque devant le miroir en pied. Plusieurs années auparavant, Walter Swann avait en effet fixé deux roulettes sous la plate-forme, afin que son épouse puisse la déplacer sans effort.

A cet instant, la porte s'ouvrit et lady Daphné entra, vêtue d'un peignoir de soie bleue.

— Me voici enfin, madame Alice. Pardon de vous avoir fait attendre, dit-elle.

— Je vous en prie, Mademoiselle. Passez donc derrière le paravent, je vais vous donner la robe de perles et vous aider à l'enfiler.

Sur les talons de sa sœur, DeLacy essayait de se faire toute petite. Comme Cecily la regardait, elle lui adressa un sourire timide, encore penaude de sa mésaventure.

— Allez, viens, Lacy, asseyons-nous, l'invita son amie en désignant deux chaises adossées au mur.

DeLacy baissa les yeux et la rejoignit sans un mot. Cecily lui prit la main.

— Allez, quoi, ne fais pas cette tête ! Maman n'est plus fâchée.

— Tu en es sûre ? Elle était vraiment furieuse, je l'ai bien vu.

— Je t'assure que tout va bien.

Quelques secondes plus tard, Daphné, debout sur la plate-forme, restait bouche bée devant l'image que lui renvoyait la psyché.

Les perles de cristal, aux teintes aquatiques, scintillaient au moindre mouvement. Le long fourreau la moulait à la perfection.

— Elle ondule, c'est merveilleux ! s'exclama-t-elle en se mirant sous tous les angles.

Merveilleux ! C'était en effet le seul mot qui convenait pour décrire l'effet produit. Alice était comblée. Lady Daphné s'intéressait enfin aux belles toilettes, et lady Mowbray était tombée juste en choisissant celle-ci dans son immense garde-robe. Elle provenait de chez Callot à Paris, la fameuse maison de haute couture fondée par quatre sœurs de génie, et semblait avoir été confectionnée tout exprès pour Daphné.

— Elle vous va comme un gant, Mademoiselle, murmura la couturière.

A pas lents, elle fit le tour de la plate-forme pour scruter la robe sous tous les angles, tout en hochant la tête de temps à autre.

— Elle est juste un peu longue par endroits, comme cela arrive parfois aux robes brodées, mais rien de bien grave. Je vais simplement poser quelques épingles là où l'ourlet nécessite d'être repris.

— Merci, madame Alice.

— Il n'y manque presque aucune perle, intervint alors Cecily.

Alice la gratifia d'un sourire. Ayant accompli sa mission, l'enfant se carra sur sa chaise et continua d'observer avec attention le moindre geste de sa mère. Cette dernière, agenouillée à même le plancher, un petit porte-épingles au poignet gauche, marquait l'emplacement des retouches.

Cecily savait déjà que chaque épingle avait sa signification, un langage que sa mère avait promis de lui enseigner très bientôt. Et elle tenait toujours ses promesses.

Quand Daphné descendit de la plate-forme pour retourner derrière le paravent, Alice adressa un signe à sa fille et elles décrochèrent la robe blanche de son mannequin. Elle lui irait sans aucun doute aussi bien que l'autre, car toutes deux avaient été réalisées pour la comtesse à la même époque.

Daphné reparut quelques secondes plus tard. Elle tourbillonna, les différents jupons se déployèrent autour d'elle. Elle était si ravissante et si éthérée, dans cette mousse de dentelle et de tulle, que personne ne remarquait plus les taches d'encre. Cecily en avait le souffle coupé.

— Vous ressemblez à une princesse de conte de fées ! s'exclama la petite fille.

— Prête à épouser le fils du duc ! renchérit DeLacy.

Les trois autres se tournèrent alors vers elle tandis qu'elle se tassait sur son siège.

Le duc fantôme, que personne n'a encore trouvé… songea Alice. Mais après tout, Daphné n'avait que dix-sept ans, et ce n'était encore qu'une enfant à bien des égards. Elle était déjà si belle, pourtant. Tout comme ses sœurs. Les Quatre D étaient toutes charmantes, chacune à sa façon, et sa Cecily n'avait rien à leur envier. Oui, les belles demoiselles de Cavendon étaient vraiment sans égales.

Tandis qu'elle les regardait en souriant, Alice se réjouissait déjà à la perspective de l'été qui approchait… une saison de dîners, de soirées, un grand bal et des week-ends dans le petit manoir, où régnerait une fête permanente.

Comment Alice aurait-elle pu imaginer qu'elle se trompait ? Cet été-là serait porteur d'un terrible malheur, qui ébranlerait la maison Ingham jusque dans ses fondations.

6

— Quel silence, madame Jackson ! lança le majordome sur le seuil de la cuisine.

— J'espère que vous nous avez pas crues mortes ! plaisanta Nell Jackson. Je m'étais assise pour souffler une minute avant de commencer le plat principal. Oh, mais j'ai bien le temps. La sole de Douvres, c'est délicat, faut pas la mettre dans la poêle avant la dernière minute.

— Je ne doute pas que le coup de feu soit imminent, répondit M. Hanson.

— Pour sûr. Ils sont encore tous occupés à droite et à gauche, mais je vous assure qu'il y aura du bruit quand ils arriveront ! Si c'est Polly qui vous inquiète, elle avait mal à la gorge et à la tête, je l'ai envoyée se coucher. Autant qu'elle nous passe pas ses germes...

— Vous avez parfaitement raison, madame Jackson. Lord Mowbray ne plaisante pas avec la maladie. Il refuse que les domestiques travaillent quand ils sont souffrants. Et je suis sûr que vous vous en sortirez très bien, même sans Polly. Il n'y a que trois couverts ce midi, puisque Madame est à Harrogate avec lady Diedre.

— Ce sera pas un problème, monsieur Hanson. Elsie et Mary vont m'aider à dresser les plats, Malcolm et Gordon les monteront.

— Et je m'occuperai des vins et du service... comme d'habitude, ajouta M. Hanson.

Sur ce, il se rendit dans son bureau au bout du couloir, son petit espace personnel au sein du grand château. Profondément attaché à cette vieille bâtisse, à sa beauté et à son histoire, il en prenait soin avec autant de zèle que s'il s'était agi de sa propre maison.

Au fil des ans, Hanson avait peu à peu amélioré le confort de son repaire, qui ressemblait désormais au cabinet de travail d'un gentleman. Hanson était arrivé à Cavendon en 1888, vingt-cinq ans auparavant, alors qu'il en avait vingt-six. Geoffrey Swann, son prédécesseur, avait soutenu sa candidature parce qu'il décelait en lui un vrai « potentiel d'excellence ». Il lui avait enseigné toutes les ficelles du métier. Au départ simple valet de pied, Hanson avait gravi un à un les différents échelons de la hiérarchie domestique, jusqu'à devenir assistant majordome sous les ordres de Geoffrey. Hanson officiait à Cavendon depuis dix ans, lorsque Geoffrey Swann avait été foudroyé par une crise cardiaque. Maîtres et domestiques étaient restés sous le choc.

Le vieux comte avait alors proposé à Hanson de prendre sa place de majordome, ce qu'il avait aussitôt accepté et par la suite jamais regretté. Depuis, il régentait la maison avec un immense dévouement et un sens aigu de ses responsabilités, qui lui valaient d'être aussi connu que l'avait été son mentor au sein des cercles aristocratiques.

Il s'installa à son bureau pour examiner les menus du déjeuner et du dîner que Mme Jackson lui avait donnés. D'ici quelques minutes, il lui faudrait choisir les vins à la cave. Peut-être un pouilly-fuissé pour le poisson, et un pomerol avec le gigot d'agneau qui serait servi le soir.

Après un instant de réflexion, il se leva et prit la direction de la loge de la gouvernante.

Il frappa à la porte entrouverte puis la poussa sans attendre de réponse.

— C'est moi, madame Thwaites. Auriez-vous une minute ?

— Bien sûr ! s'exclama-t-elle. Entrez donc, je vous en prie.

Il referma la porte derrière lui.

— Je voulais vous toucher un mot… de Peggy Swift. Donne-t-elle satisfaction ? Pensez-vous qu'elle ait sa place à Cavendon Hall ? s'enquit-il avec son franc-parler habituel.

Agnès Thwaites tardait à répondre, et il s'apprêtait déjà à lui demander si la nouvelle bonne posait problème.

— Je n'ai rien à redire à son travail, déclara enfin la gouvernante. Elle est vive, efficace… Et pourtant, il y a quelque chose qui cloche, et je n'arrive pas à mettre le doigt dessus. Disons qu'elle est un peu prétentieuse, et qu'elle a tendance à répondre.

— C'est ce que je craignais, dit Hanson d'un air sombre. Certes, elle avait d'excellentes références à Ellsford Manor, mais on ne peut pas comparer ce manoir avec un château tel que Cavendon.

— Oh non, vous avez raison, renchérit Mme Thwaites en réprimant un sourire.

Il était de notoriété publique que Hanson tenait Cavendon pour la plus noble demeure d'Angleterre, au-dessus des résidences royales qu'étaient Sandringham, le château de Windsor ou même le palais de Buckingham.

— J'ai remarqué une certaine froideur entre Peggy et les autres femmes de chambre, poursuivit Mme Thwaites. Elles semblent se méfier d'elle.

— Mme Jackson vous a-t-elle fait part de son opinion ? s'enquit Hanson en haussant un sourcil.

— Ma foi, elle est bien sûr très satisfaite de son efficacité, mais à mon avis elle n'est pas entièrement convaincue. Peggy a peut-être le verbe un tantinet trop haut pour Cavendon, ajouta Mme Thwaites.

— Bien sûr, je n'oserais jamais interférer dans la façon dont vous dirigez les servantes, madame Thwaites. Néanmoins, si je peux me permettre un conseil, il me semble que vous feriez bien de garder un œil sur Peggy.

Après avoir pris congé, il réintégra son bureau pour réfléchir à l'organisation générale du personnel. Il leur manquait toujours un troisième valet de pied, et bientôt une nouvelle bonne s'ils étaient amenés à se séparer de Peggy Swift. Il faudrait absolument y remédier avant l'été, puisque le comte et la comtesse avaient déjà prévu de nombreuses réceptions.

Hanson poussa un soupir. Il sortit son trousseau de clés du dernier tiroir de son bureau et descendit à la cave. Lorsqu'il en remonta quelques minutes plus tard, muni de deux bouteilles de vin, il tomba sur Walter Swann, le mari d'Alice, le valet de lord Mowbray.

— Ah, vous voilà enfin, monsieur Hanson ! s'exclama Walter de son ton jovial. Aujourd'hui, Monsieur le comte fera en sorte de terminer le déjeuner de bonne heure. Il sait qu'Alice et Cecily se joignent à nous pour manger à l'office. Dans sa grande bonté, il veut nous éviter de passer à table au milieu de l'après-midi. Ce sont ses propres mots, et il souhaitait que vous le sachiez.

— C'est très aimable à lui, en effet.

— Je vais prévenir Mme Jackson en cuisine et je remonte. Je n'arrête pas de courir depuis ce matin.

— Alors à tout à l'heure, Walter. Ce sera un plaisir de déjeuner avec Alice et votre fille. La compagnie de la jeune Cecily est toujours appréciée.

De retour dans son bureau, Hanson plaça les bouteilles de vin sur un guéridon près de la fenêtre, rangea les clés et consulta la pendule. Midi moins dix. Il lui restait quelques instants avant de monter vérifier que tout était prêt dans la salle à manger. Il jeta un coup d'œil à la liste établie dans la matinée. Le point le plus urgent concernait l'argenterie. Il fallait absolument qu'il s'en occupe, au plus tard le lendemain, car les valets devraient tout astiquer avant que ne commencent les réceptions du mois de juin.

Ses pensées s'arrêtèrent sur Walter, toujours si élégant dans sa jaquette noire et son pantalon rayé. Hanson sourit. En dépit de la haute opinion qu'ils avaient de leur apparence, Malcolm et Gordon ne lui arrivaient pas à la cheville. Ils étaient vains et fats, voilà tout.

A trente-cinq ans, Walter Swann était dans la force de l'âge, bel homme, intelligent et travailleur. Personne n'était plus digne de confiance que lui. Walter venait au château avec le sourire et laissait ses soucis à la maison. Ses manières étaient irréprochables, il faisait preuve d'une grande délicatesse et d'une humeur toujours égale. Depuis son arrivée à Cavendon, Hanson n'avait vu Walter vraiment abattu qu'en de très rares occasions. A la mort de son père, de son oncle Geoffrey, puis à celle du vieux comte. Sans oublier les funérailles du roi Edouard VII. Walter était un vrai patriote, qui chérissait son souverain et son pays.

Henry Hanson se souvenait du jour des obsèques royales comme si c'était la veille. Elles avaient eu lieu le 20 mai 1910, trois jours après le décès. Walter et lui avaient accompagné les Ingham à Londres, afin d'ouvrir leur hôtel particulier du quartier de Mayfair pour la saison estivale.

Tout le monde avait été choqué par ce triste événement. Hanson et Walter avaient demandé leur matinée au comte afin de se rendre à Westminster Hall. Et une fois de plus, Monsieur le comte avait fait preuve de magnanimité.

Les deux camarades n'avaient jamais vu tant de monde dans les rues de la capitale. Des centaines de milliers de badauds silencieux portaient le deuil de leur « Bertie », le prince volage devenu un souverain exemplaire, et un véritable père pour sa nation. On l'avait davantage pleuré que sa mère, la reine Victoria.

Hanson n'oublierait jamais la solennité du cortège, l'affût à canon, le destrier portant les bottes et les éperons du roi – placés à l'envers dans les étriers en signe de deuil –, ni cet Ecossais en kilt tenant en laisse le fox-terrier royal derrière le cercueil. Tout comme Walter, Hanson avait été saisi par la vue de ce petit chien blanc, en marche vers la gare de Paddington et le train pour Windsor, où son maître devait être porté en terre. Par la suite, ils avaient appris que l'animal se prénommait César. Les deux hommes avaient pleuré à chaudes larmes et l'émotion de cette journée particulière les avait encore rapprochés.

Un coup frappé à la porte tira Hanson de sa rêverie.

— Entrez ! dit-il.

Il jeta un regard interrogateur à Mme Thwaites, qui se tenait sur le seuil. Après avoir refermé, elle s'approcha de lui, arborant son air le plus sérieux.

— Mon sixième sens m'avait bien dit que quelque chose clochait avec Peggy, mais maintenant je sais de quoi il s'agit. Elle fait partie de ces jeunes femmes hardies, qui aguichent les hommes, si vous voyez ce que je veux dire.

— Et qu'est-ce qui vous fait penser une chose pareille ? s'étonna Hanson.

— Je viens de la voir. Ou plutôt de *les* voir : Peggy Swift et Gordon Lane. Je passais par le couloir de service quand je les ai aperçus, pour ainsi dire… collés l'un à l'autre dans votre petit office près de la salle à manger. J'ai fait du bruit pour qu'ils comprennent que quelqu'un approchait, puis je suis revenue sur mes pas sans me montrer. Quelque chose me dit que cette Peggy Swift risque de nous causer des ennuis, monsieur Hanson.

— Madame Thwaites, on ne peut pas éviter complètement ce genre de choses, répondit-il après un instant de réflexion. Ils sont jeunes, il est normal qu'ils se content fleurette.

— Je le sais bien, allez. Mais ce que j'ai vu allait un peu au-delà du simple badinage. Et surtout, ils étaient à l'étage, où Monsieur, Madame et même ces demoiselles auraient très bien pu les surprendre. Comme vous veniez de m'interroger au sujet de Peggy, j'ai jugé préférable de vous en parler, voilà tout.

— Et vous avez bien fait. Cavendon ne doit en aucun cas s'exposer au scandale. Gardons pour nous ce que vous avez vu, madame Thwaites, cela évitera les commérages qui pourraient nuire à cette maison.

— Je n'en dirai pas un mot, monsieur Hanson. Vous pouvez me faire confiance.

7

Assise à sa coiffeuse, Daphné contemplait son reflet dans le miroir ancien. Et pour la première fois de sa vie, elle se trouvait vraiment belle, comme son père l'avait toujours soutenu.

Les tenues qu'elle venait d'essayer avaient tout changé.

Dans la robe en dentelle blanche – même tachée d'encre –, elle s'était sentie déborder de joie et de vitalité, tandis que le long fourreau brodé de perles avait révélé en elle un air d'élégance et de sophistication qu'elle ne se connaissait pas.

Oui, un jour, le fils d'un duc pourrait bien la trouver aussi jolie que le prétendait son père.

Bien qu'il ne lui en ait jamais parlé de façon explicite, Daphné savait que le comte lui avait déjà choisi un prétendant. Il était habile homme et connaissait toutes les personnalités importantes de la bonne société. Ne comptait-il pas lui-même parmi les plus nobles comtes d'Angleterre ? Il l'avait sans aucun doute promise à un très beau parti.

A l'idée de devenir duchesse un jour, le rose lui monta aux joues.

L'année suivante, elle serait présentée à la cour du roi George et de la reine Mary. Puis ses parents donneraient un bal à l'occasion de son entrée dans le monde et elle participerait à ceux des autres débutantes. Elle avait donc toutes les chances d'être fiancée à l'issue de la saison.

Le menton dans la main, perdue dans une rêverie romantique où un noble gentilhomme lui faisait la cour, elle poussa un soupir. Bientôt, elle connaîtrait le grand amour et aurait des enfants.

Elle fut tirée de ses pensées par un tambourinement à la porte. A peine eut-elle temps de se retourner qu'une petite fille entrait en trombe dans la chambre, avec un air fort déterminé pour son jeune âge.

— Quelle mouche t'a donc piquée ? demanda Daphné à sa sœur Dulcie, qui était d'ordinaire une enfant aimable et souriante.

— Je n'aime pas cette robe ! Nounou veut me forcer, mais je ne veux pas la mettre ! Pas question ! Ça ne va pas du tout pour la fête ! hurla-t-elle, les poings sur les hanches.

Daphné retint l'éclat de rire qui lui chatouillait la gorge. Contrairement à elle, sa petite sœur avait toujours été préoccupée par son apparence et exprimait ses propres goûts depuis qu'elle était en âge de parler. Diedre, leur aînée, la surnommait la « petite madame » avec un mépris appuyé et évitait sa compagnie autant que possible.

— Et quelle est la fête pour laquelle tu dois t'habiller ? s'enquit affectueusement Daphné en se penchant vers la fillette.

— Je déjeune avec mon papa, annonça Dulcie en se rengorgeant. Dans la salle à manger !

— Mais c'est merveilleux, ma chérie ! Alors tu vas aussi déjeuner avec DeLacy et moi.

— Tu en es sûre ? fit l'enfant en fronçant ses sourcils blonds. Nounou ne me l'a pas dit ! Elle a seulement parlé de papa...

— Pourtant, nous y serons aussi. Mais je dois reconnaître que je suis d'accord avec toi en ce qui concerne la robe. Elle n'est absolument pas appropriée pour un déjeuner avec papa. Viens avec moi, nous allons te trouver une tenue de circonstance, veux-tu ?

A ces mots, un grand sourire remplaça la mine furieuse de la petite fille.

— Je savais bien que j'avais raison ! s'écria-t-elle en prenant Daphné par la main.

Les deux sœurs se mirent ainsi en route pour la nursery. Au bout du couloir, Daphné se pencha vers Dulcie.

— Maintenant, tu dois montrer que tu es une grande fille, expliqua-t-elle à mi-voix. Dis simplement à Nounou que tu n'aimes pas cette robe et qu'elle n'est pas assez jolie pour l'occasion. Tu as aussi le droit d'ajouter que je suis de ton avis.

— D'accord.

— Il faut que tu le dises gentiment, poliment, et sans te fâcher, poursuivit Daphné en montant l'escalier.

— Je ne suis plus fâchée, murmura Dulcie en levant des yeux admirateurs vers sa grande sœur préférée.

Mlle Carlton, la nounou, l'attendait sur le seuil du quartier des enfants.

— Je commençais à me demander où tu étais passée ! s'exclama-t-elle.

Dulcie ne répondit pas.

— Je crois que nous avons trouvé une solution à notre petit problème, s'empressa de dire Daphné avec un air entendu. Il est vrai que Dulcie ne déjeune pas souvent avec papa. Il s'agit, de ce fait, d'une occasion particulière pour elle et je pense qu'elle pourrait porter une robe de circonstance. Quelque chose de plus habillé, peut-être ?

— Comme il vous plaira, lady Daphné.

La nourrice ouvrit alors la porte en grand et toutes trois pénétrèrent dans le salon de la nursery.

— Nounou, j'aime bien cette robe, mais je voudrais vraiment mettre la bleue à col blanc, expliqua l'enfant avec le plus grand sérieux. Est-ce que je peux ?

— Mais bien sûr, Dulcie. Allons y jeter un coup d'œil. Vous nous accompagnez, lady Daphné ?

— Avec plaisir.

Dulcie était déjà à l'autre bout de la pièce.

— Viens vite la voir, Daphné ! C'est Mme Alice qui l'a faite pour moi.

Sa grande sœur savait depuis longtemps que le meilleur moyen de venir à bout de cette enfant plutôt têtue était encore de se ranger à son avis avant d'engager les négociations.

— Oh, vous êtes déjà là, Hanson, fit lord Mowbray en entrant dans la salle à manger. Justement, j'allais sonner. Dulcie déjeunera avec nous aujourd'hui. Pourriez-vous ajouter un couvert ?

— Bien sûr, Monsieur, dit Hanson en s'inclinant, avant de courir à l'office.

De retour dans la bibliothèque, le comte parcourut la liste des invités que Felicity et lui avaient établie pour le dîner dansant du mois de juillet. Il y ajouta quelques noms, puis se demanda qui il pouvait bien avoir oublié.

A cet instant, il aperçut une paire d'yeux d'un bleu profond qui le contemplait avec intérêt au ras du bureau. Le reste du petit visage apparut ensuite, indiquant que Dulcie s'était hissée sur la pointe des pieds.

— Je suis là, papa.

— C'est ce que je constate, répondit-il en riant. Approche-toi, Dulcie, que je te regarde.

Elle fit le tour du bureau tandis qu'il pivotait sur son siège.

— Mais dis-moi, tu es drôlement jolie ce matin !

— Merci, papa. Mme Alice a cousu cette robe pour moi. C'est ma préférée.

— Ça ne m'étonne pas, dit-il en l'attirant à lui.

Sa benjamine était vraiment une enfant adorable, avec ses yeux presque violets et son flot de boucles blondes. Ses joues rondes de bébé lui donnaient l'air d'un angelot peint par Botticelli... quoique doté d'une volonté de fer.

Dulcie s'appuya contre son genou et le regarda droit dans les yeux.

— Dis, papa, est-ce que je pourrais avoir un cheval ?

— Pourquoi un cheval ? s'étonna-t-il. N'es-tu pas encore un peu petite pour une telle monture, ma chérie ?

— Nounou dit que je grandis vite.

— C'est vrai, néanmoins je crois que tu n'es pas encore prête.

— Mais, papa, je sais déjà monter !

— Certes, et tu te débrouilles très bien avec ton petit shetland. J'ai une idée : je vais t'acheter un nouveau poney, mieux que celui-ci, en attendant que tu sois assez grande pour un vrai cheval.

Rose de plaisir, Dulcie acquiesça avec ardeur.

— Oh, merci, papa ! Et comment est-ce que je vais l'appeler ?

— Je suis sûr que tu lui trouveras un joli nom. En attendant, nous devons rejoindre tes sœurs pour le déjeuner. Au fait, nous ne dirons rien du poney, n'est-ce pas ?

— Non, papa, c'est notre secret !

Je la gâte trop, songea Charles, tandis que sa petite main agrippait la sienne. Mais qui pourrait lui résister ?

Alors qu'ils traversaient le hall d'honneur, main dans la main, Daphné et DeLacy descendaient le grand escalier en toute hâte pour venir à leur rencontre.

Après avoir salué leur père, DeLacy se pencha et planta un baiser sur la joue de sa petite sœur.

— Quelle jolie robe ! murmura-t-elle en caressant les boucles dorées de l'enfant.

Dulcie la gratifia d'un sourire. Elle avait déjà ouvert la bouche pour annoncer la grande nouvelle, quand elle se ravisa. Elle avait promis à son papa de ne rien dévoiler du nouveau poney.

8

Après le « déjeuner spécial », selon l'expression de Dulcie, DeLacy raccompagna cette dernière à la nursery tandis que leur père terminait sa correspondance. Daphné, n'ayant rien de mieux à faire, décida de se rendre à pied à Havers Lodge.

Le manoir, construit à l'époque des Tudor, était situé de l'autre côté du bois aux campanules. Il était occupé depuis des décennies par les Torbett, amis de longue date de la famille Ingham. Daphné et ses sœurs avaient grandi avec leurs fils, prénommés Richard, Alexander et Julian. C'est avec ce dernier, âgé de dix-neuf ans, que Daphné s'entendait le mieux.

Alors qu'elle franchissait le petit pont de pierre enjambant le ruisseau, la jeune fille leva les yeux vers le ciel d'azur pour constater avec joie qu'il n'y avait pas un nuage. En effet, le temps changeait vite dans le Yorkshire, et les averses étaient souvent imprévisibles.

Malgré le haut soleil, une brise fraîche soufflait. Daphné boutonna la veste qu'elle avait eu la bonne idée d'enfiler sur son corsage de soie grise, assorti à sa jupe de laine, puis enfonça ses mains dans ses poches.

Même si elle n'avait pas prévenu Julian de sa visite, elle était certaine de le trouver au manoir, car le samedi était jour de dressage. Le jeune homme adorait les chevaux et ambitionnait depuis toujours d'intégrer un régiment de cavalerie. Et, à sa grande fierté, il serait admis à la prestigieuse académie de Sandhurst dès la fin de l'été. Il avait un jour confié à Daphné qu'il comptait devenir général, et elle ne doutait pas qu'il y parvienne.

Daphné voulait le prévenir que son père venait de l'autoriser à inviter Madge Courtney au dîner dansant du mois de juillet, auquel les Torbett assistaient chaque année. Madge et Julian étaient officieusement fiancés, mais Charles Ingham estimait désormais convenable d'inviter ensemble les tourtereaux, qui scelleraient leur union dès que Julian serait sorti de Sandhurst.

Au loin, de l'autre côté de la longue prairie, Daphné aperçut Genevra. La bohémienne lui adressait un signe de la main. Daphné répondit à son salut, puis obliqua dans le bois aux campanules qu'elle aimait tant.

Il se composait de grands chênes, de sycomores, et de nombreux autres arbres qui s'élançaient vers le ciel. Le sous-bois était tapissé de mousse et d'herbe vert tendre. En hiver, certains buissons se couvraient de baies d'un beau rouge vif, tandis que d'autres se paraient de fleurs au printemps.

A la lisière de la forêt, un ruisseau murmurait parmi les hautes herbes. Petite, Daphné se plaisait à les écarter pour observer têtards et tritons dans les petits bassins où l'eau était claire. Et plus d'une fois, ses sœurs et elle avaient été surprises par des grenouilles bondissant hors de l'eau.

Il lui était aussi arrivé de rencontrer un héron, mais il n'y avait ce jour-là aucune trace du grand oiseau, fin et élégant, qui détonnait dans ces parages ombragés et confinés. Entre les racines et les feuilles mortes, des fleurs sauvages perçaient çà et là. Et bien sûr, les campanules s'étendaient sous le couvert en vastes parterres, en un spectacle à couper le souffle.

Toutes sortes de petits animaux avaient élu domicile dans les recoins, les troncs creux, les anfractuosités du sol et sous les fourrés… De petites bêtes à fourrure, telles que les loirs, les campagnols, les musaraignes et les écureuils. Daphné n'en avait jamais eu peur. Sa grand-tante Gwendolyn, qui avait grandi à Cavendon, lui avait beaucoup appris sur la nature environnante, en particulier les oiseaux. Grâce à elle, Daphné savait par exemple qu'un vol de perdrix s'appelle une *compagnie*. Mais ceux que Daphné affectionnait par-dessus tout, c'étaient les chardonnerets, dont l'appel charmant évoquait le tintement d'une clochette. Tante Gwendolyn affirmait qu'ils chantaient en harmonie les uns par rapport aux autres, et Daphné la croyait sur parole.

Depuis qu'elle avait entendu sa mère désigner sous le nom de *canopée* l'endroit où les cimes des grands arbres s'entrelacent, elle n'employait plus que ce terme. Ce jour-là, on apercevait des taches de ciel bleu à travers la canopée, qui laissait filtrer de longs rayons de soleil.

Daphné mesurait la chance qu'elle avait d'habiter un si merveilleux domaine. A sa gauche, dès la sortie du bois, la lande interminable se déployait jusqu'à l'horizon. Ce paysage, austère et implacable en plein hiver, se révélait charmant à la fin de l'été, quand la bruyère était en fleur, immense mer violette qui s'étendait presque jusqu'à la côte.

Mais pour leurs pique-niques en famille, les Ingham avaient toujours préféré les bois. « Oh, il fait meilleur à l'ombre », disait leur grand-tante Gwendolyn en suivant vaillamment les jeunes. Elle tenait à participer à toutes les réjouissances, et pour rien au monde elle n'aurait manqué le grand bal annuel de Cavendon. « Dans mon jeune temps, j'étais toujours la reine de la fête, vous savez ! » affirmait-elle avec coquetterie.

Le grand bal… Daphné pensa un instant aux taches d'encre. Son reflet dans le miroir était souillé. Mais cette vision se dissipa aussitôt. Elle était absolument certaine que Cecily réussirait à récupérer la belle robe blanche, et qu'elle pourrait la porter malgré tout.

Au déjeuner, DeLacy avait avoué à son père l'affreux accident dont elle était responsable. Comme toujours, il s'était montré compréhensif, se contentant de lui rappeler avec fermeté qu'elle n'aurait pas dû jouer avec un vêtement aussi précieux.

En revanche, il avait été frappé par la réaction de Cecily, prête à essuyer une réprimande imméritée dans le but d'épargner son amie.

« C'est une vraie Swann, avait-il dit. Elle n'hésite pas à se mettre en danger pour protéger un membre de la famille Ingham. Souviens-toi de notre devise et de la leur, DeLacy : *Loyaulté me lie.* Les Ingham sont indissociables des Swann. »

C'est ma foi vrai, songea Daphné. Et il en sera toujours ainsi.

Alors que les arbres se faisaient plus rares, elle leva les yeux et traversa la route pour pénétrer sur les terres des Torbett.

Les briques roses de Havers Lodge dégageaient une impression chaleureuse et accueillante. Le manoir s'ornait, comme la plupart des nobles demeures de l'époque élisabéthaine, de plusieurs petites tourelles, tandis que la façade était percée de nombreuses fenêtres.

A l'arrière, la pelouse impeccablement tondue était bordée de topiaires. Une allée pavée d'immenses dalles de calcaire mena Daphné jusqu'à la terrasse. Puis la jeune fille contourna le bâtiment par la droite pour atteindre l'entrée principale, une lourde porte de chêne et de fer forgé.

A peine eut-elle laissé retomber le heurtoir que le majordome des Torbett lui ouvrit en souriant.

— Oh, bonjour, lady Daphné ! Je vous en prie, mademoiselle, veuillez entrer.

— Merci, Williams, répondit-elle avec une petite révérence.

— Dois-je prévenir Mme Torbett de votre visite ? Mais peut-être vous attend-elle déjà ?

— Non, Williams, je passais seulement voir M. Julian. Auriez-vous la gentillesse d'aller le prévenir ?

— Hélas, mademoiselle, j'ai bien peur qu'il soit sorti. Mais il n'en a sans doute pas pour longtemps, car il est parti à pied.

— Alors vous lui transmettrez le bonjour de ma part. Et dites-lui de passer à Cavendon à l'occasion. Il s'agit d'une invitation, mais rien ne presse.

— Je n'y manquerai pas, mademoiselle, répondit Williams en la raccompagnant.

Le majordome n'avait jamais vu d'aussi jolie jeune femme. Promise au fils d'un duc. Du moins, c'était ce qu'il avait entendu dire…

9

Daphné parcourait le sentier forestier en sens inverse depuis quelques minutes, lorsqu'elle entendit les feuilles bruire. Ne voyant rien d'inhabituel, elle se contenta de hausser les épaules. Des écureuils qui jouent, se dit-elle. Soudain, elle s'arrêta net en apercevant le héron, planté au bord du ruisseau sur ses longues pattes élégantes.

Elle ne put s'empêcher de sourire de plaisir. Quel drôle d'endroit pour un échassier ! Pourtant, il ne cessait d'y revenir. Sans doute appréciait-il lui aussi ce ruisseau, l'ambiance de ce sous-bois... Il devait s'y sentir chez lui.

Ces considérations furent coupées net quand quelque chose la frappa violemment dans le dos, au point qu'elle fut précipitée à terre sans avoir le temps de se protéger la tête. Elle resta un instant étendue sur le sol, stupéfiée et étourdie par le choc. Comprenant enfin qu'elle venait d'être attaquée, elle tenta de se relever, mais ne parvint qu'à se redresser sur les genoux avant d'être plaquée au sol.

Elle se débattit en vain contre la force brute qui pesait sur elle de tout son poids. Et tout à coup, elle fut retournée sans ménagement.

Allongée sur le dos, Daphné se retrouva face à son agresseur. Sa tête et son visage étaient camouflés par un foulard gris foncé qui ne laissait apparaître que ses yeux, cruels et froids.

Comprenant qu'elle n'avait aucune chance de lui échapper, elle se mit à trembler de terreur et tenta une dernière fois de le repousser avec l'énergie du désespoir. En vain.

D'une main, il commençait en effet à lui serrer le cou. Elle était persuadée qu'il allait l'étrangler. Au lieu de quoi, il déchira le devant de son chemisier et se coucha sur elle. Il se mit à lui pétrir les seins, à en pincer un de plus en plus fort. Elle cria de douleur ; il la bâillonna d'une main. De l'autre, il retroussa sa jupe.

Pétrifiée d'horreur, Daphné comprit ses intentions. Elle ferma les yeux, priant Dieu pour qu'il ne la tue pas quand il en aurait fini avec elle.

C'est alors qu'il la viola.

La douleur était insoutenable, Daphné avait l'impression d'être lacérée de l'intérieur. Il aurait été inutile de se remettre à crier. Grinçant des dents, elle détourna la tête. Elle ne pouvait rien faire... si ce n'était ne plus penser, se dissocier complètement de ce qui était en train de lui arriver.

Tout à coup, il sc mit à haleter, secoué de soubresauts frénétiques, avant de se laisser tomber sur elle de tout son poids avec un long gémissement. Son corps était maintenant mou comme une chiffe.

Daphné profita de cet instant. D'un geste brusque, elle arracha le foulard qui le masquait. Lorsqu'elle découvrit son visage, elle fut saisie d'effroi, n'en croyant pas ses yeux.

L'homme qui venait de la violer n'était autre que Richard Torbett, le frère de Julian. Encore sous le choc de l'agression, horrifiée que quelqu'un de sa connaissance ait pu agir ainsi, elle resta frappée de mutisme.

Torbett, furieux d'avoir été confondu, avait maintenant le teint rouge brique.

— Si tu en parles à qui que ce soit, je les tue, siffla-t-il tout contre son oreille. Ta mère et ta petite sœur. Je connais certains hommes prêts à me rendre ce service contre quelques livres sonnantes et trébuchantes. Alors motus ! C'est compris ?

Daphné hocha la tête en silence.

— Souviens-toi bien : pas un mot, dit-il en se relevant.

Daphné ferma les yeux. Elle entendit craquer les feuilles tandis qu'il coupait à travers les fourrés, craignant sans doute d'être vu sur le sentier. Incapable de bouger, elle resta étendue sur le dos. Il lui semblait avoir été rouée de coups. Estourbie, désorientée et percluse de douleur, elle tenta de calmer sa respiration, dans l'espoir de retrouver la force de marcher. Les larmes ne tardèrent pas à filtrer derrière ses paupières, puis à couler le long de ses joues. Sa seule certitude était qu'il ne reviendrait pas. Il avait pris ce qu'il voulait.

Daphné sentit une main essuyer ses larmes, lui caresser le visage avec douceur.

— Lady Daphné ! Lady Daphné !

Daphné ouvrit les yeux et découvrit Genevra, la gitane, qui la regardait d'un air inquiet.

— Genevra...

La jeune fille lui tendit la main pour l'aider à se redresser.

— V'nez donc, ma bonne demoiselle. Ça se couvre, il va p'têt' même pleuvoir.

Daphné parvint enfin à se relever. Aussitôt, elle rajusta ses vêtements et ferma sa veste sur son chemisier déchiré. Genevra lui ramassa son chapeau, tombé à quelques pas de là. Daphné s'en coiffa, puis, épaulée par la bohémienne, se mit en marche clopin-clopant vers Cavendon. Lorsqu'elles atteignirent le bout du sentier, Genevra s'arrêta et plongea ses yeux dans ceux de Daphné.

— Z'avez fait une mauvaise chute, mam'zelle.

Daphné la regarda sans comprendre.

— Z'êtes tombée dans le bois, lady Daphné. Voilà ce qui vous est arrivé.

— Je suis tombée, répéta Daphné en opinant du chef.

A cet instant, elle comprit que Genevra avait assisté à toute la scène. Elle frémit d'horreur à cette pensée.

— Allez-y, dit la bohémienne en indiquant Cavendon au sommet de la colline. Allez vite, lady Daphné. Là-bas, vous risquez rien.

Sur ce, elle sourit puis s'éloigna en courant vers la longue prairie.

Daphné la suivit du regard et s'aperçut qu'elle ne l'avait même pas remerciée. Au vu des circonstances, sa négligence était bien excusable. Elle était encore sous le choc de cette monstrueuse agression, et n'arrivait pas à croire qu'un homme de sa propre caste, un aristocrate – qu'elle avait toujours connu de surcroît –, ait pu en être l'auteur.

10

Genevra avait vu juste : il commençait à pleuvoir. Daphné sentit les premières gouttes sur son front alors qu'elle atteignait Cavendon. De peur de croiser quelqu'un, elle évita aussi bien la cuisine que la porte principale et entra par le jardin d'hiver, une pièce que seule sa mère et elle fréquentaient. Or Felicity était à Harrogate.

Une fois à l'intérieur, Daphné ressentit un profond soulagement. Elle se demanda comment elle avait trouvé la force de gravir la colline, car si Genevra ne l'avait soutenue, pas à pas, elle n'aurait jamais pu sortir du bois.

Elle entreprit de monter l'escalier de service. Son dos la faisait tant souffrir qu'elle dut s'asseoir sur une marche pour se reposer quelques instants. Elle avait besoin d'un bon bain chaud afin de soulager son corps endolori et tuméfié, mais aussi afin de mettre de l'ordre dans son esprit confus.

Après avoir repris son souffle, elle finit par se relever et poursuivit l'ascension de l'étroit escalier. Lorsqu'elle atteignit le couloir qui desservait les chambres, elle se retrouva nez à nez avec DeLacy et Cecily, les bras chargés de robes d'été, Alice dans leur sillage.

— Daphné ! s'écria DeLacy. Pour l'amour de Dieu, que t'est-il arrivé ? On dirait que quelqu'un t'a fait traverser une haie en te traînant par les pieds !

Cecily semblait tout aussi surprise.

Interdite, Daphné ne répondit pas et se tassa encore davantage contre le mur auquel elle était appuyée.

Alice Swann prit la situation en main. A ses vêtements dépenaillés et à son expression d'effroi, elle comprit que quelque chose de terrible venait d'arriver à la jeune fille.

— Emportez donc les robes dans le salon de couture, dit-elle aux fillettes. Et pourquoi n'en essayeriez-vous pas une ou deux, lady DeLacy ? Cecily pourra vous aider à choisir celles que vous préférez. Je vous rejoins dans un instant.

Comprenant qu'il était préférable de ne pas discuter, Cecily et DeLacy s'exécutèrent aussitôt.

Pendant ce temps, Daphné s'était péniblement remise en marche. Alice se précipita pour lui offrir son bras puis la conduisit jusqu'à sa chambre.

Après avoir refermé la porte, elle chercha comment s'enquérir avec tact de ce qui lui était arrivé. Elle remarqua la manche de veste déchirée et le chemisier aux boutons arrachés, que Daphné essayait en vain de dissimuler.

La jeune fille rompit le silence la première :

— Il s'est passé quelque chose... dit-elle d'une voix chevrotante.

Sur ce, elle s'écroula dans un fauteuil et se mit à trembler de tous ses membres.

Alice remarqua que les vêtements étaient également souillés d'herbe et de boue. Et là, sur la jupe, n'était-ce pas une tache de sang ? Elle craignait le pire.

— Quelque chose de grave ? demanda-t-elle en s'approchant doucement. C'est bien cela, Mademoiselle ?

Daphné restait muette. Alors qu'elle aurait tant eu besoin de se confier, elle était terrorisée par la menace de Torbett à l'encontre de sa mère et de Dulcie. A cette pensée, elle se mit à sangloter sans retenue.

Alice s'agenouilla près d'elle et prit ses mains dans les siennes.

— Je suis là pour vous aider, lady Daphné. Allez-y, laissez les larmes couler, ça vous fera du bien, assura-t-elle en lui tendant un mouchoir propre.

Elle se releva pour verrouiller la porte, puis revint près de Daphné, s'efforçant de lui apporter un peu de réconfort par sa seule présence. Progressivement, les pleurs de la jeune fille se calmèrent. Elle s'essuya les yeux une dernière fois et se tourna vers Alice.

— Je suis tombée, et puis je...

— Chut, Mademoiselle ! Je n'ai pas besoin de savoir. N'en dites pas un mot ! C'est compris ?

— Oui, répondit Daphné en la regardant droit dans les yeux.

— Et surtout, ne faites confiance à personne dans cette maison ! Sauf à vos parents, bien sûr. Et aussi à Walter, Cecily et moi. Les Swann seront toujours là pour vous protéger. Je vous en prie, prononcez le vœu de nos ancêtres ! l'exhorta Alice en étendant le bras, poing serré.

Daphné acquiesça, profondément soulagée. De sa main droite, elle recouvrit le poing d'Alice.

— *Loyaulté me lie*, déclara-t-elle en vieux français.

A son tour, Alice répéta la devise.

— *Nos destins sont liés pour l'éternité*, dirent-elles en chœur, leurs quatre mains jointes.

Elles restèrent silencieuses quelques instants, puis Alice se releva.

— Je pense que vous feriez mieux de vous déshabiller, Mademoiselle. Un bon bain chaud vous détendra. Voulez-vous que je vous aide ?

— Non, non, merci, madame Alice. Je crois pouvoir y arriver toute seule.

Alice comprit son besoin d'intimité.

— Alors laissez-moi au moins vous débarrasser de votre chapeau, lady Daphné.

La jeune fille se dirigea en claudiquant vers la salle de bains, l'esprit agité de mille pensées. Pourquoi Alice lui avait-elle recommandé de ne faire confiance à personne, hormis ses parents et les Swann ?

— Quant à ces vêtements, je vais les emporter chez moi pour les repriser, poursuivit la couturière. On n'y verra que du feu !

— Mais...

— Il n'y a pas de « mais », Mademoiselle. Il serait fâcheux qu'une femme de chambre les trouve, ne croyez-vous pas ?

Daphné se contenta d'acquiescer.

— Bien. Je dois maintenant rassurer DeLacy et Cecily, leur raconter quelque chose pour satisfaire leur curiosité. A propos, où êtes-vous tombée, lady Daphné ? Dans les bois, je présume ?

— Oui, dans les bois, répondit Daphné, la gorge nouée.

— Je n'en ai pas pour longtemps, Mademoiselle. Et je ferme votre porte à clé. Ainsi, vous ne serez pas dérangée.

— Est-ce que Daphné va bien ? s'empressa de demander DeLacy dès qu'Alice pénétra dans le salon de couture.

— Mais oui, très bien, répondit cette dernière avec un sourire rassurant. Oh, cette robe en mousseline rose vous va à ravir, lady DeLacy ! Elle sera parfaite pour le bal de printemps qui aura lieu à la fin du mois. Tu ne crois pas, Cecily ?

— Si, maman. Cette couleur est idéale pour DeLacy. Et puis, ça change du bleu... poursuivit la fillette en riant. Dans cette famille, vous ne jurez que par le bleu ! Excuse-moi, DeLacy, mais c'est la pure vérité.

— Je sais, je sais... Grand-tante Gwendolyn nous traite de vieux bonnets de nuit. Elle se demande pourquoi nous tenons toujours à assortir nos toilettes à la couleur de nos yeux, et affirme que nous devrions plutôt porter du violet, la couleur royale !

— Depuis que je la connais, elle le répète à qui veut l'entendre ! renchérit Alice en riant à son tour.

— Daphné est tombée dans les bois, n'est-ce pas, madame Alice ? s'enquit DeLacy en faisant tournoyer la robe de soie légère. Elle devait rendre visite à Julian Torbett pour lui annoncer que sa fiancée pourrait l'accompagner au grand bal. A l'approche de l'orage, j'imagine qu'elle s'est mise à courir et qu'elle a trébuché.

— Vous avez tout compris, Mademoiselle ! confirma Alice.

Les Torbett... Le comte et la comtesse n'avaient jamais regardé d'un bon œil l'amitié de Julian et de lady Daphné, craignant qu'elle ne se transforme en attachement. Par chance, le jeune homme était accaparé par ses projets de carrière et Daphné n'éprouvait à son égard que des sentiments platoniques.

Il est vrai qu'elle nourrissait de plus grandes ambitions matrimoniales, inculquées par son père dès son plus jeune âge.

Alice avait toujours trouvé les Torbett un peu bizarres. Ils se donnaient des airs, mais leur fortune n'était pas aussi importante qu'ils auraient aimé le laisser croire. Pour Hanson, ce n'était qu'une bande de prétentieux qui se poussaient du col ; il le répétait souvent à Walter.

D'un autre côté, Hanson était lui-même un peu snob et avait tendance à mépriser les familles moins titrées que les Ingham. Quoi qu'il en soit, son point de vue ne faisait que confirmer l'impression d'Alice.

Plongée dans ces considérations, Alice s'approcha de la tringle à vêtements et choisit une robe de taffetas couleur miel.

— Et celle-ci, Mademoiselle… ?

A cet instant, on frappa à la porte. C'était Walter.

— Désolé de vous interrompre, mesdames, mais Monsieur le comte aimerait que lady DeLacy descende pour le thé. Lady Gwendolyn vient d'arriver, elle attend déjà dans le salon jaune.

— Mon Dieu, nous allions oublier l'heure du thé ! s'exclama Alice. Dépêchez-vous, Mademoiselle !

Et moi je ferais mieux d'aller voir comment se porte Daphné, songea-t-elle en tendant la robe à Cecily avant de suivre son mari dans le couloir.

— Madame est-elle rentrée de Harrogate ? s'enquit-elle.

— Non, pas encore. Elle devrait arriver d'ici une heure au moins.

— Parfait, à ce soir ! dit-elle en lui pressant tendrement le bras pour prendre congé.

A l'étage inférieur, elle se glissa dans la chambre de Daphné et prit soin de refermer la porte à clé. La jeune fille n'y était pas. En revanche, Alice avisa la pile de vêtements pliés sur un fauteuil. Elle réussirait à réparer le chemisier déchiré. La veste était couverte de taches de boue et de longues traînées vertes laissées par l'herbe, mais c'était la jupe, crottée et tachée de sang, qui avait le plus souffert. Armée des produits adéquats et des méthodes dont elle avait le secret, elle se savait cependant capable de les récupérer.

Alice les replia avec soin, avant de se saisir du jupon. En plus des taches de sang, elle y décela des auréoles humides et douteuses. Elle les renifla, puis détourna la tête avec dégoût. Ses pires craintes se confirmaient : lady Daphné avait été agressée par un homme, cela ne faisait aucun doute.

Alice se laissa tomber dans le fauteuil, le cœur lourd. Le scélérat qui avait perpétré un tel crime sur une innocente de dix-sept ans méritait le plus sévère des châtiments. Elle se demanda alors si l'un des jardiniers ou des bûcherons avait pu voir quelque chose. En effet, plusieurs membres de la famille Swann étaient employés sur le domaine... Alice chargerait Walter de mener son enquête auprès d'eux.

Quelques instants plus tard, lady Daphné sortit de la salle de bains, emmitouflée dans son peignoir. Elle sourit brièvement en apercevant Alice.

— J'espérais ne pas avoir de bleus au visage, mais je viens de me découvrir une petite marque, là, sur la pommette. Que vais-je bien pouvoir raconter à maman et papa, madame Alice ?

Alice s'approcha pour l'examiner.

— Ce n'est pas si grave, lady Daphné. Un peu de poudre et de rouge suffira à camoufler cette égratignure. Et puis, vous avez trébuché, n'est-ce pas ? Si vous avez basculé en avant, vous avez très bien pu vous blesser au visage en tombant sur une souche ou des racines... Rien de cassé, sinon ?

— Non, juste quelques hématomes. Avez-vous vu DeLacy et Cecily ?

— Oui, DeLacy a imaginé toute seule que vous aviez fait une mauvaise chute dans les bois, car vous deviez vous rendre à Havers Lodge.

— C'est exact, elle a dû m'entendre en parler avec papa après le déjeuner.

— A propos, DeLacy est descendue prendre le thé avec votre grand-tante et votre père. Souhaitez-vous vous joindre à eux ?

— Je préfère rester ici, répondit Daphné en secouant la tête. J'espère être en mesure de descendre dîner, mais pour le moment...

— Bien sûr, Mademoiselle, reposez-vous ! A votre place, je me mettrais au lit. Et si vous n'y voyez pas d'inconvénient, je vais demander à Walter d'expliquer à votre père que les nombreux essayages vous ont fatiguée.

— Merci, madame Alice, vous pensez à tout. Merci… du fond du cœur.

11

Un sourire extatique aux lèvres, lady Gwendolyn Ingham Baildon balayait du regard le grand vestibule de Cavendon. C'était sa première visite au château depuis son retour de Londres, deux jours plus tôt.

Elle n'était pourtant restée qu'une petite semaine dans la capitale. Mais à ses yeux, il n'y avait pas de plus bel endroit au monde que Cavendon. Elle ne ressentait une telle sensation d'euphorie et de parfait contentement nulle part ailleurs que dans cette grande maison, chargée de tant de souvenirs. Elle y avait passé toute sa vie.

Bien alignés au-dessus du grand escalier incurvé, les portraits à l'huile de ses ancêtres et de ses parents la contemplaient : Florence, sa mère, et Marmaduke, son père, quatrième comte du domaine. Juste à côté, on pouvait admirer son frère David, le cinquième comte, si séduisant, ainsi que sa charmante épouse, Constance, disparue bien avant l'âge. Lady Gwendolyn poussa un soupir. Son mari, Paul Baildon, l'avait laissée veuve de bonne heure.

S'arrachant à sa rêverie, elle se dirigea vers le petit salon jaune où l'on servait le thé, selon un rituel immuable.

Gwendolyn était née dans cette maison soixante-douze ans auparavant, elle y avait grandi aux côtés de David et de leur sœur Evelyne. Elle en connaissait le moindre recoin, la moindre cachette et n'ignorait rien de son histoire et de celle de ses habitants... ou presque.

Elle se prit à sourire, amusée. A vrai dire, seuls les Swann savaient tout. Ils se transmettaient l'histoire du château de génération en génération, au moyen de registres remplis d'inventaires, de chroniques et de notes interminables... Lady Gwendolyn le tenait de source sûre : c'est un membre de la famille Swann qui le lui avait révélé.

— Seigneur, que serions-nous devenus sans les Swann ? soupira-t-elle à mi-voix.

En entrant dans le salon jaune, elle ne trouva que son neveu, qui se leva d'un bond pour l'accueillir.

— Quel plaisir de vous retrouver parmi nous ! déclara-t-il après avoir déposé un baiser sur sa joue.

— Merci, Charles, le plaisir est partagé. Suis-je la première ?

— Ma foi, oui. Je crains que nos rangs ne soient clairsemés cet après-midi. Felicity est partie rendre visite à Anne, accompagnée de Diedre. Mais DeLacy ne devrait pas tarder.

A cet instant, le majordome pénétra dans la pièce avec sa discrétion coutumière et salua lady Gwendolyn.

— Monsieur souhaite-t-il que le thé soit servi ?

— Oui, merci, Hanson. Mais peut-être pourriez-vous signaler à lady DeLacy que nous l'attendons.

— J'ai pris la liberté de le faire il y a un instant, Monsieur.

— Excellente initiative. J'ai bien peur que la ponctualité ne soit pas le fort de cette enfant...

— Daphné se joint-elle à nous ? s'enquit Gwendolyn tandis que Hanson se retirait.

— Je ne le crois pas. Elle est fatiguée après avoir passé la journée à essayer des toilettes de bal et nous prie de l'excuser.

Sur ces entrefaites, DeLacy arriva en courant.

— Désolée, papa ! s'écria-t-elle, avant d'embrasser tour à tour Gwendolyn et son père. Ma tante, vous viendrez aux soirées dansantes, n'est-ce pas ? Ainsi qu'au grand bal ? Ce n'est jamais aussi drôle quand vous n'êtes pas là !

— Quel amour ! Bien sûr, ma jolie. J'ai toujours pensé que les bals de l'été sont les plus réussis à Cavendon.

Puis elle se pencha vers sa nièce et ajouta à mi-voix :

— Je t'en prie, ma chérie, essaie de porter autre chose que du bleu cette saison, veux-tu ? Il ne faut pas se laisser aller à la facilité...

Remarquant l'étincelle de malice qui pétillait dans les yeux de la vieille dame, d'un bleu intense, DeLacy rit sous cape.

— Justement, je n'y manquerai pas, répondit-elle avec une mine complice.

A cet instant, deux valets de pied entrèrent en poussant les dessertes à thé chargées de victuailles, suivis de Hanson qui supervisait le bon déroulement des opérations.

Tandis qu'ils commençaient à se servir, Charles se demandait s'il devait informer sa tante de la visite imminente de Hugo. Il ne pouvait pas la mettre devant le fait accompli à la dernière minute... Il n'avait pas le choix. En revanche, il ne mentionnerait pas Little Skell Manor, ni les conflits qu'il redoutait.

Sur l'insistance de DeLacy, il prit une part de gâteau roulé, puis reposa sa fourchette après la première bouchée.

— Tante Gwendolyn, j'ai reçu ce matin une lettre de Suisse, dit-il enfin. Et vous ne devinerez jamais de qui.

— Certes non... Je ne connais personne en Suisse !

— Elle est de Hugo Stanton, reprit-il d'un ton égal, scrutant la réaction de la vieille dame.

— Bonté divine ! Après toutes ces années de silence ! Mais… je croyais qu'il avait émigré en Amérique ?

— En effet…

— Une décision bien téméraire, à mon avis. Beaucoup trop précipitée.

— D'après sa lettre, il a plutôt bien réussi, ma tante, et il a conclu un bon mariage. Malheureusement, son épouse est morte l'an passé. D'après ce que je comprends, ils vivaient à Zurich depuis quelques années.

— Je vois, fit Gwendolyn d'un air détaché, avant de porter sa tasse à ses lèvres.

— Quoi qu'il en soit, poursuivit Charles, Hugo m'informe qu'il doit venir à Londres pour ses affaires, et propose de nous rendre visite. Il se demande sans doute quel type d'accueil nous sommes prêts à lui réserver.

Un court silence s'ensuivit.

— En ce qui me concerne, il sera le bienvenu, cela va sans dire, déclara enfin lady Gwendolyn. J'ai toujours apprécié Hugo et je n'ai jamais cru un seul instant qu'il pouvait être impliqué dans la mort de son frère. Ce n'étaient que sornettes et balivernes !

— Tel est aussi mon point de vue.

— Quand arrive-t-il ?

— Oh, pas avant l'été.

— Dans tous les cas, je suis impatiente de le revoir, ajouta lady Gwendolyn avec un sourire bienveillant.

Charles se contenta d'acquiescer. Mieux valait ne pas en dire davantage pour le moment.

— Maman, Diedre, vous êtes déjà là ! s'écria DeLacy quelques minutes plus tard. Juste à temps pour le thé !

Tout aussi surpris, le comte se leva pour les accueillir.

— As-tu passé une bonne journée avec Anne ? demanda-t-il en offrant le bras à son épouse.

— Excellente, répondit cette dernière d'un ton aussi anodin que possible.

— Bonjour, tante Gwendolyn, dit Diedre.

A son tour, Felicity embrassa la vieille dame, posa une main affectueuse sur l'épaule de DeLacy, puis s'assit en face d'elles.

Toujours réactif, Hanson apparut, escorté d'un valet qui servit le thé à la comtesse et à lady Diedre. Tandis que le cérémonial du *five o'clock* recommençait, lady Gwendolyn remarqua que sa nièce semblait nerveuse, une fois de plus. Les traits de Felicity étaient tirés, une ombre ternissait ses yeux vert clair. Il y a un problème, songea la vieille dame. Quelque chose de terrible, qui la ronge… Mais quoi ?

12

Lady Diedre Ingham, la fille aînée du comte, partageait depuis son enfance une grande complicité avec lady Gwendolyn. Toutes deux pragmatiques et organisées, elles étaient faites du même bois et se ressemblaient même physiquement, aussi bien par les traits du visage que par la silhouette.

Quoiqu'elle n'ait pas la beauté saisissante de Daphné, ni la joliesse pétillante de DeLacy, Diedre arborait néanmoins un visage fort avenant, régulier et illuminé de beaux yeux bleus, caractéristiques des Ingham.

Comme sa tante, dont elle avait hérité le style et l'élégance naturelle, Diedre était grande et élancée. Toutes deux avaient une préférence pour les vêtements stricts, bien ajustés, ainsi que les bijoux discrets, précieux mais pas tape-à-l'œil.

Elles partageaient souvent le même point de vue, et dès que Diedre affrontait un dilemme ou une situation délicate, c'était vers lady Gwendolyn qu'elle se tournait. Douée d'un bon sens hors du commun pour ses vingt ans, elle recherchait souvent conseils ou réconfort auprès de sa tante.

Or, à cet instant précis, la jeune femme aurait bien eu besoin de se confier, mais il n'était pas question d'interrompre le *five o'clock* pour s'entretenir avec lady Gwendolyn en aparté dans un coin de la pièce. Un peu plus tard, cependant, elle pourrait peut-être la raccompagner à Little Skell Manor et lui faire part en chemin de son inquiétude. Car leur tante, Anne Sedgewick, se mourait.

Le ton sérieux de son père tira la jeune femme de sa rêverie.

— Tu comprendras ma surprise, très chère. Une lettre de Hugo, après tant d'années ! Mais ce n'est pas tout. Il viendra à Londres d'ici peu, et il demande par la même occasion si nous pourrions le recevoir à Cavendon.

Diedre remarqua alors que le visage de sa mère s'éclairait à ces mots.

— Oh, Charles, comme je suis heureuse d'avoir enfin de ses nouvelles ! Je me suis souvent demandé ce qu'était devenu notre cher Hugo. Etre ainsi forcé de quitter son propre foyer, quelle tragédie !

— Notre cousin n'était-il pas… tombé en disgrâce ? avança prudemment Diedre.

— Hugo n'a jamais rien eu à se reprocher, trancha lady Gwendolyn avant que Charles puisse répondre. C'est plutôt la réaction insensée de ma sœur qu'il aurait fallu condamner, et je ne me suis pas privée de le lui dire sans aucune équivoque. J'ai toujours regretté de ne pas m'être montrée plus ferme, ou du moins plus persuasive.

— Rien n'aurait pu la faire changer d'avis, argua Felicity. Tante Evelyne a toujours été une femme obstinée, et dans ce cas précis elle avait besoin d'un bouc émissaire.

— Mais le frère de Hugo n'est-il pas mort dans le lac… noyé ? hasarda DeLacy.

Le regard de réprimande que lui jeta Diedre réduisit la fillette au silence.

— Assez parlé du passé, conclut Charles. Il nous faut maintenant aller de l'avant, et l'avenir s'annonce sans nuages, pour nous comme pour Hugo. Je ne doute pas qu'il reprenne vaillamment son brillant parcours, malgré les épreuves de sa jeunesse et la récente disparition de sa femme. C'est un Ingham, après tout. Dans la famille, nous ne nous sommes jamais laissé abattre. Et puis, à trente-deux ans, il a toute la vie devant lui.

— Voilà qui est parler ! renchérit lady Gwendolyn.

— Quand viendra-t-il ? demanda Felicity.

— Cela ne dépend que de moi, ou plutôt de nous, mon amie. Je pense lui proposer de venir en juillet, à l'occasion du voyage qu'il doit faire à Londres.

Felicity acquiesça.

— Il me semble qu'une visite en fin de semaine serait préférable. Qu'en dites-vous, très chère ? suggéra Gwendolyn en se tournant vers sa nièce.

— En effet, c'est une bonne idée, répondit la comtesse.

— Alors la question est réglée, dit Charles, rayonnant. Je vais vérifier nos divers engagements dans le calendrier, afin d'indiquer à Hugo quel week-end conviendrait le mieux.

— Oh, s'il te plaît, papa, invite-le un soir de dîner dansant ! Tu sais que nous manquons toujours de cavaliers. Parfois, nous sommes même obligées de danser entre nous !

Charles retint un rire.

— Allons, allons, DeLacy ! Ces préoccupations ne devraient pas être celles d'une enfant de douze ans ! répliqua-t-il d'un ton qu'il s'efforçait en vain de rendre sévère.

Le comte avait depuis longtemps renoncé à réprimander sa fille préférée pour ses sorties, parfois effrontées. Dans une certaine mesure, il appréciait son impertinence.

En se levant, lady Gwendolyn dissimulait elle aussi un sourire amusé.

— Mes enfants, je vous remercie pour le thé. Je dois maintenant rentrer au manoir pour prendre un peu de repos. Londres m'a épuisée.

— Puis-je vous raccompagner, ma tante ? proposa Diedre.

— Naturellement, très chère. Avec plaisir.

— Oh, je peux venir aussi ? lança DeLacy en sautant sur ses pieds.

Le premier mouvement de Diedre fut de refuser, néanmoins elle se ravisa aussitôt.

— Mais oui, si tu en as envie...

Après tout, il vaut peut-être mieux que DeLacy apprenne ce qui se passe, songea Diedre alors qu'elles quittaient le salon jaune. Elle est en âge de comprendre les réalités de la vie.

Toute la famille, en particulier leur mère, serait terriblement affectée par la mort imminente de leur tante Anne.

Lorsqu'ils se retrouvèrent seuls, Felicity vint s'asseoir près de son mari sur le canapé.

— Les nouvelles sont mauvaises, déclara-t-elle sans préambule. Anne est mourante.

Charles ne put cacher son étonnement.

— Comment est-ce possible ? Tu m'avais pourtant dit qu'elle allait mieux, et qu'elle t'invitait pour célébrer sa rémission...

— C'est ce que je croyais. Vendredi dernier, au téléphone, elle m'a annoncé que les médecins venaient de lui transmettre les résultats de ses dernières analyses. Puis elle a ajouté qu'elle n'était plus inquiète, que tout se passerait bien. Malheureusement, elle n'entendait pas par là ce que de mon côté j'ai compris.

— Et qu'entendait-elle au juste ?

— Qu'elle n'a plus à s'inquiéter car elle sait enfin quelle sera l'issue de sa maladie, et combien de temps il lui reste à vivre.

Charles prit alors la main de sa femme dans les siennes.

— Oh, Felicity ! Tu m'en vois profondément navré... Pour Anne et pour toi, ma chère amie.

Alors qu'il contemplait intensément son visage délicat, nimbé d'un halo de cheveux blond vénitien, il sentit l'émotion le submerger. Comment pourrait-elle surmonter une telle épreuve ?

Elle se blottit contre lui et il passa un bras autour de ses épaules. Sa belle-sœur, Anne Sedgewick, était un modèle d'intelligence, de bonté et d'humour, et également une artiste peintre exceptionnelle. Ses natures mortes, désormais célèbres, avaient gagné les faveurs des collectionneurs. Quelle tristesse de voir disparaître une telle femme ! Charles n'avait pas le courage de demander combien de temps il lui restait encore à vivre.

— Pardonne-moi de te l'avoir annoncé de façon si brutale, dit Felicity. Mais c'est un tel choc...

Elle éclata en sanglots et Charles resserra son étreinte, pleurant lui aussi à chaudes larmes. Tout à leur chagrin, ils ne remarquèrent pas que Hanson s'éclipsait en catimini, chassant devant lui les deux valets de pied.

Dans l'obscurité de sa chambre aux rideaux tirés, Daphné avait fini par s'endormir, à court de larmes. Alors qu'elle s'éveillait, encore pelotonnée au fond de son lit, une vague de pure angoisse s'abattit sur elle. Que faire, à présent ? Terrorisée par la menace de Richard Torbett, elle ne pouvait se confier à personne, surtout après la mise en garde de Mme Alice. Cette dernière avait tout deviné. Elle en aurait mis sa main à couper.

Sur le moment, lors de cette ignoble agression, Daphné était persuadée que le violeur l'étranglerait quand il en aurait fini. Certes, il ne l'avait pas tuée physiquement, mais il n'en avait pas moins détruit sa vie. En même temps que sa virginité, il lui avait dérobé tout espoir d'épouser un jour le fils d'un duc... ou qui que ce soit d'autre.

Son horizon était condamné, l'avenir ne lui réservait plus qu'un quotidien morne, et solitaire.

13

Alors qu'ils finissaient de dîner à la cuisine, Cecily était pendue aux lèvres de son grand frère, Harry, âgé de quinze ans.

— C'est donc Richard Neville, le comte de Warwick, qui a mis Edouard Plantagenêt sur le trône d'Angleterre. Il n'avait que dix-huit ans quand on l'a couronné. Tu te rends compte ?

— Tu en sais des choses, Harry... Je comprends pourquoi tu étais le premier de ta classe à l'école !

— Le comte de Warwick habitait Middleham Castle. Nous y sommes allés une fois avec tante Charlotte, tu te souviens ? Crois-tu qu'elle voudrait bien nous emmener encore une fois ? Ce lieu est chargé d'histoire !

— Nous pourrions le lui demander demain à l'heure du thé. Ce n'est pas très loin, elle acceptera peut-être d'y retourner cet été.

Harry acquiesça et Cecily continua de l'observer tandis qu'il finissait son dessert préféré, une pomme au four. Il paraissait plus que son âge, peut-être en raison de son sérieux, ou de l'intelligence qui brillait dans ses yeux gris. En outre, il avait hérité de la haute taille et de la large carrure de son père. Son allure, sa confiance en lui et son charme naturel le désignaient comme un Swann au premier coup d'œil. Il était travailleur, dégourdi, et s'exprimait avec beaucoup de facilité. Cecily était convaincue qu'il irait loin dans la vie, pour peu qu'on lui en donne l'occasion. C'était aussi l'avis de tante Charlotte : jour après jour, Harry fournissait la preuve de ses compétences à Cavendon, en tant qu'apprenti jardinier auprès de son cousin Bill.

— Au fait, quand Miles doit-il rentrer pour les vacances d'été ? demanda tout à coup le jeune garçon.

— Je ne sais pas, mais ça ne devrait plus tarder. Avant la fin du mois.

— J'espère qu'on pourra aller pêcher ensemble un week-end... Qu'est-ce que tu dirais de ça, sœurette ?

— Bien sûr, nous irons pêcher, observer les oiseaux et pique-niquer dans les bois. DeLacy viendra avec nous.

— J'ai hâte que l'été arrive !

— Bonsoir, vous deux ! Tout se passe bien ? lança Alice de son ton le plus enjoué en entrant.

En réalité, elle avait le cœur bien gros et ne cessait de penser à la tragédie qui venait de frapper cette chère lady Daphné.

— Le dîner était épatant, pas vrai, Ceci ? déclara Harry. Merci pour la pomme au four, maman ! Et tu réussis toujours aussi bien ton hachis Parmentier.

Alice s'illumina. A la vue de ses enfants chéris, ses idées noires s'étaient dissipées comme par enchantement. Chacun des deux était merveilleux à sa façon et elle n'avait aucune raison de s'inquiéter quant à leur avenir. Mais tandis qu'elle débarrassait leurs assiettes, la mélancolie la rattrapa. Elle ressentait dans sa chair la souffrance de Daphné.

— Attends, maman, laisse-nous t'aider ! dit Cecily.

Harry s'empressa de se lever à son tour et tous trois lavèrent et essuyèrent la vaisselle de concert. Les enfants parlaient avec excitation de ce qu'ils feraient avec leur père le lendemain. En effet, le valet du comte disposait de sa journée un dimanche sur deux, un privilège accordé aux Swann par les Ingham depuis toujours.

Bien plus tard dans la soirée, quand Walter fut rentré de Cavendon, il accompagna Alice pour une visite à Charlotte. Comme elle habitait juste en face, il leur arrivait souvent de passer la veillée ensemble.

Le fond de l'air était frais après l'orage de l'après-midi, aussi Charlotte avait-elle allumé une belle flambée dans sa cheminée. Elle leur ouvrit la porte avec un grand sourire. Sur la desserte, le service à café et le cognac les attendaient.

— J'ai des nouvelles, déclara Charlotte lorsqu'ils furent bien installés au coin du feu. Quelque chose de plutôt inattendu, qui a causé bien du souci au comte ce matin.

— Ah oui, et quoi donc ? demanda Walter.

— Vous n'allez jamais le croire : Hugo Stanton va revenir ici rendre visite à son cousin.

— Ça alors ! Hugo ? Par quel miracle ? Et pourquoi Monsieur était-il donc soucieux ?

— Parce qu'il craint que Hugo ne veuille récupérer Little Skell Manor, qui lui revient de droit, et chasser lady Gwendolyn de chez elle, expliqua Charlotte.

— Hugo ne ferait jamais une chose pareille ! s'insurgea Alice. Il n'est pas comme ça !

Charlotte la regarda, l'air surpris.

— Alice le connaît bien, intervint Walter. Ne te souviens-tu pas que son père a travaillé pour la famille Stanton, tante Charlotte ?

— Oh, mais bien sûr ! Je l'avais oublié. Ton père était dresseur, n'est-ce pas ? Il s'occupait du haras des Stanton, où il aidait le major Gaunt à entraîner les chevaux de course.

— Oui, et je sais que Hugo ne chassera pas sa tante, elle qui l'a toujours soutenu.

— Si toutefois c'était le cas, j'ai expliqué à Charles que Gwendolyn pourrait emménager dans l'aile sud, qui est tout équipée.

— C'est une bonne idée, approuva Walter avant de boire une gorgée de café. Enfin, espérons que nous n'en arriverons pas là.

— Je suis certaine que non, martela Alice.

— Moi aussi, j'ai des nouvelles, annonça Walter. Malheureusement, elles ne sont pas bonnes. Mme Sedgewick n'est pas guérie du cancer, en fin de compte. Elle n'en a plus pour longtemps. Monsieur m'a dit tout à l'heure que la comtesse avait mal compris, elle est inconsolable.

— Felicity est si proche de sa charmante sœur ! dit Charlotte.

— Une telle fausse joie, c'est affreux... murmura Alice.

Chacun sirota ensuite son cognac, perdu dans ses pensées. On n'entendait que le craquement des bûches, le tic-tac de l'horloge et le vent qui jouait dans les branches au-dehors. La vie réservait bien des surprises, et elle n'était pas toujours juste.

Alice finit par s'arracher à sa rêverie. Il lui fallait absolument faire part à Walter et Charlotte de ce que venait de vivre lady Daphné. Elle se racla la gorge, s'efforçant de maîtriser son émotion.

— J'ai bien peur d'avoir la pire nouvelle du jour à vous annoncer, commença-t-elle.

Walter et Charlotte la regardèrent avec étonnement.

— Lady Daphné a été agressée cet après-midi, lâcha-t-elle alors.

— *Quoi ?* s'écria Charlotte. *Agressée ?* Pour l'amour de Dieu, qu'est-ce que tu entends par là ?

— Quelqu'un l'a attaquée. Physiquement.

— Alice, tu ne veux tout de même pas dire ce que je crois comprendre ? fit Walter en fronçant les sourcils.

Alice les considéra à tour de rôle. Si Charlotte était sous le choc, Walter semblait à la fois anxieux et incrédule.

Alice avala péniblement sa salive et entreprit de raconter ce qu'elle savait à voix lente, comme si elle craignait de trahir la vérité en parlant trop vite.

— Voici : j'ai croisé lady Daphné au retour de sa promenade cet après-midi. Elle était échevelée, dépenaillée. Après avoir éloigné Cecily et DeLacy, je l'ai tout de suite rejointe dans sa chambre. Elle m'a dit que quelque chose était arrivé. Et quand je lui ai demandé si c'était grave, elle n'a pas répondu. Par la suite, elle m'a dit être tombée.

— Mais es-tu sûre qu'il s'agit bien d'une agression ? insista Walter, toujours sceptique.

— Je suis catégorique.

— Essaies-tu de nous dire que lady Daphné a été... violée ? demanda Charlotte d'un ton aussi calme que possible.

— Précisément.

— Bonté divine !

Une expression d'effroi se peignit sur le visage de la matriarche de la famille Swann. Quant à Walter, il était abasourdi.

— Qui a pu s'attaquer à lady Daphné ? Toucher un seul de ses cheveux ? *Qui*, pour l'amour de Dieu ? Où est-ce arrivé, Alice ? Te l'a-t-elle dit ?

Sa voix grondait dans le silence de la pièce.

— Non. En revanche, quand j'ai expliqué à DeLacy et Cecily que Daphné était tombée, DeLacy a supposé que ce devait être dans les bois, car elle devait se rendre à Havers Lodge.

— Sur nos terres ! Quelqu'un a osé la violer sur notre domaine ! s'écria Walter. Par Dieu, si je trouve ce gredin, je lui ferai voir trente-six chandelles !

Charlotte était à présent pâle comme un linge.

— Tu en es absolument certaine, n'est-ce pas, Alice ? Elle t'a dit elle-même qu'elle avait été violée ?

— Non, Charlotte. Mais je lui ai demandé de ne pas en dire davantage. Je lui ai fait promettre de n'en parler à personne, et aussi de ne faire confiance qu'à ses parents et aux membres de la famille Swann.

— Elle est perdue ! gémit Walter. Sa vie est fichue. Comme ça, du jour au lendemain...

— Bien qu'elle ne me l'ait pas avoué, je sais que c'est vrai. J'ai examiné ses vêtements, et il y avait des taches... y compris sur son jupon, expliqua Alice en jetant à Charlotte un regard entendu.

— Ces vêtements, où sont-ils ? s'enquit cette dernière.

— Je les ai emportés chez nous, puis je les ai soigneusement détachés et lavés.

— Excellente initiative.

Les pensées de Charlotte allaient maintenant à Felicity et Charles Ingham, à tous les projets qu'ils avaient échafaudés pour leur fille...

— Non, elle n'est pas forcément perdue, dit-elle soudain. Pas tant que nous sommes les seuls à avoir connaissance de ce viol. Il existe des moyens de camoufler la perte de sa virginité. Alice, il faut que nous consultions les vieux livres de médecine de la famille.

— C'est toi qui les détiens tous, n'est-ce pas ?

— Oui, ils sont sous clé dans le cabinet qui contient les archives des Swann et des Ingham.

— Crois-tu vraiment qu'elle ne le dira à personne ? s'inquiéta Walter. Une jeune femme a parfois besoin de s'épancher.

— Qui le sait ? D'un autre côté, j'ai vu naître lady Daphné et je sais que c'est une solitaire, elle ne se livre pas volontiers. D'ailleurs, à qui se confierait-elle ? Pas à Diedre, il existe entre elles une certaine distance. Et il ne lui viendrait pas à l'idée d'en parler à DeLacy, qui est beaucoup trop jeune. Elle ne dira rien. Ne me demande pas pourquoi, mais j'en mettrais ma main à couper.

— Les membres de la famille Swann doivent resserrer leurs rangs, déclara Charlotte. Et s'efforcer de préserver la sécurité de Daphné par tous les moyens. Walter, tu parleras aux bûcherons et aux gardes-chasses, afin qu'ils forment un cercle de protection autour du château.

— C'est comme si c'était fait. Dès demain, je demanderai à nos gars de s'assurer qu'il n'y a pas d'intrus sur le domaine. Je prétendrai avoir aperçu un braconnier, et je dirai la même chose au comte.

— Parfait, renchérit Charlotte. Personne ne doit s'apercevoir que nous la protégeons. Les braconniers sont le prétexte idéal.

— Pour ma part, je n'ai réussi qu'à lui apporter un peu de réconfort quand je l'ai aidée cet après-midi. Elle n'était plus elle-même.

— Continue comme ça. Ne la lâche pas d'une semelle, dit Charlotte en resservant du cognac. Tout doit rentrer dans l'ordre. Nous allons effacer les traces du crime… et rendre son intégrité à cette pauvre enfant. Par ma foi, si nous nous y prenons bien, elle épousera le fils d'un duc malgré tout !

— C'est la bonne attitude, approuva Walter. Les Swann s'en sortent toujours.

En silence, Alice pria pour qu'il en soit ainsi. Mais parviendraient-ils réellement à sauver le destin de lady Daphné ?

14

Assise à sa coiffeuse, Daphné examinait son visage dans le miroir. La petite plaie avait disparu. Ce n'était qu'une égratignure ; un peu de fard avait suffi à la dissimuler. Personne ne l'avait remarquée... à l'exception de Dulcie. Mais les autres n'avaient pas prêté attention à son babillage enfantin, accaparés qu'ils étaient par d'autres problèmes.

Depuis quelques jours, Felicity et Charles ne se préoccupaient pas autant que d'habitude de leurs quatre filles. Daphné n'avait pas parlé de sa chute et, à sa demande, DeLacy n'en avait rien dit non plus.

C'est ainsi que Daphné avait réussi, bon gré, mal gré, à passer la semaine sans être obligée de s'expliquer. Et si son corps se remettait peu à peu, son esprit restait quant à lui meurtri et troublé. La violence de l'agression, le visage rouge de fureur de Richard Torbett, ainsi que ses menaces de mort à l'encontre de sa famille, s'imposaient en permanence à sa mémoire.

Lorsque Mme Alice lui avait rapporté ses vêtements, comme neufs, et les avait rangés dans sa penderie, Daphné l'avait remerciée, mais ni l'une ni l'autre n'avait fait de commentaire. Au lieu de cela, Alice lui avait dit sur le ton de la confidence :

« Il paraît que des braconniers rôdent sur le domaine. Ne soyez donc pas surprise si vous remarquez plus de bûcherons que de coutume ; ils guettent les intrus éventuels. »

Plus tard, Daphné se demanda ce qu'elle devait penser de cette information... Elle avait confiance en la discrétion absolue des Swann. Et pourtant, c'était sans aucun doute à cause d'elle que les bûcherons multipliaient leurs rondes. Ils la protégeaient ainsi sans le savoir. Daphné reconnaissait bien là la façon d'agir des Swann : dans les coulisses, tout en subtilité.

D'une main, la jeune femme lissa son chignon, appliqua un soupçon de poudre sur ses joues, puis ajusta le jabot de son chemisier blanc.

Quelques jours plus tôt, lorsqu'ils étaient venus lui rendre visite au sujet de l'invitation au bal, Madge Courtney et Julian Torbett lui avaient proposé une promenade à cheval. Rendez-vous avait été pris pour ce jour-là. On était de nouveau samedi, une semaine après le viol, et une profonde appréhension venait de s'emparer de Daphné. Julian était pourtant son ami d'enfance et n'avait rien de commun avec son infâme frère aîné, connu pour ses mœurs dissolues et son goût pour le jeu. Néanmoins, la seule idée de le revoir lui rappelait son agresseur.

Madge avait également convié DeLacy, qui avait accepté avec joie, enchantée de la compagnie de camarades plus âgés.

Justement, la fillette frappait à la porte.

— Tu es prête, Daphné ? demanda-t-elle avec un grand sourire. Tout le monde t'attend !

— Oui, j'arrive, répondit Daphné en enfilant ses gants et en se coiffant de son élégant chapeau melon. Je n'ai pas très envie de monter aujourd'hui, mais je ne voulais pas décevoir Julian et Madge.

— Papa serait déçu aussi ! s'exclama DeLacy.

— Oh, papa vient avec nous ?

Quel soulagement ! A cette idée, Daphné arbora à son tour un large sourire.

— Oui, il a dit qu'un bon galop lui changerait les idées. Maman ne va pas à Harrogate aujourd'hui, alors elle a invité Julian et Madge à rester déjeuner.

— Tant mieux, se réjouit Daphné tandis qu'elles descendaient l'escalier, s'efforçant d'occulter l'image grimaçante de Richard Torbett.

Dans la cour des écuries, Daphné et DeLacy trouvèrent le comte, Julian et Madge qui tenaient leurs chevaux par la bride. Plus grande que Julian, Madge était une belle rousse énergique, sympathique et extravertie.

Daphné avait toujours trouvé qu'ils formaient un curieux couple. De taille moyenne, le teint et les cheveux clairs, Julian était plus réservé, moins flamboyant que sa fiancée. Avec ses traits encore empreints de douceur, il paraissait beaucoup plus jeune qu'elle, alors qu'ils étaient exactement du même âge.

Julian salua Daphné d'une chaleureuse accolade.

— Tu es très élégante, dans ce costume bleu nuit. C'est une couleur originale. Et j'adore le chapeau melon, il donne du chien à l'ensemble !

— Merci, Julian. Je suis ravie que vous restiez déjeuner avec nous, ajouta Daphné à l'intention de sa compagne.

— C'est très gentil à ta mère de nous avoir invités ! répondit Madge, avant de reprendre gaiement sa conversation avec DeLacy.

Quelques minutes plus tard, ils quittaient les écuries au petit trot, en direction des vastes champs où ils pourraient lancer leurs montures au galop.

Tandis qu'elle chevauchait à bride abattue, avec sa grâce et son habileté coutumières, Daphné commença à se sentir mieux. Son père avait raison : rien de tel qu'une promenade au grand air pour se changer les idées. Arrivés au bout du champ, enivrés par la course, ils ralentirent et obliquèrent à gauche, pour emprunter les larges allées cavalières qui longeaient les bois en direction de Cavendon.

Le temps était superbe, doux et ensoleillé, et pour une fois le ciel bleu ne laissait pas présager d'averse. A la lisière de la forêt, Daphné serra les dents. Ces bois leur appartenaient, elle y était chez elle et n'avait aucune raison de les éviter. D'ailleurs, elle était certaine que cela n'arriverait plus. Les hommes de Cavendon montaient la garde.

Soudain, on entendit une détonation dans le lointain. Quelqu'un tirait des coups de feu. Les cavaliers sursautèrent, les chevaux furent pris de panique. Greensleeves hennit, se cabra, et secoua violemment la tête. Daphné tira sur les rênes pour tenter de reprendre le contrôle et, tant bien que mal, parvint à la calmer. Quand la jeune fille regarda autour d'elle, elle s'aperçut avec effroi que le cheval de Julian s'était emballé.

Affolé par la fusillade, il galopait à tombeau ouvert. L'instant d'après, Julian fut désarçonné. Daphné frémit d'horreur lorsqu'elle le vit tomber droit sur un rocher, rouler plusieurs mètres plus loin et s'immobiliser sur le dos, inerte.

Les autres chevaux, très agités, continuaient de piaffer et de se cabrer. DeLacy avait encore maille à partir avec Rêveuse, mais, au grand soulagement de Daphné, Charles finit par maîtriser Black Star, son étalon noir.

DeLacy et Daphné galopèrent vers Julian et mirent pied à terre. Leur père les rejoignit en courant. Visiblement mal en point, le jeune homme ne bougeait toujours pas.

Seule Madge resta en selle, comme figée, les yeux écarquillés. Elle était livide.

— Mais qui a tiré ? demanda DeLacy.

— Aucune idée, répondit Charles. Nos gens ne sont jamais armés à cette période de l'année.

Il tâta le pouls de Julian, très faible mais encore perceptible. Le jeune homme était d'une pâleur cadavérique. Une profonde entaille lui barrait le front et saignait abondamment, poissant ses cheveux clairs. Cela n'augurait rien de bon. De plus, il était tombé dans une mauvaise position, ses deux jambes semblaient cassées en plusieurs endroits.

Percy Swann les rejoignit alors, hors d'haleine.

— Nos gars n'ont pas tiré, Monsieur. Aucun de nous n'est armé. Je ne sais pas d'où les coups sont partis.

— De chez les Torbett, intervint Daphné avec assurance, désignant la direction de Havers Lodge.

Pour elle, il s'agissait indéniablement d'un nouveau méfait de Richard Torbett. Elle reporta les yeux sur Julian, profondément choquée. Il paraissait si... abîmé. On aurait dit une poupée brisée.

— Swann, je pense qu'il vaut mieux éviter de déplacer le blessé. Il s'est peut-être rompu la nuque ou la colonne vertébrale. N'avons-nous pas au château une espèce de brancard de fortune ?

— Si, Monsieur. Nous l'avions fabriqué pour sir Redvers Andrews, quand il a eu sa crise cardiaque dans la lande en août dernier. A ma connaissance, le brancard est toujours à la cave. Je vais le chercher et je reviens avec un ou deux bûcherons pour nous aider.

— Merci, Swann. Dites à Hanson de téléphoner au Dr Shawcross. Il nous faut une ambulance pour emmener M. Julian à l'hôpital de Harrogate.

— Tout de suite, Monsieur, dit Percy avant de tourner les talons.

— Papa, Swann devrait prendre Greensleeves, intervint Daphné.

— Bonne idée, il ira plus vite. Allez-y, Swann, prenez le cheval de mademoiselle.

DeLacy était agenouillée près de son père aux côtés du blessé.

— Tu crois que Julian va mourir, papa ?

Sans oser le dire, elle craignait qu'il ne soit déjà trop tard.

— J'espère que non, mais je n'en sais rien. La chute a été très violente. Je crois qu'il est inconscient.

Pendant ce temps, Daphné s'était approchée de Madge, toujours pétrifiée sur sa monture. Elle avait maintenant le teint crayeux, contrastant fortement avec la flamboyance de ses cheveux auburn.

— Penses-tu pouvoir mettre pied à terre, Madge ? Ou veux-tu que mon père t'y aide ?

Madge baissa alors les yeux sur Daphné et, à la vue de son visage empreint de compassion, se mit à pleurer.

— Non, je peux le faire toute seule. En revanche, j'aurai assurément besoin d'aide à l'avenir, dit-elle, secouant la tête.

Elle descendit maladroitement de selle, puis les deux jeunes femmes rejoignirent le comte et DeLacy, toujours agenouillés à côté de Julian.

Madge s'accroupit près de son fiancé. Elle lui toucha le visage, lui caressa le front.

— C'est moi, mon amour, je suis là. Je suis là.

Il ne répondit pas. Les larmes de Madge coulaient de plus belle. Malgré la diligence de Percy Swann et des bûcherons, deux heures s'écoulèrent avant l'admission de Julian à l'hôpital. Il avait le crâne et la colonne vertébrale fracturés. Il succomba le même jour à dix-huit heures, sans avoir jamais repris connaissance.

Les funérailles de Julian Baxter Torbett furent célébrées quatre jours plus tard en la cathédrale de Ripon.

Sur les bancs des premiers rangs, toutes les grandes familles du Yorkshire étaient présentes.

Les femmes étaient vêtues de noir des pieds à la tête. Lady Daphné Ingham avait opté pour un chapeau à large bord, avec une voilette de tulle qui laissait à peine deviner son visage. Elle prit soin de s'asseoir entre ses deux parents.

Et pas une fois elle ne tourna le regard en direction des Torbett.

A la fin de l'office, elle alla présenter ses condoléances à Mme Torbett, ainsi qu'à Madge, en compagnie de ses sœurs Diedre et DeLacy, avant de quitter la cathédrale.

Quoique très affectée par la mort de son ami d'enfance, Daphné n'éprouvait rien de particulier pour les autres membres de la famille... Si ce n'était une haine viscérale à l'égard du criminel, du violeur qu'ils comptaient parmi eux.

DEUXIÈME PARTIE

Le dernier été
Juillet-septembre 1913

Une larme splendide est tombée
De la passiflore au bout de l'allée.
Elle vient, ma colombe, mon aimée ;
Elle vient, ma vie, ma destinée.

Alfred Tennyson

O lyrique bien-aimée, mi-ange, mi-oiseau,
Toute merveille, désir fou ;
Le plus hardi des cœurs
qui aient jamais bravé le soleil.

Robert Browning

Mais tu sais je suis pauvre, et mes rêves
sont mes seuls biens.
Sous tes pas, j'ai déroulé mes rêves ;
Marche doucement,
car tu marches sur mes rêves.

W. B. Yeats

15

— Est-ce que Daphné a des soucis ? demanda Miles Ingham à Cecily en lui adressant un de ses regards directs et francs. Dans ma famille, ils m'ont tous affirmé qu'elle allait très bien, et pourtant je n'arrive pas à le croire.

Ils étaient assis sur un plaid étalé dans l'herbe, sous un grand sycomore à la lisière de la forêt. Cecily ne répondit pas tout de suite.

— C'est vrai qu'elle a l'air un peu... distante ces derniers temps. Mais très franchement, je ne pense pas qu'elle ait de problème particulier.

Miles soupira.

— Je te crois, parce qu'on s'est toujours dit la vérité. Mais tu sais combien je suis proche d'elle, et là je vois bien qu'elle n'est pas comme d'habitude.

Il servit de la limonade dans les deux vieux gobelets en argent cabossés que la cuisinière l'avait forcé à fourrer dans le panier. Du fait de quelques incidents par le passé, Nell n'aimait pas que l'on emporte de vrais verres en pique-nique. Miles tendit un gobelet à Cecily, puis choisit un sandwich au concombre. Dès son retour à Cavendon, une semaine plus tôt, il s'était aperçu du trouble de sa sœur, au point de se demander si elle n'était pas malade. Plus pâle que d'ordinaire, elle semblait soucieuse et comme éteinte.

Depuis que Miles était rentré d'Eton, et Guy d'Oxford, la famille était au complet à Cavendon. Les Ingham établissaient d'habitude leurs quartiers d'été dans leur résidence londonienne. Mais la comtesse, préoccupée par la santé de sa sœur, avait demandé au comte s'ils ne pouvaient pas exceptionnellement rester dans le Yorkshire.

Toujours soucieux de faire plaisir à sa femme, Charles Ingham avait accepté, et ils ne s'étaient même pas rendus dans la capitale pour assister aux traditionnelles courses d'Ascot au mois de juin.

— Penses-tu que Daphné ait changé de comportement depuis la mort de Julian, Cecily ? Après tout, ils étaient seulement bons camarades. Elle n'a quand même pas sombré dans la dépression à cause de lui ?

— Mais non, ne dis pas de sottises. Elle est triste, bien sûr, mais pas plus que toi ou moi, affirma Cecily avant de s'interrompre, le regard au loin.

— Allons bon, qu'est-ce qu'il y a ? s'enquit Miles. Je sais très bien que tu me caches quelque chose quand tu fais cette tête-là !

— Eh bien… C'est juste qu'elle s'est fait un bleu au visage en tombant dans les bois il y a quelque temps. Il s'est rapidement estompé, mais elle ne voulait pas inquiéter ton père. Elle n'a rien dit de sa chute. Alors promets-moi de garder le secret !

— Je te le jure. Croix de bois, croix de fer. Je comprends son problème, tu sais. Papa espère qu'elle fera un bon mariage et il lui répète depuis toujours que sa grande beauté est son meilleur atout. Elle a peur qu'il lui reproche sa négligence.

— Drôle de responsabilité, fit Cecily avec une moue.

— Oui, c'est pourquoi Daphné est toujours aussi prudente. Elle fait très attention à ne pas abîmer sa peau, ni se casser quoi que ce soit. Mais toi aussi, tu es très belle, Ceci, déclara-t-il en se penchant pour déposer un baiser sur sa joue. Et tu es ma bonne amie, pas vrai ?

Comme chaque fois que Miles lui témoignait ainsi son affection, Cecily rosit jusqu'aux oreilles.

— Mais oui, et tu es mon bon ami, n'est-ce pas ? murmura-t-elle en lui adressant un regard en coin sous ses longs cils.

Il lui répondit par un sourire tendre accompagné d'un hochement de tête.

Cecily but une gorgée de limonade, puis lut à voix haute la devise gravée sur le gobelet d'argent, qu'elle connaissait par cœur :

— *Loyaulté me lie.*

Miles lui sourit à nouveau, plein d'admiration pour la jeune fille avec qui il avait grandi. Il ne pouvait s'imaginer vivre loin d'elle trop longtemps.

A cet instant, un bruit de pas lui fit tourner la tête.

C'était Genevra. Elle s'arrêta net, visiblement surprise de les découvrir derrière l'arbre.

— Ah, mais c'est mam'zelle Swann. Bien le bonjour ! Voilà-t-il pas que le jeune Miles Ingham en personne est en train d'lui faire la cour, dit-elle en riant.

D'une pirouette, elle s'approcha et plongea le regard dans celui de Miles.

— Et not' lady Daphné, comment qu'elle va ? lui demanda Genevra à brûle-pourpoint. Est-ce qu'elle se remet ?

Alors que Miles restait coi, Cecily se releva d'un bond.

— Que veux-tu dire, Genevra ?

— Dame... Est-ce qu'elle va mieux ?

— Elle ne va pas mieux, pour la simple raison qu'elle n'est pas malade, répliqua Cecily, acerbe.

— Oh, je sais bien, 'tite Cecily. Je sais bien.

La bohémienne regarda tour à tour les deux adolescents. En scrutant les yeux de Miles, elle finit par percevoir le halo qui le nimbait. Dans un éclair, elle vit son avenir. Puis elle passa à Cecily, et de nouveau la vision qu'elle avait eue à son sujet quelques mois plus tôt se manifesta.

Genevra tourna les talons sans un mot de plus et s'arrêta à la lisière de la forêt pour observer Cavendon au sommet de la colline. Littéralement éblouie par son éclat, elle ferma les yeux.

Lorsqu'elle les rouvrit un instant plus tard, la grande demeure paraissait sombre, menaçante. Ses reflets d'argent avaient disparu et Genevra vit son destin funeste lui apparaître avec une telle force qu'elle frissonna.

La voyante se mit alors à courir à travers champs, tandis que des larmes roulaient le long de ses joues. Elle ne pouvait rien changer à la prédiction. *Che sarà, sarà.*

16

Les bras chargés des trois robes d'été qu'elle venait de repasser après les avoir ajustées, Alice Swann se dirigeait vers la chambre de lady Daphné. Et elle espérait que cela l'aiderait à retrouver le sourire.

Depuis une semaine, Alice s'inquiétait de nouveau pour la jeune fille, qui semblait perdue et n'avait goût à rien, pas même aux petits plaisirs simples qui égayaient d'ordinaire son quotidien.

Elle frappa. Comme on ne lui répondait pas, elle tourna la poignée et découvrit avec étonnement que la porte était verrouillée.

— C'est Mme Alice, lady Daphné. Ouvrez, s'il vous plaît, je vous apporte les robes.

Aucun bruit. Alice frappa un peu plus fort, jusqu'à ce qu'enfin des sons étouffés se fassent entendre et que la porte s'entrouvre de quelques centimètres. Alice se faufila à l'intérieur et se hâta de refermer.

Debout au milieu de la pièce, pâle, les cheveux en bataille, l'air désorienté, Daphné semblait s'être attifée à la hâte.

— Que se passe-t-il donc, Mademoiselle ?

Une expression de grand désarroi sur le visage, la jeune fille ouvrit la bouche pour se raviser aussitôt.

— Regardez, Mademoiselle ! J'ai fini les robes de mousseline, dit Alice.

Elle les rangea dans la penderie.

— Merci, murmura Daphné sans sortir de son hébétude.

Alice la prit alors par le bras pour la conduire jusqu'au canapé. Daphné se mit à pleurer, de toute évidence en proie à un profond désespoir. De grosses larmes lui tombaient sur les mains, qu'elle tordait dans les plis de sa jupe. Le cœur d'Alice se glaça. Priant pour que ses pires craintes ne soient pas en train de se réaliser, elle approcha une chaise, s'y assit et prit les deux mains de la jeune fille dans les siennes.

— Respirez bien à fond, Mademoiselle. Dites-moi ce qui vous arrive. Vous savez que vous pouvez me faire confiance, et que je suis là pour vous aider.

Lady Daphné Ingham, deuxième fille du comte de Mowbray, ne parvenait pas à articuler un mot. Depuis plusieurs jours, elle restait le plus souvent enfermée dans sa chambre, murée dans une stupeur incrédule. A présent, elle ne savait plus quoi prétexter pour justifier sa réclusion volontaire, ni à qui s'adresser. Pas à ses parents, en tout cas. Il n'en était pas question. Daphné saisit son mouchoir, s'en tamponna les yeux puis regarda Alice.

— Etes-vous enceinte ? souffla cette dernière en se penchant vers elle.

Daphné sursauta et se mit à trembler de tous ses membres. Puis, à la surprise d'Alice, elle tendit les bras pour se blottir contre elle en sanglotant.

— J'ai déjà un mois et demi de retard, et j'ai envie de vomir tous les matins, murmura-t-elle enfin.

Quel désastre ! La fille d'un comte, enceinte sans être mariée... La gravité de la situation était proportionnelle au renom de la famille !

Qu'allons-nous faire ? se demanda Alice. Charlotte ! Il faut que j'en parle à Charlotte. Elle seule sera à même de trouver une solution pour aider les Ingham, et elle a toute la confiance du comte et de son épouse.

— Mademoiselle, vous savez comme moi que nous nous trouvons maintenant dans une posture épouvantable. Néanmoins, nous pouvons éviter le pire si nous nous y prenons bien.

— Qu'entendez-vous par là ? Ma... condition ne va pas disparaître du jour au lendemain.

— Certes, non. Mais il existe des moyens de dissimuler cette condition, de rendre certaines choses... invisibles.

Daphné secoua la tête.

— Mes parents vont être furieux, surtout papa...

— Il n'est pas encore temps d'y penser, l'interrompit Alice. Pour le moment, remettez-vous-en aux Swann. Je dois parler à Charlotte, et je vous assure qu'elle trouvera une solution. D'ici là, je voudrais que vous me promettiez quelque chose de très important. Vous nous rendrez service autant qu'à vous-même.

— Que voulez-vous dire ?

— Vous souvenez-vous comme vous étiez douée pour la comédie, quand vous montiez vos petites pièces de théâtre familiales ? Eh bien, j'attends que vous jouiez un rôle. Le rôle de votre vie. Vous devez paraître aussi normale que possible, et plus belle que jamais. Radieuse, même. Il faut que vous trompiez votre famille. Ils ne doivent se douter de rien, ni supposer que vous êtes triste ou souffrante. Si vous broyez du noir, ou que vous restiez cloîtrée dans votre chambre, ils finiront par avoir des soupçons et par se poser des questions quant à votre santé.

— Oui, je comprends. Je ferai tout comme d'habitude, je vous le promets. Mais qu'allons-nous faire pour... l'autre partie du problème ?

— Comme je vous l'ai dit, je vais en parler à Charlotte, qui s'occupera de tout. Je ne peux rien vous promettre de plus pour l'instant. En attendant, écoutez-moi bien, Mademoiselle. Tout dépend de vous et de votre comportement. *Personne* ne doit rien soupçonner et vous ne pouvez vous confier à *personne*.

— Je ne le sais que trop, madame Alice. Je vous le promets.

Alice hocha la tête et se releva. Juste avant de sortir de la pièce, elle se retourna :

— Les Swann sont là pour vous protéger, Mademoiselle. Ne l'oubliez pas, surtout quand vous êtes soucieuse ou que vous perdez courage.

Le sifflement familier de la bouilloire accueillit Alice lorsqu'elle rentra dans son petit cottage. Cecily était en train de préparer le thé et avait déjà dressé la table pour deux. Tout était disposé avec soin, d'agréables fumets flottaient dans l'air.

— Qu'est-ce qui t'est arrivé, maman ? Je t'attends depuis au moins une heure !

— J'ai dû aider lady Daphné. Elle tenait à réessayer les robes retouchées, improvisa Alice. Je dois reconnaître qu'elles lui vont à ravir.

— Elle est si belle ! Mais Miles s'inquiète à son sujet, lâcha Cecily, qui regretta immédiatement d'avoir parlé si vite.

Cependant, Alice fit mine de ne pas relever sa remarque et se contenta d'accrocher sa veste de coutil à la patère. Son esprit était en ébullition. Une grande complicité liait Miles à sa sœur. Il n'y avait donc rien d'étonnant à ce qu'il remarque son changement d'attitude. Pourvu qu'il soit le seul... Il faut agir vite, se dit-elle. Etouffer l'affaire avant qu'elle ne s'ébruite.

Elles s'attablèrent devant le repas du soir et Alice ne manqua pas de féliciter sa fille pour sa tourte au bacon. Enfin, elle l'interrogea, d'un ton aussi détaché que possible :

— Et pourquoi Miles est-il inquiet au sujet de Daphné ?

— Il la trouve changée. « Eteinte », plus précisément.

Cecily ne tenait pas à répéter toute leur conversation. Sa mère serait sans doute furieuse de savoir qu'elle lui avait parlé de la chute de lady Daphné.

— En effet, affirma Alice. Il y a quelques jours, elle m'a dit elle-même être un peu souffrante. Quoi qu'il en soit, elle était dans une forme éblouissante cet après-midi. Alors, comment s'est passé ton pique-nique avec Miles ?

— C'était chouette. Dommage que DeLacy n'ait pas eu le droit de venir. Elle a dû accompagner sa mère et Diedre à Harrogate… et aller chez le dentiste.

— Oui, c'est ce que j'ai entendu dire. Pendant que ces demoiselles étaient chez le Dr Pott, la comtesse en a profité pour rendre visite à sa sœur. Pauvre Mme Sedgewick.

— Miles dit que sa mère est très affectée par sa maladie, elle ne s'intéresse à rien d'autre.

Alice but une gorgée de thé, songeuse. Dans un sens, ce malheur avait du bon, aussi terrible soit-il. Car ainsi la comtesse n'avait pas remarqué la dépression de sa fille. C'était plutôt une chance pour Daphné.

— Il m'a aussi dit que le cousin du comte, Hugo Stanton, viendrait bientôt les voir, poursuivit Cecily.

— Oui, ton père m'en a parlé. Bon, je dois passer chez Charlotte. Je t'aide à débarrasser.

— Non, non, maman, je m'en charge. Tu as cousu toute la journée, tu es fatiguée.

Alice sourit. Cecily était vraiment la meilleure des filles. Un jour, elle quitterait Cavendon et deviendrait quelqu'un. Une grande couturière, de renommée internationale. Alice en avait l'intime conviction.

17

Assis à son bureau, Hanson consultait le calendrier. On était le vendredi 11 juillet et le premier dîner dansant de la saison devait avoir lieu une semaine plus tard. D'ordinaire, cet événement très attendu suscitait une grande excitation dans la maisonnée. Or, cette année-là, l'enthousiasme n'était pas au rendez-vous, au grand dam du majordome.

Il soupira, inquiet quant à la réussite de la soirée, car les différents membres de la famille étaient trop préoccupés pour penser à faire la fête. Heureusement, lady Daphné, si abattue depuis des semaines, semblait être redevenue elle-même au cours des derniers jours. De nouveau, elle babillait gaiement et souriait à chacun.

Hanson se demanda si sa dépression passagère avait un rapport avec le décès tragique de Julian Torbett. Les bûcherons et les jardiniers parlaient encore de ces étranges coups de feu qui avaient causé la mort du jeune homme et dont l'origine restait inexpliquée. Naturellement, les Torbett avaient annulé leur participation au bal.

Or dans la région tout le monde se méfiait d'eux, car ils étaient snobs et arrogants. Aussi Henry Hanson ne regrettait-il guère leur absence. Quel dommage en revanche que le meilleur des trois frères ait disparu de façon si prématurée… Alexander n'était qu'un misérable ivrogne et Richard, un tyran que tous les domestiques détestaient cordialement.

D'un trait de crayon rouge, Henry les raya de la liste des invités. Bon débarras, songea-t-il.

Ensuite, il se pencha sur la liste des vins et champagnes qu'il avait élaborée en collaboration avec le comte. Satisfait, il hocha la tête. Parfait. Puis il passa au menu du grand dîner. Madame s'étant une fois de plus rendue à Harrogate, c'était Monsieur qui avait donné son aval. Et une fois de plus, Hanson constata que la cuisinière connaissait sur le bout des doigts les goûts et les préférences des Ingham, mais aussi ceux de leurs invités.

A cet instant, on frappa à la porte.

— Entrez !

En apercevant lady Daphné sur le seuil, il se leva d'un bond.

— Oh... Bonjour, Mademoiselle !

Il fut encore plus surpris de découvrir qu'elle était accompagnée d'une jeune personne, un bébé dans les bras.

— Je suis navrée de vous déranger, Hanson, mais j'ai croisé cette dame dans la cour. Elle cherche Peggy Swift. C'est sa sœur, elle a besoin de lui parler d'une affaire de famille urgente.

— Suivez-moi, je vous prie, je vais vous conduire à l'office, où vous pourrez attendre votre sœur le temps que nous la trouvions. Puis-je vous demander votre nom ?

— C'est June, monsieur Hanson. June O'Sullivan. Mon mari m'a amenée en carriole depuis Ripon. Il m'attend dehors.

— Par ici, dit Hanson en inclinant la tête.

A son grand étonnement, lady Daphné les suivit au bout du couloir.

— Merci beaucoup d'avoir accompagné Mme O'Sullivan jusqu'ici, Mademoiselle, mais je peux m'en charger à présent.

— Ça ne me dérange pas du tout, Hanson. Je vais attendre l'arrivée de Peggy avec elle. Je vous en prie, asseyez-vous. Voudriez-vous un verre d'eau, ou autre chose à boire ?

— Oh non, merci beaucoup, mademoiselle. Mais en effet je veux bien m'asseoir un instant. Le bébé pèse son poids. Les garçons, vous savez...

Hanson, quelque peu déstabilisé, assistait à la scène d'un œil désapprobateur. Lady Daphné n'était pas à sa place à l'office, en compagnie de la sœur d'une simple domestique. Néanmoins, le professionnalisme du majordome lui dictait de ne rien laisser paraître. Sans plus tarder, il partit à la recherche de Mme Thwaites.

Daphné attendit donc près de la porte de l'office. Un ange passa.

— Quel âge a votre petit garçon ? demanda-t-elle pour briser la glace.

— Dix-huit mois, mademoiselle, et il est en pleine santé.

— Comment se nomme-t-il ?

— Kevin, mademoiselle. Patrick – c'est mon mari – est irlandais. Donc forcément, nous avons choisi un prénom irlandais.

On entendit alors un bruit de talons qui claquaient dans le couloir. Une seconde plus tard, Peggy Swift se précipitait dans la pièce. D'une même étreinte, elle embrassa sa sœur et le bébé. Puis, regardant l'enfant d'un air tendre, elle passa un doigt sur sa joue.

A cet instant, Daphné sut que Peggy, et non June, était sa mère. Tout son visage exprimait un amour inconditionnel, sans équivoque possible. Daphné se demanda quelles circonstances pouvaient bien l'avoir conduite à cette situation.

Comme si elle sentait peser sur elle le regard de sa maîtresse, Peggy fit volte-face et rougit violemment.

Elle a compris que j'ai compris, se dit Daphné. Je ne veux pourtant pas la mettre mal à l'aise...

— Votre petit neveu est adorable, Peggy ! s'exclama-t-elle. Mais je vous laisse en famille. Vous avez des choses à vous dire.

Sur ce, elle prit congé d'un gracieux signe de tête et remonta l'escalier.

Quelques secondes plus tard, elle se laissait tomber dans un fauteuil du jardin d'hiver, sa pièce préférée, pour réfléchir à ce qui venait de se passer. Il y avait un problème. Elle l'avait senti à l'instant même où elle avait aperçu June cherchant timidement son chemin dans la cour. Car qui donc oserait rendre visite à un parent pendant son service ? Personne. Il fallait une bonne raison. Quelque chose de grave, de très grave même. Le cœur de Daphné se serra quand elle pensa à Peggy. Peut-être les O'Sullivan ne pouvaient-ils plus s'occuper de l'enfant...

Hélas, son propre destin s'annonçait tristement similaire à celui de la jeune servante. A ceci près que Daphné était née dans une famille influente et fortunée, qui la soutiendrait avec bienveillance pour se sortir de ce mauvais pas. C'était en tout cas ce qu'affirmait Charlotte Swann... Comment pouvait-elle en être aussi sûre ? Quel pavé dans la mare, si l'affaire s'ébruitait... A la rigueur, elle aurait peut-être réussi à taire le viol indéfiniment, mais comment dissimuler cette grossesse ?

— Elle est gentille, déclara June après avoir bu une gorgée du thé que Peggy venait de lui apporter.

— Lady Daphné ?

— Bien sûr. Mais la cuisinière aussi. Tu peux prendre Kevin une minute, Peg ? Le temps que je finisse mon thé.

— Oh oui, donne-le-moi !

Peggy prit l'enfant dans ses bras, mais resta debout.

— Faisons vite. Mme Thwaites m'a déjà demandé ce que tu voulais. Les visites ne sont pas bien vues.

— Et qu'est-ce que tu lui as dit ?

— Que je devais signer un papier pour toi, au sujet de la ferme de papa.

June acquiesça.

— Merci de nous céder ta part, Peg. Patrick est courageux, il s'occupera bien de la ferme. Et notre porte te restera toujours ouverte, tu sais.

— Je sais.

Dès le mariage de sa sœur, Peggy avait compris que Patrick et elle avaient des vues sur l'exploitation familiale. Qu'aurait-elle bien pu en faire, de toute façon, sans homme pour cultiver les champs ? C'était de bonne guerre. N'empêche... De manière implicite, ils se servaient du bébé comme moyen de pression. Elle n'était pas idiote. Elle n'avait commis qu'une seule bêtise : céder aux avances d'Andy Newton, qui l'avait engrossée avant de disparaître sans laisser d'adresse. Elle aurait d'ailleurs bien du mal à le rattraper, maintenant qu'il avait émigré en Amérique.

Peggy dévorait son fils des yeux, le caressait et lui déposait de petits baisers sur le nez. Quel bébé adorable ! Après tout, elle était profondément reconnaissante envers sa sœur. June continuerait à l'élever, à le protéger, à l'aimer. Elle lui faisait confiance.

— C'est donc de lady Daphné que tu t'occupes ? Tu es sa femme de chambre ?

— Non, je suis plutôt bonne à tout faire. Les « Quatre D » sont assez gentilles, mais...

— Qui donc ?

Peggy sourit.

— Diedre, Daphné, DeLacy et Dulcie. Les quatre filles du comte. Toutes très belles, chacune à sa façon.

Dulcie est une vraie terreur. Cinq ans seulement, mais d'une effronterie... Parfois, on lui en donnerait quinze.

— Eh oui, il arrive que les filles grandissent avant l'âge. Et sinon, tu te plais ici ?

— Ça va. La gouvernante n'est pas trop dure, et la cuisinière non plus. Par contre, les valets se prennent pour je ne sais quoi.

— Ah bon ? Je croyais qu'il y en avait un qui te plaisait ?

— Oui, Gordon Lane. Il est plutôt beau garçon. Et pas trop prétentieux, lui.

— Fais attention, Peg, dit June avec un regard appuyé.

Peggy rougit jusqu'aux oreilles.

— Oh, ne t'en fais pas pour ça. Chat échaudé craint l'eau froide...

Elle s'interrompit, tendit l'oreille et se hâta de rendre l'enfant à sa sœur.

— Allez, donne-moi vite ce papier. J'entends Hanson qui revient. Il dirige cette maison d'une main de fer. Quand il verra que tu n'es pas encore partie, il dira que je perds mon temps.

— Mince ! Mais il nous faut deux témoins pour attester que c'est bien toi qui signes ! s'écria June en posant l'enveloppe sur la table.

— Oh, non, c'est pas vrai... gémit Peggy alors que Hanson pénétrait dans la pièce, visiblement contrarié.

— Eh bien, eh bien ! Que se passe-t-il donc ici ? Votre sœur commence à abuser de notre patience et vous avez déjà négligé vos obligations trop longtemps, Swift.

— C'est vrai, je suis désolée, monsieur Hanson. Je dois signer un papier, un document officiel, mais il me faut deux témoins...

— Ma foi, qu'à cela ne tienne, je vais chercher un porte-plume et demander à Mme Thwaites de signer également. Toutefois, votre sœur devra repartir aussitôt après.

— Oui, monsieur Hanson. Merci beaucoup.

18

Sans le savoir, les Ingham étaient au bord du gouffre. Le moindre faux pas pouvait se révéler fatal.

La chute de la maison Ingham, songeait Charlotte tandis qu'elle marchait vers Cavendon d'un pas décidé. Non, non et non ! Je ne peux tout de même pas être la première de la famille à échouer dans sa mission. Depuis 1749, les Swann ont toujours protégé les Ingham. A l'instar de mon ancêtre James Swann, serviteur de Humphrey Ingham, le premier comte de Mowbray. Quel tour vais-je bien pouvoir sortir de mon chapeau ?

Il n'y avait qu'une solution : dissimuler cette grossesse coûte que coûte, et ne laisser aucun détail au hasard.

Charlotte poussa un soupir. Une multitude de possibilités fourmillaient dans son esprit. Elle leva les yeux. Le parc resplendissait en ce début du mois de juillet. Quoique plus direct depuis Little Skell, le chemin de terre à travers champs était loin d'être aussi joli.

Arrivée au mur de la roseraie, Charlotte poussa le lourd portail de bois et s'assit sur un banc. Les roses, en pleine floraison, exhalaient un parfum enivrant, presque trop capiteux. C'étaient ses fleurs préférées. Elle ferma les yeux et pensa à cette pauvre Daphné. Elle en aurait pleuré. Hier encore, elle était si belle.

Charlotte était restée bouche bée en la voyant sortir sur la terrasse pour lui parler...

La jeune fille portait une robe pastel, à col bénitier, jupe vaporeuse et longues manches fluides, qui mettait en valeur son teint de pêche et le bleu de ses yeux. Quel homme ne tomberait pas à ses pieds, subjugué par tant de charme et de grâce ? Cette tenue flatteuse, ce sourire, cet air enjoué, Daphné les devait à l'ingéniosité d'Alice. Cela nous permettra de gagner du temps en attendant que j'élabore un plan, songea Charlotte. Et je n'ai pas le droit à l'erreur.

Charles et Felicity l'attendaient. La veille, elle leur avait demandé si elle pourrait aborder avec eux une question de la plus haute importance. Avec sa simplicité coutumière, Charles lui avait volontiers donné rendez-vous dans l'après-midi, sans même chercher à savoir de quoi il s'agissait. Felicity, qui avait renoncé à se rendre à Harrogate ce jour-là, serait présente elle aussi. En effet, Grace, la fille unique d'Anne Sedgewick, venait enfin de rentrer du Caire avec son mari, Adrian.

Charlotte avait ensuite demandé à Daphné de se tenir prête le lendemain. Quoique parfaitement innocente, la pauvre enfant tremblait à l'idée d'avouer la vérité à ses parents, de sorte qu'elle avait accepté avec gratitude quand Charlotte lui avait proposé de leur parler la première.

Arrivée à la porte de derrière, Charlotte tira sa montre de son gousset. Dix heures dix. Elle avait le temps de s'offrir une tasse de thé et de s'entretenir une minute avec Hanson.

Le visage de la cuisinière s'éclaira à sa vue.

— Charlotte ! Quel bon vent vous amène, ma belle ? J'entends dire qu'on vous voit souvent par ici, mais vous descendez plus guère dans mon antre. Ah ça, non !

— Je ne veux pas vous déranger alors que vous êtes si occupée, madame Jackson. Mais aujourd'hui j'ai quelques minutes avant mon rendez-vous avec lord Mowbray et je savais que vous ne me chasseriez pas ! dit-elle en prenant ses mains dans les siennes.

— Allez, restez pas debout, je vous sers un thé. A moins que vous préfériez une bonne tasse de café ? Je viens juste d'en faire.

— Pourquoi pas ? Avec plaisir.

— Vous savez pas quoi ? Notre 'tite Cecily vous ressemble de plus en plus, elle est bien partie pour être aussi belle que vous. Quel amour, à part ça !

— C'est vrai, elle est adorable. Et si douée !

— Lady Daphné pense qu'elle pourrait faire carrière à Londres. Et vous, qu'est-ce que vous en dites ? Elle a vraiment réussi à réparer cette robe qu'avait été tachée avec de l'encre...

— C'est ce que j'ai entendu.

— Et sinon, il paraît que Mme Sedgewick va pas mieux du tout... Heureusement, la nièce de Madame la comtesse est rentrée d'Egypte.

— Je l'ai aussi entendu dire. Rien ne reste jamais secret longtemps dans cette maison.

— Ça, c'est bien vrai. Alors vous savez sûrement que M. Hugo va venir nous rendre visite. Etre ainsi envoyé chez les sauvages... si c'est pas malheureux !

— Il est parti pour New York, répliqua Charlotte en riant. Pas pour le fin fond de l'Afrique ! Il me semble que tout le monde a hâte de le revoir.

— On dirait, oui, répondit la cuisinière en se précipitant pour touiller le contenu de ses différentes marmites, qui menaçaient de déborder.

— Je vais devoir y aller, madame Jackson. Merci pour le café, c'était exactement ce dont j'avais envie, déclara Charlotte en se relevant.

Nell Jackson la gratifia d'un grand sourire et lui envoya un baiser de la main.

Charlotte trouva le majordome dans son bureau. Comme d'habitude, il était plongé dans les documents empilés devant lui.

— Bonjour, monsieur Hanson, je voulais seulement vous prévenir que j'ai rendez-vous dans l'aile sud avec le comte et la comtesse dans quelques minutes. Pour un entretien privé. Ne soyez donc pas surpris de voir toutes les lumières allumées un samedi matin !

— Merci, mademoiselle Charlotte, c'est gentil à vous d'y avoir pensé. Mais Monsieur m'en a déjà averti tout à l'heure.

Charlotte répondit par un sourire et emprunta l'escalier de service pour rejoindre le hall d'entrée. Puis elle se dirigea vers l'aile sud.

19

Charlotte se retourna. Elle avait reconnu le pas de Hanson, qui courait à sa suite d'un air déterminé.

— Toutes mes excuses, mademoiselle Charlotte. Je voulais vous demander si vous souhaitiez des rafraîchissements pendant votre entretien. Monsieur n'a pas donné d'instructions à ce sujet.

— Je ne crois pas que ce soit nécessaire, Hanson. Merci beaucoup.

Charlotte avait toujours apprécié le majordome. On pouvait se fier à son autorité tranquille et sa présence indéfectible ne manquait jamais de rassurer dans les moments les plus difficiles. Sa dévotion à Cavendon ne faisait aucun doute. Bien que parfois un peu sec envers les domestiques, il n'élevait jamais la voix. Il n'y avait rien à redire à la façon dont il régentait le personnel… et la famille, songea Charlotte en souriant.

— Si cela ne vous ennuie pas, reprit Hanson, je vais vous accompagner jusqu'à l'aile sud pour vous aider à allumer les lumières. Il y a tant d'interrupteurs. Néanmoins, je suis bien content que le père de Monsieur ait fait installer l'électricité. Nous ne saurions plus nous en passer.

— Mais oui, venez donc avec moi !

Charlotte s'aperçut que Hanson brûlait de curiosité quant à sa petite réunion avec le comte et la comtesse. Mieux valait dissiper son inquiétude.

— J'ai suggéré à Monsieur le comte de rouvrir l'aile sud, expliqua-t-elle sur le ton de la confidence. Ce serait bien utile, étant donné les travaux qu'elle nécessite. En outre, j'ai abordé la question parce que le comte pourrait envisager d'y installer lady Gwendolyn.

Hanson s'immobilisa, surpris.

— Je ne comprends pas, fit-il. Lady Gwendolyn n'est-elle pas heureuse de vivre au manoir ?

— Si, sans doute. Mais je vais vous confier quelque chose qui devra rester entre nous.

— Naturellement. Vous savez que l'on peut compter sur ma discrétion.

Tout en rejoignant l'aile sud, elle lui fit part du conflit qui risquait d'opposer lady Gwendolyn à Hugo Stanton.

Une fois les lampes allumées, ils rejoignirent la galerie alors que le comte et la comtesse arrivaient. Hanson s'excusa et se hâta de s'éclipser.

— J'avais oublié combien cette pièce est charmante, lança Felicity en pénétrant dans le salon vert. Les meubles anciens sont tous du meilleur goût. Je suis sûre que tante Gwendolyn s'y plaira. Vous avez eu une excellente idée, Charlotte.

Charlotte lui proposa alors de faire le tour des appartements.

— Plus je vois cette partie de la maison, plus elle me plaît, conclut Charles. Je songe sérieusement à l'ouvrir pour nos réceptions de l'été, même si Hugo ne cherche pas à se réapproprier le manoir.

La comtesse approuva aussitôt.

— Merci encore, Charlotte, dit-elle alors qu'ils revenaient au salon vert. Je dois me sauver à présent. J'ai tant de...

— Ne pars pas si vite, l'interrompit le comte. Souviens-toi : Charlotte ne voulait pas seulement nous montrer l'aile sud. Elle souhaitait aussi nous dire quelque chose d'important.

— Avez-vous un problème, Charlotte ? demanda la comtesse en fronçant les sourcils. Vous semblez bien embarrassée.

— Non, Madame. Pas directement. Cela concerne plutôt Monsieur et vous. Or vous savez que, quand les Ingham sont dans l'embarras, les Swann le sont aussi.

— Que se passe-t-il, Charlotte ? s'inquiéta le comte.

— Je pense que vous feriez mieux de vous asseoir tous les deux, répondit-elle après avoir pris une profonde inspiration.

Felicity hésitait, pressée de vaquer à ses occupations, mais Charles pressentait que quelque chose de grave était en jeu.

— Viens, Felicity, assieds-toi donc près de moi sur le divan, insista-t-il.

La comtesse s'exécuta à contrecœur.

— De quoi s'agit-il, Charlotte ? Rien de bien méchant, je pense ?

— Je crains que si, Madame. La situation à laquelle vous serez bientôt confrontés, Monsieur et vous, est pratiquement insurmontable. Ses conséquences pourraient se révéler tragiques… fatales même, pour l'avenir de la dynastie Ingham.

Felicity, incrédule, la regardait avec des yeux ronds. De son côté, Charles savait que sa vieille amie n'avait pas pour habitude de prononcer des paroles en l'air. Elle n'exagérait jamais.

— Parlez, nous vous écoutons.

Il redoutait le pire.

20

— Daphné est enceinte, annonça Charlotte d'un seul trait, sans quitter des yeux le comte et son épouse.

Ses mots éclatèrent comme une bombe dans le silence.

Ni Charles ni Felicity ne purent articuler un son pendant plusieurs minutes. Ils fixaient Charlotte sans parvenir à donner un sens à ce qu'elle venait de dire.

— Non, non, c'est impossible ! rugit Charles au bout d'un moment. Pas ma Daphné ! Elle ne connaît aucun homme. Comment aurait-elle pu tomber enceinte ?

Il tremblait de stupeur et de colère.

— Je suis d'accord avec Charles ! s'écria enfin la comtesse d'une voix éraillée, essayant de réprimer ses sanglots. Elle connaît les projets de son père et elle ne nous trahirait jamais. D'ailleurs Charles a raison : elle n'a jamais été proche d'aucun homme, à l'exception peut-être de Julian Torbett, mais...

Alors qu'elle fondait en larmes, Charles la serra dans ses bras.

— Qui lui a fait ça ?

Charlotte toussota.

— Je... je ne sais pas. Nous ne...

— Vous voulez dire qu'elle n'a pas révélé le nom de son... amant ? glapit la comtesse, le teint blême.

— Malheureusement, il n'est pas question d'un amant, Madame. Daphné n'a jamais eu de liaison. Elle n'est que la victime innocente d'un drame épouvantable. Elle a été agressée par un homme. S'il s'agit d'un étranger ou de quelqu'un de sa connaissance, c'est ce que j'ignore. On l'a violée.

— Vous voulez dire que Julian Torbett a violé ma Daphné ! s'exclama Charles. Impossible... Il était doux comme un agneau.

— Je n'ai pas dit que c'était lui. Daphné ne m'a guère donné de détails quant à ce qui s'est réellement passé...

— Mais quand ? demanda Charles d'un ton impérieux.

— Le samedi où vous avez déjeuné avec ces demoiselles. Le 3 mai. Après le repas, elle s'est rendue à Havers Lodge...

— Je m'en souviens ! Justement, elle m'a dit qu'elle allait voir Julian pour inviter Madge. Après tout, je me trompe peut-être sur le compte de Julian. Il peut très bien l'avoir forcée. Oui, c'est ce qui s'est passé !

— Tu as raison, Charles, fit Felicity, qui tentait de recouvrer son calme. C'est sans doute arrivé à Havers Lodge.

— Non, non ! intervint Charlotte. C'était dans le bois aux campanules...

Sa voix mourut dans sa gorge à la vue de leurs visages décomposés.

— Sur nos propres terres ! cria Charles, hors de lui.

— Je sais bien que Julian était fiancé à Madge Courtney... reprit Felicity. Mais c'était surtout parce que Daphné ne s'est jamais intéressée à lui de façon romantique. En revanche, je crois bien qu'il a toujours eu un faible pour elle et que Madge n'était qu'un pis-aller. Et Madge est riche, ne l'oublions pas. Les Torbett convoitent toujours les héritières !

Un long silence s'ensuivit.

Ce fut Charlotte qui le rompit.

— Je ferais mieux de vous raconter tout ce que je sais, en commençant par le commencement. Ensuite, il faut que vous parliez à Daphné. Elle est à la fois accablée et terrifiée. Alice l'a encouragée à faire bonne figure, mais elle a grand besoin de votre réconfort et de votre compréhension.

— Naturellement, approuva Charles. Notre Daphné est une merveilleuse jeune fille, et de toute évidence son innocence ne fait aucun doute. Nous devons lui assurer que nous sommes de son côté.

— Nous mettrons tout en œuvre pour la soutenir et l'aider à surmonter cette épreuve, renchérit Felicity. Mais que faire au sujet de sa... condition ? Comment allons-nous pouvoir dissimuler sa grossesse ? Continuer à mener une vie normale ? Et dire qu'elle devait être présentée à la cour l'année prochaine !

— J'ai élaboré un plan, expliqua Charlotte. Mais laissez-moi d'abord vous rapporter ce que je sais...

Lorsqu'elle eut terminé, Charles se leva puis, après l'avoir remerciée, se tourna vers son épouse :

— Les mots me manquent pour qualifier un tel crime... Daphné a besoin de notre réconfort au plus vite.

A cet instant, on entendit frapper à la porte. Charlotte courut ouvrir.

Daphné apparut dans l'embrasure, sublime dans son ensemble bleu ciel, et visiblement terrifiée.

— Entrez, entrez, Mademoiselle. Vos parents allaient vous chercher. Ils n'ont pas douté un seul instant de votre innocence, ajouta-t-elle un ton plus bas.

Sa mère s'élança pour l'embrasser, suivie de Charles qui les serra toutes les deux dans une même étreinte protectrice, tandis que Charlotte les laissait donner libre cours à leur émotion.

— Je vous attends dans la chambre lavande, dit-elle enfin d'une voix douce. Et quand vous serez prêts, je vous exposerai mes projets pour Daphné.

Peu de temps après, ils se retrouvaient dans le salon de l'aile sud. Daphné semblait déjà plus détendue.

— Qui d'autre est au courant, Charlotte ? demanda le comte.

— Hormis nous quatre, seulement Alice et Walter.

— Le secret est donc bien gardé. Tu n'en as pas parlé à tes sœurs, n'est-ce pas, Daphné ?

— Non, papa, répondit cette dernière. Mme Alice m'a dit de ne faire confiance à personne, à part mes parents et les Swann. Je m'y suis tenue.

— Je suis heureux de l'entendre. Bien, qu'avez-vous à nous proposer, Charlotte ?

— Tout d'abord, il est primordial de préserver le secret. Si lady Daphné ou Madame la comtesse ont le cœur lourd, si elles ressentent le besoin de causer, elles ne doivent se confier que l'une à l'autre, ou bien à Alice ou moi. Et toujours en lieu sûr. Les murs ont des oreilles.

Mère et fille hochèrent la tête.

— Ensuite, il est essentiel que vous surveilliez votre comportement. Vous devez tous vous conduire de la façon la plus naturelle possible. Personne ne doit soupçonner que quelque chose vous tracasse. Surtout vous, lady Daphné. Continuez à vous montrer insouciante et gaie, ainsi qu'Alice vous l'a recommandé.

Elle marqua une pause, puis se tourna vers Charles.

— Un jour, votre père m'a dit quelque chose que je n'ai pas oublié : *Ne jamais montrer de signe de faiblesse, ne jamais perdre la face.*

— Il me le répétait souvent, en effet.

— A présent, venons-en à la grossesse. Lady Daphné a été agressée le 3 mai, et nous sommes aujourd'hui le 12 juillet. Elle est donc enceinte de deux mois environ. Je suis certaine que nous pouvons dissimuler son état quatre mois de plus.

— Et comment cela ? demanda Charles, dubitatif.

— Pendant plusieurs semaines, Daphné pourra encore porter ses vêtements habituels. Dans l'intervalle, Alice lui coudra quelques tenues coupées de façon à dissimuler ses formes. Elle est grande et mince, comme sa mère. Je me souviens que les grossesses de Madame la comtesse sont toutes restées insoupçonnables très longtemps.

— C'est vrai, on ne voyait pratiquement rien jusqu'au sixième mois, confirma Felicity. Espérons qu'il en sera de même pour ma Daphné.

— Il me semble donc que Daphné pourra rester à Cavendon sans risque tout l'été, et assister à toutes les réceptions de la saison. Qu'en pensez-vous, Madame ?

— Il est bon que tout se déroule comme à l'accoutumée.

— Cependant... le moment arrivera où Daphné sera forcée de disparaître. Or là aussi, j'ai une idée. Pourquoi ne pas lui offrir un tour d'Europe ? De nombreuses jeunes filles entreprennent un tel voyage avant leurs débuts à la cour.

— Quelle excellente idée ! N'est-ce pas, Charles ?

— Oui, en effet. Mais qui l'accompagnera ?

— Si vous n'y voyez pas d'inconvénient, je pourrais moi-même la chaperonner et lui servir de dame de compagnie. Dans tous les cas, il me semble qu'un séjour loin de la famille et de vos cercles de connaissances habituels est inévitable.

— Et vous avez raison. Ce projet de tour d'Europe me plaît en lui-même, répondit Charles. Qu'en penses-tu, ma petite chérie ?

Il aurait eu envie de la serrer dans ses bras, de la garder contre lui le plus longtemps possible pour la préserver de tout nouveau danger.

— Je crois que j'aimerais ça, papa. De toute façon, il n'y a guère d'autre solution. Je ne pourrais pas vivre dans notre maison de Londres, à cause des domestiques... De plus, je serais heureuse de voyager avec vous, mademoiselle Charlotte. Et puis j'aurais ainsi la possibilité de me reposer. Car je serai sans doute fatiguée vers la fin, n'est-ce pas ?

Charlotte opina.

— Et ensuite ? s'enquit Felicity. Quelle sera la prochaine étape ?

— Daphné pourrait peut-être rentrer pour quelques semaines comme si de rien n'était, avant de vous demander la permission de s'inscrire dans une école de perfectionnement, que ce soit à Paris ou en Suisse. Bien sûr, elle n'intégrerait pas réellement un pensionnat pour jeunes filles, mais nous pourrions recruter de bons précepteurs et elle apprendrait ainsi tout ce que doit savoir une parfaite femme du monde. Nous utiliserons des noms d'emprunt partout où nous irons, cela va sans dire.

— Et elle rentrerait ainsi pour le nouvel an, avec des manières impeccables, vêtue selon le dernier chic parisien, et parlant le français couramment ?

— C'est ce que j'avais en tête, lord Mowbray.

— Où Daphné accouchera-t-elle ?

— Dans un bon hôpital du sud de l'Angleterre, sans doute dans le Kent. A l'autre bout du pays, en tout cas.

— Et... qu'adviendra-t-il du bébé ? demanda Felicity, troublée.

— C'est à la famille de le décider. Vous avez encore tout votre temps pour vous organiser en vue d'une adoption, dit Charlotte avec douceur.

Charles sourit faiblement.

— Je ne sais comment vous remercier, Charlotte. En effet, nous prendrons les dispositions nécessaires le moment venu. En attendant, nous vous devons une fière chandelle. Restez-vous déjeuner avec nous ?

— Merci, mais j'ai déjà pris rendez-vous avec Alice et ne peux me dédire. Cependant, je serais ravie de prendre le thé à Cavendon cet après-midi, si vous le voulez bien. J'aimerais beaucoup passer un moment avec Guy, que je n'ai pas revu depuis son retour.

— Avec joie, répondit Felicity. Tante Gwendolyn doit venir aussi, de sorte que la famille sera au complet. Nous serons heureux de vous avoir avec nous.

21

En ce début d'après-midi, Charles Ingham, sixième comte de Mowbray, parcourait la lande de Cavendon en direction d'un monumental éboulis rocheux connu sous le nom de High Skell. Plusieurs milliers d'années auparavant, cette moraine avait été déposée là par les glaciers qui recouvraient alors le Yorkshire.

Les monolithes étaient disposés en demi-cercle, formant un espace clos.

Charles s'assit sur une roche et leva les yeux vers le ciel. Malgré sa couleur de plomb, il savait qu'il ne pleuvrait pas. Depuis toujours, il adorait se réfugier à High Skell. Ici, à l'écart du reste du monde, il pouvait réfléchir à son aise et mettre de l'ordre dans les cogitations qui encombraient son esprit. Il n'y avait que le ciel et la lande, et le hurlement du vent en provenance de la mer du Nord quand le temps tournait à la tempête.

Dans ce vaste espace désolé, il trouvait un profond sentiment de paix. Ce jour-là, une fois de plus, il y était venu pour être seul. Et pour bercer sa peine.

Les révélations de Charlotte, quelques heures plus tôt, l'avaient fortement ébranlé. Comment concevoir ce qui était arrivé à sa Daphné adorée ? Sa chair et son sang, la prunelle de ses yeux, violée sur leurs propres terres… Tous ses beaux projets d'avenir pour elle étaient réduits à néant.

Et dire qu'elle avait vécu jusque-là une existence si paisible, si protégée, au sein de sa famille... Totalement inexpérimentée quant aux choses de la vie, elle n'avait jamais été confrontée au monde extérieur.

Le choc, la peur qu'elle avait dû ressentir... et ressentait sans doute encore ! Et pourtant, en vraie Ingham, elle s'était montrée forte et stoïque. Il était fier de son courage.

Charles poussa un soupir en songeant que le violeur aurait très bien pu la tuer. Cette pensée le glaçait jusqu'à la moelle. Et par chance, Daphné ne portait aucune marque au visage, sa beauté était intacte. Sur le plan physique, elle se remettait peu à peu de l'agression. D'un point de vue psychique, en revanche, il lui faudrait encore beaucoup de temps. Felicity et lui étaient là pour lui apporter tout le réconfort possible, de même que Charlotte et Alice.

Ils voueraient une reconnaissance éternelle à cette dernière, qui avait agi si vite, avec sa perspicacité et son dévouement habituels. Heureusement que Daphné l'avait rencontrée après le drame, en ce funeste jour de mai. Il ne leur restait plus qu'à protéger leur fille chérie de leur mieux, à prendre soin d'elle en attendant l'arrivée du bébé.

Mais que faire ensuite ? Malgré tout, le sang des Ingham coulerait dans les veines de cet enfant. Il ferma les yeux, pris de vertige.

Qui était le violeur ? Il était peu probable qu'il s'agisse d'un étranger, un parfait inconnu qui se serait aventuré sur le domaine avant de prendre la fuite.

Lorsque Charles avait évoqué le nom de Julian Torbett, Daphné avait baissé la tête et s'était mise à pleurer. Sur le moment, il lui avait semblé que le silence de sa fille confirmait son accusation.

Julian Torbett. Ce jeune homme lui avait toujours semblé si doux, si frêle... Un peu mollasson, selon les termes de Felicity. Comment un garçon comme lui avait-il pu user de violence, abuser sexuellement de leur chère Daphné ?

La réponse s'imposa soudain à Charles. Les hommes les plus faibles mobilisaient souvent une force intérieure insoupçonnée pour parvenir à leurs fins. Amour, appel de la luxure et frustration combinés pouvaient engendrer des pulsions incontrôlables. Etait-ce ce qui s'était produit ce jour-là ? Charles aurait été bien en peine de l'affirmer. Néanmoins, Julian demeurerait à jamais un suspect privilégié. De toute façon, il était mort et enterré, et les supputations restaient vaines. Il s'agissait désormais d'affronter la réalité.

S'ils s'en tenaient au plan de Charlotte, Daphné serait en mesure de reprendre le cours normal de son existence dès février 1914, comme si de rien n'était. Et elle épouserait le fils d'un duc en dépit de tout. Foi de Ingham !

Charles avait en Charlotte une confiance absolue. Combien de fois s'en était-il remis à elle depuis son enfance !

En l'invitant à déjeuner ce jour-là, il savait qu'elle refuserait. Ni domestique ni dame de la haute société, elle se situait en quelque sorte à mi-chemin entre les deux. Cette fidèle alliée de la famille savait quelle était sa place et prenait toujours garde à ne pas outrepasser ses prérogatives. Aussi préférait-elle venir pour le thé, de façon plus informelle.

Après un coup d'œil à sa montre, Charles se leva et reprit à travers la lande la direction de Cavendon. Un peu plus loin, il aperçut deux bûcherons sur un sentier en contrebas et leur adressa un signe de la main. Percy Swann, le garde-chasse, lui avait récemment parlé de braconniers. Il n'en était rien. Charles comprenait maintenant que les Swann s'étaient organisés pour assurer leur protection.

En entrant dans sa chambre au retour de sa promenade, Charles trouva Walter qui l'attendait, prêt à prendre ses ordres.

— J'ai bien peur d'être en retard, Swann. Madame la comtesse est-elle déjà descendue pour le thé ?

— Oui, Monsieur, il y a environ dix minutes. Lady Gwendolyn est arrivée un peu plus tôt que prévu.

— Comme d'habitude... marmonna le comte tandis que son valet le débarrassait de sa veste en tweed. Ma tante craint toujours de manquer quelque chose.

— Hanson m'a transmis un message à votre intention, Monsieur. Hugo Stanton a téléphoné de Londres. Voici son numéro.

— Merci, Swann, dit Charles en posant sur la commode le papier qu'il venait de lui tendre. Je ferais mieux de m'habiller. Voulez-vous me sortir un costume gris et une cravate, je vous prie ?

— Tout de suite, Monsieur.

Dans la salle de bains attenante, Charles se lava les mains et le visage, puis se contempla dans le miroir. Ses traits étaient tirés. Il se souvint alors qu'il devait se comporter de façon aussi naturelle que possible. Mais pourquoi Hugo lui avait-il téléphoné ? Avec un peu de chance, il avait annulé son voyage. Dans les circonstances actuelles, la perspective de sa visite lui pesait plus que jamais.

DeLacy s'assit près de Miles sur un petit divan.

— C'est bien d'avoir tout le monde pour le thé, tu ne trouves pas ? Et maman a l'air d'aller beaucoup mieux.

— C'est vrai, approuva son frère en jetant un regard circulaire sur le salon.

Le changement de comportement de leur mère n'avait pas échappé au jeune garçon. Soucieuse et déprimée toute la semaine précédente, elle riait maintenant à tout propos avec une gaieté presque outrée. Cette attitude ne lui ressemblait guère. Miles s'arrêta ensuite sur Daphné. Elle aussi semblait avoir cessé de broyer du noir. Quant à son père, il affichait une humeur franchement joviale.

Qu'est-ce que ce subit revirement pouvait bien signifier ? se demanda Miles, dont l'intuition était très développée pour ses quatorze ans. Il y avait anguille sous roche.

— Quelque chose ne va pas ? demanda DeLacy en le poussant du coude. Tu fais une drôle de tête.

— Non, je pensais juste au dîner dansant de vendredi. Je ne peux pas dire que cette idée m'enchante…

— Oh, allez, ne sois pas si vieux jeu. On va bien s'amuser ! Je danserai avec toi, et Diedre et Daphné aussi. Comme ça, tu pourras échapper à toutes les demoiselles qui te tournent autour et se pâment à ta vue…

— N'importe quoi ! s'exclama-t-il en rosissant. Arrête un peu de me taquiner, tu sais bien que j'ai horreur de ça. De toute façon, aucune des filles de la région ne me plaît. Je me demande même pourquoi on les invite.

— Parce que papa et maman sont à la tête de la plus grande famille du Yorkshire et qu'ils sont bien obligés d'organiser quelques réceptions pendant l'été.

— J'ai vu Harry Swann cet après-midi et je lui ai promis d'aller à la pêche avec lui samedi prochain, indiqua Miles pour changer de sujet. On pourrait pique-niquer dans les bois, qu'en dis-tu ? Je sais que Cecily et toi adorez ça.

— Oh oui, bonne idée… répondit-elle distraitement.

Depuis quelques instants, elle observait du coin de l'œil la nouvelle bonne, Peggy Swift, qui se tenait juste derrière la porte du salon jaune. Insensiblement, elle se rapprochait de plus en plus de Gordon, le valet de pied. DeLacy étouffa un petit rire, avant de sauter sur le canapé d'en face pour s'installer près de Daphné.

Elle la trouvait très belle, ce jour-là, dans sa robe d'après-midi vert clair.

— C'est la dernière création d'Alice ? demanda-t-elle. Elle te va vraiment très bien.

— Merci, DeLacy. Non, elle n'est pas neuve. Mme Alice me l'a faite l'année dernière, mais je ne l'ai portée qu'une fois.

— Regarde ! Peggy est en train de flirter avec Gordon ! souffla alors la fillette.

Daphné suivit son regard.

— Non... Tu crois ? dit-elle doucement, soucieuse de défendre Peggy depuis qu'elle l'avait vue avec son bébé. Je pense plutôt qu'ils se concertent pour savoir s'ils doivent resservir des sandwichs. A part ça, est-ce que tu as vu la robe de dentelle blanche, Lacy ? Elle a l'air comme neuve. Cecily a accompli des miracles.

DeLacy se contenta de sourire et la conversation glissa sur les tenues qu'elles porteraient pour la soirée du vendredi.

A l'autre bout de la pièce, Charlotte était assise à côté de Guy Ingham. Elle aimait beaucoup le *five o'clock* à Cavendon. C'était bien plus convivial que les repas pris dans la salle à manger, trop guindés... et souvent un peu prétentieux.

Elle passait un moment délicieux avec le jeune étudiant, qu'elle avait vu naître et qui abordait toujours la vie avec un humour dévastateur.

— Tante Gwendolyn vient de m'informer qu'elle a trouvé pour moi la prétendante idéale, murmura-t-il sur le ton de la confidence. Elle veut me la présenter au bal ce week-end. J'en suis ravi... On parie combien qu'elle est riche comme Crésus et laide comme un pou ?

Charlotte pouffa.

— Il est vrai que lady Gwendolyn se prévaut de ses talents d'entremetteuse, et qu'elle a un certain don pour dénicher les héritières fortunées... Mais qu'est-il advenu de Violette Lansing ? Je croyais qu'elle vous plaisait. C'est en tout cas l'impression que vous donniez à Pâques.

Les yeux bleus du jeune homme s'assombrirent.

— On m'a laissé entendre que Violette ne ferait pas une épouse convenable pour un futur comte, finit-il par confier avec un profond soupir. J'étais sur le point... disons, de m'engager dans quelque chose avec elle. Je me suis repris à temps, avant de me déclarer ou de promettre quoi que ce soit. Et puis, j'ai laissé notre relation... s'effilocher en douceur. Je ne voulais pas la blesser.

Il leva les yeux vers Charlotte.

— Oh, je ne vais pas me mettre martel en tête, reprit-il en s'efforçant de sourire. Ça n'avancerait à rien.

— J'en suis profondément désolée. Un jour, vous rencontrerez la jeune personne qui vous convient à tout point de vue. Croyez-moi, ça ne tardera pas.

— Je sais... C'est aussi ce que papa m'a dit. Mais je n'en trouverai jamais une telle que Violette...

Alors que Charlotte s'apprêtait à prononcer d'autres paroles de réconfort, Diedre vint les rejoindre.

— Est-ce que papa a déjà parlé de Londres ? demanda-t-elle à son frère. Ou bien est-ce que nous restons ici tout l'été ?

— Je n'en sais rien, Didi, et franchement ça m'est bien égal. J'adore passer l'été à Cavendon. Le tennis, le cricket, les baignades, les parties de pêche... Sans oublier les réceptions et les bals. Et l'ouverture de la chasse le 12 août !

— Tu sais bien que nous sommes toujours rentrés pour l'ouverture de la chasse. Ça ne compte pas. Je te parle des semaines à venir, Guy, du mois de juillet !

— Non, vraiment, je ne crois pas que nous irons en ville cette année. Tante Anne est trop mal en point, maman ne veut pas s'éloigner. En tout cas, c'est ce que m'a dit Daphné.

— Oh, qu'est-ce que Daph peut bien en savoir ? Cette coquette ne s'occupe que de son apparence.

Guy regarda sa sœur avec surprise. Pourquoi était-elle tout à coup si dure ? Préférant changer de sujet, il se tourna vers Charlotte et lui posa mille questions sur leur cousin Hugo Stanton, qu'elle avait connu autrefois.

Soudain, un grand fracas retentit au milieu du léger brouhaha des conversations. Une minuscule silhouette, très désireuse de se faire remarquer, entra en trombe.

— Papa ! Je suis venue prendre le thé ! Pas vrai que j'ai le droit ?

A la vue de Dulcie, courant aussi vite que ses petites jambes pouvaient la porter, Charles se leva d'un bond. Il saisit sa benjamine dans ses bras... Juste à temps, car elle allait débouler dans les jambes de Mary, une des bonnes, qui apportait un nouveau plateau de sandwichs à Hanson, posté près de la desserte.

— Hop là, ma chérie ! Oui, bien sûr que tu vas prendre le thé. Mais d'abord, que dirais-tu de venir avec moi pour passer un important coup de téléphone ?

— Oh oui, papa, j'aimerais bien. Est-ce que je pourrai parler dans le *tépholone* ?

Toute l'assistance éclata de rire, charmée par le mot de cette enfant aussi adorable qu'indisciplinée, tandis que Charles la portait jusque dans la bibliothèque.

Il l'installa sur sa chaise de bureau.

— Maintenant, sois sage, ma chérie, et quand j'aurai fini mon coup de fil, nous pourrons retourner au salon pour le thé. Que dirais-tu d'une tranche de gâteau roulé ? Et de quelques fraises à la crème ?

— Oh oui, papa ! Je vais être très sage, c'est promis.

Maintenant, ses trois sœurs verraient bien que c'était elle la favorite de papa. Ha !

Charles décrocha le combiné et pria l'opératrice de le mettre en relation avec le numéro londonien inscrit sur le morceau de papier. Quelques instants plus tard, une standardiste annonçait qu'il était en communication avec l'hôtel Claridge. Charles demanda la chambre de M. Hugo Stanton.

— Allô ? fit une voix masculine.

— Bonjour, Hugo, ici ton cousin Charles. J'ai bien reçu ton message. Je t'ai rappelé dès que possible.

— Quel plaisir de t'entendre après toutes ces années ! s'exclama Hugo avec l'accent de la sincérité. Voici : je voulais savoir s'il serait possible de modifier la date de ma visite.

L'espace d'un instant, Charles fut déstabilisé.

— Oui, bien sûr, répondit-il néanmoins d'un ton égal. Quand préférerais-tu venir ?

— Je me demandais – ou plutôt je l'espérais – si tu voudrais bien m'accueillir ce vendredi. Pour deux ou trois jours seulement, comme prévu.

— Je pense que ça ne devrait pas poser de problème, dit Charles après une hésitation. En revanche, il faut que je te prévienne : nous organisons un dîner dansant ce soir-là. Si cela te convient… Je dois encore demander à Felicity, bien sûr. Mais je ne vois pas pourquoi ça ne fonctionnerait pas, vieille branche.

— Merci beaucoup, Charles. D'ailleurs, j'adore danser. Crois-moi, je n'ai pas pour habitude de bousculer mon emploi du temps à la dernière minute. On vient de me prévenir que je dois assister sans faute à une importante réunion à Zurich, juste le week-end où j'avais prévu de venir.

— Je comprends, ne t'inquiète pas. Ce sont des choses qui arrivent. Pour vendredi, la tenue de soirée est de rigueur, naturellement. Je te rappelle demain afin de confirmer.

— Merci encore. J'ai vraiment hâte de revenir à Cavendon. Bonsoir.

— Bonsoir, Hugo.

Après avoir raccroché, Charles reprit Dulcie dans ses bras et sortit de la bibliothèque.

— Tu ne m'as même pas laissée parler ! protesta l'enfant.

— C'est vrai, excuse-moi, ma chérie. Le monsieur était pressé. Bon, allons voir s'il reste du gâteau et des fraises…

Ils regagnèrent le salon.

— Ecoutez un peu, j'ai une nouvelle à vous annoncer ! lança Charles depuis le seuil.

Les conversations cessèrent, toutes les têtes se tournèrent vers lui.

— Je viens de parler à Hugo Stanton. Il viendra à Cavendon dès ce vendredi.

— Merveilleux ! dit lady Gwendolyn. J'ai tellement hâte de le revoir !

— Un nouveau cavalier pour le bal ! s'écria DeLacy.

— Comment s'explique ce changement ? demanda Felicity.

— Hugo a téléphoné cet après-midi, pendant ma promenade. Je viens de le rappeler. Il est déjà à Londres, mais il a un contretemps pour le week-end où nous l'avions invité. Cela ne pose pas de problème, n'est-ce pas ?

— Non, bien sûr. Et DeLacy a raison. Il pourra faire danser les demoiselles… et les dames.

22

— Une petite balade, ça te dirait ? proposa Gordon. J'ai envie d'une clope.

— Pourquoi pas ? répondit Peggy en souriant. Je vais prévenir la cuisinière.

Le valet acquiesça, se débarrassa de sa cravate, de son gilet et de sa veste puis fourra son paquet de cigarettes et une boîte d'allumettes dans la poche de son pantalon.

— Pas de problème, annonça Peggy en revenant. Mais Mme Jackson ne veut pas que je m'absente trop longtemps. Elle nous attend, au cas où Hanson nous enfermerait dehors...

— Il en serait capable, le vieux con.

— Gordon, surveille ton langage ! le reprit Peggy à voix basse en ôtant sa coiffe et son tablier. Allons faire ce tour avant qu'il ne nous en empêche.

Ils sortirent par la porte de derrière.

— Viens, on prend le chemin du bois, suggéra Gordon en lui attrapant la main. Juste le temps d'en griller une et on revient, une demi-heure à tout casser. Ça te va ?

— Oui, mais je ne veux pas entrer dans le bois, Gordon. Il fait tout noir à cette heure-ci.

— T'inquiète pas, poulette, je suis là pour te protéger, répliqua-t-il avec un sourire. D'ailleurs il fait pas si noir que ça. Regarde : la lune est pleine. C'est pas romantique ?

Peggy ne répondit pas tout de suite.

— Je ne suis pas celle que tu crois, Gordon. Je ne ferai pas de bêtise. Un baiser, quelques mamours, je ne dis pas… mais c'est tout.

— Je sais, tu me le répètes assez. Alors va pour un bécot. De toute façon, on peut pas rester longtemps. Sinon, on serait obligés de coucher dans l'étable !

Peggy se contenta de sourire.

Ils marchèrent côte à côte en silence. Et sans le savoir, ils pensaient l'un à l'autre.

Les sentiments de Peggy à l'égard de Gordon n'avaient cessé de croître au cours des dernières semaines. Il était grand, costaud, beau garçon, mais c'était surtout sa bienveillance qui lui plaisait. Depuis qu'elle était arrivée à Cavendon Hall, il n'avait eu de cesse de la défendre et de prendre son parti en toutes circonstances.

Malcolm Smith, le premier valet de pied, était lui aussi très bien de sa personne, mais pas aussi gentil que Gordon. Peggy l'avait vu flirter avec les deux autres bonnes, Mary Ince et Elsie Roland. Gordon lui avait dit que c'était un coureur de jupons.

Bien qu'il fût au courant de sa relation avec Gordon, il ne s'était pas gêné, un jour, pour essayer de la peloter dans le garde-manger, et elle l'avait giflé de toutes ses forces. Il ne l'avait plus approchée depuis.

Peggy savait que Gordon partageait ses sentiments. Il avait envie d'aller jusqu'au bout… et elle aussi. Or, depuis sa dernière expérience malheureuse, elle redoutait un nouvel accident. Elle s'était juré de ne plus commettre la même erreur.

C'est pourquoi elle restait sur ses gardes ce soir-là. Sans pour autant le rejeter, il lui fallait se montrer sage.

De son côté, Gordon était fasciné par Peggy. Dès qu'elle avait mis le pied à Cavendon, il en avait pincé pour elle. C'était une belle femme, aux yeux expressifs, dotée de courbes attirantes. Et surtout d'un caractère extrêmement affable et doux, ce qui ne l'empêchait pas de faire preuve d'intelligence et de perspicacité.

Dès le début, il avait décidé de la séduire. Mais il n'avait pas tardé à s'apercevoir qu'il aimerait aussi en faire son épouse. Par respect pour elle, il s'évertuait à contenir le désir qui le rongeait chaque jour un peu plus.

A l'office et dans les couloirs, les langues allaient bon train, et Gordon n'avait pas tardé à apprendre que Peggy avait déjà un enfant. Le père était parti pour l'Amérique après l'avoir mise en cloque... *Salaud!* marmonna-t-il dans sa barbe, alors qu'il s'était arrêté pour sortir une cigarette.

— Tu sais, je vais être bon garçon, dit-il en se remettant en marche. Je ne te ferai jamais de mal, et je ne te mettrai jamais dans l'embarras. Par contre, si tu n'as rien contre un petit bisou...

— Non, j'en ai envie moi aussi... Mais je te préviens que ça s'arrêtera là.

Ils arrivaient à la lisière du bois. Gordon écrasa son mégot contre une souche, puis emmena Peggy vers un coin d'herbe tendre. Il s'assit à côté d'elle, passa un bras autour de ses épaules et se mit à lui bécoter le cou. Soudain, il la poussa en arrière et se pencha sur elle, en un baiser passionné. Sa langue caressait la sienne. D'une main, il déboutonna le haut de sa robe, chercha ses seins.

— Non, Gordon, je t'en prie... gémit-elle. Je vais perdre le contrôle.

Sourd à ses protestations, il prit un mamelon dans sa bouche.

Tandis qu'il se collait contre elle, elle commençait déjà à fondre sous la caresse. C'est alors que son signal d'alarme interne se déclencha. Elle ne pouvait pas franchir la ligne rouge.

— On s'arrête là, murmura-t-elle.

Il obtempéra aussitôt. Bien obligé, s'il ne voulait pas lui faire peur...

Retournant à ses lèvres, il les dévora. En même temps, il souleva lentement sa jupe et glissa les doigts sous sa culotte de coton, jusqu'au cœur de sa féminité, puis il se dressa sur un coude pour plonger son regard dans le sien.

— Tu es si belle sous le clair de lune, Peggy. J'ai envie de toi, mais je ne te forcerai pas. Laisse-moi seulement te toucher, là, comme ça... Tu veux bien ?

La bouche sèche d'excitation, elle ne put qu'acquiescer. Couvrant son visage de baisers, il continua à la caresser jusqu'à ce qu'elle se mette à gémir.

— Vas-y, détends-toi. Laisse-moi te donner du plaisir. Je veux seulement te donner du plaisir.

Elle s'abandonna entièrement. L'instant d'après, elle se raidit, parcourue d'un spasme, appelant son nom.

Gordon la serra de toutes ses forces dans ses bras.

— Est-ce que je t'ai satisfaite ? Oh, je le sais ! Je l'ai vu sur ton visage.

— Oui... souffla-t-elle, soudain intimidée. Oui, c'était bien. Mais, et toi alors ? Je...

Peggy se figea et ne finit pas sa phrase.

— Qu'est-ce qui se passe ? s'inquiéta Gordon.

— Chut... Il y a quelqu'un d'autre dans le bois, murmura-t-elle.

Ils dressèrent l'oreille : un bruit de branches cassées. Quelqu'un s'enfuyait à travers les fourrés !

Gordon se releva d'un bond, tira Peggy par les deux mains, et tous deux se mirent à courir jusqu'au château.

Ils s'arrêtèrent près du mur des écuries, hors d'haleine.

— C'était un homme, j'en suis sûre, fit Peggy, encore haletante. Il avait le pas lourd, c'est pour ça qu'on a entendu les branches craquer. Tu crois que c'était un voyeur ?

— Qui peut bien traîner dehors à une heure pareille ?

— Eh bien, nous deux, pour commencer ! répliqua-t-elle avec un sourire tendre. Merci de t'être montré si... respectueux.

Prenant son visage en coupe, il déposa un léger baiser sur ses lèvres. C'est alors qu'il décida de franchir le pas.

— Peggy Swift, veux-tu m'épouser ?

Elle s'attendait si peu à cette demande qu'elle resta d'abord muette.

— Oh oui, Gordon Lane ! Et comment ! s'écria-t-elle enfin, avant de se jeter à son cou.

Ils s'embrassèrent encore une fois. Lorsqu'ils se séparèrent, elle le regarda droit dans les yeux. Elle devait absolument lui dire la vérité. Elle n'avait pas le droit de lui cacher l'existence du petit Kevin.

— Je dois t'avouer quelque chose, Gordon. J'ai déjà...

— Un enfant. Oui, je sais. Et ça ne change rien à mes sentiments. Je t'aime, Peggy. Dès que ce sera possible, on s'arrangera pour que ton petit gars vienne vivre avec nous. Je l'élèverai comme si c'était le mien.

— Oh... merci, Gordon ! Je serai une bonne épouse, tu verras, déclara-t-elle en refoulant ses larmes.

A cet instant, la porte de la cuisine s'ouvrit et Nell Jackson apparut dans le faisceau lumineux. D'un geste impérieux, elle leur intima l'ordre de rentrer.

Ils s'exécutèrent au pas de course, main dans la main.

— Hanson fait sa ronde. Gordon, allume vite une cigarette, mon gars. Ecoute-moi bien : tu étais sorti une minute pour fumer dans la cour, et je viens de te dire de rentrer. C'est-y pas vrai ?

Hanson apparut quelques secondes plus tard et les salua d'un signe de tête. Après avoir fermé la porte de derrière, il se dirigea vers le couloir.

— Bonne nuit à tous !

— Bonne nuit, monsieur Hanson ! répondirent-ils en chœur.

Bien plus tard ce soir-là, allongée dans sa chambrette, Peggy pensait encore à la demande en mariage de Gordon. Et cette perspective la comblait de bonheur. Ils allaient bien ensemble. Ils formeraient une bonne équipe.

Puis elle se remémora ce qui s'était passé dans les bois. Elle était certaine que quelqu'un était caché parmi les branchages… et les avait sans doute épiés. Mais qui donc ? Certainement pas un des bûcherons. Un villageois ? Elle pourrait peut-être en parler à Nell ou à Mme Thwaites. Ou même à M. Hanson ? Non ! Pas question de révéler à ce dernier qu'elle se promenait dans le bois à la nuit tombée. Gordon non plus ne devrait pas en piper mot. Le règlement était strict à Cavendon. Et Hanson veillait à son application.

Le lendemain matin, Peggy se présenta à la cuisine avant les autres servantes, de si bonne humeur qu'elle aurait presque eu envie de chanter. Un grand sourire aux lèvres, elle salua Nell.

— Bonjour, fillette. Tu m'as l'air gaie comme un pinson. C'est un brave petit gars, ce Gordon Lane. Honnête. Et bon comme le bon pain. On ne peut pas en dire autant de Malcolm Smith. Celui-là, il se prend pour le nombril du monde !

— C'est vrai, madame Jackson. Et j'ai un secret à vous confier : depuis hier, c'est officiel entre nous, lui glissa Peggy à l'oreille.

— Ma mignonne, je suis bien contente pour toi ! Tu pouvais pas tomber mieux.

Un peu plus tard, Mme Thwaites les rejoignit.

— Bonjour, madame Jackson. Bonjour, Swift. Puisque vous êtes la première ce matin, descendez donc allumer le feu dans la bibliothèque. Dès que Ince arrivera, je vous l'enverrai pour dresser la table du petit déjeuner. Allons, allons, ma fille ! Nous n'avons pas toute la journée devant nous.

Peggy obtempéra. Quelques minutes plus tard, à genoux devant la cheminée, elle balayait les cendres de la veille. Elle disposa sur la grille les torches de papier journal préparées par les valets de pied, mit du petit bois et craqua une allumette. Tandis que les premières flammes commençaient à crépiter, elle ajouta plusieurs bûchettes, se releva et rejoignit la cuisine.

Dans le couloir, elle trouva Mary Ince et Elsie Roland, en grand conciliabule près du vaisselier. Elles se turent à son arrivée.

— Bonjour ! lança Peggy avec un sourire.

Elles marmonnèrent une réponse, la mine renfrognée, presque hostile. Peggy ne put s'empêcher de penser qu'elles parlaient d'elle et de Gordon. Depuis quelques jours, elles ne cessaient de faire des allusions bizarres.

On entendit des pas dévaler l'escalier.

— M. Hanson a besoin d'un autre chauffe-plat, claironna Malcolm Smith. Allez, trouvez-m'en un ! Une de vous trois. Et que ça saute !

Peggy, qui se trouvait près du buffet où l'on rangeait l'argenterie, en ouvrit les battants. Elle se penchait pour en sortir le chauffe-plat lorsqu'elle sentit la présence de Malcolm juste derrière elle, qui respirait à grand bruit sur sa nuque.

— Alors ? Il t'a déjà mise en cloque ? Je suis sûr que oui, espèce de traînée.

Avant qu'elle puisse répondre, il lui empoigna les fesses, puis s'écarta avec la même rapidité alors que la porte de la cour s'ouvrait sur Gordon.

— Ne te permets plus jamais ça ! s'écria Peggy, hors d'elle. Si jamais tu recommences, j'irai me plaindre à M. Hanson de ton excès de familiarité.

Malcolm éclata de rire.

— Quel homme n'est pas familier avec toi dans cette maison, Peggy ? J'en connais qui sont bien « familiarisés » avec ta façon d'écarter les cuisses !

En moins de temps qu'il n'en faut pour le dire, Gordon avait traversé la cuisine et tombait sur Malcolm à bras raccourcis.

Le premier valet de pied se défendit de son mieux, mais il n'était ni aussi jeune ni aussi fort que son subalterne. Il tenta de lui asséner un crochet du droit, manqua sa cible, perdit l'équilibre et tomba à terre en moulinant des bras. Gordon s'apprêtait à se jeter de nouveau sur lui, mais Peggy lui saisit un bras et Nell l'autre.

— Qu'est-ce que cela signifie ? tonna Hanson en entrant. Vous n'avez pas honte ? Vous battre comme de vulgaires chiffonniers, alors que vous êtes tous les deux au service d'un des plus illustres gentilshommes d'Angleterre... C'est tout simplement indigne ! Si Monsieur le comte vous voyait ! Levez-vous, Smith. Et rajustez votre livrée. Quant à vous, Lane, j'attends des explications.

— J'ai tout vu, monsieur Hanson, intervint Nell. C'est la faute de Malcolm. Il a provoqué Gordon. Mais d'une telle façon !

— Et de quelle façon, je vous prie ?

— Il a insulté Peggy, qui sera bientôt la femme de Gordon. Le pauvre garçon défendait l'honneur de sa promise.

— Et qu'a-t-il dit au juste pour susciter ce pugilat ? demanda Hanson en fronçant les sourcils.

Gordon, encore bouillonnant de colère, supportait mal l'interrogatoire du majordome.

— Je préfère ne pas le répéter, monsieur Hanson.

— Croyez-moi, j'ai tout entendu, c'était honteux ! lança Nell. Oh... doux Jésus !

Son expression venait de changer du tout au tout. Elle souriait maintenant à la petite femme bien habillée qui venait d'entrer dans la cuisine, un chapeau vert coiffant ses cheveux roux.

— Mademoiselle Wilson ! s'écria la cuisinière en accourant vers elle. Quelle heureuse surprise ! Bienvenue à la maison. Vous êtes belle comme un cœur ! Je ne pensais pas vous voir avant la semaine prochaine...

— J'ai réussi à régler mes affaires plus vite que prévu, répondit Olive Wilson en serrant chaleureusement la main de Nell.

Au cours de leurs longues années de service à Cavendon, les deux femmes avaient développé de solides liens d'amitié.

Après un coup d'œil glacial aux deux valets de pied, Hanson s'approcha à son tour pour saluer Olive.

— Bienvenue, mademoiselle Wilson. J'espère que tout va bien ?

— Ma foi, tout va pour le mieux, si ce n'est que j'ai cru entrer dans l'asile de Bedlam en arrivant ici.

— Un asile de fous, en effet... dit-il avec un rictus. Veuillez m'excuser un instant.

Il se tourna vers les valets de pied.

— Vous deux, vous ne perdez rien pour attendre... Pour le moment, ne restez pas plantés là. Montez mettre le couvert et préparer la desserte. Ince, Roland, dépêchez-vous de les aider à mettre la salle à manger en état.

Tandis que les quatre domestiques sortaient en toute hâte, Hanson s'adressa à Peggy :

— Quant à vous, vous feriez mieux de rester en bas aujourd'hui, je pense que c'est plus convenable. Vous aiderez Polly à dresser les plats et donnerez un coup de main à Mme Jackson.

— Bien, monsieur Hanson. Merci beaucoup.

— Et tenez-vous à bonne distance de Smith.

— Oui, monsieur. Mais c'était vraiment de sa faute, vous savez.

Hanson poussa un profond soupir.

— Toutes mes excuses, mademoiselle Wilson. J'espère avoir le plaisir de bavarder avec vous un peu plus tard.

Il sortit de la cuisine, furieux et humilié que la femme de chambre personnelle de la comtesse ait assisté à un spectacle aussi affligeant.

Olive Wilson s'approcha alors de Peggy.

— Etaient-ils en train de se battre pour se gagner vos faveurs ? demanda-t-elle, une lueur d'amusement dans ses beaux yeux verts.

— Non, mademoiselle Wilson. Gordon est mon bon ami, voyez-vous, et Malcolm a fait une plaisanterie très déplacée. Gordon en a pris ombrage. Moi aussi, à vrai dire.

— Ça ne m'étonne pas. Ce Smith est un rustre qui passe son temps à pincer les fesses des filles. Prenez garde à lui. Mais je me présente : je suis la femme de chambre de lady Mowbray.

— C'est ce que j'ai cru comprendre. J'ai beaucoup entendu parler de vous.

— Seulement en bien, j'espère ?

— Oh oui, tout le monde chante vos louanges !

— Alors comme ça vous avez déjà réglé toutes vos affaires, et vous voilà de retour… intervint Nell. Mais au fait, il est drôlement tôt ! Comment donc êtes-vous arrivée depuis la gare de Harrogate ?

Olive Wilson se mit à rire, divertie par la curiosité légendaire de la cuisinière.

— Je suis arrivée de Londres hier soir. Madame la comtesse avait demandé au chauffeur de Mme Sedgewick d'aller me chercher à la gare. Comme je savais qu'il serait vingt-deux heures passées à notre retour, et que je ne voulais pas réveiller toute la maison, j'ai passé la nuit chez Mlle Charlotte. Tout était prévu.

— En tout cas, ça fait plaisir de vous voir, mademoiselle Wilson. J'ai l'impression que vous êtes partie trois ans, plutôt que trois mois !

— Moi aussi, madame Jackson. Vous m'avez tous manqué.

23

Il avait quitté Cavendon à l'âge de seize ans. Adolescent inexpérimenté, lycéen à Eton, il attendait avec impatience d'entrer à Oxford. Mais la vie en avait décidé autrement. Seize ans plus tard, il revenait pour la première fois dans le Yorkshire. A trente-deux ans, Hugo Ingham Stanton était maintenant dans la force de l'âge. Bel homme, ambitieux, très motivé dans tout ce qu'il entreprenait, il avait brillamment réussi sa vie professionnelle.

C'était un magnat de l'immobilier, un battant, un homme d'affaires de génie. Incisif, il savait prendre les bonnes décisions au bon moment, ce qui ne l'empêchait pas d'attirer naturellement la sympathie. Les hommes comme les femmes tombaient volontiers sous son charme, tandis que les enfants étaient subjugués par sa façon de les traiter d'égal à égal.

Alors que la Rolls-Royce traversait le centre de Harrogate à faible allure, Hugo regardait le paysage défiler par la fenêtre. La ville avait changé. De nouveaux bâtiments avaient été construits et de nombreux hôtels avaient ouvert. Harrogate était une station thermale depuis 1571, date à laquelle les sources souterraines, aux vertus curatives, avaient été découvertes. Et les cures semblaient plus en vogue que jamais. D'après un article du *Times* qu'il avait lu quelques jours plus tôt, Harrogate avait connu un faste et une agitation formidables au cours de la première semaine de juillet. A l'occasion de la visite de nombreux membres de la famille royale, venus prendre les eaux, on avait donné toutes sortes de concerts et de spectacles. La vie sociale et culturelle de la ville culminait cet été-là.

Hugo était touché que Charles lui ait envoyé sa Rolls et son chauffeur, Gregg. Cela laissait bien augurer de l'accueil qui lui serait réservé.

Charles Ingham avait toujours été un *gentleman*. Hugo sourit. Voilà des années qu'il n'avait plus employé ce mot, si typiquement britannique. Il se demanda si sa famille ne le trouverait pas trop américanisé. Pour sa part, il ne pensait pas avoir changé...

Il s'enfonça confortablement dans la banquette de cuir. Hugo retournait à Cavendon la conscience tranquille. Il n'avait rien fait de mal. Sa mère l'avait simplement désigné comme bouc émissaire. Elle n'avait jamais admis le fait que son fils préféré était lui-même son pire ennemi, un enfant gâté et un incorrigible casse-cou.

Tout le monde savait que lady Evelyne Ingham Stanton, mère de Hugo et sœur du cinquième comte de Mowbray, avait réagi de façon inique et irrationnelle. En revanche, Hugo avait toujours bénéficié du soutien de son père, Ian. C'était lui qui avait organisé son départ pour New York.

« Si tu restes, lui avait-il dit, elle cherchera constamment à te punir d'une façon ou d'une autre. Elle te mènera une vie infernale. »

Au grand soulagement de Hugo, son père n'avait jamais coupé les ponts avec lui. Jusqu'à sa mort, huit ans plus tôt, ils étaient restés très proches. Ian lui avait écrit chaque semaine et était venu lui rendre visite en Amérique une fois par an.

Même s'ils n'avaient pas divorcé, ses parents menaient des vies séparées, et ce longtemps avant le tragique accident de son frère. La façon dont son épouse avait traité leur fils n'était pour le père de Hugo qu'une pomme de discorde supplémentaire. Lady Evelyne s'était retranchée à Cavendon, la maison où elle était née, ne s'intéressant qu'à sa musique et son jardin.

Quant à Ian, il évoluait dans le monde des chevaux et des champs de courses. Ses écuries de Endersby House à Middleham, non loin de Ripon, avaient acquis une grande renommée grâce à la gestion efficace du major Gaunt, éleveur et dresseur hors pair.

Bien qu'il adorât les chevaux, Hugo n'avait aucune envie d'administrer les affaires du haras à temps plein... ni même à temps partiel. Il s'en remettait entièrement à Gaunt.

Ce séjour dans le Yorkshire serait une excellente occasion de lui rendre visite, afin de le féliciter d'avoir su maintenir le prestige du haras, mais aussi de le rassurer quant à l'avenir. Hugo n'avait pas la moindre intention de se séparer des écuries, elles étaient bien trop rentables. Et elles représentaient toute la vie du major.

Endersby House n'était que l'une des nombreuses propriétés de Hugo dans la région. Il y avait aussi le manoir de Little Skell, que sa mère lui avait laissé, et la maison de son père à East Witton...

Oh, je m'occuperai de tout ça plus tard, se dit-il. Il apercevait déjà l'immense portail en fer forgé s'ouvrant sur la longue allée bordée d'arbres, le portail de Cavendon Hall. Il se souvenait comme si c'était la veille de la dernière fois où il l'avait franchi.

Son père l'accompagnait. Ils avaient pris ensemble la route de Liverpool, et de là il avait embarqué pour New York.

A Manhattan, Hugo s'était senti comme un poisson dans l'eau. Benjamin Silver l'avait immédiatement pris en affection et n'avait pas tardé à le traiter comme le fils qu'il n'avait jamais eu. Il lui avait transmis tout ce qu'il savait concernant l'immobilier, la banque, les affaires et le courtage à Wall Street. Hugo était un élève passionné, Benjamin un enseignant inspiré.

Et puis, un beau jour, Hugo était devenu le gendre de Benjamin en épousant sa fille unique, Loretta. Mais sa fortune personnelle, qui se chiffrait à plusieurs millions de dollars, Hugo ne la devait qu'à son propre talent. Enfin, il s'était encore enrichi dans des circonstances plus tragiques. Loretta, qui avait trouvé la mort prématurément, lui avait laissé en héritage toute la fortune des Silver.

Après avoir perdu tour à tour ses deux amis les plus chers, Hugo s'était retrouvé bien seul et il espérait renouer ses liens familiaux en revenant dans le Yorkshire. Le ton chaleureux de Charles, au téléphone comme par lettre, le remplissait d'espoir.

Sa première jeunesse avait pris fin dans ce pays. A New York, il était devenu un homme. Qui sait si son retour au pays ne marquerait pas une nouvelle étape ?

24

Alors que la Rolls s'arrêtait enfin devant l'entrée principale de Cavendon, Hugo fut assailli par un flot de souvenirs. Au même instant, la monumentale porte à double battant s'ouvrit. Charles et Felicity accoururent, Hanson sur leurs talons, lui-même suivi de deux valets de pied prêts à s'emparer des bagages.

— Bienvenue chez toi, Hugo ! Bienvenue à la maison ! s'exclama Charles en le serrant dans ses bras.

— Quel plaisir de revenir ici ! répondit Hugo, avant d'embrasser Felicity.

Elle n'avait pas changé d'un iota. C'était toujours la grande et belle femme aux cheveux blond vénitien dont il se souvenait : aimable, chaleureuse et vêtue avec beaucoup d'élégance.

— Tu es toujours la même, lui dit-il, toujours aussi charmante. Et pas une ride ! Quel est donc ton secret ?

— C'est le climat du Yorkshire, mon ami ! répliqua-t-elle en riant. Mais toi, en revanche, tu as beaucoup changé ! Et dire que tu n'étais qu'un timide écolier… Te voilà un homme ! Et un homme qui a réussi, d'après ce que j'ai entendu.

Il lui répondit par un clin d'œil, puis se tourna pour serrer la main du majordome.

— Que je suis heureux de vous revoir, Hanson !

— Le plaisir est partagé, Monsieur ! répondit ce dernier avec un large sourire. Vous nous avez manqué.

Votre père nous donnait de vos nouvelles chaque fois qu'il rentrait de New York. L'ensemble du personnel s'inquiétait pour vous.

— Il me le disait, Hanson, et cela me touchait beaucoup.

A l'invitation de Charles et Felicity, Hugo monta les marches du perron.

Dès qu'il pénétra dans le hall, sa gorge se serra d'émotion. Tout était exactement comme dans son souvenir, si ce n'est mieux. Les dorures semblaient encore plus brillantes, les ornements plus éclatants.

La courbe du grand escalier, les portraits de ses ancêtres, les lustres de cristal et les meubles anciens – sans oublier les vases toujours garnis de bouquets de fleurs fraîches –, tout cela lui procurait un profond sentiment de réconfort. Il retrouvait ce lieu familier, qui lui avait tant manqué, et ne regrettait pas d'avoir enfin osé revenir à ses racines.

— Que pouvons-nous t'offrir ? demanda Charles. Un rafraîchissement ? Ou bien préfères-tu attendre l'heure du thé ?

— Oh oui, j'attendrai ! Rien n'est comparable au thé que l'on sert à Cavendon. Rien !

— Alors laisse-moi te conduire à ta chambre, proposa Felicity en glissant son bras sous le sien. La petite chambre bleue. Je sais que tu l'as toujours aimée.

— En effet, c'est ma préférée.

— Rejoins-moi quand bon te semble, dit Charles. Je serai dans la bibliothèque. Il y a un certain nombre de choses dont nous devons parler... avant que les femmes ne nous assaillent à l'heure du thé !

— Avec plaisir. A tout de suite, Charles.

Dès qu'il poussa la porte de la chambre bleue, Hugo sourit d'une oreille à l'autre. Murs blancs, étoffes bleues, rien n'avait changé depuis le jour où il était parti pour l'Amérique. Chaque meuble était orné d'un bouquet de pivoines roses, ses fleurs favorites. La touche personnelle de Felicity.

— Je ne saurais dire à quel point je suis heureux d'être de retour.

— Nous aussi, Hugo. Hanson a assigné Gordon Lane à ton service. Il est très compétent, tu verras. N'hésite pas à le sonner.

— Merci, Felicity.

Elle répondit d'un signe de tête et se retira, toujours soucieuse de préserver l'intimité de ses hôtes.

Hugo admira par la fenêtre les vastes pelouses, au milieu desquelles se dressait un bouquet d'arbres ombrageant la roseraie. Puis il passa à la salle de bains pour se rafraîchir.

Il était sur le point de redescendre, quand il entendit frapper de petits coups. Il ouvrit la porte et resta bouche bée. Sur le seuil, l'enfant la plus adorable qu'il ait jamais vue le regardait. Un angelot à la Botticelli.

Hugo s'accroupit pour se mettre à son niveau. Ses yeux bleus, grands comme des soucoupes, le contemplaient avec le plus grand sérieux.

— Bonjour, fit-il doucement.

— Je n'ai pas pu te parler au *tépholone*, parce que papa a dit que tu étais pressé, expliqua-t-elle. Désolée.

— Oh, mais maintenant nous pouvons nous parler en personne, répondit-il après avoir surmonté sa perplexité. Je m'appelle Hugo.

Il lui tendit la main, qu'elle serra sans hésiter.

— Et moi, je suis lady Dulcie Agatha Ingham. Enchantée, déclara-t-elle en exécutant une petite révérence. Mes sœurs t'ont déjà vu ? J'espère que je suis la première !

Hugo réprima un sourire.

— Entrez, je vous en prie, lady Dulcie. En effet, vous êtes la première à me rencontrer.

Le petit visage s'éclaira.

— Chouette ! J'aime bien leur *donner le pion* ! s'exclama-t-elle en gloussant.

— Leur *damer* le pion, la corrigea Hugo, charmé par cette petite personne qui le contemplait de bas en haut d'un œil inquisiteur.

— Oh, flûte, je me suis trompée ! Ça m'arrive, parfois. Mais DeLacy dit que ce n'est pas grave.

— Pas grave du tout, en effet.

— Enfin te voilà ! gronda une voix.

Un instant plus tard, une jeune femme qui occupait visiblement la fonction de nurse entra dans la chambre.

— Veuillez pardonner Dulcie, monsieur Stanton. Je la cherchais partout. Et je n'aurais pas cru qu'elle vous trouverait si rapidement.

— Cela ne me dérange pas, répondit-il en riant.

— Elle tenait à faire votre connaissance avant ses sœurs, expliqua la nounou. Elle y est parvenue, à ce que je vois.

— Absolument. Nous avons eu une conversation charmante !

Dulcie le gratifia d'un grand sourire.

— Au revoir, Hugo, il faut que j'y aille, dit-elle avec une nouvelle révérence.

Elles étaient reparties. Hugo secoua la tête, à la fois amusé et impressionné. Cette enfant semblait fouiner partout. Mieux valait la garder à l'œil !

25

Alors que Hugo pénétrait dans la bibliothèque, Charles se leva de son bureau pour l'accueillir.

— Approche, Hugo. Asseyons-nous près de la cheminée. Nous avons tant de choses à nous raconter !

— C'est vrai, il fait toujours si froid dans cette pièce. As-tu enfin découvert pourquoi ?

— Toujours pas, mon vieux. En revanche, les légendes ne manquent pas : certains disent que Cavendon est bâti sur un ancien cimetière druidique, d'autres qu'il reste sous terre des poches d'eau datant de l'ère glaciaire... Toutes les théories ont été échafaudées. En fait, personne n'en sait rien.

Ils s'installèrent confortablement dans les fauteuils.

— Dans ta lettre de Zurich, tu faisais allusion à ta propriété du Yorkshire, reprit Charles. De quelle maison en particulier voulais-tu parler ?

— De toutes. Enfin, pas exactement. J'exclus Endersby House. Le major Gaunt y a toujours vécu depuis qu'il travaille pour nous et il n'est question ni de le déloger ni de l'exposer au risque de perdre son emploi. Mais mon père m'a aussi légué Beldon Grange à East Witton, que j'envisage de vendre. Et puis bien sûr il y a le manoir de Little Skell, sur le domaine. Je voulais...

— Tu sais que tante Gwendolyn y habite encore, n'est-ce pas ? l'interrompit Charles.

— Mais oui, bien sûr. Et je la rassurerai à ce sujet dès cet après-midi. Elle va bien, au moins ? Elle se joindra à nous pour le thé ?

— Oh, rien ne pourrait l'en empêcher ! Elle piaffe d'impatience à l'idée de te revoir. Depuis que je l'en ai informée, elle ne parle que de ta visite.

— ... et de la possibilité que je m'établisse ici, ajouta Hugo. Mais pour ce qui est du manoir, elle n'a pas lieu de s'inquiéter. Elle pourra y vivre aussi longtemps qu'elle le souhaite... jusqu'à la fin de ses jours, en fait. Et quand son heure sera venue, le manoir te reviendra, Charles. Il doit rester dans la famille, et depuis des générations ce sont les femmes qui en héritent. Or tu n'as pas moins de quatre filles... L'une d'entre elles pourrait avoir besoin d'un toit un jour.

— Tu ne veux donc pas de la maison que t'a laissée ta mère ?

— Pas pour y vivre, non. Elle n'est pas très grande, et malgré tout son charme elle manque un peu de prestige. A vrai dire, je suis à la recherche d'un château dans la région, et j'aurais besoin de ton aide si tu entendais parler de quelque chose...

— Je ferai de mon mieux !

Quel soulagement, se dit Charles. Tante Gwendolyn serait rassurée, de même que Charlotte Swann.

— A propos, Hugo, j'ai rouvert l'aile sud. C'est une merveille ! Nous y donnerons le dîner dansant de ce soir. Le premier de la saison.

— Excellente idée. J'ai toujours pensé que c'était la plus belle partie du château. Et tu me vois très honoré de participer à cet événement. Merci d'avoir accepté de me recevoir plus tôt que prévu.

— Pas de problème. Pour en revenir à tes propriétés, envisages-tu de garder celle de Zurich ?

— Oui, pour le moment. Je m'en séparerai peut-être si la guerre éclate sur le continent, mais, même si le pire arrivait, la région ne devrait pas être menacée, puisque la Suisse est un pays neutre.

— Allons, pourquoi parler de guerre ? L'Angleterre jouit de la paix depuis longtemps... Le monde n'a jamais vu d'empire plus vaste, Londres est le centre de l'univers et la prospérité règne, ne crois-tu pas ?

— Il y a du vrai dans ce que tu dis, Charles, déclara Hugo après un silence. L'Empire britannique, avec un grand E, est en effet très puissant. Mais le monde risque d'être ébranlé sous peu. Il se pourrait que cet été soit le dernier... le dernier dont nous profitions pleinement.

Charles fut frappé par le ton solennel de son cousin. Un frisson lui parcourut l'échine.

— Dis-m'en davantage, Hugo. Personne à Londres ne m'a encore parlé en ces termes...

— Personne n'en a envie. Ils refusent de voir la réalité en face. Ou peut-être ignorent-ils ce que je sais. Mais à Zurich et à New York, des bruits courent.

Il poussa un long soupir et s'adossa à son fauteuil.

— L'Allemagne fourbit ses armes, reprit-il au bout d'un moment. Elle veut dominer le monde. L'empereur Guillaume est en marche, ou ne tardera pas à l'être. En Europe, le climat est pesant. L'équilibre de la Russie menace de vaciller, car Nicolas est mal conseillé. La tsarine exerce sur lui une trop grande influence. Et les inégalités sont devenues intolérables entre les serfs et la noblesse. Sans compter l'agitation des bolcheviks... La révolution paraît inévitable, sinon imminente.

— Et tout cela aura des répercussions sur l'Angleterre, n'est-ce pas ?

— Sans aucun doute. C'est en partie pour cela que je dois me rendre à Zurich. La plupart du temps, les banquiers suisses sentent tourner le vent avant tous les autres. Pour ma part, je ne manque jamais une seule réunion, mais je me contente d'écouter sans trop intervenir. Tu te souviens de ce que disait mon père ?

— La parole est d'argent, mais le silence est d'or.

— Exactement.

On frappa à la porte. Avant que Charles ait eu le temps de répondre, une jeune femme entra.

— Papa, pour ce soir j'ai...

Constatant que son père n'était pas seul, elle s'arrêta net au milieu de la pièce.

Hugo se leva et se retourna pour lui faire face. Il en eut le souffle coupé. Comme si on venait de lui asséner un coup de poing dans le ventre. La jeune femme qu'il avait sous les yeux était d'une beauté renversante. On l'aurait dite entourée d'un halo lumineux, depuis sa chevelure dorée où jouaient les rayons du soleil jusqu'au bas de sa robe de satin. Cette dernière était d'une teinte peu ordinaire, ni jaune ni pêche, plutôt abricot. Par contraste, ses yeux couleur de bleuet semblaient encore plus profonds.

Elle s'approcha de lui en souriant.

— Hugo, je présume ? Je suis Daphné, la fille cadette.

Hugo ne put parler tout de suite. Ses jambes menaçaient de se dérober sous lui. Il serra la main qu'elle lui tendait, en éprouva la peau soyeuse.

— Ravi de vous revoir, Daphné. Lors de notre dernière rencontre, vous aviez un an à peine.

A sa propre surprise, sa voix ne trahissait pas son trouble.

Daphné se contenta de sourire, en retirant cette main qu'il aurait aimé garder dans la sienne... D'un mouvement gracieux, elle s'approcha de son père. Hugo ne pouvait détacher son regard de son port de reine, de ses épaules dégagées, de sa tête élégamment inclinée. Sous la jupe de satin, il devinait la forme de ses longues jambes.

Il la voulait. Pas pour une nuit, une semaine ou un mois. *Pour toujours.* Il fallait qu'elle soit sienne, qu'elle reste près de lui, qu'elle devienne le centre de son existence. Et il y parviendrait.

Des saphirs, pensa-t-il soudain. Il la couvrirait de saphirs assortis à ses yeux extraordinaires. A son cou, à ses oreilles, autour de ses poignets... Des saphirs, des diamants et tout ce qu'elle pourrait désirer. Il lui donnerait la lune.

Il toussota.

— Daphné, Charles, je vous prie de m'excuser un instant, bredouilla-t-il avant de sortir précipitamment.

De retour dans la chambre bleue, il jeta sa veste sur une chaise puis imbiba d'eau froide sa serviette de toilette. Il la pressa un long moment contre son visage en feu. Un peu plus tard, un coup d'œil au miroir l'informa que sa chemise était humide. Un accès de sueur froide.

Il s'allongea ensuite sur son lit et ferma les yeux. Espèce de gamin immature ! se sermonna-t-il. Tu te conduis comme un collégien.

Sa réaction était insensée, il l'avait entrevue quelques instants à peine. De plus, elle n'était âgée que de dix-sept ans, alors que lui était déjà veuf et avait l'expérience de la vie. A cela s'ajoutait le fait qu'ils étaient cousins. Certes, rien ne s'opposait à une union de ce type selon la législation anglaise... Mais leurs quinze ans de différence demeuraient une pierre d'achoppement majeure.

Sans parler de ses sentiments à elle. Alors qu'il avait connu un véritable coup de foudre, un raz-de-marée émotionnel, elle semblait à peine l'avoir remarqué. Elle était restée polie, affable... pas davantage. Rien dans son attitude ne laissait transparaître le moindre intérêt à son égard.

Sans doute était-elle amoureuse de quelque fringant godelureau. Ou peut-être pas, après tout. Il y avait fort à parier que Charles l'ait déjà promise à un gentilhomme, sans doute d'un rang supérieur au sien. Les Ingham regardaient toujours plus haut, plus loin.

Hugo soupira. Lady Daphné Ingham lui était inaccessible. Mieux valait se concentrer sur ses affaires, sur l'acquisition d'une nouvelle propriété dans le Yorkshire. Certes, l'argent ne faisait pas le bonheur, mais le sien lui permettrait au moins de penser à autre chose.

Une joyeuse agitation régnait dans le salon jaune. Chacun avait hâte de faire la connaissance de Hugo ou de retrouver ce cousin d'Amérique si longtemps perdu de vue.

Le comte avait prié Alice de se joindre à eux pour le thé, tandis que la comtesse avait autorisé DeLacy à inviter Cecily.

La petite fille regardait sa mère, assise en face d'elle près de Daphné. Cette dernière était vêtue d'une robe d'après-midi en soie confectionnée par Alice, d'un bleu violacé assorti à ses yeux.

D'instinct, Cecily se tourna vers lady Gwendolyn, qui avait justement le regard fixé sur elle. La vieille dame lui adressa un clin d'œil et secoua la tête d'un air désapprobateur en direction de Daphné.

Cecily dut refouler un éclat de rire. Lady Gwendolyn avait toujours condamné la passion des demoiselles Ingham pour la couleur bleue.

Diedre partageait un sofa avec sa grand-tante. DeLacy, postée près de la porte avec Guy et Miles, attendait Hugo de pied ferme.

Au bout de quelques instants, le comte entra, tenant Dulcie par la main. Ils étaient suivis de la comtesse et de Charlotte Swann. Tout le monde était arrivé. Seul Hugo, l'invité d'honneur, manquait encore à l'appel.

Soudain, Dulcie lâcha la main de son père, traversa le salon en courant pour piler devant Diedre.

— J'ai vu Hugo en premier ! annonça-t-elle d'un air de défi, bravant la frayeur que lui inspirait la sévérité de sa sœur aînée.

— Ce dont tout le monde se fiche éperdument, répliqua cette dernière en arquant un sourcil dédaigneux.

Piquée au vif, Dulcie courut de toute la vitesse de ses petites jambes potelées en direction de Daphné, à qui elle vouait une adoration sans faille.

— C'est *toi* la plus belle de la famille, claironna-t-elle, suffisamment fort pour s'assurer que Diedre l'entendait.

Fondant de tendresse pour sa petite sœur, Daphné la serra dans ses bras.

— Et tu es la plus jolie petite fille que j'aie jamais vue. Tout à l'heure, je te donnerai une de mes barrettes en écaille et un nouveau mouchoir en dentelle, lui chuchota-t-elle à l'oreille.

— Waouh ! Merci, Daphné. Diedre est fâchée parce que j'ai vu Hugo la première, lui confia l'enfant.

— Oh, ne t'inquiète pas pour ça, ma chérie. Ce n'est pas de ta faute s'il a choisi de te rencontrer d'abord.

Dulcie plissa le font, perplexe, avant d'éclater de rire.

— Ha ! Il faut que je le raconte à maman.

— Dulcie ! appela alors le comte. Tu ferais mieux de venir dire bonjour à grand-tante Gwendolyn. Tu sais qu'elle aime bavarder avec toi.

— Oui, papa. En plus, j'ai un cadeau pour elle.

— Ah oui ? Et où est-il ?

— Dans ma poche, répondit-elle en tapotant le côté de sa robe d'organdi.

Sur ce, elle suivit son père docilement.

— Ah, te voilà, Dulcie ! dit lady Gwendolyn. Dans une belle robe de fête... bleue, bien sûr. Ce qu'on dit est ma foi vrai : tu as tout l'air d'un ange de Botticelli.

— … avec une volonté de fer, marmonna Diedre avant de se lever pour s'approcher de sa mère, qui bavardait avec Charlotte et Cecily près d'une fenêtre.

Le comte adressa alors un regard désabusé à lady Gwendolyn.

— Il faut toujours qu'elle lance des piques de ce genre… murmura-t-il.

— Je sais… Je me demande si Diedre n'a pas hérité de moi ce trait de caractère.

— Elle ne m'aime pas, déclara Dulcie. Elle dit que je suis une petite peste. Tiens, Gwendolyn, j'ai un cadeau pour toi !

— Mais c'est formidable ! J'adore les cadeaux, tu sais.

Fouillant dans sa poche, la petite fille en extirpa un bonbon en forme de bâtonnet qu'elle tendit à sa grand-tante. Lady Gwendolyn le prit du bout des doigts, regarda d'un air circonspect les peluches et les bouts de fil qui y adhéraient. De toute évidence, il traînait depuis plusieurs jours hors de son papier.

— Un sucre d'orge ! Comme c'est gentil de ta part ! dit-elle enfin en le rangeant dans son sac à main. Je le mangerai plus tard, sinon je n'aurai plus faim pour le thé.

— Tu ne l'oublieras pas, dis ? Je l'ai gardé exprès pour toi !

— Non, c'est promis. Merci encore, ma chérie.

Charles adressa un sourire complice à sa tante, puis mena l'enfant vers la comtesse, maintenant installée sur un divan près de la baie vitrée. Il commençait à se demander pourquoi Hugo tardait tant quand ce dernier apparut enfin sur le seuil.

— Je vous demande pardon ! s'exclama-t-il en entrant. Bonjour tout le monde !

Il jeta un regard circulaire sur la pièce. Plusieurs visages familiers s'y trouvaient.

— Bonjour ! lui répondit un chœur de voix.

Des éclats de rire et quelques applaudissements fusèrent, tandis que Hugo entreprenait de saluer chacun, qui d'un baiser, qui d'une poignée de main. Il se présenta avec charme et naturel à ceux qu'il ne connaissait pas encore.

Enchanté de revoir Alice Swann, il s'arrêta quelques instants pour causer avec elle. Puis il sourit à Daphné, assise à ses côtés :

— Vous êtes resplendissante.

— Merci, Hugo.

Hugo sentit une vague de chaleur le submerger. Surtout ne laisse rien paraître, se dit-il. Pas d'attitude déplacée. Comporte-toi en parfait gentleman ! Il se hâta de tourner les talons pour aller saluer sa tante.

Lady Gwendolyn l'accueillit avec un sourire bienveillant et lui pressa affectueusement le bras tandis qu'il se penchait pour l'embrasser. Il s'assit près d'elle en lui tenant la main.

— Grâce à Dieu, tu es enfin rentré à la maison ! déclara-t-elle, la voix tremblante d'émotion. Je me suis rongée d'inquiétude pour toi pendant toutes ces années, Hugo.

— Me voilà en chair et en os, tante Gwen. Et je suis très heureux d'être ici. Vous aussi, vous m'avez manqué. Comme toute la famille, d'ailleurs, mais vous plus que quiconque.

Gwendolyn, très émue, fut incapable de répondre. Hugo vit briller une larme au coin de ses yeux.

— Mais avant que nous nous racontions tout ce qui s'est passé depuis mon départ, je tiens à vous dire que je ne suis pas ici pour récupérer Little Skell Manor. Je n'en veux pas ; vous pouvez y vivre aussi longtemps que vous le voudrez, tante Gwen.

— Je n'ai jamais imaginé que tu veuilles me chasser de chez moi, Hugo. Tu as toujours été un garçon adorable, et je suis certaine que tu n'as pas changé. Je t'aimais et t'aime encore comme le fils que je n'ai pas eu. Après la mort de Peter, ta mère n'avait plus toute sa tête. Mais tu es enfin de retour ! Et merci pour Little Skell Manor. Même si je n'avais aucune crainte à ce sujet.

Profondément touché, Hugo lui serra un peu plus fort la main.

— Eh bien ! Dites-moi un peu, quoi de neuf, depuis toutes ces années ?

— Oh, pas grand-chose, mon chéri, fit-elle avec un petit rire. Je traîne mes vieux os sur le domaine et je poursuis mon petit bonhomme de chemin. Parfois, je me rends en ville pour dîner avec des amis. Et, bien sûr, je ne pourrais pas me passer du théâtre. Non, vraiment, tu dois avoir bien davantage de choses à raconter de ton côté. Oh, mais je suis désolée, Hugo. Je dois te présenter mes plus sincères condoléances. Charles m'a appris que tu avais perdu ta jeune épouse l'année passée. Je suis navrée pour toi, mon cher petit.

— Merci beaucoup, tante Gwen. J'avoue que ça n'a pas été facile. Malheureusement, Loretta souffrait de la tuberculose. C'est pourquoi nous avions déménagé à Zurich : afin qu'elle profite du bon air de la montagne et des meilleurs sanatoriums. Après son départ, plus rien ne me rattachait au continent. Il fallait que je rentre en Angleterre. Je me suis langui des miens, de vous tous, et de ces terres du Yorkshire que je connais si bien.

Après le thé, Charlotte, Alice et Cecily empruntèrent ensemble l'allée du parc en direction de Little Skell.

— Hugo aimerait acheter un domaine ici, le plus près possible de Cavendon, dit Alice alors qu'elles marchaient depuis quelques minutes. Mais il n'y a rien à vendre dans les parages.

— C'est aussi ce qu'il m'a expliqué, indiqua Charlotte. Je lui ai cité quelques propriétés dans les environs de Middleham, mais elles ne l'intéressent pas.

— En tout cas, on peut comprendre qu'il se sente seul et qu'il ait envie de revenir à ses racines.

— Oui, peut-être même qu'il espère se remarier. Après tout, il n'a que trente-deux ans. C'est un bel homme et un bon parti. Mon petit doigt me dit qu'il ne cherche pas qu'une maison... mais aussi la femme qui va avec ! lança Charlotte en gloussant.

Cecily ne perdait pas une miette de la conversation.

— Moi, je pense qu'il l'a déjà trouvée, intervint-elle en regardant sa mère.

— Qu'est-ce que tu veux dire ? demanda Alice, si surprise qu'elle s'arrêta net.

— Oui, je pense qu'il a rencontré quelqu'un à épouser dans le Yorkshire.

— Ne raconte pas de sottises ! Il est arrivé cet après-midi.

— Je sais, maman. Mais tout à l'heure, vous étiez tous occupés à boire, à manger et à discuter. Pendant ce temps-là, dans le coin du salon, j'observais tout le monde. Surtout Hugo. Et quand il pensait ne pas être vu, il la dévorait des yeux.

— Mais qui donc, à la fin ? s'impatienta Charlotte.

— Daphné...

Charlotte et Alice restèrent muettes de stupeur.

— Tu ne me crois pas, maman ? s'écria Cecily. Pourtant, je n'invente pas, je te jure !

— Si, si. Je te crois, ma chérie. Je m'étonne seulement de ne pas l'avoir remarqué.

— Mais moi, j'ai bien vu ! Il faisait très attention à rester discret, il la regardait comme... secrètement.

— Tu veux dire subrepticement ? la reprit Charlotte.

— Oui, c'est le bon mot, tante Charlotte.

— Et crois-tu que Daphné s'en soit rendu compte ?

— Aucune idée, répondit Cecily avec un haussement d'épaules. Peut-être... Mais non, je ne crois pas. Elle a l'habitude d'attirer tous les regards. Alors même si elle s'en est aperçue, je pense que ça ne lui a fait ni chaud ni froid.

— Explique-nous un peu mieux, insista doucement Charlotte. Tu as dit que Hugo avait peut-être trouvé une épouse. Ce n'est pas rien... Quels sont les détails qui te l'ont donné à penser ?

Cecily regarda sa grand-tante, qui avait travaillé pendant vingt ans comme secrétaire du vieux comte, et passait pour très intelligente. Concentre-toi et fais attention à tes paroles, songea la petite fille. Elle revit le salon jaune, Daphné dans sa robe bleue, à côté d'Alice. Et Hugo. Bel homme. Charmant. Qui se déplaçait dans la pièce avec aisance.

— C'était inscrit sur son visage, dit-elle enfin.

— Quoi donc ? demanda Charlotte, bien qu'elle eût parfaitement compris ce qu'entendait par là sa petite-nièce.

— Ses sentiments, murmura Cecily. Comme s'il... se languissait. Je ne sais pas trop comment décrire ça.

— Moi, si. Je crois qu'on peut parler de coup de foudre, répondit Charlotte en se tournant vers Alice.

— Peut-être... avança prudemment cette dernière, alors que les pensées se bousculaient dans son esprit.

Charlotte se remit en route et les deux autres lui emboîtèrent le pas en silence jusqu'au village.

— J'aimerais que vous passiez un instant chez moi, toutes les deux, annonça-t-elle alors qu'elles arrivaient devant sa porte.

Alice et Cecily la suivirent dans le salon qui donnait sur le jardin.

— Asseyez-vous donc, je ne vous retiendrai pas longtemps, assura Charlotte en allumant quelques lampes avant de s'installer dans un fauteuil et de se pencher vers elles, comme pour donner du poids à ce qu'elle allait dire. Cecily, je te crois, parce que je sais que tu es particulièrement observatrice. Je pense que ce que tu as lu sur le visage de Hugo est une grande émotion. Il est sans doute très attiré par Daphné.

— Moi, j'en suis sûre, répondit Cecily en hochant vigoureusement la tête.

— Maintenant, écoute-moi bien. Tu ne dois pas répéter ce que tu viens de nous révéler, à ta mère et à moi. Ça doit rester notre secret.

— Oh. Ah bon ? Mais pourquoi ?

— En ce moment, il se trouve que Daphné Ingham doit être protégée. Par les Swann. Ne me demande pas pourquoi, je n'ai pas le droit de te l'expliquer. Peut-être plus tard, car il se pourrait que ta mère et moi ayons besoin de ton aide. Est-ce que tu comprends ?

— Tu veux dire que je ne peux même pas raconter à Miles ou DeLacy que Hugo n'arrêtait pas de reluquer Daphné ?

— Exactement.

— Mais... ils sont de la famille Ingham.

— En l'occurrence, cela ne change rien, répliqua Charlotte d'un ton catégorique. Si jamais Miles et DeLacy ont remarqué quelque chose et qu'ils t'en parlent les premiers, réponds que c'est absurde, qu'ils se font des idées. Ce que tu nous as dit sur Hugo doit rester entre nous. N'en parle à personne. Ne fais confiance à personne. Sauf aux Swann. C'est bien clair, Cecily ?

Au ton de sa tante, Cecily comprit que la situation était grave.

— J'ai compris. Je n'ai le droit d'en parler à personne. Ce que j'ai vu doit rester secret.

— Exact. Tu connais la devise ? Le serment ?

— Oui.

— Alors tu vas le prononcer pour la première fois. Et tu le respecteras toute ta vie.

— Oui, ma tante.

Elle étendit le bras, serra le poing.

— *Loyaulté me lie*, déclara-t-elle avec solennité.

Charlotte plaça sa main sur celle de Cecily, puis Alice se joignit à elles et chacune répéta la devise.

— C'est chose faite, conclut Charlotte. Tu as juré de protéger les Ingham. Aucun Swann n'y a jamais failli.

Le crépuscule tombait lorsque Charlotte traversa la rue pour se rendre chez Alice. A peine eut-elle poussé le portillon du jardin que sa nièce s'avançait à sa rencontre.

— J'ai réfléchi… déclara Charlotte. Il vaudrait peut-être mieux que les Swann restent un peu en retrait pour le moment.

— Qu'est-ce que tu entends par là ? demanda Alice en s'appuyant à la barrière.

— Selon l'expression de Cecily, Hugo reluquait Daphné. Mais ça ne signifie pas forcément grand-chose. Les hommes passent leur temps à reluquer les femmes.

— D'accord… Cependant, tu as dit toi-même que c'était sans doute un coup de foudre.

— Oui, parce que Cecily a expliqué qu'il avait un air langoureux. J'ai en tiré des conclusions, peut-être trop hâtives.

Alice se mordit la lèvre inférieure.

— Je comprends, mais tu sais comme moi qu'il ne doit engager aucune espèce de relation avec Daphné. Pas dans la condition actuelle de cette pauvre enfant. Mon Dieu, s'il venait à l'apprendre… Ce serait un désastre !

— Ecoute, tu passes presque toutes tes journées à coudre au château. Quant à moi, je vais y aller plus souvent. Charlie m'a demandé d'assurer de petits travaux de secrétariat. Nous n'aurons qu'à ouvrir l'œil et nous concentrer sur Daphné.

— Oui, tu as raison. C'est tout ce que nous pouvons faire.

Charlotte prit un air pensif.

— Quand je travaillais avec David et qu'un problème nous semblait insoluble, il disait : « La vie se prend souvent en charge toute seule. » En l'occurrence, nous devons sans doute adopter la même attitude. Laissons la vie prendre soin d'elle-même.

— C'est vrai, attendons de voir ce qui se passe. Néanmoins, ta première intuition était peut-être la bonne... Et si c'était le coup de foudre ? Nous serions dans de beaux draps, n'est-ce pas ?

Charlotte secoua la tête.

— Eh bien... pas forcément, murmura-t-elle avec un regard lourd de sous-entendus.

26

— Je ne sais pas comment tu t'y es prise, Felicity, mais tu as réussi à transformer cette pièce en un jardin extraordinaire ! s'exclama Hugo en pénétrant dans le salon vert. C'est fabuleux, n'est-ce pas, Charles ?

Le comte sourit, satisfait, mais s'abstint de tout commentaire.

— Je n'y suis pour rien, Hugo, répliqua aussitôt Felicity. Ni Charles non plus, d'ailleurs. Hanson et Mme Thwaites ont eu l'idée géniale de débarrasser les trois pièces principales. Ils ont dispersé les meubles dans plusieurs chambres. Puis les jardiniers sont entrés en scène pour disposer les plantes et les fleurs, de même que dans la salle à manger rose et le salon bleu.

— C'est magnifique, maman ! intervint Guy. Je n'aurais jamais imaginé que ce salon puisse faire office de salle de bal. Mais il a juste la bonne taille. Nous le saurons pour la prochaine réception !

— Merci, mais je le répète : je n'ai aucun mérite.

Diedre ne se lassait pas de contempler la pièce.

— On dirait une peinture, maman. Toutes les couleurs s'harmonisent à merveille. Les pivoines poudrées, les roses blanches, les delphiniums bleus et les digitales pourpres... C'est du grand art. Je connaissais les talents de Bill Swann comme jardinier, mais là...

— Bill est certes un excellent paysagiste, mais cette pièce a été imaginée par une véritable artiste, dit

Charles, prenant enfin part à la conversation. C'est Charlotte Swann qui l'a décorée. Je me suis souvenu l'autre jour qu'elle composait de sublimes jardins intérieurs à l'époque de mon père. Quand je lui ai demandé si elle voulait en faire autant pour le bal de ce soir, elle s'est mise au travail sans hésiter. Je suis d'accord avec toi, Diedre, le résultat est une véritable œuvre d'art.

— Bonté divine ! s'exclama tout à coup Daphné.

Tous suivirent son regard. Sur le seuil, en chemise de nuit, la petite Dulcie avait le visage et les mains barbouillés de chocolat.

— Je suis venue à la fête ! annonça-t-elle à la cantonade.

Felicity fit un pas en avant, puis s'immobilisa en pensant à sa robe de mousseline lavande, au chocolat dont son enfant était couverte... Elle secoua vivement la tête lorsqu'elle vit DeLacy se précipiter vers sa petite sœur.

— Ne t'approche pas d'elle ! s'exclama-t-elle.

— Soit nous avons engendré la reine de l'évasion, soit il nous faut une nouvelle nounou... ironisa Charles, sidéré qu'elle ait trouvé toute seule le chemin de l'aile sud. Miles, va vite demander à Mlle Carlton de venir chercher Dulcie.

— Pourquoi ne pas la raccompagner moi-même à la nursery ?

— Parce qu'elle risque de mettre du chocolat partout sur ta chemise et ta cravate blanches.

A cet instant, Maureen Carlton apparut, affolée.

— Je vous demande pardon, Madame. Je n'ai tourné le dos qu'une seconde, elle s'est littéralement volatilisée. Excusez-moi, je suis vraiment navrée.

— Ne vous inquiétez pas. Mais vous feriez mieux de la ramener sur-le-champ à la nursery. Les invités vont arriver d'un instant à l'autre.

— Oui, Madame, répondit la jeune femme.

Elle enleva la petite fille dans ses bras, avant de se retirer aussi vite que possible.

Le premier, Hugo laissa échapper un gloussement, et bientôt tous riaient à gorge déployée.

— Heureusement que tu ne l'as pas prise, DeLacy, dit Miles. Tu aurais ruiné ta robe de mousseline rose.

— Il faut tout de même reconnaître que cette enfant est adorable, déclara Hugo.

— En effet, répondit Charles. Quoique je redoute de la voir d'ici une dizaine d'années.

— Toujours une petite peste, sans aucun doute, persifla Diedre.

— Chut, chut ! lui murmura lady Gwendolyn.

Hugo s'empressa de détourner la conversation :

— Tante Gwen, vous êtes sublime dans cette tenue violette... la couleur royale. Et vous êtes toutes très belles ce soir, mesdames.

Ses yeux s'attardèrent sur Daphné. Elle portait le long fourreau rebrodé de perles chatoyantes aux couleurs de la mer, bleues, vertes et turquoise, qu'elle avait essayé en mai, et elle était plus belle que jamais.

Soudain, Hugo craignit que quelqu'un ne remarque l'insistance de son regard. Il s'approcha alors de Felicity, s'inclina devant elle et lui baisa la main.

— Felicity, tu es aussi charmante qu'il y a seize ans. Si tu savais combien j'envie mon cousin !

— Merci, Hugo. Tu es toujours aussi galant. Je te souhaite de retrouver un jour une compagne digne de ton affection.

— Je l'espère...

A cet instant, Hanson apparut, flanqué des deux valets de pied.

— Les invités arrivent-ils ? demanda Charles.

— Oui, Monsieur. Et tous en même temps, à ce qu'il semblerait.

Tout au fond du salon bleu, Felicity et Gwendolyn pouvaient observer les invités à loisir. Les meubles avaient été poussés sur les côtés de façon à ménager une vaste piste de danse. Des palmiers en pots, des buissons fleuris et d'énormes vases de fleurs fraîches disposés çà et là donnaient l'impression de se trouver dans un jardin.

— Le dîner était fabuleux, déclara tante Gwendolyn. Mme Jackson s'est surpassée ce soir. La mousse de saumon était un miracle de légèreté, et les côtelettes d'agneau fondaient dans la bouche. Quant aux desserts, ils étaient à se damner.

— Je dois le reconnaître, répondit Felicity. Nell a eu la présence d'esprit de recruter des extras au village pour l'occasion. Nous étions tout de même soixante-deux convives...

— ... qui dansent presque tous à présent et semblent s'amuser comme des fous. Où avez-vous donc trouvé les musiciens ? J'avoue que ce petit orchestre ne se défend pas mal du tout.

— C'est Hanson qui les a dénichés à Harrogate. Ils jouent bien, en effet.

— Daphné est resplendissante, ce soir. Sa robe a fait sensation. Elle scintille de mille feux dès qu'elle respire. Et pour une fois, je ne me plaindrai pas de ce qu'elle soit bleue.

— Et vous auriez tort, puisqu'elle est aussi rebrodée de perles vertes et turquoise, la taquina Felicity. C'était une robe à moi, vous savez. Je l'avais fait faire à Paris il y a fort longtemps. Mais je l'ai toujours considérée comme une œuvre de haute couture exceptionnelle. C'est pourquoi je l'ai conservée. Et par chance, elle allait à Daphné comme un gant.

Les deux femmes continuèrent à la regarder valser dans les bras de son père. Charles virevoltait avec élégance et Daphné le suivait sans peine. Comme tous deux étaient de haute stature, ils offraient un bien joli tableau. Ils semblaient goûter au plus haut point ce moment de partage.

Alors qu'elle contemplait sa fille avec une tendresse infinie, Felicity sentit son cœur se serrer soudain à la pensée du terrible dilemme qui se présentait à elle... ou plutôt à eux.

Tout à coup, Felicity fut submergée par l'irrépressible sentiment de culpabilité qui l'assaillait si souvent depuis qu'elle avait eu connaissance du drame. Elle avait négligé ses propres enfants, trop préoccupée par la maladie de sa sœur... et par cet autre problème. Mais comment aurait-elle pu empêcher ce qui s'était passé dans le bois aux campanules ?

Charles et elle avaient-ils raison de voir en Julian Torbett le coupable tout désigné ? Lui si doux, presque efféminé... De toute façon, il était maintenant mort et enterré. Et si ce n'était pas lui, le violeur avait pris la poudre d'escampette depuis longtemps. Daphné avait très bien pu être attaquée par un braconnier ou un maraudeur...

Felicity s'aperçut soudain que tante Gwendolyn lui parlait.

— Pardon, très chère ? J'étais distraite.

— Je vous demandais si Diedre ne vous semblait pas un peu malheureuse.

— Qu'est-ce qui vous fait dire ça ?

— Eh bien, elle a parfois de curieuses reparties, poursuivit Gwendolyn un ton plus bas. Des réflexions plutôt désagréables. Souvent, les gens cachent leur mécontentement derrière une telle attitude.

— Oh, elle a toujours été un peu acerbe. C'est dans sa nature, voilà tout.

Gwendolyn regarda longuement Felicity.

— J'espère ne pas lui avoir transmis ce trait de caractère. J'ai moi aussi tendance à être un peu caustique… Ce qui m'a souvent valu de me faire taper sur les doigts, ajouta-t-elle.

Alors que Felicity s'apprêtait à répondre, Hugo se présenta devant elles, incroyablement séduisant dans son habit de soirée.

— Felicity, puis-je t'emprunter ma tante ?

— Bien sûr, répondit-elle en souriant, tandis qu'il entraînait Gwendolyn sur la piste de danse.

Malgré son âge, la vieille dame était encore superbe dans sa toilette violette et sa parure de diamants.

J'espère lui ressembler à soixante-douze ans, se dit Felicity, avant de replonger dans ses idées noires. En plus de la grossesse de Daphné, il lui fallait protéger son propre secret. Par chance, la jeune fille était encore mince comme un roseau dans sa robe ajustée.

— Maman, m'accorderais-tu cette danse ? s'enquit Guy en lui tendant la main.

— Avec joie !

Depuis deux heures, Hugo se tournait et se retournait dans son lit sans trouver le sommeil. Il se releva, enfila son peignoir et ses pantoufles, puis descendit à la bibliothèque. Après avoir allumé la lumière, il s'approcha du bar du comte et se servit une grande rasade de cognac.

De retour dans sa chambre, il s'assit dans le fauteuil et dégusta son cognac sans cesser de penser à Daphné. Ce soir-là plus que jamais, il s'était comporté en parfait homme du monde. Un modèle de charme et de bonne éducation. Il avait témoigné de l'attention à toutes les dames présentes – non à elle seule – et avait dansé avec plusieurs d'entre elles. Finies, les réactions de collégien sentimental. Du moins… il n'en avait rien laissé paraître. Car il était bel et bien tombé amoureux d'elle, et espérait toujours la faire sienne pour la vie entière. De son côté, elle s'était montrée affable, chaleureuse.

A présent, il s'agissait de passer à l'action avec tact et discrétion. Pour commencer, il lui fallait s'enquérir auprès de Charles de la situation de sa fille. S'assurer qu'elle n'était pas déjà promise.

Réchauffé par le cognac, Hugo se leva pour ôter son peignoir. Il jeta un coup d'œil par la fenêtre et dut y regarder à deux fois, incrédule. *Le feu !* De hautes flammes s'échappaient des écuries. Mon Dieu, les chevaux... Il se précipita dans le couloir pour donner l'alerte.

27

En s'approchant des écuries, Hugo découvrit un spectacle de cauchemar. Le premier box portait une plaque de cuivre gravée au nom de Diedre. Il ne contenait que quelques balles de foin, d'où montaient de hautes flammes rougeoyantes qui semblaient embraser le ciel nocturne. Pas de trace du cheval. Dans le box voisin, la jument de Daphné se cabrait et frappait violemment des sabots contre la porte. Vite, il fallait libérer l'animal terrifié, aux naseaux dilatés, à la bouche écumante !

Hugo se brûla en cherchant à soulever le loquet métallique surchauffé. Quelqu'un avait placé un coin de bois derrière, de façon à le bloquer. Il ôta une de ses chaussures et se servit du talon comme d'un marteau. Il eut tout juste le temps de s'écarter : la porte sauta avec fracas sous la poussée de la jument, qui s'enfuit vers les prés au grand galop.

Il procéda de la même façon avec Rêveuse, la monture de DeLacy, qui s'élança aussitôt pour rejoindre Greensleeves.

Alors qu'il allait passer au troisième box, il entendit la voix de Charles :

— Miles, va chercher les extincteurs ! Guy, sors la pompe et la lance à incendie. Walter, donnez-lui un coup de main !

Le comte accourut auprès de son cousin.

— Heureusement que tu es intervenu aussi vite !

— Je ne dormais pas, je me suis levé... un pur coup de chance. Et dès que j'ai vu les flammes, tout ce que j'avais appris dans mon enfance m'est revenu. Sauver les chevaux d'abord.

— Merci, Hugo. Il reste encore le petit poney shetland de Dulcie dans cette aile. Tu peux t'en occuper ? J'envoie Hanson et les valets libérer les chevaux de l'autre côté de l'écurie. Il faut les mettre à l'abri dans les prés.

— Est-ce que j'y emmène le shetland ?

— Bonne idée ! lança Charles, qui courait déjà donner ses ordres aux domestiques.

En moins de trois heures, ils avaient maîtrisé les flammes grâce à la lance à incendie, mais aussi vidé les stalles de leur foin, mouillé et à demi carbonisé. Pour finir, tous les chevaux avaient été rapatriés dans leurs box. On leur avait donné de l'eau fraîche et du foin, puis on les avait examinés sous toutes les coutures. Ils étaient tous indemnes.

Les garçons d'écurie, qui logeaient près des bureaux à l'autre bout du bâtiment, étaient accourus peu après le début du sinistre, éveillés par le tumulte. Et ils avaient largement mis la main à la pâte.

Tandis qu'ils buvaient leur thé matinal, chaud et sucré, accompagné de sandwichs au bacon, ils se demandaient ce qui avait pu déclencher un incendie d'une telle ampleur. A l'office, la même conversation se déroulait entre Hanson et les valets de pied. L'origine du feu demeurait un mystère.

Après s'être lavés et changés, Charles, Guy et Miles descendirent à la salle à manger. Ils y trouvèrent Hugo qui semblait souffrir de sa brûlure, la main enroulée dans une serviette.

— Allons, vieille branche, laisse-moi regarder ça, proposa Charles en s'agenouillant à côté de lui.

— Ce n'est rien, Charles, même si je dois avouer que ça picote un peu... répondit Hugo en soulevant le pansement de fortune.

— Mlle Wilson, la femme de chambre de Felicity, s'y connaît en premiers secours. Miles, s'il te plaît, va en cuisine. Demande à Wilson de monter jeter un coup d'œil à la main de Hugo. Elle lui appliquera un onguent et la bandera.

— Tout de suite, papa.

— Tu seras guéri d'ici deux ou trois jours, dit Charles. La brûlure est superficielle. Il n'empêche que tu as eu de la chance.

Hugo hocha la tête, pensif.

— Je ne parviens pas à comprendre ce qui a pu déclencher l'incendie. Le foin ne se consumait pas. Il brûlait à grosses flammes... un vrai feu de joie. Tu ne penses pas qu'il pourrait s'agir d'un incendie volontaire, n'est-ce pas ?

Charles en resta interloqué. Il se redressa et regarda son cousin droit dans les yeux.

— Ça ne m'avait pas effleuré. Pourquoi suggères-tu une chose pareille ?

— J'y ai pensé en me changeant tout à l'heure. Vois-tu, Charles, je me suis blessé au loquet métallique d'un box, qui était brûlant à cause du feu. Il ne voulait pas s'ouvrir. A y regarder de plus près, il était coincé par un morceau de bois glissé derrière. J'ai dû me servir de ma chaussure pour le faire sauter.

Une ombre passa sur le visage de Charles.

— Mais qui a bien pu faire ça ? Il est inutile de verrouiller ainsi une écurie. Les chevaux ne risquent pas de s'enfuir. Tu le sais mieux que moi, toi qui as grandi dans un haras.

— Précisément. C'est pourquoi j'en suis venu à envisager la piste criminelle. Ne crois-tu pas que tu devrais appeler la police ?

— Sans doute... Ne serait-ce que pour l'assurance. Tout incendie doit être déclaré.

28

L'inspecteur Michael Armitage, de la circonscription de West Riding, ainsi que son bras droit, le sergent Tim Pollard, étaient en train d'examiner le box où le feu avait démarré, en compagnie du comte de Mowbray.

— Mon cousin, Hugo Stanton, est arrivé sur les lieux le premier, disait Charles. C'est lui qui a vu les flammes depuis sa fenêtre. Il a cogné à la porte de ma chambre, criant « Au feu ! », avant de descendre en courant. Ah, le voici.

Charles fit les présentations.

— J'expliquais que tu étais le premier sur place.

— C'est exact. Ce box était en train de brûler... ou plutôt : une grosse botte de paille y était enflammée. Par chance, il était vide. Mais il y avait un cheval dans le box voisin.

— Et avant toute chose, vous avez libéré le cheval. C'est bien cela, monsieur Stanton ?

— Tout à fait. Une jument du nom de Greensleeves. Elle était terrifiée et se cabrait.

Il parla à l'inspecteur du coin bloquant le loquet.

— Je n'ai pas très bien compris ce qu'il faisait là, dans la mesure où un cheval ne risque guère de s'enfuir, quand bien même on laisserait la porte grande ouverte. C'est ce qui a éveillé mes soupçons. Peut-être en a-t-on après la famille ? En tout cas, quelqu'un tenait vraisemblablement à ce que ce cheval reste pris au piège.

— Je comprends votre point de vue. Dites-moi, monsieur Stanton, avez-vous senti une odeur bizarre ? Du pétrole, peut-être ?

— Non, rien d'anormal. Seulement celle du foin brûlé. Mais vous convenez qu'il pourrait s'agir d'un acte criminel, inspecteur ?

— Oui, dans un sens, car il paraît étrange qu'une botte de foin s'enflamme toute seule. Bien sûr, il se pourrait que quelqu'un soit sorti fumer et ait jeté son allumette sans réfléchir. Mais je ne pense pas qu'une simple allumette, même incandescente, puisse déclencher un feu d'une telle ampleur. D'après ce que vous m'avez dit, c'était un véritable brasier, n'est-ce pas, Monsieur le comte ?

— Oui, nous avons eu du mal à le maîtriser. La stalle voisine avait déjà commencé à flamber quand mon valet de chambre, mes fils et moi-même sommes arrivés. Ils se sont attaqués aux flammes avec les extincteurs et les pompes, mais nous avons eu besoin du renfort du majordome et des valets de pied pour en venir à bout.

— Avez-vous aperçu des personnes étrangères sur le domaine, lord Mowbray ?

— Pas au sens où vous l'entendez, inspecteur. Néanmoins, nous avons donné une réception hier soir. Nous avions invité une cinquantaine d'amis. Naturellement, tous sont venus en automobile avec chauffeur.

— Chauffeurs que l'on peut donc considérer comme étrangers...

— C'est exact, inspecteur. Mais je doute fort que l'un d'entre eux soit venu dans les écuries dans le but d'allumer un incendie.

— Où les automobiles étaient-elles stationnées, Monsieur le comte ? demanda le sergent Pollard.

— Devant la façade principale du château, pour la plupart. Et le long de l'allée. Toutefois, elles étaient moins nombreuses qu'on pourrait l'imaginer. Voyez-vous, nos invités étaient essentiellement des couples mariés, et certains ont amené leurs filles. Chaque voiture contenait donc plusieurs personnes.

— Je comprends, Monsieur le comte.

Charles et Hugo répondirent aux questions des policiers tandis qu'ils faisaient le tour des écuries. Mais il s'avéra rapidement que les enquêteurs n'étaient pas plus avancés que Charles et Hugo.

Hugo était en train de lire le *Times* sur la terrasse lorsque Daphné se trouva tout à coup près de lui, comme arrivée à pas de velours.

— Pardon de vous interrompre, Hugo, dit-elle de sa voix douce et légère.

— Non, non, pas du tout, fit-il en se levant promptement.

— Je voulais vous remercier encore une fois d'avoir sauvé Greensleeves. C'est papa qui me l'a offerte, je tiens beaucoup à elle, expliqua Daphné.

Elle avisa sa main bandée.

— Est-ce très douloureux ?

— Non, j'ai juste eu un peu chaud au bout des doigts, rien de bien méchant. Le Dr Shawcross affirme que ce sera guéri d'ici quelques jours. Mais je vous en prie, asseyez-vous un instant.

— Avec plaisir. Je vous suis très obligée. Si vous avez besoin de quoi que ce soit, n'hésitez pas à me le faire savoir.

C'est de toi que j'ai besoin. Epouse-moi. Sois ma femme... songea Hugo. Mais ces mots ne franchirent pas ses lèvres.

— Eh bien, oui, il y a une chose pour laquelle j'aimerais que vous m'aidiez, déclara-t-il.

— Je vous en prie, dites-moi de quoi il s'agit, répondit-elle en se penchant vers lui.

Le parfum de ses cheveux dorés, fraîchement lavés, celui de sa peau, qui évoquait un bouquet de roses, cette proximité... Hugo faillit se trouver mal. Par chance, il s'était rassis. Sans rien dire, il plongeait le regard dans ces yeux d'un bleu profond, comme pris de vertige.

— Que se passe-t-il ? demanda-t-elle. Est-ce que tout va bien ?

Il opina. Et avant qu'il ait le temps d'y réfléchir, les mots jaillirent d'eux-mêmes.

— C'est à cause de vous, Daphné. Vous êtes la plus jolie femme que j'aie jamais vue.

Il esquissa un sourire, joignit les mains en un geste passionné, puis ajouta sur le mode de la dérision :

— Je suis et serai toujours votre dévoué serviteur et esclave !

Ce ton outré la fit éclater de rire.

— Oh, Hugo, ne dites pas de bêtises ! Je ne suis qu'une jeune fille parmi tant d'autres... Nous n'en manquons pas dans cette maison !

A son tour, il se pencha vers elle pour dérober une autre bouffée de son parfum entêtant.

— Je vais vous confier un secret : en réalité... c'est Dulcie qui m'a envoûté.

Elle rit de plus belle.

— Fort bien, mais vous ne m'avez toujours pas expliqué en quoi je peux vous être utile.

— C'est vrai, j'oubliais, dit-il en reprenant son sérieux. Hier soir, tante Gwendolyn m'a parlé d'une propriété que, selon elle, je devrais visiter dès cet après-midi. Je me demandais si vous accepteriez de venir avec moi ? En tant que professionnel de l'immobilier, il me semble qu'un regard extérieur est toujours précieux. N'êtes-vous pas de mon avis ?

— Si, absolument. Et je me ferai une joie de vous accompagner. Comment s'appelle le château ?

— Whernside House. C'était la résidence de lady Muschamp, la veuve du député. Elle est morte voilà quelques mois et sa fille a déclaré à tante Gwendolyn qu'elle serait prête à me vendre la maison le cas échéant.

— Oh ! s'écria Daphné, extatique. Je n'y suis allée que deux fois, mais c'est l'une des plus belles demeures du Yorkshire. Pas trop loin de Cavendon, à peine vingt minutes en automobile. Avez-vous demandé à Gregg s'il peut vous y conduire ?

— Oui, et votre père m'a assuré qu'il n'avait pas besoin de la voiture aujourd'hui. Il a prévu de rester à Cavendon afin de régler entre autres les questions liées à l'incendie. A quelle heure pensez-vous pouvoir vous libérer, Daphné ?

— Juste après le déjeuner. Hugo, je sais que si vous visitez cette maison vous en tomberez immédiatement amoureux.

Je suis déjà amoureux. De toi. Et à jamais. Il aurait voulu la serrer dans ses bras, tout contre lui, la protéger, la faire sienne…

Ils continuèrent à bavarder de façon informelle et détendue. Quel homme adorable, se dit Daphné au bout d'un moment. Charmant, même.

29

Une certaine tension, bien compréhensible, régnait dans les cuisines. Le feu avait perturbé tout le monde et Nell elle-même avait été sur le pont une partie de la nuit. Quelle triste fin pour cette merveilleuse soirée dansante !

Les chevaux l'avaient échappé belle. Mais qui avait bien pu oser mettre en danger la vie de si nobles bêtes ? se demandait la cuisinière. Un fou furieux, à n'en pas douter… ou quelqu'un qui vouait à la famille une haine tenace.

Cette dernière hypothèse ne lui semblait guère probable, et c'est Mme Thwaites qui avait fini par convaincre Nell qu'elle ne tenait pas la route. En effet, le comte était un homme bien. Franc, honnête et compréhensif, il traitait ses employés de façon humaine et équitable. Il se sentait investi d'une responsabilité à leur égard, tout comme envers les habitants des villages voisins. La cuisinière n'aurait pu espérer trouver un meilleur patron. De surcroît, tous les Ingham faisaient preuve du même savoir-vivre que lord Mowbray. Ils n'élevaient jamais la voix et, contrairement à bien des aristocrates, n'étaient jamais coléreux ni capricieux. Enfin… la petite Dulcie mise à part !

M. Hanson et Olive Wilson, qui comptaient eux aussi parmi les plus anciens domestiques et savaient que travailler à Cavendon représentait un privilège enviable, s'étaient également ralliés au point de vue de la gouvernante. L'incendie, quoique encore inexpliqué, pouvait très bien être d'origine accidentelle.

Parmi les bonnes et les valets de pied, en revanche, Nell avait remarqué que les langues allaient bon train. Seuls Peggy Swift et Gordon Lane s'abstenaient de tout commentaire sur les circonstances du drame. Ils continuaient à effectuer leurs tâches avec efficacité et discrétion.

Quant à Malcolm Smith, il avait toujours tendance à jouer les agitateurs. Et malheureusement, il avait le don d'impressionner Mary Ince et Elsie Roland, qui le voyaient un peu comme une vedette, tout droit descendue de quelque scène londonienne pour leur bon plaisir...

Une sorte de couinement sortit Nell de sa rêverie. Elle se détourna de la marmite où mijotaient les légumes de sa vichyssoise, et aperçut la petite Polly en train de pleurer près de la porte du garde-manger.

Nell se précipita près de la fille de cuisine.

— Qu'est-ce qui se passe, ma jolie ?

— C'est Malcolm, madame Jackson. Il dit que la prochaine fois, on va tous brûler pendant qu'on dormira ! Est-ce que c'est vrai ?

— Mais non. Malcolm n'est qu'une andouille. Attends un peu que je le voie... je m'en vais lui apprendre à raconter des âneries. Allez, assieds-toi, un grand verre de limonade te fera du bien.

Un peu plus tard, le valet entra chargé de plusieurs plateaux d'argent, qu'il posa au bout de la longue table. Il s'apprêtait à repartir quand la cuisinière l'interpella :

— Minute, papillon ! J'ai un mot à te dire, si ça ne te dérange pas.

— Si, ça me dérange, grommela-t-il. J'ai Hanson sur le dos. Il a besoin de moi à l'étage et j'ai pas le temps de traîner.

— Ecoute bien, mon petit bonhomme... Laisse tout de suite tomber tes grands airs. Parce que si tu continues à effrayer Polly, je t'arracherai les boyaux pour m'en faire des jarretières. Pire ! Tu comprendras vraiment ce que c'est d'avoir Hanson sur le dos.

— Pour qui tu te prends ? gronda Malcolm. Je fais ce que je veux, quand je veux !

— Certainement pas. Figure-toi que c'est moi qui décide dans cette cuisine. Tu n'as pas intérêt à l'oublier. Allez, file maintenant, et fiche la paix à la petiote. *Compris ?*

Le valet s'éloigna, rouge de colère, sans un regard pour Elsie et Mary qui descendaient l'escalier en ricanant. Elles reprirent leur sérieux dès qu'elles virent la mine furieuse de la cuisinière.

Les ignorant à son tour, Nell s'approcha de son petit bureau et se pencha sur le menu que la comtesse avait établi la veille pour le déjeuner. Hors-d'œuvre : vichyssoise glacée. Plat principal : saumon poché mayonnaise et salade de pommes de terre. Et en dessert : charlotte aux fruits rouges. Excellent choix en cette chaude journée d'été.

En entrant dans la salle à manger, Gordon Lane s'assura que Peggy y était seule avant de s'approcher d'elle.

— Quelles questions t'a posées l'inspecteur Armitage, Peg ? chuchota-t-il.

— Il voulait savoir s'il y avait des intrus sur la propriété. Je lui ai dit que je n'avais vu personne.

— Tu ne lui as pas parlé de ce qu'on a entendu l'autre soir, dans les bois ? Le voyeur, comme tu dis...

— Non. On avait décidé de ne pas en parler, tu te souviens ? On pourrait encore avoir des problèmes si Hanson apprenait qu'on était sortis.

— Je sais. En tout cas, l'inspecteur m'a demandé la même chose. Ils croient à un incendie criminel. Les flics, je veux dire.

— Il se pourrait que les flics aient raison, Gordon. J'ai grandi dans une ferme, et je n'ai jamais vu une botte de foin s'enflammer toute seule...

Peggy s'interrompit en voyant Hanson entrer précipitamment dans l'office situé juste à côté de la salle à manger. Aussitôt, elle se saisit des quelques plats de service qu'elle disposa sur la table, tandis que Gordon se mettait à essuyer un verre en cristal à l'aide de son torchon blanc.

Après avoir débouché une bouteille de pouilly-fuissé pour le laisser s'oxygéner, le majordome entra.

— Je tiens à vous remercier, Lane. Et vous aussi, Swift. Malgré l'agitation, vous avez tous les deux continué à vous acquitter de vos tâches de façon très professionnelle. Enfin... selon l'inspecteur, personne n'a été vu en train de rôder. Nous devons donc supposer que c'était un accident.

Peggy ne répondit pas. Comment pouvait-il en être aussi sûr ?

— Vous savez quoi, monsieur Hanson ? intervint Gordon. La soirée a dû sembler longue aux chauffeurs. L'un d'entre eux a peut-être fumé une cigarette dans la cour et jeté son mégot sans l'éteindre. Les gens sont si négligents, parfois...

Hanson ne l'écoutait pas. Il inspectait la table de son œil d'aigle.

— Neuf couverts ce midi, Lane. Ne mollissez pas.

— Bien, monsieur, répondit Gordon.

Il pouvait se féliciter d'être dans les petits papiers du majordome...

Walter était en train de mettre de l'ordre dans la garde-robe du comte, lorsque Olive Wilson passa la tête par la porte entrebâillée.

Le valet de chambre sourit à la vue de ses yeux verts et rieurs sous ses cheveux roux.

— Je peux entrer ?

Walter acquiesça. Il avait toujours apprécié Olive. Elle était fiable, diligente, et ils travaillaient bien ensemble. Il n'y avait pas en elle une once de méchanceté.

— J'ai besoin d'un cours de rattrapage, expliqua-t-elle.

— Comment ça ?

— Ma foi, je suis curieuse : que s'est-il passé depuis mon départ pour Londres ?

— Eh bien, comme vous le savez, M. Hugo est enfin revenu après toutes ces années. Et la sœur de Madame est au plus mal. Mais je suppose que la comtesse vous l'a déjà dit.

— En effet, et cela l'affecte beaucoup. Selon ses propres mots, les jours de sa sœur sont comptés.

— Oui, c'est ce que j'ai entendu, confirma Walter en approchant de la fenêtre un costume bleu pour mieux l'inspecter. Rien d'autre, sinon. La routine... Et comment s'est passé votre séjour à Londres ?

— Malheureusement, j'étais coincée à Croydon et je n'ai pas beaucoup eu l'occasion de me rendre en ville. Il y avait tant de choses à régler après l'enterrement de maman... la vente de la maison, entre autres. Mais ses affaires étaient plutôt en ordre. A vrai dire, j'ai été assez surprise par le montant de son héritage.

— Une aubaine inespérée ?

— Exactement.

— Et puis-je vous demander comment se porte votre bon ami M. Dayton ?

Olive marqua une pause.

— Walter, vous n'allez jamais le croire... reprit-elle tristement. Ted m'a quittée. Il a émigré au Canada. Et avec une femme mariée, par-dessus le marché.

Estomaqué, Walter ne sut que répondre.

— Quel mufle... dit-il enfin. Je suis navré pour vous, Olive. Vous devez être au désespoir.

— En fait, non. Pour être honnête, j'éprouve plutôt un certain soulagement. Imaginez un instant que nous ayons été mari et femme... Par chance, ce n'était pas le cas. Alors bon débarras !

30

Le château, somptueux, datait de l'époque géorgienne. Il avait été bâti deux cents ans plus tôt, dans un style inspiré d'Andrea Palladio, et ressemblait à s'y méprendre à quelque villa italienne de la Renaissance.

— Je ne me lasse pas d'admirer le talent de ces architectes du XVIIIe siècle, déclara Hugo tandis qu'il se promenait dans le parc aux côtés de Daphné. Chaque fois que la topographie le permettait, ils perchaient les belles demeures au sommet d'une colline, et creusaient un lac artificiel juste en dessous, de façon à ce que la façade se reflète à la surface. Deux châteaux pour le prix d'un ! Quelle ingéniosité…

Daphné contempla Hugo à la dérobée. Il était si intelligent ! Elle n'avait encore jamais entendu personne parler de Whernside House en ces termes.

— Il est vrai que l'intérieur offre des proportions admirables, avec ces grandes pièces et ces hauts plafonds. Mais l'extérieur a aussi son importance, n'est-ce pas ?

— Absolument. J'adore les parcs à l'anglaise tels que celui de Cavendon, avoua-t-il. Et celui-ci lui ressemble beaucoup, quoique de dimensions plus modestes. Mais entrons, voulez-vous ? J'ai hâte de découvrir ce qui se cache derrière ces murs… Peut-être mon futur chez-moi ?

Ensemble, ils gravirent la colline. La gouvernante, Mme Dodie Grant, les accueillit.

— Le parc est des plus agréables, n'est-ce pas, monsieur Stanton ?

— Je l'avoue. Certains arbres doivent avoir atteint un âge canonique, surtout les chênes.

— Je n'en connais pas d'aussi majestueux, si ce n'est à Cavendon Hall.

— En effet, confirma Daphné.

Mme Grant ouvrit une des portes-fenêtres de la terrasse, qui donnait comme à Cavendon sur la bibliothèque.

— Je vous laisse explorer à votre guise, déclara-t-elle. Lady Daphné est déjà venue, je pense qu'elle retrouvera son chemin facilement. Si vous avez besoin de moi, je suis dans mon petit bureau près de la cuisine.

— Merci beaucoup, madame Grant. J'aimerais prendre mon temps, si vous n'y voyez pas d'objection.

— Du tout. Ne vous pressez pas !

Dès qu'elle fut partie, Hugo jeta un long regard circulaire sur la bibliothèque.

— Je comprends maintenant ce que vous disiez au sujet des proportions intérieures, Daphné : cette pièce est grandiose et admirablement bien éclairée par ces hautes fenêtres.

— La couleur des lambris y est aussi pour beaucoup, renchérit Daphné. L'acajou, si fréquent dans les bibliothèques, ne reflète pas assez la lumière. Je préfère ce bois clair.

— Moi aussi, approuva Hugo.

Après avoir détaillé et commenté tous les aspects de la pièce, ils poursuivirent leur visite. A mesure qu'ils passaient de la bibliothèque au jardin d'hiver, puis à la salle à manger, et ainsi de suite dans toutes les pièces du rez-de-chaussée, Hugo se sentait de plus en plus conquis.

A l'étage supérieur, les chambres à coucher offraient elles aussi de superbes volumes. Tout à coup, Hugo se demanda ce qu'il ferait de tout cet espace. Mais il n'était pas voué à passer seul le restant de ses jours... Il se remarierait.

Avec Daphné, et personne d'autre, se dit-il. Cette maison est faite pour elle.

Dans la chambre principale, il la regarda s'approcher d'une fenêtre.

— La vue sur le lac est superbe, Hugo. Vous pourriez avoir des cygnes, comme à Cavendon ! Oui, il ne manque à ce lac qu'un couple de cygnes blancs. Ils restent ensemble toute leur vie, vous savez.

— Je l'ai entendu dire, murmura Hugo.

C'est avec toi que je veux rester toute ma vie, songea-t-il. Il s'aperçut alors qu'il ne s'était pas passé une minute sans qu'il pense à elle depuis leur rencontre... la veille.

N'était-ce vraiment qu'hier ? Il était arrivé le vendredi, et on n'était que samedi. Etrangement, il avait l'impression de la connaître depuis des années. Ils avaient dansé ensemble au bal, puis pris le petit déjeuner en compagnie de toute la famille. Il y avait eu la conversation sur la terrasse avant le déjeuner, le déjeuner lui-même, et enfin le trajet jusqu'à Whernside House, dans l'intimité de l'automobile. Depuis une heure, ils allaient et venaient de pièce en pièce dans ce magnifique château.

En peu de temps, ces nombreux moments passés avec elle lui avaient permis de découvrir qu'elle n'était pas seulement la plus belle des femmes. Elle était aussi intelligente, charmante, attentionnée. Une fois son trouble dissipé, il s'était senti tout à fait à l'aise en sa compagnie. Mais que pouvait-elle bien éprouver de son côté ? Au moins ne semblait-elle pas contrainte ou embarrassée en sa présence. Elle se comportait au contraire de façon naturelle, détendue. Et c'était déjà beaucoup.

Il balaya la chambre du regard. Elle était vaste, comme toutes celles du château. Cette demeure était conçue pour un homme, une femme et leurs enfants. Pas pour un veuf esseulé, qui passerait son temps à se lamenter et désespérerait de conquérir un jour une femme bien trop jeune pour lui…

Tandis qu'elle revenait vers lui en souriant, les rayons du soleil jouaient dans ses cheveux dorés, illuminant son visage. La soie de sa robe pêche ondulait autour de ses longues jambes, moulait sa poitrine rebondie…

Hugo se sentit une nouvelle fois pris de vertige. Pourtant, il avait connu d'autres femmes avant son mariage et ne manquait pas de virilité ! Aucune d'entre elles n'avait eu un tel effet sur lui, pas même sa chère Loretta, qu'il avait aimée fidèlement jusqu'à son dernier souffle. Hugo Stanton, gentleman expérimenté, avait perdu tous ses moyens.

— Montons à la nursery, suggéra alors Daphné.

— Pourquoi pas ? dit Hugo en reprenant ses esprits.

Ils gravirent rapidement l'escalier.

— Oh, un cheval à bascule ! s'exclama Daphné en pénétrant dans la salle de jeu. Le même que le nôtre à Cavendon !

Alors qu'elle se précipitait pour mettre le jouet en mouvement, un souvenir d'enfance revint à la mémoire de Hugo.

— J'étais moi aussi un bon ami de votre cheval à bascule, déclara-il d'une voix rauque. Il s'appelle Dobbin.

Daphné éclata de rire. Contre toute attente, elle enfourcha le cheval de bois et entreprit de se balancer. Le bas de sa robe découvrait ses mollets. Face à ce mouvement de va-et-vient, des plus suggestifs, Hugo sentit le désir lui nouer la gorge.

Elle descendit enfin de sa monture, le rejoignit près de la fenêtre et posa la main sur son bras.

— Merci encore d'avoir sauvé Greensleeves.

— Une chance que j'aie pensé à enfiler mes chaussures avant de courir jusqu'aux écuries…

— Comment cela ?

— Au moment où j'ai vu les flammes, je portais mes pantoufles. J'allais sortir ainsi, mais je me suis arrêté pour passer de vrais souliers. Et ensuite, je m'en suis servi comme d'un marteau pour débloquer le loquet du box.

Daphné fronça les sourcils.

— Le débloquer ? Je ne comprends pas. Pourquoi ne s'ouvrait-il pas ?

A cette question, Hugo répondit en rapportant ce qu'il avait dit à Charles. Quand il eut fini, Daphné le regarda avec effarement. Elle comprenait tout. Un frisson la parcourut, elle sentit ses jambes faiblir et dut s'asseoir sur la chaise la plus proche.

— Que se passe-t-il, Daphné ?

— Le loquet était un peu branlant, mais à ma connaissance personne n'a essayé d'y faire quoi que ce soit. Hier matin, je n'ai remarqué aucune anomalie en allant voir Greensleeves.

Richard Torbett ! Il l'avait menacée de tuer sa mère et la petite Dulcie. La veille, il avait tenté de tuer son cheval… Elle en était certaine. Mais pourquoi ? Elle n'avait jamais révélé son identité. Ni aux Swann ni à ses parents.

— Tout va bien, Daphné ? s'inquiéta Hugo. Vous voilà bien pâle !

Elle se reprit aussitôt. Sois prudente, pensa-t-elle. *N'en parle à personne. Ne fais confiance à personne.*

— Il s'agit d'un incendie criminel, dit-elle enfin. Je suis d'accord avec la version des policiers : la botte de foin a été enflammée volontairement. Qui que soit le coupable, il voulait tuer nos chevaux et réduire les écuries en cendres. Pourquoi il a pris Greensleeves pour cible, c'est ce que j'ignore. Mais quelqu'un en veut à notre famille.

— Oh, Daphné… Je répugne à le penser. C'est pourquoi j'ai imaginé qu'un des garçons d'écurie voulait consolider la porte à l'aide de ce morceau de bois, par sécurité.

— Non ! Il n'est pas nécessaire d'enfermer un cheval. Vous le savez aussi bien que moi...

Il acquiesça, l'air soucieux.

— Nous devrions rentrer. L'air frais vous fera du bien. Et je pense que vous devriez révéler vos soupçons à votre père sans tarder.

Elle prit la main qu'il lui tendait. A la surprise de Hugo, ses yeux s'emplirent de larmes.

— Merci de vous montrer si compréhensif. Je me suis un peu emportée à l'idée que quelqu'un veuille nous nuire. Mais tel est le cas, n'est-ce pas ?

— Ce n'est pas impossible...

31

Afin de profiter de ce magnifique après-midi, Charlotte était partie très en avance et longeait d'un pas de promeneur l'allée qui menait au lac de Cavendon. Elle leva les yeux vers le ciel, d'un bleu limpide. Depuis le début de l'été, le soleil radieux ne cédait la place qu'à de très rares averses. Un temps à la clémence exceptionnelle dans ces contrées humides du Yorkshire !

Tout en cheminant, elle se demandait pourquoi Charles voulait lui parler, et pourquoi il avait choisi le kiosque au bord du lac comme point de rendez-vous. Sans doute s'agissait-il de quelque chose de hautement confidentiel. Car personne ne pourrait les y entendre, à moins de se trouver juste à côté... caché sous le plancher du kiosque, par exemple ! Elle sourit à cette idée rocambolesque.

Elle enfonça les mains dans les poches de sa robe vert pâle, songeant aux tenues que Cecily avait créées à l'intention de Daphné, pour le moment où sa grossesse commencerait à se voir. En effet, Alice et elle avaient jugé que la fillette avait acquis assez de maturité pour entrer dans la confidence et elles n'avaient pas eu à le regretter.

Ses robes et ses ensembles dissimulaient les rondeurs avec art, uniquement grâce à leur coupe. Après que Cecily lui eut montré ses croquis, des patrons incroyablement ingénieux et tous différents, Charlotte avait aussitôt téléphoné à sa cousine Dorothy, employée à Londres au rayon habillement du grand magasin Fortnum and Mason.

Elle lui avait vanté le talent de sa nièce, se gardant toutefois de lui révéler que les premières créations de Cecily étaient destinées à une femme enceinte.

« J'aimerais te l'envoyer en apprentissage d'ici quelques années, lui avait-elle expliqué. Crois-moi, cette petite ira loin. Je peux d'ores et déjà t'assurer qu'elle deviendra un jour une grande styliste. Mondialement connue, si tu veux mon avis. »

Dorothy, qui avait une entière confiance dans le jugement de sa cousine, était tombée d'accord : dès que Cecily serait en âge de quitter Cavendon, elle la ferait embaucher chez Fortnum. La jeune fille pourrait vivre avec elle et son mari, dans leur appartement londonien.

Il faut que je tire cette enfant d'ici, songea Charlotte. La vie y est trop facile. Cet endroit est trop beau, trop confortable, trop parfait. Trop dangereux aussi.

A cause des hommes, bien sûr. Les Ingham étaient irrésistibles.

Miles n'avait que quatorze ans, mais depuis qu'il était rentré d'Eton, quelques semaines plus tôt, la façon dont il regardait Cecily n'avait pas échappé à Charlotte. Ils passaient presque tout leur temps ensemble. Même si DeLacy les accompagnait le plus souvent, ils étaient inséparables.

Il faut que j'étouffe le serpent dans l'œuf, se dit Charlotte. Je ne peux pas laisser la petite marcher dans mes pas... Elle s'arrêta net.

Nez à nez avec Genevra, qui venait d'apparaître comme par magie au beau milieu de l'allée. D'où était-elle donc sortie ?

— Mon Dieu, Genevra ! Que fais-tu ici ?

La jeune fille haussa les épaules.

— B'jour, ma'ame Charlotte.

— Tu sais très bien que tu n'as pas le droit de te promener dans cette partie du domaine...

Genevra se contenta de lui tendre quelque chose.

— Un cadeau.

Charlotte ne pouvait pas se permettre d'offenser la gitane. Elle se saisit de l'objet et l'examina avec attention. Cela ressemblait à un morceau d'os ou d'ivoire, lisse et effilé. Des symboles y étaient gravés : une série de petites croix, alignées de part et d'autre d'un cœur. Un ruban était noué à chaque bout. L'un bleu ciel, l'autre écarlate.

Charlotte plissa le front. En relevant les yeux vers Genevra, elle comprit que ce don revêtait une importance particulière pour cette dernière.

— Merci beaucoup, Genevra. C'est toi qui l'as fait ?

Elle acquiesça.

— Une amulette. Faut pas la perdre, ma'ame Charlotte.

— Je vais la garder précieusement, répondit Charlotte en la remisant dans sa poche. Je dois y aller, maintenant. Je suis en retard.

— Faut pas aller dans le bois ! Il arrive que des malheurs... *Entrée interdite sous peine de poursuites*, articula Genevra, la main levée, comme pour tracer ces mots dans les airs.

Sur ce, elle tourna vivement les talons et détala en direction des prés et de la colline où étaient stationnées les roulottes.

Que pouvaient bien signifier ces paroles mystérieuses ? Charlotte se souvint. Plusieurs années auparavant, le cinquième comte avait fait poser des panneaux portant cet avertissement sur les arbres du bois aux campanules et tout autour du domaine, afin de tenir les rôdeurs à distance. Genevra voulait-elle dire qu'il fallait recommencer ?

Et pourquoi les bois portaient-ils malheur ? Oh, mon Dieu ! Genevra avait-elle été témoin de l'agression de

Daphné ? Charlotte frissonna et pressa le pas, sans même s'arrêter pour admirer les cygnes, comme elle le faisait d'habitude.

Elle arriva au rendez-vous la première, tout essoufflée, et s'assit sur une des chaises en s'efforçant de ne plus penser aux rôdeurs potentiels.

Quelques minutes plus tard, Charles la rejoignit et posa la main sur son épaule.

— Bonjour, dit-il en s'asseyant. J'espère ne pas t'avoir fait attendre trop longtemps.

— Non, Charlie. Je viens d'arriver. Je présume que tu veux me parler de quelque chose de la plus haute importance, quelque chose d'extrêmement privé et confidentiel ? C'est pourquoi tu as choisi ce belvédère isolé, afin de t'y entretenir avec moi en toute discrétion ?

Charles éclata de rire.

— Ce que tu peux être pédante, parfois !

— Mais toi aussi ! riposta-t-elle. Nous avons dû déteindre l'un sur l'autre dès notre plus jeune âge. Enfin bref, nous voilà dans ce kiosque, où seuls les cygnes peuvent nous entendre. De quoi s'agit-il ?

Charles se pencha au-dessus de la petite table en bambou.

— Avant son départ pour Zurich, Hugo est venu me voir. Il m'a appris qu'il était tombé amoureux de Daphné. Mais je n'étais pas au bout de mes surprises, car il m'a également demandé la permission de lui faire sa cour, à condition bien sûr qu'elle ne soit pas déjà promise. Il m'a expliqué que ses intentions étaient sérieuses. Il souhaite l'épouser.

— Et qu'as-tu répondu ?

— Il m'a fallu une minute pour reprendre mes esprits, puis j'ai essayé de noyer le poisson. Je lui ai dit que je devais y réfléchir, ne serait-ce qu'en raison de leurs quinze ans de différence. Je lui ai aussi fait remarquer que je devais avant tout savoir quels étaient les sentiments de Daphné à son égard, et si elle l'accepterait en tout cas comme prétendant.

— Je comprends. Tu ne pouvais pas lui promettre davantage. Et quand attend-il ta réponse ?

— Il sera à Cavendon Hall pour le grand bal du 2 août. Je lui ai assuré qu'il serait fixé à ce moment-là.

— Et qu'en pense Felicity ?

— A vrai dire, je n'ai pas encore eu le courage d'aborder la question avec elle. Elle a pris un peu froid lors du dîner dansant. Depuis, elle est dans un état de nervosité inhabituel. Je vais encore attendre un jour ou deux.

Charlotte hocha la tête, pensive.

— C'est bizarre, j'ai l'impression que ça ne t'étonne pas plus que ça, ajouta Charles.

— Non, en effet.

— Vraiment ? Et pourquoi ?

— Parce qu'une enfant de douze ans, en l'occurrence Cecily Swann, a remarqué immédiatement l'inclination de Hugo pour Daphné. C'était pendant le thé, le jour même de son arrivée. Cecily a déclaré qu'il n'avait d'yeux que pour ta fille. C'était donc vrai. Je crois en effet que les intentions de Hugo sont des plus sérieuses.

Le comte la regarda fixement.

— Tu ne penses tout de même pas que je devrais envisager sérieusement sa proposition ?

— Et pourquoi pas ? Tant que Daphné ne s'y oppose pas. Hugo est un homme charmant, beau, cultivé… et profondément bienveillant, comme j'ai eu le plaisir de le découvrir. De plus, j'ai cru comprendre qu'il avait du succès en affaires.

— Comment pourrais-je caresser une idée aussi invraisemblable ? s'écria Charles. Elle est enceinte des œuvres d'un autre, nom d'un chien ! Je ne vois pas ce qui pourrait constituer un pire obstacle à leur union !

— Charles, je t'en prie, ne te mets pas en colère contre moi... J'essaie seulement de t'aider. Marchons un peu autour du lac pendant que nous échangeons quelques idées... comme je le faisais avec ton père. L'air frais et la tranquillité du parc apaisent l'esprit. Allons voir les cygnes !

32

Ils cheminaient en silence. Charlotte voulait laisser à Charles le temps de mettre de l'ordre dans ses pensées. A ses yeux, l'arrivée de Hugo était inespérée, presque miraculeuse. Une union du jeune homme avec Daphné ne présenterait que des avantages.

Charles finirait-il par partager ce point de vue ? Charlotte devait lui faire comprendre qu'un tel mariage protégerait sa fille.

Deux cygnes passèrent près d'eux, nageant avec grâce à la surface du lac.

— Les Ingham élèvent des cygnes depuis l'époque du premier comte, Humphrey, dit Charles.

— C'est vrai. Et tu sais pourquoi ?

— Bien sûr. Parce que mon ancêtre voulait rendre hommage au tien, en référence à son nom : Swann[1].

— Et depuis cent soixante ans, le destin des deux familles est indissociable.

Charles hocha la tête.

— Si je demande aux gens d'ici ce que les Swann savent des Ingham, on me répond : « Qu'est-ce donc qu'ils ignorent ? »

— En effet, j'en suis venue à croire que nous savons tout de vous.

---

1. En anglais, cygne se dit *swan*. (*N.d.T.*)

— C'est toi qui détiens les registres des Swann, n'est-ce pas ?

— Oui, en tant que doyenne de la famille. Pourquoi me poses-tu cette question ? Tu ne veux pas les voir, j'espère ? C'est interdit depuis toujours.

— Non, je ne te demanderai pas une chose pareille, Charlotte. Mais je pensais à la façon dont les Ingham dépendent des Swann. Bien sûr, je cherche souvent conseil auprès de Felicity, et réciproquement. Mais au bout du compte, je me fie surtout à ton opinion... tout comme le faisait mon père.

Charlotte ne répondit pas.

— C'était bien le cas, n'est-ce pas ? insista Charles.

— La plupart du temps. Mais il suivait souvent son propre instinct. Naturellement, il avait raison : c'était un homme très intelligent. Et sage. Mais revenons-en plutôt à Hugo et Daphné.

— Oui, j'oubliais. Alors, quelle est ton opinion ? Devrais-je prendre un tel risque ?

— Je pense que cela pourrait fonctionner, à la seule condition que Daphné soit d'accord. Elle doit le décider de son plein gré.

— Je n'envisageais pas les choses autrement ! se récria Charles. Certes, je ne m'imagine pas qu'elle puisse être amoureuse de lui... En revanche, s'il lui plaît un minimum, si elle a confiance en lui et s'ils s'entendent bien, un tel mariage peut se révéler très harmonieux au fil du temps. Mais tu peux être sûre que je ne la forcerai jamais.

— Je suis heureuse de te l'entendre dire, parce que cette union réglerait bien des problèmes. Pour Daphné et pour toute la famille.

— Je m'en aperçois maintenant, admit Charles. De plus, les mariages fondés sur une passion mutuelle dévorante ont tendance à s'étioler quand la flamme s'éteint... C'est du moins ce que m'ont affirmé certains de mes amis.

— A contrario, un homme vraiment aimant peut être le moteur d'une longue et belle relation... pour peu que sa partenaire soit encline à le suivre, poursuivit Charlotte. Or, Daphné pourrait bien accueillir Hugo à bras ouverts. Le programme de six mois auquel nous avions pensé pour la fin de sa grossesse s'annonce très éprouvant. Après l'accouchement, il ne sera sans doute pas facile pour elle de reprendre sa vie comme si de rien n'était. Et cet enfant, tu y as pensé ? Ne crois-tu qu'elle pourrait refuser de le faire adopter ?

— Ma foi, c'est une éventualité que je rejette. Felicity et moi ne pouvons pas nous l'imaginer. Nous n'avons pas le choix. Nous le confierons à une bonne famille, avec l'aide d'un entremetteur et tout le soutien financier nécessaire.

— Je comprends. A ton avis, que penserait Felicity d'un mariage entre Hugo et Daphné ? Y serait-elle favorable ?

— Elle a l'esprit pratique, donc je pense que oui, du moment que Daphné est heureuse. Felicity se faisait une telle joie à l'idée du bal des débutantes et de sa présentation à la cour...

Charles s'interrompit, secouant la tête.

— Chaque fois que nous évoquons cette affreuse situation, ce viol atroce, nous remercions Dieu d'avoir préservé la vie de notre fille...

— Et si nous rentrions pour en parler à Daphné ? suggéra Charlotte. Je sais que Felicity est allée voir sa sœur. Elle m'a dit hier qu'Anne était retournée à l'hôpital.

— J'en ai bien peur, confirma Charles. DeLacy et Miles accompagnent leur mère. Diedre et Guy sont à Londres, comme tu le sais sans doute...

— Oui, Diedre m'a expliqué qu'ils étaient invités aux vingt et un ans de Maxine Lowe et qu'ils resteraient en ville quelques jours.

— Tante Gwendolyn est partie avec eux hier, ajouta Charles en riant. Bien sûr, elle n'était pas conviée à l'anniversaire de la jeune Maxine. Mais puisqu'elle avait prévu d'aller à Londres « pour le théâtre et les boutiques de Mayfair », selon sa propre expression, Diedre a proposé qu'ils voyagent tous les trois dans le même train.

Daphné se leva pour saluer son père et Charlotte.

— Asseyez-vous près de moi, souffla-t-elle à cette dernière.

Au même moment, Hanson fit signe à Gordon et Malcolm d'avancer les dessertes.

— Monsieur. Mademoiselle Charlotte, dit-il en s'inclinant. Monsieur souhaite-t-il que le thé soit servi tout de suite ?

— S'il vous plaît, Hanson. Vous savez sans doute que nous ne sommes que trois.

— En effet, Monsieur. En revanche, je tiens de source sûre que lady Dulcie ne va pas tarder à vous rejoindre. Vous serez donc quatre.

— Oh, vraiment ?

A cet instant précis, Dulcie fit son entrée d'un pas de sénateur.

— Bonjour, papa, dit-elle. Bonjour, mademoiselle Charlotte. Daphné, je peux m'asseoir à côté de toi ?

— Bien sûr, ma chérie, répondit Daphné en se poussant pour lui laisser la place entre Charlotte et elle.

On apporta un verre de lait pour l'enfant, tandis que Gordon et Malcolm servaient le thé et passaient les plats de sandwichs.

— Papa, quand est-ce que mon cheval arrive ? demanda soudain Dulcie en dardant sur lui ses grands yeux bleus.

— Un cheval ! s'exclama Daphné. Bonté divine...

— Voui. Un cheval.

— Non, Dulcie. Tu vas recevoir un nouveau poney, intervint Charles. Cependant, il sera un peu plus grand que celui que tu as déjà.

— Il faut que tu grandisses encore un peu avant de monter un vrai cheval, expliqua Daphné.

La petite fille acquiesça sans quitter son père des yeux.

— Alors quand est-ce que mon poney arrivera ?

— D'ici une semaine. Il a fallu un peu de temps avant de trouver celui qui te convient exactement. C'est un poney très spécial, tu sais.

— Oh, merci, papa ! Je l'appellerai Hugo !

Un ange passa. Charlotte détourna la tête. Charles toussota.

Daphné reprit la parole la première.

— Et pourquoi as-tu choisi ce nom, Dulcie ?

— Parce que j'ai un ami qui s'appelle Hugo. Je suis la première à l'avoir rencontré, même si ce n'était pas de ma faute... C'est même toi qui l'as dit, Daphné !

— En effet. Donc ton poney va s'appeler comme lui ?

— Oui, parce que Hugo est gentil, et mon poney sera gentil aussi.

— Il faut le reconnaître, Hugo est très gentil. N'est-ce pas, papa ? J'ai rarement rencontré quelqu'un d'aussi sympathique, lança Daphné.

Une heure plus tard, Dulcie était de retour à la nursery. Daphné avait suivi son père et Charlotte dans la bibliothèque, où Charles lui avait rapporté, presque mot pour mot, les paroles de Hugo avant son départ pour Zurich.

— Et qu'est-ce qui se passe ensuite ? demanda la jeune fille après l'avoir écouté avec attention.

— Hugo aimerait savoir ce que tu en penses à son retour dans le Yorkshire.

— Tu veux dire qu'il attend une réponse ?

— En effet, répondit Charles en se calant, jambes croisées, sur son canapé Chesterfield.

— Mais une réponse à quoi, au juste ? Veut-il savoir tout de suite si je veux l'épouser ? Ou bien si j'accepte qu'il me fasse sa cour... en vue d'un mariage éventuel ?

— Qu'il te fasse sa cour. Il veut te laisser le temps de mieux le connaître, car pour sa part il est absolument certain de ses sentiments. Il a beaucoup insisté sur ce point. En d'autres termes, il ne veut ni te presser ni que tu le repousses d'emblée.

Daphné garda le silence.

Charles se tourna vers Charlotte, un sourcil levé, comme pour lui passer le relais. Charlotte hocha la tête.

— A en croire votre père, Hugo est disposé à attendre. Et j'ai pour ma part une histoire intéressante à vous raconter, poursuivit-elle d'une voix douce en se penchant vers la jeune fille. Voyez-vous, Cecily a remarqué qu'il vous dévorait des yeux, l'après-midi de son arrivée. Elle a ajouté qu'il avait trouvé quelqu'un à épouser.

— J'ai confiance en son jugement, répondit Daphné. Cecily est très mûre et très observatrice pour son âge. Rien ne lui échappe. Si je comprends bien, Hugo me fera la cour, et si à terme il me plaît suffisamment, nous nous marierons. En revanche, si mes sentiments n'évoluent pas, notre relation prendra fin de facto. Ai-je bien résumé la situation ?

— C'est cela même, confirma Charles.

— J'avoue que Hugo me plaît bien, reprit-elle après un silence. C'est quelqu'un de très agréable. Il semblerait que nous nous entendions bien, nous aimons les mêmes choses... Cela pourrait peut-être fonctionner entre nous. Mais il reste tout de même un léger problème, papa : je suis enceinte. Ce serait mal de le lui cacher. Immoral, même, et honteux de ma part. D'un autre côté, le lui dire me paraît très dangereux. Il pourrait bien se détourner de moi, emporter mon secret... et le divulguer à tous les vents. Ce qui conduirait à ma perte.

— Naturellement, j'y ai pensé, et Charlotte aussi, déclara Charles. Mais je crois que c'est un risque à courir.

Charlotte intervint :

— Hugo est le cousin germain de votre père, Daphné. Je le crois honnête et, comme tous les hommes de la famille Ingham, profondément loyal. Je suis persuadée qu'il ne dira rien. Bien sûr, nous lui expliquerons qu'il s'agissait d'un viol. Quel intérêt aurait-il à révéler une chose pareille ?

— Si la relation tournait court, que ce soit à son initiative ou à la tienne, je pense qu'il se contenterait de quitter la région, ajouta Charles. Il m'a même dit qu'il lui serait intolérable de vivre près d'ici, par exemple à Whernside House, sans toi à ses côtés. « Intolérable », c'est le mot qu'il a employé.

Une foule de pensées assaillaient Daphné. L'image de Peggy Swift, penchée sur son bébé, lui revint en mémoire.

— Et ma grossesse, alors ? Pourrai-je vraiment abandonner cet enfant ? Je n'en suis pas si sûre, papa. C'est un petit Ingham. Je sais que je l'aimerai dès l'instant où je le tiendrai dans mes bras. Hugo pourrait refuser que je le garde.

Charles fut choqué par ces mots. Pas un seul instant il n'avait imaginé qu'elle s'oppose à l'adoption.

— Dans la situation actuelle, beaucoup de choses ne se présentent pas comme nous pouvions l'espérer, la raisonna-t-il, d'une voix ferme mais calme. Si tu épouses Hugo, tu ne seras jamais duchesse. En revanche, il t'adore et te traitera comme une reine. Tu ne manqueras jamais de rien. Hugo dispose d'une fortune considérable. Il est plusieurs fois millionnaire.

— Je ne peux tout de même pas me fonder sur ce seul critère ! s'indigna la jeune femme. N'est-ce pas, Charlotte ?

— Bien sûr que non, chère Daphné. Cependant, je sais parfaitement que vous prendrez en compte tous les aspects de la question avant d'arrêter votre choix. Je vous connais bien : vous êtes prudente et réfléchie par nature.

— J'avoue qu'il est aimable, attentionné... J'aime son côté énergique... et chaleureux à la fois...

Daphné pensait à voix haute.

— Voici mon opinion, déclara-t-elle enfin. Pour l'instant, il me semble que nous pouvons l'autoriser à me courtiser... mais j'ai encore besoin d'y réfléchir pendant quelques jours.

— A la bonne heure ! l'applaudit Charles. Je ne demande pas mieux, ma chérie. La décision t'appartient.

— Et maman ? Quelle est son opinion sur les intentions matrimoniales de Hugo ?

— Je ne lui en ai pas encore parlé. Sa santé était fragile ces derniers temps et je ne voulais pas l'inquiéter.

— Alors j'en discuterai avec elle à son retour de Harrogate, déclara Daphné. Maman a l'esprit pratique, comme moi... Ou plutôt moi comme elle !

De retour dans sa chambre, Daphné ferma la porte à clé, se déshabilla entièrement et s'observa sous tous les angles dans sa psyché. Son ventre ne s'arrondissait pas encore. En revanche ses seins gonflés la faisaient parfois souffrir. Dès que sa grossesse commencerait à se voir, elle n'aurait plus d'autre choix que de quitter Cavendon. Elle ne pouvait même pas se réfugier dans leur hôtel particulier de Londres. Les nombreux domestiques qui y résidaient en permanence remarqueraient rapidement sa condition.

Après un dernier coup d'œil au miroir, elle secoua la tête, se détourna pour ouvrir son placard et en sortit un peignoir de soie. Tandis qu'elle l'enfilait, elle se demanda si elle pourrait mener à bien ce qu'on attendait d'elle. Taire sa grossesse plusieurs mois durant, au sein de sa propre famille. Puis, quand elle ne pourrait plus dissimuler son état, déménager à Paris, où elle ne connaissait personne, et y apprendre tout ce que devait savoir une jeune aristocrate anglaise pour briller en société... En trouverait-elle la force ?

Oui, elle en était certaine. Sa volonté de fer lui avait toujours permis d'arriver à ses fins.

Mais était-ce vraiment ce qu'elle désirait ? Le programme établi par Charlotte impliquait qu'elle joue la comédie. C'était une forme de tromperie, en totale contradiction avec son honnêteté intrinsèque.

Daphné s'assit devant la coiffeuse et contempla son visage. Hugo était tombé amoureux d'elle pour sa beauté...

Hugo... Tout le monde semblait sous son charme. Les domestiques, comme les membres de la famille qui le connaissaient de longue date, l'avaient accueilli à bras ouverts. N'était-ce pas le meilleur signe de sa nature profondément aimable ? De plus, il était riche et influent. L'épouser ne serait-il pas la meilleure des protections ?

En tout cas, un tel mariage soulagerait ses parents d'un terrible fardeau.

Pouvait-elle épouser Hugo ? Le désirait-elle ? La laisserait-il garder le bébé ? Et dans le cas contraire, lui faudrait-il le donner à adopter ? Aurait-elle le cœur d'abandonner son propre enfant ?

Et puis se posait la question de l'intimité. Elle deviendrait sa femme dans tous les sens du terme… Etait-elle prête à partager avec Hugo cet aspect de la vie conjugale ?

Elle frissonna en songeant à Richard Torbett, au traumatisme qu'il lui avait infligé. Le viol était sa seule expérience de la sexualité.

Sa réflexion l'amena à se dire que ce mariage la protégerait de cet être immonde. Personne n'oserait s'attaquer à l'épouse d'un homme tel que Hugo Stanton, ou à sa famille.

D'un autre côté, devenir sa femme signifierait qu'elle ne connaîtrait jamais le bonheur de tomber amoureuse, de vouloir appartenir à un homme corps et âme. Elle ne ferait jamais l'expérience de l'amour avec un grand A.

Daphné se jeta sur son lit et enfouit le visage dans l'oreiller.

Que faire ?

Une seule chose était sûre : il lui fallait être forte et prendre son destin en main. Quoi qu'il arrive, elle s'en tiendrait à sa propre décision.

33

L'après-dîner, lorsque tout le monde s'était retiré pour la nuit, était le moment préféré de Charles. Felicity ne le savait que trop bien. Il pouvait alors se retrouver seul avec elle, dans le boudoir attenant à sa chambre.

En vêtements de nuit, confortablement installé en face d'elle, il aimait prendre le temps de bavarder, parfois en dégustant un scotch ou un cognac. Pour sa part, Felicity appréciait un verre d'eau fraîche agrémentée d'une rondelle de citron.

Ce soir-là, après un long après-midi à Harrogate, elle pouvait enfin se détendre près du feu dans son fauteuil favori, en sirotant son eau citronnée. Et en attendant Charles. Perspective qui ne la réjouissait guère.

Dans son dressing, de l'autre côté de la cloison, il était en train de causer politique avec Walter Swann. Tous deux semblaient vouer une grande admiration à Winston Churchill, dont ils vantaient l'intelligence autant que les qualités d'orateur.

Un instant plus tard, Charles ouvrit la porte, vêtu d'un pyjama et d'un peignoir de soie bleue, un verre de vin cuit à la main.

— Tu ne taris pas d'éloges sur Churchill, lança Felicity. Pourtant tout le monde ne l'aime pas.

— Ceux-là sont jaloux de sa clairvoyance et de son efficacité, voilà tout.

— Sans doute.

— Tu ne m'as pas beaucoup parlé d'Anne depuis ton retour de Harrogate, dit Charles. Comment se porte-t-elle ?

— Intérieurement, elle n'a guère changé. Elle ne s'avoue pas vaincue. Dans ce sens, elle réagit de façon très anglaise : elle fait face, avec stoïcisme. Mais je sais qu'elle souffre, et qu'on lui administre de plus en plus souvent de la morphine. C'est l'une des personnes les plus courageuses que je connaisse, conclut-elle avec un soupir.

— Oh, ma chérie, je suis désolé. Je sais à quel point tu t'inquiètes pour elle. Mais sache que je suis là si tu as besoin de moi. Je ferai tout mon possible pour t'aider.

— Merci.

— J'ai quelque chose à te dire, annonça-t-il après avoir avalé une gorgée de fine champagne. Je n'en avais pas encore trouvé le temps. Ou plutôt si, mais je ne voulais pas te tracasser alors que tu étais souffrante.

— Je vais beaucoup mieux aujourd'hui, et je te trouve bien solennel. Y a-t-il un problème ?

— Ma foi, on ne peut pas dire ça comme ça...

Il but une deuxième gorgée, posa son verre sur un guéridon et se pencha vers elle.

— Le jour de son départ, Hugo est venu me parler. Il m'a dit qu'il était tombé amoureux de Daphné et qu'avec ma permission il aimerait lui faire sa cour en vue de l'épouser.

— J'espère que tu as dit oui ! s'exclama aussitôt Felicity avec une vivacité que Charles ne lui avait pas vue depuis longtemps.

— Non. Je lui ai expliqué que je devais d'abord demander son avis à Daphné.

— Non, non et non ! Ce n'est pas à elle de décider. Hugo est la solution à tous ses problèmes. Et aux nôtres ! Quelle heureuse coïncidence qu'il soit revenu à Cavendon à ce moment précis ! Mais ce n'était peut-être pas une coïncidence. C'est un signe ! C'est la volonté de Dieu !

Charles resta un instant interdit devant la véhémence inhabituelle de son épouse, et la façon dont elle se référait à la volonté divine. En temps normal, elle n'invoquait pas le nom de Dieu si facilement.

— Je ne peux tout de même pas forcer Daphné à supporter les avances d'un homme qui ne lui plaît pas, dit Charles en fronçant les sourcils. Pas plus que je ne l'obligerai à épouser un homme qu'elle n'aime pas. C'est impensable. Monstrueux, même.

Felicity le dévisagea avec stupeur.

— Tu voulais pourtant la marier au fils d'un duc… et elle ne l'aurait sans doute pas davantage aimé.

— Je n'ai jamais nourri de telles intentions, Felicity, et tu le sais très bien. Je voulais lui trouver le meilleur prétendant possible, les présenter et espérer qu'ils tombent amoureux. Un esprit moderne tel que moi ne peut concevoir un mariage arrangé pour sa fille.

— Parfois, ce type d'union fonctionne à merveille, repartit Felicity d'un ton sec. De nombreux mariages arrangés durent toute la vie.

— Oui, mais la plupart du temps ils sont voués à l'échec, répondit calmement Charles, contrôlant sa colère. Les deux parties sont profondément malheureuses et le tout se solde par un divorce. Ce n'est pas ce que je souhaite pour Daphné.

— Donc, nous éconduisons Hugo sans autre forme de procès et l'affaire est classée sans suite ? demanda Felicity sur un ton sarcastique.

— Loin de là ! J'ai expliqué la situation à Daphné et elle m'a confié qu'il lui plaisait. Elle a promis de me répondre dans un jour ou deux, mais à mon avis elle donnera son accord.

— Espérons-le... fit-elle d'un air buté.

— Si au bout du compte elle ne veut pas l'épouser, nous devrons nous rabattre sur le plan initial et l'envoyer à l'étranger.

— En effet. Avec toutes les contraintes que cela implique, pour elle comme pour nous... Tu dois la convaincre, lui faire comprendre que le mariage est le choix le plus sage !

Charles hocha la tête et fit tourner le ballon à cognac dans sa main, le regard perdu dans le liquide ambré. Il était encore choqué par la réaction de son épouse, qui avait embrassé si promptement l'idée d'un mariage, sans se soucier des aspirations de sa fille. Cela ne lui ressemblait guère. Il est vrai que les événements des derniers mois l'avaient beaucoup éprouvée. Elle n'était plus elle-même.

Felicity remarqua la contrariété de son mari.

— Je ne veux que son bonheur, reprit-elle. Or la proposition de Hugo tombe à pic. Qu'en a dit Charlotte ?

Charles leva sur son épouse des yeux étonnés. Elle le connaissait si bien...

— Elle est d'accord avec toi et pense que c'est une chance. Toutefois, elle estime que c'est à Daphné de décider.

— Je vois.

— En outre, nous serions obligés d'avouer la vérité à Hugo, en espérant que cela ne coupe pas court à son ardeur. C'est un gros risque à courir. Mais j'ai plutôt confiance en sa discrétion et je pense qu'il gardera le secret pour protéger la famille. Charlotte affirme que les hommes de la famille Ingham sont d'une loyauté à toute épreuve.

— Elle est bien placée pour le dire ! lança Felicity avec dédain.

— Qu'est-ce que tu sous-entends ? répliqua Charles en fronçant les sourcils. Que nous autres Ingham ne sommes pas honnêtes ou intègres ?

— Mais non... En revanche, Charlotte était très influencée par ton père. Et puis, c'est une Swann ! Elle a appris depuis sa plus tendre enfance à prendre parti pour les Ingham en toutes circonstances. C'est leur raison de vivre depuis des générations !

— Je sais tout sur les Swann.

— Pas autant qu'ils en savent sur les Ingham, riposta Felicity. Quoi qu'il en soit, elle était folle de ton père...

— Tout le monde aimait mon père. Il avait une personnalité attachante.

— Oh, tu comprends très bien ce que je veux dire ! explosa-t-elle. Ne fais pas semblant.

— Charlotte et mon père n'ont jamais laissé planer d'ambiguïté sur leur relation, et tu le sais aussi bien que moi !

— Il est grand temps que je me mette au lit, répondit-elle.

Charles se leva à son tour.

— Puis-je dormir avec toi, ou bien préfères-tu rester seule ?

Elle le gratifia d'un petit sourire.

— Tu sais que tu es toujours le bienvenu dans mon lit...

Pas vraiment, songea Charles. En tout cas pas depuis les six derniers mois. Il essayait de comprendre. Quelque chose lui disait que la contrariété due à la maladie d'Anne n'était pas seule responsable. Felicity ne semblait simplement plus intéressée par les aspects intimes de leur vie de couple... Mais *pourquoi* ?

Felicity se glissa sous les draps, puis alluma sa lampe de chevet. Comme à son habitude, Charles s'approcha de la fenêtre pour ouvrir les rideaux. La pleine lune inonda la pièce d'une lumière argentée.

Il s'allongea à ses côtés et la serra contre lui. Au bout de quelques instants, il se dressa sur un coude pour l'embrasser sur la joue, puis sur la bouche. Pour son plus grand plaisir, elle répondit à ses baisers. Il lui effleura alors les seins en murmurant des mots d'amour.

Elle attendait, silencieuse, immobile. Qu'il en finisse, et elle aurait enfin la paix !

Elle n'éprouvait plus aucun désir pour lui. Mais, afin de se protéger, elle devait pour le moment dissimuler son désamour par tous les moyens.

Tandis qu'il continuait à la caresser, Charles fut contraint de reconnaître qu'il n'arriverait pas à honorer son épouse. Impuissant. Il fut pris d'un bref instant de panique, mais ne tarda pas à repousser ce sentiment ridicule. Il était tout simplement épuisé, miné par les événements des derniers mois.

— Je suis désolé, murmura-t-il. Comme toi, je tombe de fatigue.

— Ne t'inquiète pas, Charles, ce n'est pas grave. Bonne nuit.

— Bonne nuit, ma chérie.

Charles ne trouvait pas le sommeil.

Après plusieurs heures d'insomnie, il se leva et rejoignit sa propre salle de bains. Il alluma la lumière pour se regarder dans le miroir.

Pourquoi diable n'était-il pas parvenu à avoir d'érection ? C'était la première fois. Etait-il soudain devenu impuissant ? De façon permanente ? Comment était-ce possible ? Il n'avait que quarante-quatre ans.

Charles ferma les yeux. Une hypothèse affreuse se présenta à lui. Les longs mois de refus que lui avait opposés Felicity étaient-ils la cause de ce fiasco ?

Il regagna sa propre chambre. Une fois de plus, il dormirait seul. Le lendemain, une longue journée de travail l'attendait.

34

Assise près d'une fenêtre du salon à son bureau de style géorgien, Charlotte prenait des notes en vue de sa réunion avec Charles le lendemain. Ils avaient prévu d'étudier ensemble les vieux registres de Cavendon. En outre, il lui avait expliqué qu'il comptait embaucher davantage de villageois sur le domaine, et encourager de nouveaux fermiers à louer et cultiver des terres.

Charlotte s'était réjouie de ces projets. Fournir des emplois aux habitants de la région, telle était selon elle la fonction d'une grande demeure aristocratique : au sein du château, gouvernantes, bonnes, cuisiniers, majordomes, valets et femmes de chambre. A l'extérieur, gardes-chasses, rabatteurs et jardiniers. Sans oublier les paysans qui entretenaient les champs à proximité des villages. L'ensemble constituait un véritable microcosme.

Elle repoussa son cahier et savoura une gorgée de cognac, son digestif de prédilection, avant de jeter un coup d'œil à la photographie de David dans son cadre d'argent.

Chaque soir, elle la sortait du tiroir et la plaçait sur le bureau, de façon à le contempler à loisir. Il était parti trop tôt, il lui manquait. Parfois à en pleurer.

Lorsqu'elle avait vu son cercueil descendre dans la tombe, elle aurait voulu se jeter à sa suite. Elle avait même nourri des pensées suicidaires. Sans lui, la vie n'avait plus aucun sens.

Cependant, elle n'était pas passée à l'acte, car c'eût été un signe de faiblesse. Or elle s'enorgueillissait de sa force de caractère. De plus, elle avait juré à David qu'elle s'occuperait de Charles et qu'elle lui viendrait en aide en cas de besoin. Et elle lui avait promis de rester à Cavendon.

« J'ai besoin de mes fidèles Swann sur le domaine, et de toi en particulier, lui avait-il dit sur son lit de mort. Alors, seulement, je pourrai reposer en paix. »

Elle était donc restée. De toute façon, où aurait-elle bien pu aller ? Elle ne connaissait que ce domaine, où elle avait toujours été si heureuse. Et où il était enterré.

Elle sursauta au coup sec frappé à la porte. Alice entra sans attendre de réponse. Elle était en avance. Dans sa surprise, Charlotte ne songea pas à ranger le cliché.

— Tu sembles fatiguée, dit-elle à sa nièce. Whisky ?

— Volontiers, répondit Alice en s'asseyant dans l'un des deux fauteuils.

Tandis que Charlotte la servait, Alice remarqua avec surprise le portrait de David Ingham, le cinquième comte. Sa tante ne le laissait pas ainsi exposé en temps normal.

Par miracle, leur relation n'avait jamais fait l'objet de commérages. Néanmoins, Alice savait tout. Les Ingham et les Swann fricotaient ensemble depuis cent soixante ans. Pourquoi en irait-il autrement à l'époque actuelle ? C'était plus fort qu'eux, ils n'essayaient même pas de résister.

Miles Ingham et Cecily étaient déjà bien trop proches, comme les deux doigts de la main. Si on ne les séparait pas, leur intimité deviendrait compromettante. Walter partageait cet avis, de même que Charlotte. Il fallait agir.

— A ta santé, dit Charlotte en lui tendant son scotch.

— Santé, répondit Alice en trinquant. Un seul verre ne me suffira peut-être pas. J'ai cousu toute la journée, je n'y vois plus clair. Les vêtements que Cecily a créés pour Daphné sont splendides, mais ils demandent un tel travail...

— Je sais. Leur mécanisme est diablement ingénieux. J'arrive à peine à le croire, Alice. Ta petite Cecily est une enfant prodige.

— Sans me vanter, je crois qu'on peut le dire en effet. Je suis contente que tu aies téléphoné à Dottie. D'ici peu, Ceci sera assez grande pour monter à Londres.

Charlotte hocha la tête. Elle resterait toujours reconnaissante au cinquième comte d'avoir fait installer le téléphone dans son petit cottage.

Elle intercepta le regard d'Alice, fixé sur la photo encadrée, et s'aperçut alors qu'elle avait négligé de la dissimuler.

— Je sais exactement ce que tu penses, reprit-elle. Mais ne t'inquiète pas. Cecily quittera Cavendon. Je te le promets.

— Merci. Maintenant, je prendrais bien un deuxième verre, si ça ne t'ennuie pas, indiqua Alice en se levant pour se servir.

— J'avais rendez-vous avec le comte ce matin et ce qu'il m'a appris ne devrait pas manquer de t'intéresser. C'est pourquoi je t'ai demandé de passer me voir.

— Alors vas-y ! Raconte, au lieu de me tenir en haleine !

Charlotte lui rapporta alors la proposition de Hugo.

— Cecily avait donc raison, dit Alice, un grand sourire aux lèvres. Et le comte a-t-il donné sa permission à Hugo ?

— Non, il veut laisser Daphné décider.

— Pourvu que cela fonctionne... C'est un don du ciel, n'est-ce pas ?

— Oui. Pour ma part j'ai bon espoir que Daphné accepte. Elle m'a avoué qu'elle aimait bien Hugo.

— Mais pas qu'elle l'aimait tout court, n'est-ce pas ? Qu'elle le désirait de toute son âme et qu'elle ne pouvait pas vivre sans lui ? Car c'est cela que j'appelle l'amour...

Alice attendait une réponse. Charlotte la regardait fixement, une expression indéchiffrable sur le visage.

— Oh, allez, tu vois très bien ce que je veux dire ! poursuivit Alice. Tu étais folle de David. Tu t'es sacrifiée pour lui jusqu'à la fin, et ce depuis l'âge de dix-sept ans.

— C'est vrai, je ne peux pas le nier. Mais... seuls les Swann étaient au courant.

— Exact. Nous t'avons toujours protégée. Et le comte aussi, par la même occasion. C'est grâce à nous que le scandale n'a jamais éclaté. Ecoute, Charlotte. Nous devons essayer d'influencer Daphné, tu ne crois pas ? Nous pouvons louer les mérites de Hugo par de petites allusions...

— Daphné n'est pas bête. Elle percera tout de suite à jour la manœuvre. Nous pouvons essayer, mais il s'agit d'être discrètes.

— Oui, bien sûr. Et avec un peu de chance, ce ne sera même pas nécessaire. Il se peut très bien que Daphné finisse par tomber amoureuse de lui spontanément. Hugo est très séduisant. Après tout, c'est un Ingham et ils ont tous un je-ne-sais-quoi...

— C'est le charme fatal, répondit Charlotte avec un sourire.

Non loin du cottage de Charlotte, en contrebas du village de Little Skell, Peggy Swift et Gordon Lane se promenaient dans le parc de Cavendon.

C'était une belle nuit de juillet, la pleine lune brillait haut dans le ciel, déployant un voile argenté à la surface du lac.

Peggy n'était pas à son aise. Contrairement aux bois et aux prés, où tous les employés pouvaient aller et venir à leur guise, cette partie du domaine était réservée aux Ingham.

— Gordon, nous ne devrions pas nous aventurer ici trop longtemps. C'est interdit. Dépêche-toi de finir ta cigarette, il faut rentrer.

— Alors je n'ai pas droit à mon bisou et à mon câlin ce soir, Peg ?

— Si, mais il faut faire vite. Et je n'irai pas plus loin, je te le rappelle. Pas tant que nous ne serons pas mariés.

— Je sais, je sais. Je respecterai votre souhait, mademoiselle Swift. Jusqu'à ce que vous deveniez Mme Lane ! Allez, viens, entrons quelques minutes dans le hangar à bateaux.

— Oh, non ! Ce serait encore pire si on se faisait pincer là-dedans !

— Allez, chérie, juste quelques minutes... la supplia Gordon.

A contrecœur, Peggy se laissa mener vers le cabanon en bois. La porte s'ouvrit sans résistance. Il n'y avait pas d'éclairage électrique, mais le clair de lune pénétrait à flots par la vitre. Gordon alluma un morceau de bougie, dans une soucoupe sur le bord de la fenêtre, et la flamme jeta son halo vacillant jusqu'au fond du hangar.

— Ce n'est pas si mal, qu'en dis-tu, Peg ? Au moins on y voit quelque chose. Et regarde ! Un tas de cordes, parfait pour s'asseoir.

— Un peu sinistre ! lâcha Peggy avec une pointe d'indignation.

Elle ne s'en assit pas moins à ses côtés.

Avec sa fougue coutumière, Gordon commençait déjà à l'embrasser, à lui caresser les seins, à déboutonner son corsage. Peggy se sentait fondre... Elle eut un mouvement de recul.

— Je te promets que je ne te forcerai pas, souffla-t-il dans son cou. Est-ce que je peux juste te toucher, Peg ? Je t'en prie.

— Moi aussi j'ai envie de toi, Gordon. Mais nous ne devrions pas rester là. Nous ne sommes que des domestiques, nous n'avons pas le droit de nous promener dans le parc, et encore moins d'entrer ici. Si nous ne faisons pas attention, on va nous mettre à la porte.

— Il est tard. Tout le monde dort, crois-moi. Allez, encore quelques minutes...

Avec la plus grande douceur, il l'allongea de nouveau sur la pile de cordages, souleva sa jupe. Tout en lui caressant le haut de la jambe, la cuisse et au-delà, il lui couvrait le visage de baisers. Il trouva sa bouche, l'embrassa avec ardeur. Il aurait voulu aller plus loin encore, mais il tenait trop à elle pour risquer de la perdre.

Enfin, ils se redressèrent, heureux et échevelés.

— Gordon Lane, quel vilain garçon tu fais ! murmura Peggy. Un vrai petit diable.

— Ton diable bien-aimé ! répliqua-t-il avec un sourire canaille.

— Ça, c'est vrai...

Elle rajusta sa jupe, referma son chemisier et rectifia son chignon. A cet instant, la bougie crépita et mourut.

— Il fait noir, s'inquiéta Peggy à voix basse. Je n'aime pas ça, tu sais.

— Je sais, ma chérie. Attends, je sors les allumettes pour que nous trouvions la sortie.

— Bonne idée. On n'y voit goutte, la lune s'est cachée derrière un nuage.

Gordon craqua une Swan Vesta et l'éleva au-dessus de sa tête. Peggy poussa alors un hurlement. Le visage d'un homme s'encadrait dans le fenestron.

— Mais qu'est-ce qui te prend, nom d'une pipe ?

— Il y un homme dehors, il nous regarde par la fenêtre !

Gordon fit volte-face. Personne.

— Tu as des visions !

— Quelqu'un nous a surpris. Je l'ai vu, je te dis !

— Oh non, alors nous sommes dans la panade... Viens, on ferait mieux de sortir et de prendre le taureau par les cornes, déclara-t-il en la prenant par la main.

Une fois dehors, ils s'aperçurent qu'ils étaient seuls.

— Tu es sûre... ? commença Gordon.

Il s'interrompit. Un peu plus loin, un homme de haute stature s'enfuyait en courant vers l'autre bout du lac.

— Ah, tu vois bien que je ne suis pas folle ! s'exclama Peggy.

— Oui, je vois...

— C'était un vagabond.

— Qu'est-ce qui te fait dire ça ? Tu ne l'as aperçu qu'une seconde.

— Son visage était noir de crasse, et il avait un drôle de truc enroulé autour de la tête, comme des vieux chiffons.

— Je n'aime pas beaucoup qu'un individu louche rôde dans ce parc. C'est trop près du château et de la famille. Rentrons, Peg, avant que ce vieux rabat-joie de Hanson ne commence sa ronde.

Ils rentrèrent en courant, main dans la main. Peggy ne pouvait s'empêcher de penser au voyeur qui les avait épiés dans le bois. Voilà que ça recommençait... Et ce n'était guère rassurant.

35

Les jardins aquatiques de Cavendon, créés au XVIIIe siècle, s'étendaient en contrebas de l'aile ouest du château. Quel calme ! se dit Daphné alors qu'elle descendait la colline dans cette direction.

A mi-pente, elle atteignit le point de vue aménagé par une comtesse du temps passé. Une portion importante de la colline avait été creusée en forme de grotte, et pavée de larges dalles de granit. Daphné s'assit un moment sur le banc de pierre pour admirer le charmant paysage.

Les pelouses impeccables se déroulaient tel un tapis vert jusqu'au creux de la vallée. Droit devant, juste au milieu, s'étendait un grand étang ornemental d'où rayonnaient quatre canaux. Un cinquième canal – circulaire, celui-là – ceignait le tout, de sorte qu'on aurait dit une roue géante et ses essieux. Plus loin, au centre d'un autre bassin, un jet d'eau jaillissait dans le ciel de ce bel après-midi d'été.

Daphné avait toujours adoré cette vue. A la surface de l'étang flottaient des nénuphars, de nombreuses statues trônaient çà et là sur le gazon. Et tout au fond se dressait le temple de la Lune, devant une pelouse bordée de grands hêtres, pour un effet des plus spectaculaires. Lors de leur création, les jardins aquatiques avaient été baptisés lacs de la Sérénité éternelle.

Ce matin-là, Daphné avait écrit à l'attention de Hugo un petit mot qui lui donnait rendez-vous en ces lieux à quinze heures, avec la consigne expresse de garder le secret.

Après avoir cacheté l'enveloppe, elle l'avait posée bien en vue sur la commode de la chambre bleue. A quatorze heures, un coup d'œil par la fenêtre lui avait appris l'arrivée de Hugo, accueilli par son père et Dulcie.

Daphné se leva, reprit l'allée de gravier, puis s'engagea sur le chemin dallé qui menait au temple de la Lune.

Deux chaises de bois sculpté, peintes en blanc, se trouvaient à l'intérieur. Elle s'assit et jeta un coup d'œil à sa montre gousset, épinglée à sa robe de mousseline vert pâle. Trois heures moins le quart. Elle s'installa plus commodément pour réfléchir à ce qu'elle dirait à Hugo.

Daphné n'avait soufflé mot à personne de cette entrevue. Elle avait décidé de prendre son destin en main. Seule, par ses propres moyens.

Tout à coup, il apparut au sommet de la colline ; il était en avance, selon toute vraisemblance impatient de la voir. Tandis qu'il descendait vers elle, son cœur se serra. Aurait-elle le courage de lui parler ? Oui, il le fallait. Elle n'avait pas le choix.

Remarquant qu'il la cherchait du regard, elle se leva et se rapprocha du seuil pour lui faire signe.

Hugo l'aperçut immédiatement, agita la main à son tour, souriant d'une oreille à l'autre. Il courut presque jusqu'aux trois marches qui menaient aux colonnes doriques.

Daphné crut qu'il allait la prendre dans ses bras, mais il se retint et se contenta de lui saisir la main, tout en hasardant un timide baiser sur sa joue.

— Merci d'être venu, dit-elle.

Sans lâcher sa main, elle le conduisit aux deux chaises.

— Je me demandais où vous étiez, fit-il en prenant place. Ces chaises sont invisibles de l'extérieur. Mais allons droit au but. Votre père m'a indiqué que vous n'étiez pas opposée à ce que je vous courtise. Il a ajouté que vous me donneriez une réponse avant mon départ, et je vous en remercie infiniment.

— Selon papa, vous avez su dès notre première rencontre que vous souhaitiez me prendre pour femme. Il a parlé de coup de foudre. Je dois vous avouer que je ne peux en dire autant de mon côté, Hugo. En revanche, je vous apprécie énormément et je me sens on ne peut plus à l'aise en votre compagnie. Nous nous entendons bien... et vous n'êtes pas vilain garçon ! C'est pourquoi... bien que vous ayez prévu de séjourner quinze jours parmi nous, je vous donnerai ma réponse d'ici une semaine au plus. J'aurai d'ici là pris une décision.

Le visage de Hugo s'illumina.

— Une réponse à laquelle de mes propositions, Daphné ? A celle de vous faire la cour, ou bien...

Elle l'interrompit.

— Non, non. Je vous dirai si j'accepte ou non de vous épouser.

Hugo ne put cacher son soulagement. Il n'en espérait pas tant.

— Merci, murmura-t-il, le regard empli de tendresse et de gratitude.

Avant qu'il puisse dévier sur un autre sujet, Daphné reprit la parole :

— Hugo, il me faut dès maintenant aborder avec vous un certain nombre de points qui ne peuvent absolument pas attendre.

Hugo fronça les sourcils.

— Vous voilà bien sérieuse, tout à coup !

— Ce que j'ai à vous dire est on ne peut plus sérieux.

— Parlez, je suis tout ouïe.

— Voici : je crains qu'il n'y ait un obstacle majeur à notre mariage.

Incrédule, il lui jeta un regard oblique.

— Mais comment est-ce possible ? Je suis veuf, vous êtes célibataire... Nous sommes libres !

Elle passa outre à ses arguments.

— Si vous n'y voyez pas d'inconvénient, j'aimerais vous raconter une histoire.

— Bien sûr. Je vous écoute.

— Il y a quelques mois de cela, le 3 mai, pour être exacte, quelqu'un m'a agressée dans le bois de Cavendon et...

— Seigneur Dieu ! s'exclama-t-il, tout pâle. Avez-vous été blessée ? Vous sentez-vous mieux à présent ?

D'un geste, Daphné l'interrompit :

— Je vous en prie, Hugo... Laissez-moi terminer mon récit, car j'ai peur de ne plus en avoir le courage par la suite.

— Je comprends, très chère. Je resterai muet comme une carpe.

— Cet après-midi-là, reprit-elle, on m'a lancé un projectile. Quelque chose de lourd, qui m'a frappée entre les omoplates. Et avant que j'aie pu me relever, quelqu'un s'est jeté sur moi.

Mesurant chacun de ses mots, elle lui raconta étape par étape qu'on l'avait violée, menacée, et laissée plus morte que vive. Elle lui expliqua aussi comment Genevra, bien plus tard, lui avait porté secours et l'avait aidée à regagner Cavendon.

Daphné reprit alors son souffle et regarda Hugo droit dans les yeux. Une expression de choc et d'effroi se lisait sur son visage et elle crut qu'il allait la questionner.

Au lieu de quoi, il lui prit les mains.

— Mon pauvre amour, il n'y a pas de mots pour qualifier l'horreur de ce qui vous est arrivé... Dieu merci, vous êtes vivante ! Les crapules de cette espèce nourrissent souvent des pulsions meurtrières. Fallait-il qu'une telle abomination vous échoie ! Une jeune fille telle que vous, si pure, si innocente ! Je promets de toujours vous protéger. Et ce drame ne constitue en aucun cas un obstacle à notre mariage. Vous êtes victime, non coupable.

A ces mots, il se leva et la serra contre lui, murmurant des paroles de réconfort. L'idée même de ce qu'elle avait enduré lui était intolérable. En cet instant, il l'aimait plus que jamais. Et il était impressionné par l'immense courage dont elle avait fait preuve, sa volonté de ne rien lui cacher imposait le respect.

Elle se dégagea doucement de son étreinte.

— Merci, Hugo. Vos paroles me mettent du baume au cœur.

— Qui vous a fait cela, Daphné ? Et votre père, qu'a-t-il dit ? A-t-il poursuivi le criminel ? L'a-t-il fait rechercher par la police ?

— Je n'ai pas vu son visage tout de suite. Il était caché sous un foulard. Mais lorsqu'il… en a eu fini avec moi, je le lui ai arraché. Et je n'en ai pas cru mes yeux.

Elle inspira profondément.

— Je me trouvais face à mon ami d'enfance, Julian Torbett.

— Le scélérat ! Je suppose que c'est le fils des Torbett, à Havers Lodge ?

— Oui.

— Que lui est-il arrivé ? Qu'a fait votre père ? la pressa Hugo.

Daphné se rassit. Hugo en fit autant et la reprit dans ses bras, comme s'il craignait de la perdre.

— Souvenez-vous qu'il a menacé de s'en prendre à maman et à Dulcie. J'étais terrorisée. C'est pourquoi je n'ai pas osé révéler son identité à mes parents. Une semaine plus tard, figurez-vous que Julian a eu le front de venir à Cavendon avec sa fiancée, Madge

Courtney, pour me proposer une promenade à cheval. Je ne pouvais pas refuser. Heureusement, papa et DeLacy nous ont accompagnés. C'est alors que s'est produite la chose la plus étrange du monde, Hugo. Quelqu'un a tiré des coups de feu dans les champs et le cheval de Julian s'est emballé. Julian a été jeté à terre. On l'a emmené à l'hôpital de Harrogate, où il n'a jamais repris connaissance. Il est mort le même soir.

Sans lui lâcher la main, Hugo s'adossa à sa chaise.

Tous deux restèrent un moment plongés dans leurs pensées. Daphné brisa le silence la première :

— Mme Alice est au courant. Je l'ai croisée dans le couloir après l'agression. Elle a vu le piteux état dans lequel je me trouvais et m'a aussitôt prise sous son aile.

— Je la reconnais bien là. Secourable, attentive aux autres. Nous étions amis dans notre enfance, savez-vous ? Je suis heureux que la providence l'ait mise sur votre chemin ce jour-là. C'est déjà une consolation.

— Mme Alice m'a dit quelque chose de très important. Elle m'a demandé de ne faire confiance à personne au château, hormis mes parents et les Swann. Je m'y suis tenue et n'en ai parlé qu'à vous, Hugo. J'ai une foi aveugle en votre probité.

Ces paroles touchèrent Hugo au cœur, et lui semblèrent de bon augure quant à leur avenir commun. Avant qu'il puisse répondre, Daphné se pencha pour déposer un baiser sur sa joue.

— Merci. Merci d'être qui vous êtes.

— Daphné, les mots me manquent. Je reste sans voix face à votre vaillance et à votre maturité.

— J'ai encore une dernière chose à vous confesser, Hugo, avant d'en finir avec ma triste histoire.

— Très chère Daphné, je vous écouterai jusqu'à la fin de mes jours si vous m'en donnez la permission, dans la peine comme dans la joie.

— Un obstacle à notre union demeure néanmoins.

— Vous voulez dire que ce n'est pas tout ?

— Non, Hugo. Je suis enceinte. Des suites du viol.

Il la regarda d'un air ahuri. Les mots semblaient tarder à atteindre sa conscience. Il devait y avoir une chance sur un million pour qu'une jeune aristocrate se fasse violer sur les terres de son père, et une chance sur un million pour que le salopard la mette enceinte. Ah, si seulement Torbett était encore vivant... il l'égorgerait de ses propres mains !

— Seigneur Dieu... Quel terrible fardeau à porter ! Daphné, comment avez-vous pu traverser de telles épreuves ? Où en avez-vous trouvé la force ? Vous avez dû vivre un enfer, être rongée d'anxiété !

— Oui, et je le suis encore. Mais Mme Alice et Mlle Charlotte m'apportent tout leur soutien.

— Charles et Felicity sont au courant, n'est-ce pas ? Vous leur avez révélé votre grossesse ?

— Oui, naturellement. Mlle Charlotte m'y a aidée en allant leur parler la première. Ils m'ont témoigné tout leur amour et leur compassion. Maman et papa savent que ce n'est pas ma faute.

— Et pourquoi donc y voyez-vous un obstacle à notre mariage ?

— Mais... parce que je suis enceinte d'un autre, Hugo.

— Un homme qui a brutalement abusé de vous, qui a pour ainsi dire fichu votre vie en l'air. Comme ça !

Joignant le geste à la parole, il claqua des doigts.

— Je ne laisserai pas cette situation ruiner votre vie, reprit-il. Ni la mienne. Si vous m'y autorisez, je ferai de vous la femme la plus heureuse du monde.

Elle ne répondait pas et semblait toujours très préoccupée.

— Croyez-vous vraiment que je puisse cesser de vous aimer d'un instant à l'autre ? s'écria-t-il. Daphné, votre sincérité et votre sens de l'honneur ne vous rendent que plus aimable à mes yeux. Si vous m'épousez, je serai un homme comblé. Et croyez-moi, je vous protégerai toute votre vie. Plus aucun mal ne vous sera fait.

— Mais... et le bébé ? Vous voudrez sans doute que je le donne ? Que je l'abandonne ? Je ne suis pas certaine d'en être capable...

Un sentiment familier de tristesse envahit Hugo. Fermant les yeux, il laissa échapper un profond soupir. Après un long moment, il les rouvrit et se tourna vers elle.

— Voyez-vous cet homme assis près de vous ? C'était un enfant, autrefois. Un garçon abandonné, arraché à sa famille et au père qu'il chérissait. Il a été exilé de son pays et envoyé chez des inconnus, dans une contrée lointaine, tel un détritus encombrant. Pensez-vous que cet homme, qui fut un jour ce garçon, puisse laisser la femme qu'il aime être séparée de son bébé ? Jamais, Daphné ! Le sang des Ingham coule dans les veines de cet enfant. Or je suis autant Ingham que Stanton. Que je sois damné si vous et moi ne l'élevons pas ensemble !

Un peu plus tard, tous deux remontaient à pas lents vers Cavendon.

— Daphné, que ferez-vous si vous ne m'épousez pas ? demanda soudain Hugo.

— Charlotte a élaboré une stratégie pour les prochains mois, expliqua-t-elle aussitôt.

Il s'arrêta de marcher.

— Ah oui ? Et en quoi consiste-t-elle ?

Daphné lui en décrivit alors les différentes étapes.

— Le plan de Charlotte semble excellent, approuva-t-il. Mais ce programme s'annonce aussi très éprouvant pour vous...

— J'en ai bien conscience. Cependant, je suis quelqu'un de volontaire. Quand je me fixe un objectif, je suis prête à tout pour l'atteindre.

Hugo sourit.

— Je n'en doute pas. Mais ne serait-il pas plus plaisant de devenir ma femme ?

36

Cecily bougonna intérieurement lorsqu'elle vit Genevra assise sur le mur. Elle n'avait pas de temps à perdre ce jour-là.

D'un bond, la bohémienne lui fit face. Comme à son habitude, elle lui barrait la route, un grand sourire aux lèvres.

Cecily s'arrêta.

— Bonjour, dit-elle en souriant à son tour.

Sans répondre, Genevra lui tendit un petit paquet.

Cecily déposa sa besace par terre pour ouvrir l'emballage de papier rose et crasseux.

— Qu'est-ce que c'est ? demanda-t-elle en découvrant un morceau d'os autour duquel étaient noués des rubans bleus et rouges.

— Une amulette pour toi. C'est moi qui l'ai faite. Regarde ! Y a des dessins gravés.

Cecily remarqua alors les minuscules symboles. On reconnaissait vaguement la silhouette d'un cygne et quelque chose qui ressemblait à une cloche.

— Et qu'est-ce que ça signifie ?

— Ça porte bonheur. Garde-la. Faut pas la perdre !

— Je te le promets. Mais les dessins, que veulent-ils dire ?

— Rien du tout ! répliqua la gitane en éclatant de rire.

Comme toujours, elle s'éloigna d'une pirouette, et s'appuya sur le mur pour exécuter une roue.

— Prends soin de toi, 'tite Ceci ! lança-t-elle avant de partir en courant.

Cecily la regarda s'éloigner, perplexe. Puis elle rangea l'amulette dans sa poche, ramassa sa besace et poursuivit son chemin.

Une fois à Cavendon, elle prit soin d'éviter la cuisine, où Nell était en plein coup de feu avant le *five o'clock*. Elle entra donc par le jardin d'hiver et traversa le hall pour rejoindre la bibliothèque. Personne. Un calme absolu régnait.

Tante Charlotte l'avait autorisée à copier les armoiries des Ingham, qui figuraient sur un grand parchemin encadré : la rose blanche d'York, ainsi que le cygne de Cavendon. Cecily sortit son carnet à croquis et s'assit sur le tabouret que Charlotte avait laissé à son intention.

Au bout de vingt minutes, elle contempla ses différentes esquisses et hocha la tête, satisfaite. Il ne manquait aucun détail.

— Bonjour, ma belle ! dit Charlotte.

— Oh, tu m'as fait peur ! répondit Cecily en sursautant. Regarde. Que penses-tu de mes dessins ? Pas mal, non ?

Charlotte s'approcha.

— Ils sont très réussis, en effet. Mais pourquoi les as-tu copiés ?

Cecily se leva d'un bond.

— Dès que j'aurai mon propre atelier, le cygne figurera sur tous les vêtements que je créerai. Quant à la rose blanche, j'en ferai de semblables en tissu. Une espèce de broche en satin, peut-être même en soie. On pourra la porter sur une robe, ou bien sur un revers de veste ou de manteau. Et elle sera toujours blanche. Ce sera un peu comme… ma griffe de styliste.

Charlotte ne put cacher son étonnement :

— Quelle excellente idée ! Tu ne trouveras jamais de plus belle marque de fabrique que la rose blanche d'York ! Et le cygne, brodé sur une étiquette, sera du plus bel effet.

— J'essaie de penser à tout, tante Charlotte…

— C'est un excellent début. Je te ferai part de mes propres suggestions si je pense à quelque chose. Est-ce que tu montes au salon de couture ?

— Oui, je vais passer dire bonjour à maman et jeter un coup d'œil à la robe en dentelle blanche de Daphné. Le grand bal de l'été a lieu demain soir.

— Je t'accompagne. Moi aussi, je suis curieuse de voir la robe après sa métamorphose.

Alors que Cecily se penchait pour prendre sa besace, l'amulette en os gravé tomba de sa poche.

— Est-ce Genevra qui t'a offert ça ? s'étonna Charlotte.

— Oui. Comment le sais-tu ?

— Elle m'en a donné une semblable l'autre jour. Je peux la voir ?

— Oui, regarde. Il y a un cygne et une cloche.

Quoique réalisés de façon naïve et maladroite, les symboles étaient parfaitement reconnaissables.

— La mienne portait un cœur et des croix, expliqua Charlotte. Je me demande bien ce que cela peut signifier.

— Moi aussi. Je suppose que le cygne représente mon nom de famille… Mais la cloche m'intrigue.

— En tout cas, Genevra ne pense pas à mal. Elle veut juste nous faire plaisir, déclara Charlotte alors qu'elles se dirigeaient vers l'escalier de service. Sa famille vient à Cavendon depuis des années. Je crois même que Genevra est née sur le domaine.

— Oh, vraiment ? Je l'ignorais.

Lorsque DeLacy entra en trombe dans le salon de couture quelques minutes plus tard, Charlotte et

Cecily se placèrent instinctivement devant la robe de dentelle.

— La robe blanche ! s'écria DeLacy. Je ferais mieux de rester sur le seuil, n'est-ce pas ?

Toutes trois éclatèrent de rire.

— En effet... répondit Charlotte avec un sourire complice.

— Madame Alice, je viens vous remercier, reprit DeLacy. J'aime beaucoup ma robe de mousseline. Nous avons eu raison de choisir le motif à fleurs roses et rouges. Il convient parfaitement à un bal d'été.

— Lady Gwendolyn va sauter de joie, lança Charlotte. Dans la mesure où tu ne porteras pas de bleu...

Les deux fillettes pouffèrent.

— Est-ce que Cecily peut descendre pour le thé, madame Alice ? demanda alors DeLacy. S'il vous plaît ! Maman m'a permis de l'inviter, et elle me laisse aussi emmener Dulcie.

— Bien sûr, DeLacy.

Les filles s'éclipsèrent, laissant seules les adultes.

— Approche un peu, proposa Charlotte en s'asseyant dans le petit fauteuil placé dans un coin de la pièce.

— Que se passe-t-il ? demanda Alice. Tu fais une drôle de tête.

— Elle lui a tout dit... murmura Charlotte. Même qu'elle était enceinte !

— Mon Dieu ! s'écria Alice avec effarement.

— Ne t'inquiète pas, tout va bien, la rassura Charlotte. Cela lui est égal et il espère toujours l'épouser. A nous de nous assurer qu'il y parvienne !

Alice acquiesça, le cœur empli de joie pour Daphné.

37

La fête battait son plein et Daphné en était la reine. Chaussée de ses escarpins argentés et vêtue de sa robe en dentelle blanche qui tourbillonnait autour d'elle au moindre mouvement, elle incarnait la grâce et la beauté.

Après avoir dansé avec elle en début de soirée, Hugo avait dû céder sa place à la foule des jeunes gens qui attendaient leur tour. A présent, il avait de nouveau le privilège de la tenir dans ses bras, au son du *Beau Danube bleu* de Johann Strauss.

— Vous êtes plus légère qu'une plume, murmura-t-il à son oreille, enivré par le léger parfum de rose et de jacinthe qu'exhalait sa peau.

— Pas pour longtemps... répliqua-t-elle en levant vers lui des yeux pétillants. Bientôt, je serai grasse comme une caille !

— C'est une des choses que j'aime chez vous : votre sens de l'humour, répondit-il avec un grand sourire.

— Vraiment ? Dites-moi un peu : qu'aimez-vous d'autre chez moi ? demanda-t-elle en soutenant son regard.

Hugo n'en crut pas ses oreilles.

— Lady Daphné... vous badinez ! s'exclama-t-il, à la fois charmé et amusé.

— Absolument. Et toutes les autres sont jalouses de me voir à votre bras.

— Pas toutes, j'espère. Certaines ont atteint un âge canonique...

En riant, Daphné se serra davantage contre lui :

— J'ai remarqué à votre sujet quelque chose qui m'intrigue.

— Ah oui ? Quoi donc ?

— Les femmes vous tournent autour comme des abeilles autour d'un pot de miel. Elles ne vous quittent pas d'un pouce ! A un moment, je ne pouvais même plus vous approcher. En fait, ce que je...

Elle s'interrompit et le gratifia d'un sourire mystérieux.

— Ce que vous... ? Finissez, je vous en prie.

— J'ai ressenti quelque chose d'étrange.

— Vous étiez jalouse. Avouez-le, lady Daphné Ingham ! Vous étiez jalouse, n'est-ce pas ?

Il ne la quittait pas des yeux.

— Oui, murmura-t-elle. Peut-être bien.

Il resserra encore leur étreinte.

— Mais c'est vous que j'aime et que j'adore ! déclara-t-il. Vous que je veux épouser. Je n'ai que faire de toutes les autres.

— Parce que vous sauriez quoi faire de moi... ?

Pour la seconde fois, Hugo fut déstabilisé par le ton provocant de sa repartie.

— Je ne le sais que trop, mon amour, chuchota-t-il.

— Eh bien, dites-le-moi donc... Oh, regardez, Hugo ! Elles ont toutes les yeux rivés sur vous.

— Sur nous, ma chère, sur nous.

Sans cesser de valser, il l'entraîna vers les baies vitrées, grandes ouvertes sur la terrasse en cette douce nuit estivale, et ne s'arrêta que lorsqu'ils eurent atteint le coin sombre de la balustrade.

— Pour commencer, je vous embrasserai... si vous m'y autorisez.

Elle opina en silence.

Il la reprit alors dans ses bras, se pencha sur sa bouche. Elle répondit ardemment à ses baisers, de plus en plus passionnés. Tout à coup, elle passa les bras autour de son cou et se pressa contre lui. Envahi par le désir, Hugo s'écarta avant de perdre le contrôle.

Il s'éloigna en douceur et Daphné s'appuya contre la balustrade, le souffle court. Il y eut un moment de silence.

— Votre mère vous a-t-elle quelque peu éclairée sur tout ce qu'implique le mariage ? s'enquit Hugo.

Elle secoua la tête.

— Maman n'aborde pas de tels sujets, et je n'oserais jamais la questionner. D'autant qu'elle est très préoccupée par la maladie de ma tante, comme vous le savez.

— On me l'a dit, en effet.

Hugo se demandait pourquoi Felicity négligeait tant sa fille. Toute son attention était focalisée sur sa sœur. Certes, Anne l'avait élevée après le décès prématuré de leur mère, ce qui expliquait la force du lien qui les unissait. Mais Daphné n'avait-elle pas plus que jamais besoin de l'amour et des conseils de Felicity ?

— L'autre jour, Mlle Charlotte m'a invitée à prendre le thé, reprit Daphné après un moment. Mme Alice et elle m'ont demandé si j'avais besoin de leurs lumières sur… ces choses-là, et je leur ai posé un certain nombre de questions.

— Je suppose qu'elles y ont répondu ?

— Oui, et elles m'ont expliqué tout ce qu'elles jugeaient indispensable que je sache.

— Bénis soient les Swann ! déclara Hugo avec un petit rire. Que seraient devenus les Ingham sans eux ?

— Je ne peux que vous donner raison. C'est aussi une Swann qui a sauvé cette robe, pour laquelle vous m'avez tant complimentée…

Hugo la prit alors par la taille et tous deux admirèrent le parc, resplendissant sous les étoiles. Daphné posa la tête sur son épaule.

— Vous savez quoi ? fit-elle au bout d'un moment. Tout cela m'effraie beaucoup moins à présent, Hugo.

— Je dois dire que j'étais un peu inquiet moi aussi... Après ce que vous avez vécu, on peut comprendre que vous redoutiez les hommes.

— Petit à petit, ma terreur s'est estompée. Lors de votre première visite, je me suis souvenue qu'il existait aussi des hommes dignes d'estime et de confiance, tels que vous, mon père et mes frères. Je vous ai aussitôt trouvé aimable, attentionné... avant même que papa ne m'apprenne vos sentiments envers moi.

— Et quand aurai-je le privilège de connaître les vôtres ?

Elle sourit.

— Plus tôt que je ne le pensais. Mlle Charlotte m'a dit qu'il serait cruel de vous laisser trop longtemps dans l'expectative. Je partage son avis.

Il ne répondit pas tout de suite, cherchant les mots appropriés.

— Si vous m'épousez, déclara-t-il enfin avec fougue, je promets de vous aimer tant que toute mauvaise expérience sera effacée de votre mémoire. Je ne vous offrirai que du bonheur, du plaisir et une vie facile jusqu'à la fin de mes jours.

— Oh, Hugo... je le crois volontiers.

Ils restèrent enlacés sous le ciel étoilé, les yeux dans le lointain. La pleine lune, qui venait de se lever, semblait flotter à la surface du lac et le parfum du jasmin embaumait l'air nocturne. Ce petit coin tranquille de la terrasse les tenait à l'abri des regards indiscrets.

Me voilà enfin chez moi, songea Hugo. En compagnie de la femme qui m'est destinée, même si elle ne le sait pas encore.

Une joie profonde l'envahit. La musique, les rires et les conversations lui parvenaient de façon étouffée. Il était enveloppé dans un cocon d'amour. Avec Daphné. Le monde pouvait bien s'écrouler, il ne désirait rien de plus.

— Nous ferions mieux de rentrer, dit doucement Daphné.

— Oui...

Il desserra son étreinte et la prit par la main.

— Ne tardez pas à me donner votre réponse. Je brûle d'impatience.

— Je vous le promets.

Dans la salle de bal, tous les regards convergèrent vers eux. Il l'entraîna alors sur la piste de danse, en prenant soin de laisser entre eux une distance convenable. Lorsque la musique cessa, ils rejoignirent Charles, posté près de la porte en compagnie de Diedre et DeLacy.

— Vous voilà enfin ! s'exclama le maître de maison. Je commençais à me demander où vous étiez passés !

— Nous prenions l'air, répondit simplement Hugo.

— J'aimerais causer un moment avec toi, poursuivit le comte. Que dirais-tu d'un verre dans la bibliothèque quand les derniers danseurs seront partis ?

— Excellente idée, Charles.

— Nous n'en avons pas eu le temps depuis ton arrivée, mais je dois avouer que je suis curieux de savoir ce qui s'est dit à Zurich. Pas en ce qui concerne tes affaires, bien sûr. Mais plutôt l'air du temps en général...

— Nous nous comprenons. Et je te répéterai volontiers tout ce que je sais.

Hugo se tourna vers Diedre :

— M'accorderez-vous cette danse, chère cousine ?

— Avec plaisir, répondit-elle en s'élançant d'un pas assuré, très satisfaite de sa toilette.

Toutes les femmes de la famille resplendissaient ce soir-là, parées comme leurs invitées de leurs plus beaux atours. Les messieurs, en frac et nœud papillon blanc, avaient eux aussi fière allure.

Il était une heure et demie du matin quand Charles et Hugo s'installèrent devant le feu mourant, un verre de cognac à la main. Les invités partis, les membres de la famille s'étaient retirés dans leurs chambres et Hanson avait verrouillé toutes les portes pour la nuit.

— Mes gardes patrouillent sur tout le domaine, et en particulier aux abords des écuries, expliqua Charles. Depuis ce déplorable incendie, Percy Swann insiste pour que la sécurité soit renforcée les soirs où nous recevons. Il a embauché plusieurs hommes de confiance au village.

— Percy a raison : un homme averti en vaut deux. C'est ma devise.

Charles s'enfonça dans son fauteuil.

— Notre conversation, lors de ta dernière visite, m'a mis la puce à l'oreille. Depuis, je remarque dans les journaux certaines nouvelles auxquelles je n'aurais pas prêté attention et je t'en suis très reconnaissant.

— Comme moi, tu lis entre les lignes. Les événements que j'évoquais l'autre fois se produiront à coup sûr. La seule question est de savoir quand. On parle de plus en plus de la soif de conquête du Kaiser en Europe. Car c'est bien là que se concentrent toutes les tensions : entre l'Allemagne et l'Empire austro-hongrois. Je crains fort que le Royaume-Uni ne soit entraîné dans le conflit, si jamais il éclatait.

— Mais à quel titre ? s'inquiéta Charles en fronçant les sourcils. Leurs querelles ne nous regardent en rien. Et pourquoi le Kaiser s'en prendrait-il à l'Angleterre ? Notre roi et lui sont cousins germains par leur grand-mère, la reine Victoria !

Secouant la tête, Hugo laissa échapper un ricanement.

— Parce que tu crois vraiment qu'un tyran aussi avide de pouvoir que le Kaiser respecte les liens du sang, Charles ? Il se soucie bien des Anglais et de leur roi ! Au contraire, j'ai plutôt l'impression qu'il jalouse notre vaste empire et l'influence que nous exerçons sur le monde.

— C'est pourquoi il serait téméraire de nous laisser entraîner dans une aventure qui menacerait l'empire, a fortiori les îles Britanniques.

— Je suis bien de ton avis.

Hugo but une gorgée de cognac, reposa son verre sur une console et se pencha vers son cousin.

— Charles, si tu possèdes des fonds d'investissement à l'étranger, vends-les dès lundi. Ou en tout cas sans tarder. Moi-même, je viens de céder toutes mes actions, à l'exception de celles que j'ai en Suisse. Les banques helvétiques sont inébranlables et je sais que mon argent ne risque rien là-bas.

— Merci pour ce sage conseil, Hugo. Je pense que je vais le suivre.

38

Confortablement installé dans son fauteuil, Hugo écoutait son cousin avec attention.

— Et donc, après avoir épluché tous les vieux registres de Cavendon avec l'aide de Charlotte, j'ai décidé de renforcer mon soutien financier aux fermiers qui louent des terres sur le domaine, aussi bien pour les cultures que pour l'élevage. A l'époque de mon arrière-grand-père, Cavendon était essentiellement un domaine agricole. Et c'est cela que je souhaite recréer.

— Sage décision, approuva Hugo. Je ne voudrais pas t'effrayer, mais si la guerre éclate, comme je le crains, nous ne pourrons plus compter sur l'importation et dépendrons entièrement des matières premières locales.

— J'avoue que je n'avais pas pris cet argument en compte au moment où j'ai réfléchi à cette idée. Néanmoins, ce que tu m'avais dit avant ton départ pour Zurich m'a convaincu que c'était la meilleure chose à faire.

— Tu possèdes combien ? Mille deux cents hectares, si ma mémoire est bonne ?

— Oui, sans compter la lande, bien sûr, mais...

De légers coups à la porte se firent entendre et Daphné apparut. Elle hésita sur le seuil.

Charles se leva, imité par Hugo, tandis qu'elle les rejoignait de son pas léger.

— Pardonnez-moi de vous interrompre de la sorte, mais j'ai quelque chose de très important à vous dire, déclara-t-elle aux deux hommes stupéfaits. Puis-je entrer, papa ?

Le comte éclata de rire.

— Ma foi, il me semble que tu n'as pas attendu ma permission, alors tu ferais tout aussi bien de nous révéler ce qui te tient tant à cœur. Et pourquoi ne dors-tu pas à cette heure tardive ? Tu n'as même pas quitté ta robe de bal...

Daphné passa outre à la question de son père et se planta à trente centimètres de son cousin.

— J'accepte de vous épouser, Hugo. Ou plutôt : je souhaite vous épouser. Ma décision est prise, et je voulais vous en faire part sans perdre une minute. J'ai frappé à la porte de votre chambre. Vous n'y étiez pas. J'ai donc compris que je vous trouverais tous les deux dans la bibliothèque. En un mot, me voici. Avec ma réponse.

Incapable de produire un son, Hugo la regardait, bouche bée. Lentement, un large sourire s'épanouit sur son visage.

— Oh, j'allais oublier ! s'exclama Daphné. Hugo ne doit-il pas t'en demander officiellement l'autorisation, papa ?

— Ne dis pas de sottises, tu sais bien qu'il l'a déjà !

D'un mouvement passionné, Hugo la saisit par les épaules.

— En êtes-vous sûre ?

— Absolument.

— Etes-vous sûre d'en être sûre ?

— Mais oui ! acquiesça-t-elle avec force. Alors si vous le voulez... vous pouvez m'embrasser.

Hugo l'attira à lui et plaqua ses lèvres sur les siennes comme s'ils étaient seuls au monde.

Ils semblaient si à l'aise en compagnie l'un de l'autre... Charles comprit alors que Daphné avait fait ce choix pour les meilleures raisons possibles et que, à sa façon, elle aimait Hugo. Un intense soulagement s'empara de lui. Sa fille était entre de bonnes mains.

Elle s'approcha alors de lui, et il l'embrassa sur la joue.

— Tu ne peux pas t'imaginer combien je suis heureux que tu aies pris cette décision, dit-il. Et de ton propre chef !

Mais avec les conseils des Swann... songea Hugo. Il vouerait une reconnaissance éternelle à ces deux femmes hors du commun.

— Asseyons-nous, suggéra Daphné. Voyez-vous, j'ai quelques... conditions, dont j'aimerais discuter avec vous, Hugo. Et avec toi, papa.

— Des conditions ? répéta Charles en plissant le front.

— Tout ce qu'il vous plaira ! s'écria Hugo, les yeux brillants, débordant de joie.

— Papa, ma première condition est que maman et toi annonciez sans attendre nos fiançailles. J'aimerais qu'elles soient publiées dans le carnet du *Times* d'ici le milieu de la semaine prochaine. En êtes-vous d'accord, Hugo ?

— Absolument.

— Pour un certain nombre de raisons, je désire me marier au plus vite. La première étant que tante Anne pourrait mourir d'un jour à l'autre et que nous ne pouvons nous permettre de laisser un deuil retarder notre union d'une année entière.

— Qu'entends-tu par « au plus vite » ? l'interrogea Charles. Je ne voudrais pas que ton mariage paraisse expédié à la va-vite.

— Septembre. Début octobre au plus tard. Bien sûr, je serais heureuse d'épouser Hugo dès la semaine prochaine, ou du moins courant août. Néanmoins, je n'oublie pas que nous devons célébrer l'ouverture de la chasse. Ce qui nous amène donc en septembre. Cela vous convient-il, Hugo ?

— Je me plierai entièrement à votre volonté, approuva Hugo sans l'ombre d'une hésitation.

Il ne parvenait toujours pas à croire à son bonheur, encore moins à deux heures et demie du matin.

— J'aimerais une cérémonie sans prétention, poursuivit Daphné. Seulement la famille proche, ce qui inclut tante Lavinia et tante Vanessa. Pouvons-nous compter sur leur présence ? On ne les voit plus guère à Cavendon.

— Elles sont très prises par leur vie londonienne. Néanmoins, je suis persuadé qu'elles viendront. Ton oncle Jack ne raterait l'événement pour rien au monde.

— Pour peu que tante Lavinia l'y autorise… Vous savez qu'ils sont un tantinet en porte-à-faux en ce moment.

— Daphné, je t'en prie ! Quels ragots absurdes Diedre t'a-t-elle encore fourrés en tête ?

Haussant les épaules, Daphné s'adossa à son fauteuil.

— J'espère que ça ne posera pas de problème, ajouta-t-elle, mais je ne veux pas de demoiselles d'honneur. Juste une bouquetière. En l'occurrence, Dulcie.

— Mais… tu risques d'offenser tes sœurs, répliqua Charles, déconcerté. Tu ne peux pas exclure DeLacy et Diedre du cortège.

— J'imagine que DeLacy aimerait porter ma traîne aux côtés de Dulcie, mais je doute que Diedre endosse ce rôle avec le même plaisir. Après tout, c'est mon aînée et elle va m'en vouloir de me marier avant elle.

— Oh, je ne le crois pas, ma chérie ! Diedre t'aime beaucoup et tu devrais peut-être en discuter avec ta mère au préalable. Cependant, je pense qu'elle sera vexée comme un pou si elle n'est pas demoiselle d'honneur en même temps que DeLacy.

— Mais je ne veux qu'une bouquetière, insista Daphné.

— Dulcie n'est pas toujours facile à contrôler, rétorqua Charles. Il nous faut une demoiselle d'honneur pour la garder à l'œil.

Daphné se tourna vers Hugo.

— Quelle est votre opinion à ce sujet ?

— Daphné chérie, je comprends votre désir d'un mariage simple et intime. En revanche, votre père n'a pas tort. Dulcie aura besoin d'être supervisée lors de la cérémonie.

— Bien... Deux demoiselles d'honneur et une bouquetière. Pour me conduire à l'autel, papa qui me donnera le bras. Et il vous faut un garçon d'honneur, Hugo. Je me demandais si vous voudriez proposer ce rôle à mon frère Guy ?

— J'en serais très honoré, répondit Hugo, qui se demandait comment elle avait trouvé le temps de penser à tous ces détails.

— Quant à l'église, nous pourrions utiliser la chapelle du domaine, n'est-ce pas, papa ? Sans être immense, elle suffira à contenir tous les Ingham, ainsi bien entendu que les Swann. Ne crois-tu pas qu'ils doivent aussi assister à la cérémonie ?

— Sans aucun doute. Ils assistent depuis des années aux mariages des Ingham et étaient là pour le mien. Je n'opposerai qu'une objection contre notre chapelle : elle n'est pas assez vaste pour accueillir les villageois. Afin de n'exclure personne, nous devrions peut-être organiser la cérémonie à l'église de Little Skell. Qu'en dis-tu ?

— Je suis de ton avis, Charles, intervint Hugo avant qu'elle puisse répondre. Et ce n'est pas tout. Si je ne m'abuse, un *five o'clock* est offert aux villageois dans la salle des fêtes quand un Ingham se marie.

— En effet, j'allais l'oublier ! C'est à moi de l'organiser à mes frais.

— Pour ma part, je serai ravie de me marier à l'église du village ! conclut Daphné. Parlons maintenant de la réception… Que diriez-vous de l'aile sud ? Hugo ? Papa ?

— Je ne pourrais concevoir un cadre plus propice, répondit Hugo. Et toi, Charles ?

— Bien sûr, c'est le lieu idéal, acquiesça le comte.

— Il vous faut maintenant choisir la destination de notre lune de miel, Hugo… Mais je vous suivrai n'importe où ! déclara Daphné en souriant.

— Ces paroles me comblent ! Que diriez-vous de Paris ? C'est l'une des villes que je préfère de par le vaste monde. Ensuite, nous pourrions nous rendre à Zurich. Ma villa bénéficie d'une vue splendide sur le lac.

— Avec joie, Hugo !

Une ombre passa dans les yeux de Charles.

— Mais… le bébé doit absolument naître à Cavendon. Comme tous les Ingham.

— Il ne naîtra qu'en janvier, papa. Nous serons de retour pour Noël.

39

— Quelque chose de *vieux,* quelque chose de *neuf,* quelque chose d'*emprunté,* quelque chose de *bleu,* dit Cecily à DeLacy. Les quatre objets qui portent chance aux jeunes mariées.

Elle sortit de sa besace un petit paquet, qu'elle plaça sur la longue table du salon de couture.

Le mariage tant attendu aurait lieu dans deux jours et les deux jeunes filles avaient rendez-vous avec Daphné pour le dernier essayage de sa robe.

— Alors, que vas-tu lui offrir ? demanda DeLacy. Montre-moi vite avant qu'elle n'arrive !

— Je ne veux pas l'ouvrir, Lacy. Maman a fait un si bel emballage, avec ces rubans ! Mais je peux t'expliquer ce qu'il y a dedans.

— Bon, bon... d'accord.

— Je vais lui donner une jarretière en soie bleue. Maman m'a dit que les mariées aimaient bien en avoir une. Quelque chose de *bleu,* mais qui ne se voit pas sous la robe blanche.

DeLacy gloussa.

— C'est drôlement ingénieux ! Moi, je lui ai acheté un mouchoir en dentelle. Tout neuf ! Ma mère lui prête sa broche de diamants. Nous avons donc : *neuf, bleu* et *emprunté.* Je me demande bien qui va lui donner quelque chose de *vieux...*

— Moi, je le sais, répondit Cecily, recouvrant d'un drap la robe de mariée sur son mannequin.

— Ah bon ? Et qui donc ?

— Ma grand-tante Charlotte. Je crois que c'est un bracelet.

— Comme c'est gentil de sa part ! Alors il ne manque aucun des quatre porte-bonheur. Et pardessus le marché, Hugo lui a offert une paire de boucles d'oreilles en diamant en guise de cadeau de noces. Je parie que Diedre est verte de jalousie !

Cecily se contenta de hocher la tête. Des sœurs Ingham, lady Diedre était loin d'être sa préférée.

Elle se dirigea vers le grand placard qui contenait la robe de demoiselle d'honneur de son amie.

— Est-ce que tu veux l'essayer une dernière fois par précaution ?

— Non, non, elle est parfaite ! répondit DeLacy en effleurant le tissu du bout des doigts. J'adore ce tulle et ce taffetas rose, la façon dont tu les as combinés... C'est fou ce que tu es douée !

Un coup sourd fut frappé à la porte et DeLacy se retourna pour voir apparaître son frère Miles.

— Ça y est, j'y suis enfin arrivé ! s'exclama-t-il en refermant derrière lui. Bonjour, les filles.

— Bonjour, Miles, répondit Cecily.

— Arrivé à quoi ? demanda DeLacy.

— A trouver tous mes assistants garçons d'honneur. Il y a Mark Stanton, le seul parent encore en vie du côté paternel de Hugo, plus les trois fils du major Gaunt, qui gère les écuries Stanton. Le cousin Mark et les Gaunt sont les seuls invités du marié, comme tu le sais. Donc, avec l'oncle Jack et moi, ça fait six. Parfait pour un mariage intime et sans prétention.

— Ne dis pas ça ! s'écria DeLacy. Ce sera somptueux. Nous serons bien habillées, avec nos plus beaux bijoux, tandis que les messieurs porteront tous la jaquette. En plus, Mlle Charlotte est en train de transformer l'aile sud en un vrai jardin tropical.

— C'est ce que Guy m'a raconté. Il paraît aussi que nous aurons un petit orchestre, un quartet ou quelque chose comme ça. Et pour couronner le tout, Nell Jackson a embauché des extras en cuisine. Elle a prévu des tas de bonnes choses à picorer avec le thé, comme des petits feuilletés aux saucisses et du pâté en croûte. Je suis bien content que la réception ait lieu l'après-midi. C'est beaucoup mieux qu'un déjeuner ou un dîner, tu ne crois pas ?

— Oh que si ! Regarde, Miles. Tu as vu la tenue que Ceci a confectionnée pour moi ?

Il opina.

— Tu t'es surpassée, Ceci. Daphné m'a dit que sa robe de mariée était époustouflante.

— Elle exagère peut-être un peu, répondit-elle modestement, mais je dois reconnaître que je suis assez satisfaite du résultat.

— Est-ce que Daphné t'a montré ses diamants, Miles ?

— Oui, et même les saphirs qu'elle portera ce soir. J'ai hâte de voir la tête de Diedre quand Daphné descendra. Elle qui l'a toujours jalousée...

— C'est vrai. Il faut dire que l'attitude de papa n'a pas aidé, à toujours claironner que Daphné épouserait le fils d'un duc.

— En tout cas, je n'arrive pas à croire que tout se soit passé si vite entre Hugo et elle ! L'annonce de leurs fiançailles est parue dans le *Times* au mois d'août, et nous ne sommes que le 18 septembre. Ils se passeront la bague au doigt le 20. Mon Dieu, tu imagines ? Notre Daphné, une femme mariée !

Miles ouvrit la fenêtre.

— On étouffe ici !

— Est-ce que certains invités sont déjà arrivés ? demanda DeLacy.

— Seulement oncle Jack et tante Lavinia. Dès que je les ai croisés, j'ai embauché notre oncle dans mon équipe de garçons d'honneur. Il semblait aussi jovial que d'habitude. En revanche, tante Lavinia avait l'air maussade.

— Elle a un autre homme dans sa vie, souffla DeLacy.

— Qui t'a rapporté d'aussi abominables cancans ?

— Diedre. Elle a dit aussi que papa était furieux. Il a peur qu'elle ne déshonore la famille. Son nouvel amant est marié, et c'est un député !

— Mon Dieu ! Voilà de terribles accusations contre notre tante. Comment Diedre l'a-t-elle appris ?

— Je crois qu'elle a surpris une conversation entre papa et maman.

— Je te parie qu'elle a encore écouté aux portes ! fit Miles avec une grimace.

Tandis qu'elle s'affairait à suspendre les robes des demoiselles d'honneur, Cecily riait sous cape. Miles ne cessait de se plaindre des médisances de DeLacy sur les différents membres de la famille, mais il ne se privait pas d'en faire autant !

Cecily n'écoutait plus le bavardage de ses deux amis depuis quelques minutes, lorsque le rire tonitruant de DeLacy lui fit redresser la tête.

— J'ai raté quelque chose ?

— Je disais seulement que tante Gwendolyn n'aimerait pas les fameux saphirs que Daphné portera ce soir... étant donné qu'ils sont *bleus* ! expliqua Miles.

— Et moi, je parie qu'elle va demander si ce sont des vrais !

Les trois adolescents rirent de concert.

Un instant plus tard, Daphné entra dans la pièce.

— Comme tu es élégante ! la complimenta sa sœur.

— Merci, c'est le nouvel ensemble que Mme Alice a cousu pour moi. Selon un patron de Cecily, bien sûr. J'adore la façon dont les détails noirs se détachent sur le fond crème : la ceinture en cuir verni, les boutons brillants, le passepoil au revers des manches...

Elle se tourna vers son frère.

— Tu as trouvé tes cinq garçons d'honneur. Quelle bonne nouvelle ! Toi qui t'inquiétais tant...

— Je ne te laisserai jamais tomber, ma vieille. Surtout en pareille circonstance ! Bon, je ferais mieux de filer, puisque tu vas essayer ta robe... Personne n'a le droit de la voir.

— Merci pour tout, Miles, dit Daphné en le raccompagnant à la porte. J'ai beaucoup de chance d'avoir un petit frère comme toi.

Il s'arrêta sur le seuil, tout sourire.

— Salut, mes jolies, à bientôt ! lança-t-il, le regard braqué sur Cecily.

Lorsqu'elles se retrouvèrent seules, Cecily découvrit la robe de mariée.

— Je vais vous aider à l'enfiler, lady Daphné. Je pense qu'elle n'a plus besoin d'aucune retouche, mais on ne sait jamais.

Quelques instants plus tard, quand Daphné ressortit de derrière le paravent pour se placer au centre de la pièce, DeLacy battit des mains.

— Oh, Daphné, tu es magnifique ! Bravo, Cecily, cette robe est ton chef-d'œuvre !

Daphné émergeait d'une étourdissante robe de taffetas blanc, entièrement rebrodée de dentelle de Chantilly. Le corsage de forme Empire, à l'encolure ronde et échancrée, s'arrêtait sous la poitrine, tandis que la jupe, très ajustée, se prolongeait par une traîne interminable. Les longues manches se composaient uniquement de dentelle transparente.

— La broche de diamants de maman sera piquée au milieu du corsage, n'est-ce pas, Cecily ?

— C'est exact, lady Daphné. Quant à votre voile, il complétera la silhouette à merveille, mais je ne veux pas que vous l'essayiez aujourd'hui. Il est si fin et si délicat ! Et ceci le maintiendra en place pour la cérémonie, dit-elle en plaçant sur la tête de la fiancée une couronne de fleurs en dentelle et soie, avant de reculer d'un pas pour goûter l'effet produit.

— Je sais qu'il est parfait, Cecily. Merci infiniment pour tout ce travail ! déclara Daphné.

Daphné venait de regagner sa chambre, lorsqu'elle entendit frapper de légers coups. Elle ouvrit à Charlotte Swann.

— Puis-je entrer un instant, lady Daphné ?

— Mais je vous en prie !

Comme à son habitude, Charlotte alla droit au but :

— J'ai quelque chose à vous donner.

Elle lui tendit un petit paquet enveloppé dans du papier argenté, noué par un ruban de soie grise.

— C'est un objet très ancien, expliqua-t-elle. J'espère qu'il vous portera chance.

— Merci beaucoup, mademoiselle Charlotte. Il ne me manquait plus que quelque chose de *vieux* pour me conformer au dicton. Puis-je l'ouvrir tout de suite ?

— Pourquoi pas ?

A l'intérieur, Daphné trouva un écrin de velours bleu. Elle souleva le couvercle et eut le souffle coupé en découvrant un fin bracelet de diamants.

— Mon Dieu, il est magnifique ! s'écria-t-elle. Mais je ne puis accepter, c'est trop !

— Non seulement vous pouvez, mais vous *devez* l'accepter, lady Daphné. Ecoutez-moi bien : ce bijou vous est destiné depuis toujours. Il fait partie de l'héritage ancestral des Ingham et vous revient donc de droit. Je veux que vous le portiez, en mémoire de votre grand-père David, cinquième comte de Mowbray, qui me l'avait offert à l'occasion de mon vingt et unième anniversaire. Je l'ai conservé pendant toutes ces années, et à présent j'aimerais que vous en profitiez à votre tour.

Daphné hésitait, le bracelet au creux de la main. Pour rien au monde elle n'aurait voulu offenser cette femme admirable, qui lui avait prodigué tant de réconfort et de conseils avisés.

— Vous dites qu'il fait partie de notre héritage familial, mais savez-vous qui était son premier propriétaire ? s'enquit-elle.

— Il appartenait à la quatrième comtesse de Mowbray, la mère du cinquième comte... et votre arrière-grand-mère.

Charlotte le lui attacha au poignet.

— Et voilà. Vous voyez ? Il est tout simple et très discret.

— Merci, mademoiselle Charlotte. Je le garderai précieusement.

Assis en face de Lavinia dans la bibliothèque, Charles fulminait. Seule son éducation le retenait de sortir de ses gonds. En effet, les premiers invités à la noce venaient d'arriver, et il n'était pas question de créer un scandale. Son autre sœur, Vanessa, avait retrouvé ses appartements privés au sein du château, tandis que Mark Stanton, le cousin de Hugo, venait d'arriver de Londres.

— Charles, je sais que tu es furieux, mais je ne suis pas la seule coupable dans cette histoire. Ça ne va pas bien entre Jack et moi.

— Oui, voilà déjà un moment que tu le répètes... Mais cela ne t'autorise en rien à aller chercher un autre homme et à te compromettre avec lui au plus haut point, comme c'est le cas de toute évidence !

— Je ne l'ai pas cherché. C'est arrivé par hasard. Dans la vie, ces choses-là se produisent, figure-toi.

— S'il te fallait absolument prendre un amant, pourquoi diable as-tu choisi un politicien, surtout aussi célèbre ? Et marié, par-dessus le marché !

Avec un long soupir, Lavinia se laissa retomber contre les coussins du canapé.

— Justement, je n'ai rien fait. C'est lui qui m'a séduite, et non l'inverse.

— Je connaissais sa réputation de goujat, mais tu viens de la confirmer !

— Je t'en prie, Charles, ne monte pas sur tes grands chevaux... Dis-moi plutôt ce que tu attends de moi.

— Tu dois rompre immédiatement, Lavinia. Avant que la famille – qui est autant la tienne que la mienne – ne soit traînée dans le caniveau. On commence à jaser et l'affaire s'affichera dans les journaux avant que tu aies le temps de dire « ouf ».

Lavinia se redressa brutalement et rejeta ses cheveux blonds en arrière. Ses yeux bleus jetaient des éclairs. En la regardant, Charles se dit que Daphné aurait exactement cet air-là au même âge. En revanche, la tante et la nièce différaient largement par leurs caractères. Daphné était aussi prudente et réfléchie que Lavinia était impulsive et téméraire.

— Je ne vois pas comment il pourrait y avoir des cancans, répliqua Lavinia. Je n'ai parlé d'Alex à personne.

— Et pourtant, ils sont parvenus à mes oreilles, affirma Charles. Par des amis de confiance, qui semblent parfaitement au fait de votre relation. Ton amant n'a peut-être pas su tenir sa langue... Et je dois dire que cela ne m'étonnerait pas de lui ! Il n'a aucune classe.

— Je ne peux pas croire qu'il ait parlé de moi, s'offusqua Lavinia. Quel déshonneur ! C'est consternant... En es-tu sûr ?

— Comment le saurais-je, sinon ? Il peut être fier de sa conquête, tu sais. La fille d'un comte, issue de l'une des plus nobles familles d'Angleterre, mariée à un puissant homme d'affaires... Grands dieux ! Tu ne comprends donc pas, Lavinia ? Il s'est vanté de t'avoir pour maîtresse.

— Tu crois sincèrement que notre liaison pourrait être ébruitée dans la presse ? demanda-t-elle, très pâle.

— Oui, hélas. Et c'est la dernière chose dont nous ayons besoin, au moment même où Daphné se marie !

— Tu as raison. Mais alors, que dois-je faire ?

— Je te le répète : rompre sur-le-champ, et sans laisser aucune trace écrite. Contente-toi de ne plus lui répondre. Si tu dois lui parler, utilise le téléphone. A ta place, je ne le reverrais plus jamais.

— Non, non, je te le promets.

— Ecoute, je ne porte sur toi aucun jugement moral, Lavinia. Bien des femmes prennent un amant quand leur couple bat de l'aile. Mais en général, l'un comme l'autre restent assez discrets pour éviter les rumeurs. Et donc les problèmes. Tu n'as pas choisi le type le plus fin qui soit, voilà tout.

— Mais enfin, c'est lui qui m'a choisie !

— Et ça en dit long, ne crois-tu pas ?

— En effet... A propos... Je n'ai pas encore eu le temps de te le demander, mais pourquoi Daphné était-elle si pressée de se marier ?

— Pour un certain nombre de raisons. D'abord, Daphné craignait de devoir reporter la cérémonie si Anne venait à mourir, ce qui semble fort probable. De plus, Hugo voyage beaucoup pour ses affaires. Il doit bientôt partir pour Zurich, puis pour New York. Ils ne voulaient pas rester séparés si longtemps.

— Je comprends. C'était donc le coup de foudre, comme disent les Français ?

— Oui. Le premier regard a suffi.

— Comme c'est touchant ! Elle a beaucoup de chance. Hugo est un vrai charmeur.

— Et un garçon sérieux ; ce sera un bon mari. Bien, passons au salon. Tout le monde doit nous attendre pour le thé.

40

Tout en cheminant vers Cavendon, Charlotte se demandait pourquoi Olive Wilson tenait à lui parler en cette fin d'après-midi. La cuisine serait en pleine effervescence : Nell et les bonnes courraient partout, chargées de théières et d'assiettes de sandwichs, de scones ou de gâteaux, tandis que Hanson houspillerait les valets. C'est alors que Charlotte comprit : à cette heure-là, la femme de chambre de lady Mowbray ne serait pas de service, puisque la comtesse présiderait au *five o'clock* dans le salon jaune.

Olive voulait se confier en tête à tête. Probablement à l'office, alors désert.

— Coucou ! appela une voix.

Charlotte vit lady Vanessa, la jeune sœur de Charles et Lavinia, descendre de la terrasse en courant. Tout sourire, elle lui adressait de grands signes de la main.

Charlotte répondit à son salut et Vanessa lui sauta au cou.

— Cha, tu es superbe ! Et cette robe lavande te va à ravir.

— Toi aussi, tu as une mine splendide, Vaness.

Les deux femmes recouraient volontiers aux diminutifs de leur enfance après une longue séparation. En effet, Vanessa vivait désormais à Londres et ne revenait plus à Cavendon que pour les fêtes de famille et les occasions particulières.

— J'avoue que je me sens en pleine forme, répondit Vanessa.

— Tu plaides toujours la cause des suffragettes, j'imagine ?

— Oui, quoique je ne sois plus aussi militante qu'avant. Notre cause, portée par la grande Emmeline Pankhurst, a beaucoup progressé. C'est une femme charmante, brillante et d'une force extraordinaire. Les gens l'écoutent et commencent à prendre conscience des enjeux. Tu verras, Cha... Un jour, les femmes jouiront des mêmes droits que les hommes. Mais où allais-tu donc ainsi ?

— Dans l'aile sud. Je me charge des décorations florales pour la réception de samedi.

— Toi qui as toujours eu la main verte, tu es dans ton élément ! Laisse-moi t'accompagner.

Vanessa adapta son pas de citadine à la démarche plus calme de Charlotte. Elles avaient grandi ensemble et se retrouvaient toujours avec le même plaisir. Vanessa Ingham était une femme moderne, tolérante, éclairée et presque visionnaire, mais surtout dénuée de toute arrogance.

— Je ne te cache pas ma surprise quand j'ai reçu le faire-part. Daphné vient à peine de se fiancer...

Charlotte lui rapporta alors les raisons officielles de ce mariage précipité.

— Quelle chance, répondit Vanessa. Les bons partis sont rares, par les temps qui courent.

— En effet. Et tu verras comme ils sont bien assortis !

— Tant mieux. Charlie t'a-t-il dit quelque chose au sujet de Lavinia ?

Charlotte s'arrêta pour la regarder dans les yeux.

— Il m'a dit qu'il se faisait du souci pour elle et son nouvel ami, mais c'est à peu près tout.

— Eh bien, il est fou de rage, Cha. Il pense qu'elle se ridiculise avec cet affreux Alex Mellor. Un fieffé coureur de jupons, selon lui, et c'est bien mon avis. Notre frère ne redoute rien tant que le scandale.

— Je sais. Te souviens-tu comme il était furieux quand le nom de l'horrible Harriette apparaissait dans la presse après qu'elle avait semé la zizanie, ivre morte dans les bars de Mayfair ? Charlie ne supportait pas que son père soit obligé de vivre une telle humiliation.

— C'est vrai, il en était mortifié... Il faut que je file ! Je vais encore être la dernière pour le thé. A plus tard !

— Je ne serai pas loin si tu as besoin de moi, Vaness. Tu pourras me trouver dans l'aile sud toute la journée demain.

Charlotte la regarda traverser la pelouse en courant. Elle avait toujours été mince, vive et élégante comme une pouliche de course. Un vrai pur-sang. Et surtout une amie fidèle.

Quelques secondes plus tard, en entrant dans la cuisine, elle fut accueillie par la voix de Nell, qui chantait la *Marche nuptiale* à tue-tête. Toute seule devant la longue table en chêne, elle agitait une cuiller en bois, telle la baguette d'un chef d'orchestre.

Elle s'interrompit en apercevant Charlotte.

— Quel plaisir de vous voir, mademoiselle Charlotte ! Mlle Wilson vous fait dire qu'elle sera là dans une minute.

— Je ne suis pas pressée, Nell. Je constate que vous êtes déjà dans l'ambiance du mariage...

— Dame, oui ! Ça fait chaud au cœur de voir lady Daphné si heureuse. M. Hugo est un amour.

— Etes-vous sûre d'avoir assez de personnel pour samedi ? Au besoin, je peux encore recruter deux ou trois jeunes filles supplémentaires au village.

— Non, non, tout ira bien. Mais merci quand même. Chacun sait exactement ce qu'il a à faire. Hanson est le champion de l'organisation !

A cet instant, Olive Wilson entra dans la cuisine.

— Pardon de vous avoir fait attendre, Charlotte. La comtesse avait besoin de quelque chose.

— Pas de problème, Olive.

— Je vous prépare un bon thé, à toutes les deux ! déclara Nell.

Charlotte lança un regard interrogateur à Olive, qui hocha la tête.

— C'est très gentil à vous, madame Jackson, la remercia Charlotte.

Chargée d'un plateau supportant deux tasses et une théière, Olive entra à l'office, où régnaient par contraste un calme et une fraîcheur surprenants.

— Merci d'être venue, dit-elle en servant le thé. Alice m'a informée que vous seriez dans l'aile sud, mais je ne voulais pas risquer de vous manquer. C'est pourquoi je lui ai transmis le message.

— Ce dont vous voulez me faire part est sans doute confidentiel ?

— Oui, et je sais que le moment n'est pas des plus opportuns, à la veille du mariage. Mais voici : je me fais du souci pour Madame la comtesse. A vrai dire, je suis folle d'inquiétude.

— Que se passe-t-il donc ?

— Eh bien... quelque chose ne va pas. Elle n'est plus la même depuis mon retour de Londres. Je la soupçonne de cacher quelque maladie.

— Mon Dieu ! Quels sont donc les éléments qui vous portent à le croire ?

— Eh bien, elle s'isole et semble constamment préoccupée, comme si elle était ailleurs. Elle m'a dit qu'elle dormait mal et de toute évidence elle a entièrement perdu l'appétit. En un mot, Charlotte, j'ai l'impression qu'elle vit dans un autre monde.

— Il est vrai que je la trouve plus distante que d'ordinaire, reconnut Charlotte après un instant de réflexion. Mais je suis sûre que cela a à voir avec l'état de sa sœur.

— En effet, elle lui rend souvent visite à l'hôpital. Or, je crains qu'elle ne s'y rende pour consulter elle-même un médecin...

— En êtes-vous sûre ?

— Non, mais j'ai le sentiment qu'elle nous cache quelque chose, y compris au comte.

— J'espère que ce n'est pas le cas, Olive. Et pourquoi ne lui demanderiez-vous pas directement si elle est souffrante ?

— J'y ai pensé... Mais je n'aime pas me mêler de ce qui ne me regarde pas.

— Il vous faut lui poser la question ! A qui d'autre pourrait-elle se confier ? Elle s'en remet à vous pour tant de choses du quotidien : se coiffer, s'habiller, se déshabiller... Vous prenez soin de ses vêtements et de ses bijoux. Bref, personne ne la connaît plus intimement. Questionnez-la au plus vite, et tenez-moi informée de sa réponse. Peut-être qu'à nous deux nous serons en mesure de l'aider. Elle n'attend sans doute qu'une oreille attentive et bienveillante... telle que la vôtre.

Pour la première fois depuis plusieurs jours, Olive esquissa un sourire.

— Merci à vous de m'avoir écoutée, et surtout d'être venue si vite. J'ai confiance en votre sagacité, c'est pourquoi je vais suivre votre conseil et en toucher un mot à lady Mowbray. Mais seulement après le mariage. Je ne veux pas prendre le risque de la contrarier en pareille circonstance.

— Je reconnais bien là votre tact. En effet, mieux vaut attendre que lady Daphné et M. Hugo soient partis en lune de miel.

Après avoir vidé sa tasse de thé, Charlotte se leva.

— Je suis navrée, Olive, mais je vais devoir vous quitter. J'ai encore tant à faire dans l'aile sud...

— Je comprends, Charlotte. Merci encore.

— Ne vous inquiétez pas, nous allons éclaircir ce mystère. Vous me tiendrez au courant, n'est-ce pas ?

— Je vous le promets.

Charlotte emprunta l'escalier de service pour rejoindre l'aile sud. Elle était impressionnée par la perspicacité dont une fois de plus Olive faisait preuve. A bien y réfléchir, il fallait reconnaître que la comtesse avait changé. Et cela n'avait probablement rien à voir avec la maladie de sa sœur, Charlotte en était persuadée. Que se passait-il donc ?

Je m'en occuperai après le mariage, dès que la situation de Daphné sera réglée, songea-t-elle. Une chose à la fois.

41

Lorsque les mariés sortirent sur le perron de l'église, un grand soleil brillait. Daphné leva les yeux.

— Regardez, Hugo ! Un arc-en-ciel ! Quelle chance que la pluie ait cessé !

— Quelle chance nous avons d'être mariés, Daphné Ingham Stanton... En bonne et due forme, sous les auspices du vieux vicaire de Little Skell.

Avec force applaudissements, les villageois se rapprochèrent de chaque côté de l'allée pour admirer leur mariée à eux, la fille de leur comte et de leur comtesse. Elle valait le coup d'œil, en vérité, vêtue de sa robe de dentelle blanche et nimbée de son long voile.

« Tous nos vœux de bonheur, lady Daphné ! Félicitations, monsieur Hugo ! » lançaient certains. « Pour les mariés, hip, hip, hip... hourra ! » criaient d'autres.

Tandis que des femmes entonnaient la *Marche nuptiale*, les héros du jour avancèrent en riant sous une pluie de pétales de roses.

Daphné s'étonna de voir autant de monde amassé à l'extérieur. L'église n'était pas assez grande pour contenir tous les habitants des trois villages.

C'est en levant la main pour saluer l'assistance qu'elle le vit, qui la regardait d'un air effronté. *Richard Torbett.*

Elle se raidit et se serra contre Hugo.

— Que se passe-t-il ?

— J'ai failli glisser sur les dalles mouillées, improvisa-t-elle.

Le trouble causé par cette funeste apparition fut aussitôt dissipé par l'arrivée de la famille rassemblée autour d'eux. Ses parents, tante Gwendolyn, toute de pourpre vêtue, ses tantes Lavinia et Vanessa, l'oncle Jack... Il ne manquait personne, sans oublier ses deux frères Guy et Miles, si élégants dans leurs jaquettes, ainsi que les trois D en robe de taffetas rose. Dulcie était plus adorable que jamais dans sa première robe longue, un petit bouquet de roses roses à la main.

Arrivèrent ensuite le major Gaunt et ses trois fils, gonflés de bonheur et de fierté à l'idée que Hugo fût revenu dans leur bon vieux Yorkshire pour y vivre et se marier.

Ils parvinrent enfin à s'extirper de la foule. Devant le portail, la voiture tout enrubannée les attendait.

— Lady Daphné ! Lady Daphné !

Daphné se retourna et vit Genevra qui traversait la route en courant, quelque chose à la main. La gitane fit halte quelques pas devant elle.

— Une amulette, dit-elle lui tendant un morceau d'os. Faut pas la perdre.

— Merci, répondit Daphné, qui se demandait ce que cela pouvait bien signifier.

— Plein de bonheur, marmonna Genevra, avant de disparaître sans autre explication.

— Qui était-ce ? demanda Hugo, perplexe.

Avant d'avoir pu répondre, Daphné se retrouva entourée de Cecily, Mme Alice et Mlle Charlotte. Elles l'aidèrent à monter à bord de l'auto en soulevant sa longue traîne et son ample voile, tandis que DeLacy se saisissait de son bouquet de roses blanches. Un instant plus tard, les jeunes mariés étaient en route pour Cavendon Hall.

Ils trouvèrent le château pratiquement désert. Tout le personnel avait assisté à la cérémonie. Hugo prit sa jeune épouse par le bras et la conduisit dans la bibliothèque. Là, Daphné posa son bouquet pour observer l'amulette. De petits bouts de rubans blancs et argent y étaient noués.

— Regardez, il y a des petits cœurs gravés, indiqua Daphné. Genevra est un peu bizarre, mais elle ne ferait pas de mal à une mouche.

— Sept cœurs. Que représentent-ils ? s'étonna Hugo.

— Beaucoup d'amour, peut-être ?

— Alors garde-la précieusement, dit-il en la serrant contre lui.

C'était la première fois qu'il la tutoyait.

— Je t'aime, Daphné, de tout mon cœur et pour toujours. Les vœux que je viens de prononcer à l'église étaient sincères.

— Les miens également, répondit-elle en se haussant sur la pointe des pieds pour l'embrasser sur la joue. Tout se passera bien, ne t'inquiète pas.

— Oh, j'en suis certain, ma chérie.

— Je voulais dire… pour ce soir. J'aimerais que notre lune de miel commence ici, à Cavendon.

Avec sur le visage une expression d'infinie tendresse, il lui tendit son bouquet et la conduisit hors de la bibliothèque.

— Nous devons maintenant nous rendre dans le salon rose pour les photos de famille, expliqua-t-elle. Ensuite nous pourrons nous détendre et danser jusqu'à plus soif.

— Pas toute la nuit, j'espère ! répliqua Hugo avec un sourire en coin.

— Mais non, voyons. Nous avons bien mieux à faire… répondit-elle sur le même ton.

Et l'étincelle qui brillait au fond de ses yeux bleus lui confirma tout ce qu'il avait besoin de savoir.

TROISIÈME PARTIE

Du givre sur la vitre
Janvier 1914-janvier 1915

Je briserai les étoiles et les forgerai à nouveau.
Je pulvériserai les cieux d'une chanson ;
Immortel dans mon amour pour toi,
Mon amour plus fort que tout.

Rupert Brooke

Nous dansons sur un volcan.

Comte de Salvandy

42

Daphné accoucha d'une petite fille dans l'aile sud de Cavendon Hall, le jeudi 29 janvier 1914 à trois heures de l'après-midi.

Le bébé était coiffé d'un toupet de cheveux blonds au sommet de son adorable petite tête. Au grand soulagement de sa mère, il se portait comme un charme.

Pendant les dix heures qu'avaient duré les douleurs, Daphné n'avait cessé de prier en silence pour que l'enfant naisse exempt de toute malformation ou difformité. Ses prières avaient été entendues : la petite était parfaite.

Deux jours plus tard, en ce samedi après-midi, Daphné la tenait dans ses bras, assise sur un canapé dans le salon vert de l'aile sud.

Elle ne pouvait s'empêcher de la regarder et soulevait sans cesse le châle de cachemire et dentelle dont elle était enveloppée, pour étudier son visage délicat, ses toutes petites mains et ses ongles minuscules. Quelle merveille ! Daphné se sentait déborder d'amour.

Comme elle l'avait pressenti plusieurs mois auparavant, elle n'aurait jamais été capable de la confier à des parents adoptifs. Le lien qui les unissait ne serait jamais rompu.

Par chance, elle était maintenant mariée à un homme merveilleux. Hugo avait reconnu l'enfant, il la protégerait toute sa vie et elle porterait son nom.

Officiellement, le bébé était prématuré, et tout le monde croyait ou affectait de croire à cette version. Sourds aux sous-entendus, Daphné et Hugo ne se départaient pas de leur sourire le plus serein. Ils ne se laisseraient pas ébranler par les commérages.

Aux côtés de son épouse, Hugo se montrait charmant avec les personnes présentes, sans se priver de se consacrer entièrement au bébé de temps à autre. Son amour pour la petite fille transpirait littéralement.

Olive Wilson veillait sur Felicity, installée sur une chaise près de sa fille. La comtesse avait souffert d'une période d'épuisement dont elle commençait tout juste à se remettre. L'arrivée du bébé faisait refleurir un sourire sur son visage pâle.

Quant au comte de Mowbray, il exultait. Tout comme Hugo, il reportait sans cesse son regard sur le bébé, sa petite-fille, la première d'une nouvelle génération de Ingham.

— Tu es rayonnante, Daphné, déclara Charles. Je sais que ça n'a pas été facile, mais tu t'en es tirée vaillamment. Je suis très fier de toi.

— Et moi donc ! lança Hugo. Tu as été formidable, ma chérie. Mais où sont donc passés les autres ? Nous avions rendez-vous à trois heures, afin que tout le monde puisse voir le bébé avant le thé.

A peine eut-il terminé sa phrase que Hanson apparut sur le seuil.

— Lady Gwendolyn vient d'arriver, Monsieur. Elle est accompagnée de Mlle Charlotte.

— Merci, Hanson. Faites-les entrer.

— Bien sûr, Monsieur. Les valets se chargent de leur vestiaire. J'ai bien peur qu'il ne se soit remis à neiger.

En effet, de gros flocons tombaient derrière les fenêtres.

Charles et Hugo se levèrent quand lady Gwendolyn entra de son pas assuré. Elle portait un tailleur de laine grise sur un chemisier de soie bleue. Daphné ne put s'empêcher de la taquiner.

— Ma tante, j'aime beaucoup votre corsage !

Quoique souvent acerbe, Gwendolyn était aussi douée d'un solide sens de l'humour. Elle eut la bonne grâce de rire à la saillie de sa petite-nièce.

— N'est-ce pas qu'il est joli ? Je l'ai choisi tout exprès pour mettre en valeur les yeux du bébé. Et je ne veux pas la dépayser, tu comprends, puisque vous autres êtes presque toujours en bleu... Il faut que cette petite se sente chez elle.

— Oh, je ne m'inquiète pas pour elle à ce sujet ! s'exclama Hugo. D'ailleurs, elle est vraiment ici chez elle, dans l'aile sud du château. Charles vient de nous offrir ces appartements, et nous avons accepté avec gratitude. Ce sera désormais notre résidence permanente. Je renonce à acheter Whernside House.

— Sage décision, Hugo. J'aime vous savoir tous réunis sous le même toit à Cavendon. D'autant que je pourrai continuer à venir vous voir à pied.

Tout en parlant, lady Gwendolyn s'était approchée de Daphné pour contempler le bébé.

— Une vraie Ingham ! déclara-t-elle. On le voit à la finesse de ses poignets et la délicatesse de ses mains. Purement aristocratiques !

— De même que ses chevilles, ajouta Felicity. Elles sont fines et bien dessinées.

Charlotte salua tout le monde en entrant.

— Le temps se gâte ! annonça-t-elle. Je crois que nous sommes bons pour une tempête de neige.

— C'est possible, dit Charles. Mais ne vous inquiétez pas, Charlotte. Gregg pourra vous raccompagner en voiture après avoir déposé tante Gwendolyn.

— Merci, c'est très aimable, acquiesça-t-elle avant de rejoindre Daphné.

— N'est-elle pas adorable ? fit Daphné en écartant doucement le châle. Regardez sa bouche : on dirait un bouton de rose !

Soudain submergée par l'émotion, Charlotte ne put qu'approuver. En vérité, l'enfant était magnifique. Mais surtout, sa mère et elle étaient désormais hors de danger. Sans Hugo, les choses auraient pu prendre un tour bien différent. La providence lui avait dicté de revenir à Cavendon au bon moment. Ce qui est écrit est écrit, songea Charlotte avec conviction.

Charles aida sa tante à s'asseoir sur une chaise près de lui, puis Hanson réapparut, annonçant cette fois Mme Alice, Cecily et les trois filles du comte.

Bien entendu, c'est Dulcie qui se précipita dans la pièce la première, malgré ses efforts notables pour paraître sage et bien élevée.

— Je veux ce bébé, Daph ! Tu peux me le donner ? Oh, s'il te plaît ! quémanda-t-elle avec son plus beau sourire.

— J'ai bien peur que ce ne soit pas possible, Dulcie chérie. En revanche, tu peux devenir sa meilleure amie. Oui, exactement : je te nomme sa meilleure amie attitrée. C'est un grand honneur, tu sais, et tu pourras ainsi passer beaucoup de temps avec elle.

— Ooooh ! Merci, Daph ! TU ES LA PLUS GENTILLE DE TOUTES LES SŒURS ! s'écria-t-elle. Ne t'inquiète pas, je m'en occuperai bien.

— Je m'occuperai bien *d'elle*, la corrigea Daphné, lissant tendrement ses boucles blondes. Et quand tu seras grande, tu pourras te marier et avoir toi aussi un petit bébé.

— Je me marierai avec Hugo, déclara-t-elle en coulant un regard vers ce dernier.

Il répondit par un clin d'œil.

— Je crains que ce ne soit pas possible, ma chérie, mais je te trouverai un Hugo tout à toi, promit Daphné.

— Oh, merci ! Dis, pourquoi est-elle toute fripée comme une vieille pomme ? demanda la petite fille en se penchant sur le bébé.

— Parce qu'elle n'a que trois jours. Dès demain elle sera... défripée, vois-tu.

— Je reviendrai pour voir !

Sur ce, Dulcie courut grimper sur les genoux de son père et se cala contre son large torse.

— Approchez, madame Alice. Et toi aussi, Cecily ! Venez voir la petite.

Toutes s'extasièrent devant le bébé.

— Elle a la bouche en bouton de rose ! s'écria DeLacy. Tu devrais l'appeler comme ça, Daph : Bouton-de-Rose. Ou juste Rose. Ou Rosalie, ou Rosamonde... Ou Rosemarie ! Tu n'as que l'embarras du choix ! Mais au fait, comment vas-tu la baptiser ?

— J'étais sur le point de vous l'annoncer.

D'un pas souverain, Diedre avança à son tour et baissa les yeux sur sa nièce. D'un geste sec elle écarta le châle, découvrant entièrement l'enfant dans sa longue chemise de nuit.

— Adorable, Daphné. Et de belle taille pour un prématuré, tu ne trouves pas ?

— De taille *normale* pour un prématuré, rétorqua Hugo sans se départir de son calme.

Il n'avait pas tardé à s'apercevoir que Diedre était une véritable peste, qui jalousait toutes ses sœurs, et non la seule Daphné. Pas étonnant que la petite Dulcie la redoute. Depuis qu'il vivait à Cavendon, il s'était lié d'amitié avec la benjamine des sœurs Ingham, que sa mère avait hélas tendance à négliger. Ce jour-là encore, Felicity semblait épuisée, comme absente. Elle agissait parfois de façon fort étrange et avait beaucoup changé ces derniers mois.

Lorsque tout le monde fut installé, Daphné confia le bébé à Charlotte. Puis elle se leva et se posta devant la cheminée, face à l'assistance, avant d'inviter Hugo à la rejoindre.

— Depuis sa naissance, nous appelons notre fille Bébé. Mais nous avons pris le temps de réfléchir aux noms que nous pourrions lui donner, et cet après-midi nous semblait une bonne occasion de vous les révéler.

— Elle portera quatre prénoms, reprit Hugo. Ils sont très beaux tous les quatre… du moins à notre avis. Et dans tous les cas, ils sont chargés d'une forte signification à nos yeux.

Daphné se tourna vers Alice.

— Le premier prénom de Bébé est Alicia, et c'est ainsi qu'il faudra la désigner au quotidien. Nous souhaitions par là vous rendre hommage, madame Alice. Parce que vous avez toujours été si bonne envers moi, et en particulier ces derniers temps.

Alice en resta stupéfaite. Ses yeux s'emplirent de larmes.

— Je vous remercie, lady Daphné, dit-elle d'une voix tremblante. Et vous aussi, monsieur Hugo… C'est un grand honneur.

— Son deuxième prénom est Felicity. Pour toi, maman, et tout ce qui nous rapproche. Hugo et moi espérons que cela te fait plaisir.

— Je suis très touchée, et je vous remercie tous les deux du fond du cœur.

Hugo prit la parole.

— Nous en arrivons au troisième prénom de Bébé, annonça-t-il. Il s'agit de Gwendolyn. Comme vous, tante Gwen, car vous avez beaucoup compté pour moi tout au long de ma vie, surtout dans mon enfance, et vous êtes un modèle pour toute la famille.

Les yeux de la vieille dame se mouillèrent.

— Je te remercie, Hugo. Et toi aussi, Daphné. J'ai bien peur de ne pas savoir quoi ajouter. Voyez-vous,

vous pourrez vous vanter de m'avoir coupé le sifflet une fois dans ma vie !

Tous rirent de concert.

— Enfin, le dernier prénom de Bébé nous est tout aussi cher que les trois premiers, déclara Daphné. C'est Charlotte. En l'honneur de votre dévouement et votre sagesse, mademoiselle Charlotte. Mais aussi pour vous remercier de l'aide que vous m'avez toujours prodiguée... et qui illustre dignement la loyauté ancestrale des Swann envers les Ingham.

— C'est trop d'honneur, lady Daphné... Je ne me serais jamais attendue à ce que vous donniez mon nom à votre premier bébé. Vous me voyez très émue.

Charlotte baissa les yeux vers l'enfant, qu'elle tenait endormie au creux de ses bras.

— En tant que membre de la famille Swann, je promets de veiller sur elle. Je serai toujours là quand elle aura besoin de moi.

43

Hugo regardait par les portes-fenêtres de la bibliothèque, au détail près qu'il n'y voyait goutte. Le givre avait dessiné sur la vitre des entrelacs inextricables. Bien que l'on fût déjà en mars, la neige tombait depuis plusieurs jours et ne semblait pas vouloir cesser.

La campagne environnante resplendissait sous le manteau neigeux. Les déplacements étaient devenus difficiles sur le domaine de Cavendon et tout le monde souffrait du froid mordant. Heureusement, Hanson avait ordonné que l'on allume de grandes flambées dans les cheminées, de sorte qu'une ambiance gaie et chaleureuse régnait dans le château.

Hugo se félicita une fois de plus de ne pas avoir acheté Whernside House. Par un temps pareil, ils se seraient retrouvés coupés du monde. Daphné lui en avait fait la remarque quelques mois plus tôt, et d'ailleurs elle trouvait cette vieille bâtisse bien trop vaste pour eux. Or, peu après cette conversation, les experts engagés par Hugo lui avaient rapporté un certain nombre de vices cachés et communiqué un avis très négatif quant à l'état de la toiture.

C'est pourquoi il avait accepté avec empressement quand Charles lui avait proposé d'emménager dans l'aile sud. Ce logis leur avait tant plu que Daphné avait fini par dire à son père qu'ils renonçaient à en chercher un autre et souhaitaient s'installer à Cavendon de façon permanente. Pour le plus grand bonheur du comte.

Les jeunes mariés n'avaient pas tardé à découvrir que la majestueuse aile sud offrait tout le confort nécessaire. Leur intimité était préservée et ils pouvaient à tout moment recourir à l'aide du personnel.

Hugo se réjouissait d'autant plus de cet arrangement qu'il devrait bientôt partir pour différentes réunions à Zurich et Londres. Aussi était-il rassuré de savoir Daphné et leur petite fille bien entourées par la famille en son absence. Il les aimait tant ! Jamais il n'aurait cru possible un tel bonheur.

L'arrivée de Charles le tira de ses pensées.

— J'ai envoyé Gregg à Harrogate, annonça le comte. Il vient de rentrer et confirme que les routes sont dégagées et qu'il pourra sans problème te conduire à la gare demain. Tous les trains circulent selon les horaires habituels.

— Merci pour ces précieux renseignements.

— Es-tu sûr de ne pas vouloir séjourner chez nous à Mayfair ? demanda Charles en se chauffant le dos au feu.

— Non, vraiment. J'apprécie ta proposition, mais je ne resterai à Londres que deux nuits. Il n'est pas nécessaire d'ouvrir la maison pour un si court séjour.

— Comme tu voudras, vieille branche.

— Si je m'arrête à Londres avant de me rendre en Suisse, c'est pour y rencontrer mon ancienne assistante, Jill Handelsman. Avant moi, elle avait travaillé pour mon cher Benjamin Silver jusqu'à sa mort. Puis elle est partie s'installer à Londres avec son mari il y a cinq ans environ, mais nous sommes restés en contact. J'espère qu'elle acceptera de chercher un bureau pour moi à Londres, et surtout de le diriger.

— Elle est donc si douée ?

— L'une des plus brillantes femmes d'affaires qu'il m'ait été donné de rencontrer.

Charles s'assit sur le canapé Chesterfield, pensif.

— Je ne voudrais pas me mêler de ce qui ne me regarde pas, mais j'avoue que cela m'intrigue... Pourquoi te faut-il absolument un bureau à Londres ?

— J'ai besoin d'outils pour gérer ma fortune personnelle, ainsi que mes investissements un peu partout dans le monde. Bref, tout ce que j'ai acquis par mes propres moyens, indépendamment de ce que j'ai hérité des Silver. Ils m'ont légué leur compagnie immobilière à New York, mais c'est Leonard Peters qui s'en occupe. Il présidait déjà la firme du temps de Ben. Je lui fais une totale confiance. Même s'il aime bien que je lui rende visite de temps à autre, il est autonome et m'envoie son rapport chaque semaine.

— Et pour quand prévois-tu ton prochain voyage à New York ? As-tu toujours l'intention d'emmener Daphné avec toi à chaque fois ?

— Non, j'ai changé mon fusil d'épaule. Je crois que ce ne sera bientôt plus possible. A mon avis, les voyages en mer risquent de devenir trop périlleux.

— Dans l'éventualité d'une guerre ? C'est bien à cela que tu penses ?

Hugo acquiesça.

— Le Kaiser est donc prêt à se lancer dans la bataille ?

— Je le crains. Il est en train de constituer son arsenal naval. Et heureusement, Churchill renforce le nôtre depuis son accession au poste de premier lord de l'Amirauté en 1911. Chaque fois que le Kaiser construit un nouveau cuirassé, Churchill en construit deux pour la Royal Navy. Quand les Allemands en construisent deux, il en construit trois.

— C'est donc la course à l'armement ?

— Exact. C'est pourquoi Winston harcèle le Parlement pour qu'il augmente le budget de la marine. Son obstination use les nerfs de nos députés, mais par Dieu ! je ne peux que lui donner raison...

— Des amis bien informés m'ont dit que Asquith le soutient, et c'est pour moi un argument suffisant en sa faveur.

— En fait, notre Premier ministre est un inconditionnel de Winston et il se fie entièrement à Lloyd George. Notre gouvernement est composé de nombreux hommes de valeur, fort capables de faire face à un conflit armé. Il n'empêche que cette perspective n'est guère réjouissante. Malheureusement, l'Angleterre a promis à la France qu'elle viendrait à son secours en cas d'invasion...

— Je le sais bien. Si la situation s'envenime, nous n'aurons pas le choix...

— Et il n'y aura plus qu'à prier pour notre salut, dit Hugo en secouant la tête.

Il regarda au loin, perdu dans ses pensées.

— Des temps difficiles nous attendent, reprit-il au bout d'un moment. Et rien ne sera plus jamais comme avant.

44

— Merci beaucoup, Hanson. Grâce à vous, cette pièce est maintenant élégante et masculine à la fois, tout comme je l'imaginais.

— C'était un plaisir de vous aider, lady Daphné. Mais il faut reconnaître que tout le mérite vous revient.

Daphné et Hanson admiraient le petit salon de l'aile sud qu'ils venaient de transformer en bureau.

En trois jours, depuis le départ de Hugo, la plupart des meubles avaient été montés au grenier, d'autres en avaient été descendus. La pièce comportait à présent une bibliothèque en acajou, un petit bureau XVIIIe et son siège assorti. Le sofa et le fauteuil n'avaient pas bougé de place.

— M. Hugo s'y sentira très à l'aise, assura Hanson. Et ces gravures sur le thème de la chasse sont du plus bel effet.

— Il ne manque plus que quelques livres pour garnir les étagères, ajouta Daphné. Je vais en emprunter quelques-uns dans la bibliothèque de papa.

Hanson réfléchit un instant.

— Il me semble qu'il reste quelques cartons de livres à reliure de cuir au grenier. Mme Thwaites emballe tout avec le plus grand soin et je suis sûr qu'ils sont en parfait état. Voulez-vous que je les descende ?

— Volontiers ! A présent, je m'excuse, mais je dois filer à la nursery voir le bébé.

— Bien sûr, Madame. Vous trouverez les livres rangés sur les rayonnages en un clin d'œil.

Daphné avait eu raison de suivre le conseil de sa mère en engageant une nounou les six premières semaines, le temps de se remettre de la naissance et d'établir une routine quotidienne pour l'enfant. La nouvelle recrue, formée à Norland College dans la meilleure tradition anglaise, était arrivée à Cavendon quelques jours avant la naissance du bébé. Agée d'environ vingt-cinq ans, Jane Willis se montrait à la fois énergique et très attentionnée avec Alicia. Daphné voyait en elle comme un don du ciel.

Un doigt sur la bouche, Mlle Willis indiqua à Daphné qu'elle venait de coucher le bébé. Puis elle lui sourit et lui fit signe d'entrer. Une fois de plus, Daphné s'émerveilla de la beauté de la petite Alicia, qui s'endormait dans son berceau.

— Je reviendrai plus tard, chuchota-t-elle avant de s'en aller.

Elle se dirigea alors vers la chambre lavande qu'elle partageait avec Hugo. Le jeune marié disposait d'un dressing-room attenant, équipé d'une méridienne.

« Elle ne sert que de décoration, n'est-ce pas ? J'espère bien que nous dormirons toujours ensemble ! » avait-il dit lors de leur emménagement.

Daphné ne demandait pas mieux. Elle sourit en se remémorant les paroles de son époux, et pas seulement en ce qui concernait l'organisation de leurs nuits. C'était un homme à l'esprit résolument moderne. Il abordait sans détour les sujets les plus variés.

Elle ouvrit son armoire. Que porterait-elle ce soir-là ? Quelque chose de simple, puisqu'elle dînerait seule avec sa mère. A moins que Felicity n'ait invité tante Gwendolyn. Elle poserait la question à Hanson.

Tous les autres avaient déserté le château. Guy était à Oxford, Miles à Eton. Diedre était partie la veille pour la maison de villégiature de Maxine Lowe près de Gloucester, et le comte avait pris la voiture pour se rendre à l'enterrement d'un vieil ami. Sans doute serait-il de retour à une heure tardive. Il avait dissuadé Felicity de l'accompagner. Quant à Hugo, il ne rentrerait pas avant la nuit de son voyage à Zurich. Daphné se languissait de sa présence chaleureuse et rassurante. Elle se sentait perdue sans lui.

Quelqu'un frappa à la porte et ouvrit sans attendre de réponse.

— Madame, puis-je vous parler un instant ? demanda Peggy Swift.

— Bien sûr, Peggy, entrez, répondit Daphné en souriant.

Après son mariage, Daphné l'avait choisie comme femme de chambre. Elle restait très attachée à la jeune servante. Peggy était serviable, efficace, et manipulait la garde-robe de sa maîtresse avec beaucoup de soin. Son humeur toujours égale ne gâtait rien.

La jeune femme referma derrière elle.

— Que se passe-t-il, Peggy ? Vous semblez dans tous vos états.

— Oh non, Madame, on ne peut pas dire ça. Mais j'avoue que quelque chose me préoccupe et j'aurais voulu... m'en ouvrir à vous. Mais d'abord, me promettez-vous de ne rien répéter ?

— Bien sûr.

Peggy avait totalement confiance en sa maîtresse, qu'elle appréciait et admirait beaucoup. Profondément bonne et compatissante, lady Daphné possédait une douceur particulière qui la touchait au cœur. Et pourtant, les mots ne venaient pas.

— Parlez sans crainte, l'encouragea Daphné. Personne ne peut nous entendre ici, vous le savez bien. Vous n'êtes pas souffrante, au moins ?

— Non, non, rien de tel, Madame. Mais... je ne sais par où commencer.

— Alors dites tout d'une traite ! Je me suis aperçue que c'était encore le plus simple.

— C'est à propos de Gordon... et de moi, aussi. Je ne voudrais pas lui causer de problèmes. Vous garderez le secret, n'est-ce pas ?

— Puisque je vous l'ai promis !

Tout en parlant, Daphné se demanda si Peggy n'était pas enceinte, mais elle écarta rapidement cette hypothèse. La jeune femme ne se laisserait pas prendre au piège une seconde fois.

— Bon, alors voilà... Parfois, Gordon et moi sortons en cachette après le service. Gordon aime bien se promener en fumant sa cigarette... quand il fait beau. Donc, l'été dernier nous sommes sortis, et... et plusieurs fois j'ai eu l'impression qu'on nous épiait.

— Bonté divine ! Qu'entendez-vous par là ?

— Eh bien, un soir que nous étions en train de nous bécoter dans le bois aux campanules, j'ai entendu du bruit. Comme si quelqu'un nous regardait, caché dans les branches. Alors nous sommes rentrés au château en courant. Et puis, une autre fois, nous voulions faire le tour du lac... Oh, Madame ! Je sais que nous n'aurions pas dû !

— Ne vous inquiétez pas, Peggy, je ne dirai rien à Hanson. Continuez, je vous en prie.

— Nous sommes entrés dans le vieux hangar à bateaux, lady Daphné. Il y avait un rayon de lune et Gordon a allumé un morceau de bougie qui se trouvait là, parce que j'ai peur du noir... Nous partagions juste un petit câlin... Nous voulons nous marier dès que nous pourrons, vous savez !

Peggy se mordit la lèvre.

— Peu après, la bougie s'est éteinte et la lune s'est cachée, poursuivit-elle. Alors Gordon a craqué une allumette, pour que nous retrouvions la sortie. Moi, j'étais tournée vers la fenêtre et j'y ai vu un homme. Il nous regardait.

— Seigneur ! Vous avez dû être terrifiée ! s'exclama Daphné.

— Oh oui, Madame. C'était surtout très bizarre, que quelqu'un nous ait observés. Comme un voyeur. Nous sommes rentrés au château, et depuis nous n'osons plus nous promener la nuit.

— Et vous n'aviez jamais vu cet homme ?

— Ma foi... il faisait toujours très sombre. Mais qui pourrait bien agir ainsi ? Pas quelqu'un qui travaille sur le domaine ! Oh non, je ne crois pas.

— C'est vrai, vous avez raison.

— Ne nous dénoncez pas, lady Daphné ! Gordon ne veut pas se faire renvoyer, et moi non plus ! Je vous ai raconté tout ça parce que... parce que ça m'inquiète un peu qu'un étranger rôde autour du château.

— Peggy, je jure de ne pas vous compromettre, Gordon et vous. En revanche, je ne peux pas en rester là. Il faut absolument que je prévienne quelqu'un.

— Mais pas Hanson ni Mme Thwaites ! Je vous en prie, lady Daphné !

— Je pourrais sans doute en parler à Mlle Charlotte, qui se chargerait de le dire à Percy Swann, puisque c'est lui qui s'occupe des espaces extérieurs.

Peggy acquiesça.

— Il y a encore autre chose, Madame, reprit-elle après une hésitation. Maintenant qu'elle a quitté sa place, je peux vous dire que Mary Ince a été surprise par un homme. Un jour qu'elle passait dans le bois, il a sauté des fourrés pour essayer de l'attraper. Elle a été assez rapide pour s'enfuir et il a couru derrière elle. Mais dès qu'elle est sortie du bois, il a arrêté de la poursuivre.

Daphné ne laissa rien paraître de son effroi.

— Il faut vraiment que j'en parle à Mlle Charlotte, dit-elle de son ton le plus calme. Elle saura nous conseiller. En attendant, voyons un peu comment je pourrais m'habiller pour le dîner.

45

— Quelle bonne mine tu as, maman ! s'exclama Daphné, surprise, en apercevant le reflet de sa mère dans le miroir de la coiffeuse. Je ne t'ai pas vue aussi en forme depuis longtemps.

— En effet, je me sens beaucoup mieux !

Daphné s'assit sur une chaise, tandis qu'Olive Wilson finissait de coiffer Felicity. Quelques minutes plus tard, la femme de chambre plaçait les dernières épingles et parachevait son œuvre par un diamant et un peigne en écaille.

— Et voilà, Madame ! dit-elle en reculant d'un pas pour contempler le résultat.

— Olive, vous avez un don pour la coiffure ! déclara Daphné. Ces boucles, quelle élégance ! J'adore la façon dont vous avez utilisé le peigne pour les relever sur le côté.

— Merci, lady Daphné, répondit Olive en aidant Felicity à se relever.

— Ce soir, j'ai envie de descendre avec toi, annonça cette dernière. Voilà des mois que je n'avais plus le goût de m'habiller pour le souper. Ni encore moins de le manger…

— Tu es très belle, maman. Ce bordeaux te va à ravir.

Felicity émit un petit rire.

— Oh, cette vieillerie ? C'est l'une des robes que j'ai rapportées de Paris autrefois, remise au goût du jour par Cecily. Je ne sais pas comment elle s'y prend, mais cette petite a le chic pour redonner un coup de neuf à n'importe quelle guenille.

— C'est vrai. Charlotte affirme que ses patrons sont incroyablement complexes et ingénieux. Et il paraît que Mme Alice sue sang et eau pour assembler et coudre ses créations.

— Oui, on peut dire que sa fille est une enfant prodige.

Felicity se tourna vers sa femme de chambre.

— Merci, Olive, vous vous êtes surpassée.

— Avec plaisir, Madame... Madame souhaite-t-elle que je l'accompagne ?

— Non merci, Olive. Ce soir, je pense réussir à me déplacer par mes propres moyens dans les couloirs de Cavendon.

Tandis qu'elles descendaient l'escalier, Daphné garda l'œil sur sa mère et s'assura qu'elle ne lâche pas la rampe.

— Tu vois, je me suis bien débrouillée, n'est-ce pas ? dit Felicity lorsqu'elles atteignirent le hall.

Daphné lui offrit néanmoins le bras jusqu'au petit salon qui donnait sur la salle à manger, et où la famille se réunissait avant les repas.

— Nous ne sommes que deux ce soir, reprit Felicity. Dans un sens, cela me fait plaisir. Voilà bien longtemps que nous n'avons pas eu l'occasion de nous parler en tête à tête.

— Oui, c'est un peu idiot, compte tenu du fait que nous vivons dans la même maison.

— La même *grande* maison, souligna Felicity. Ton grand-père disait toujours qu'une bicyclette nous aurait été bien utile pour la traverser de bout en bout. Il n'avait pas tort.

— Jusqu'à ce que Hanson me l'apprenne, je ne savais pas que tante Gwendolyn ne se joindrait pas à nous.

— La neige a commencé à fondre, les chemins sont boueux. Et, puisque ton père a pris la voiture, nous ne pouvons pas aller la chercher.

— Je comprends. Mais c'est plus intime, rien que toi et moi. D'autant plus que tu as repris des forces. C'est grâce à l'arrivée de Bébé ! Elle t'a donné une nouvelle jeunesse, maman ! s'exclama Daphné en riant.

— Tu ris, et je suis heureuse de rire avec toi... Pourtant, c'est la pure vérité : je me sens beaucoup mieux depuis que Bébé est là... Mais nous ne devrions plus l'appeler ainsi. Sans quoi le nom lui restera et elle nous en voudra à mort en grandissant !

— Tu as raison. Il faut l'appeler Alicia dès maintenant.

— Je te demande pardon, ma chérie. Pardon d'avoir été si absente de ta vie pendant si longtemps. J'ai bien peur de t'avoir négligée. De même que toutes mes filles, au demeurant. Or c'est toi qui avais le plus besoin de mon soutien, et je n'ai pas été à la hauteur.

— Oh, maman, ne dis pas ça ! s'écria Daphné en s'asseyant près d'elle. Je sais combien tu t'inquiétais pour tante Anne et tu te sentais impuissante face à sa maladie.

Felicity serra les mains de sa fille dans les siennes.

— Anne m'a élevée depuis mes trois ans. Elle en avait dix de plus que moi. A sa mort, j'ai donc perdu une mère en même temps qu'une sœur. Et j'étais fâchée contre Grace et Adrian. Grace, en tant que sa fille unique, aurait dû accourir à son chevet quand son état s'est dégradé. Dieu sait pourquoi ils se sont autant éternisés au Caire !

— Je comprends, mais comme le dirait papa : de l'eau a passé sous les ponts.

— Je suis heureuse que tu aies insisté pour avancer la date de ton mariage, mais aussi que tu n'aies pas interrompu ta lune de miel pour venir à l'enterrement. Cela n'aurait servi à rien. D'ailleurs, Anne m'avait fait promettre de t'en empêcher. Elle savait que tu l'aimais et c'était là le plus important pour elle.

Daphné ne parvenait pas à trouver le sommeil. Au milieu de mille pensées agitées lui revenaient sans cesse les révélations de Peggy. Et lorsque la jeune femme avait mentionné le bois aux campanules, le souvenir de Richard Torbett lui avait donné la chair de poule. Sans doute ne rôdait-il pas pour épier les amoureux et attaquer les jeunes filles ? Mais d'un autre côté, n'avait-elle pas elle-même subi son assaut ?

Elle refoula cette image. Elle avait fait le vœu de ne plus penser à lui le jour de son mariage, après l'avoir aperçu à la sortie de l'église, sur le trottoir opposé. La seconde fois qu'elle avait tourné la tête de ce côté, il n'était plus là. Son imagination lui jouait-elle des tours ?

Elle n'avait même pas songé à lui alors qu'elle mettait son enfant au monde. Grâce à l'amour tendre et passionné de son mari, elle avait réussi à l'occulter entièrement. Et Hugo était pour elle le seul véritable père de la petite fille.

Serrant son oreiller dans ses bras, elle se retourna et se remémora sa nuit de noces. Dans ce lit, avec Hugo. Avec une douceur et une patience infinies, il avait éveillé ses sens et l'avait enivrée. Elle avait alors découvert le désir et la passion, elle était devenue sienne.

« Si tu n'étais pas déjà enceinte, lui avait-il dit ensuite, je t'assure que je t'aurais fait un enfant cette nuit. Jamais je n'avais honoré une femme ainsi... avec autant de ferveur et d'intensité. »

Elle le savait sincère. Nuit après nuit, ils avaient continué à s'aimer, et à chaque fois elle avait atteint l'extase.

Daphné laissa se dissiper ces pensées, bien trop excitantes, et décida de se concentrer sur ce qu'elle dirait à Charlotte le lendemain.

Ensemble, elles réfléchiraient aux mesures qui pourraient être entreprises contre le voyeur. Il s'agissait peut-être bien d'un dangereux individu, capable de s'attaquer à un couple d'amoureux. Ou à une jeune fille.

A cette pensée, elle frissonna et ne parvint à se calmer que pour sombrer dans un mauvais sommeil, entrecoupé de cauchemars. Elle vit poindre l'aube avec soulagement.

Bien emmitouflée dans son manteau et chaussée de ses caoutchoucs, Daphné se dirigea après le petit déjeuner vers le bureau aménagé près des écuries, où Charlotte était en train de travailler. La pluie nocturne avait lavé la boue et la neige fondue. A présent, le soleil brillait dans le ciel bleu et le temps était agréable.

On se sent enfin au mois de mars plutôt qu'au gros de l'hiver, songea Daphné.

Les jonquilles ne tarderaient pas à fleurir.

— Lady Daphné ! Quelle surprise ! s'exclama Charlotte en l'accueillant.

— Bonjour, mademoiselle Charlotte. Auriez-vous quelques minutes à m'accorder ?

— Bien sûr, asseyez-vous.

Daphné regarda autour d'elle.

— Les administrateurs du domaine sont déjà dans leurs bureaux, de l'autre côté du couloir. Nous devrions peut-être sortir quelques minutes, si cela ne vous ennuie pas...

— Mais pas du tout ! Laissez-moi seulement enfiler mon manteau.

— Et si nous allions du côté des écuries ? J'aimerais voir Greensleeves.

— Vous souhaitez donc aborder quelque sujet... sensible ? demanda Charlotte alors qu'elles quittaient le bâtiment.

Daphné lui rapporta alors le témoignage de Peggy Swift.

— Tous deux craignent les foudres de Hanson, conclut-elle. Ils ne voudraient pas être renvoyés pour avoir quitté le château après l'heure réglementaire. Aussi ai-je promis à Peggy de ne pas la dénoncer, tout en lui expliquant que j'étais malgré tout obligée de vous en parler.

— Quelle étrange histoire, lady Daphné... Vous savez comme moi que les gardes-chasses patrouillent régulièrement, mais jamais à des heures si tardives. Pensez-vous qu'ils doivent prolonger leurs rondes après la nuit tombée ?

Daphné secoua la tête.

— Non, non ! Cela ne ferait qu'alarmer tout le monde ! Et je ne pense pas que ce soit nécessaire, dans la mesure où la plupart des employés sont couchés à cette heure-là. Du moins, à ma connaissance... J'ai confiance en Peggy. C'est une fille sans artifice, qui a les pieds sur terre. Je ne crois pas qu'elle m'ait menti.

— Je partage cette impression. Et puis pourquoi inventerait-elle pareilles histoires ? Je suppose que ces événements remontent à l'été dernier ? Après... votre agression ?

— Oui, mais je sais qui était mon agresseur, s'empressa de répondre Daphné. Et il est mort. Alors que devons-nous faire ?

— *Rien*, dit Charlotte d'un ton ferme. Je ne peux pas demander à Percy Swann de déployer ses hommes la nuit. Il serait obligé d'en informer le comte. Et comment pourrais-je justifier ma requête sans trahir Peggy ?

— Je comprends.

Daphné s'approcha de l'écurie, et sa jument bien-aimée vint à sa rencontre en hennissant pour se faire caresser.

— Greensleeves l'a échappé belle. Je veux dire… lors de l'incendie.

— En effet… Ecoutez, lady Daphné : le plus sage est de recommander à Peggy de ne plus se promener tard le soir avec Gordon. Expliquez-lui que si elle désobéit, vous serez obligée d'avertir Hanson.

— Vous parlez d'or, mademoiselle Charlotte. Je n'ai pas vraiment le choix, n'est-ce pas ?

— Je crains que non.

Tandis qu'elles reprenaient le chemin des bureaux, Daphné évoqua la nette amélioration que semblait connaître la santé de Felicity.

— Et tout cela grâce à Bébé ! déclara-t-elle en riant. J'en suis persuadée, et maman ne m'a pas contredite. Par ailleurs, nous sommes tombées d'accord pour cesser de l'appeler Bébé. Maman craint que le nom ne lui reste à vie.

— Et elle nous en voudrait à mort en grandissant, murmura Charlotte. C'est donc Alicia. Dès à présent.

46

Alicia Felicity Gwendolyn Charlotte Ingham Stanton, qui portait un bien grand nom pour un si petit bébé, était devenue l'attraction de Cavendon. Tous voulaient sans cesse la voir, la toucher et la prendre dans leurs bras... même s'ils n'étaient pas vraiment en mesure de le faire.

Seuls la famille et les amis proches étaient autorisés à lui rendre visite, sous les strictes conditions imposées par la nourrice. Daphné était si conquise par Jane Willis qu'elle lui avait proposé de rester de façon permanente à Cavendon.

D'habitude, les nurses formées à Norland ne restaient que six semaines auprès des nouveau-nés, avant de chercher une autre place. Mais la petite Alicia avait convaincu Willis de déroger à cette règle. Comme tous ceux qui l'approchaient, Jane était tombée sous le charme de cette enfant adorable avec ses grands yeux bleus, ses boucles blondes et soyeuses et son teint de pêche, tous hérités de sa mère.

A l'instar de Daphné, elle était dotée d'une heureuse nature. Elle ne pleurait quasiment jamais, riait et gazouillait souvent.

Tout comme ses parents et grands-parents, ses tantes l'adoraient. A l'exception notable de Diedre.

« Voilà bien du tapage, ce n'est qu'un bébé... », avait-elle marmonné les premières semaines. Depuis, elle s'était absentée de Cavendon pour un long voyage en Europe avec son amie, la riche héritière Maxine Lowe. Dulcie n'était pas la dernière à se réjouir de son absence.

La benjamine des sœurs Ingham adorait Alicia, à laquelle elle offrait à tout bout de champ de menus présents : des sachets de lavande, des tulipes rouges ou jaunes découpées dans du papier, ainsi que des nœuds pour ses cheveux blonds. Quant à DeLacy, elle se gonflait de fierté chaque fois que Daphné l'autorisait à promener Alicia sur la terrasse dans son superbe landau noir de marque Silver Cross, fournisseur officiel des bébés royaux.

C'était précisément ce que la jeune fille était en train de faire en ce beau dimanche après-midi de mai. Les nuages, encore menaçants quelques heures plus tôt, s'étaient dissipés. Penchée sur le landau, DeLacy roucoulait pour faire rire sa nièce, qui battait l'air de ses petites jambes potelées avec sa bonne humeur coutumière.

Juste à côté, Daphné était assise à la table ronde en compagnie de Jill Handelsman. Cette dernière venait de passer le week-end à Cavendon avec Marty, son époux, et les deux femmes finissaient leur café en attendant l'heure de se dire adieu.

Daphné appréciait beaucoup le couple et était très impressionnée par le sens des affaires de Jill. En un temps record, celle-ci avait trouvé à Londres des locaux agréables et fonctionnels, et il ne lui avait fallu que quelques semaines pour lancer l'activité de ce nouveau bureau. Hugo chantait les louanges de Jill à chacun de ses retours de Londres, où il effectuait un court séjour toutes les deux semaines. Ses affaires personnelles étaient entre de bonnes mains.

— Merci encore de m'avoir laissée admirer l'argenterie ancienne de Cavendon, dit Jill à Daphné. Votre père m'a donné beaucoup d'informations très intéressantes à ce sujet.

— Hugo m'a expliqué que vous collectionniez les objets en argent de la Régence anglaise et de l'époque géorgienne. C'est pourquoi j'ai pensé que vous aimeriez voir nos quelques pièces réalisées par le grand Paul Storr.

— En effet, et j'ai adoré cette paire de chandeliers de 1815.

— Papa vous a-t-il montré cette impressionnante coupe à rafraîchir signée William Denny ?

— Oui, votre père m'a même indiqué qu'elle datait de 1702. J'ai rarement rencontré quelqu'un d'aussi érudit sur ce sujet.

— Papa n'ignore presque rien de ce qui concerne Cavendon, précisa Daphné en souriant. Il se considère comme le dépositaire et le gardien de tout ce patrimoine : le château et ce qu'il contient, les terres, la lande… et l'ensemble du domaine jusqu'à l'horizon. Il dit toujours que sa tâche est de le préserver pour les générations à venir. Quant à ses connaissances, il les tient de son père et les transmettra à Guy. Et ainsi de suite…

— Nous voilà ! annonça Hugo en montant les marches, suivi de Marty. Désolé d'interrompre cette conversation, mesdames, mais Gregg a avancé la Rolls pour vous emmener à la gare.

Un peu plus tard, alors qu'ils se dirigeaient de l'aile sud vers le salon jaune pour le *five o'clock*, Daphné s'arrêta net et saisit le bras de Hugo.

— Que se passe-t-il, ma chérie ?

— Quelque chose me tracasse depuis plusieurs semaines… depuis le baptême. Crois-tu que Diedre se soit vexée parce que je ne lui ai pas demandé d'être la marraine d'Alicia ?

— Bien sûr que non ! Tu ne l'as proposé à aucune de tes sœurs, alors pourquoi en prendrait-elle ombrage ?

— Du haut de ses cinq ans, Dulcie ne pouvait guère assumer une telle responsabilité, répliqua Daphné en riant.

— Tu as pris la bonne décision. Lavinia et Vanessa endosseront très bien leur rôle. Il faut dire qu'elles sont adultes…

— Ce n'est pas l'avis de papa, en ce qui concerne Lavinia. Il se plaint constamment de sa puérilité.

— Oh, je sais… mais il ne le pense pas réellement. Tu t'inquiètes pour Diedre parce qu'elle est partie depuis plusieurs semaines, mais on ne boucle pas un tel périple en quelques jours, tu sais. Paris, Rome, Berlin, Vienne… il faut faire le programme complet ! Mais tu pourras lui proposer d'être la marraine de notre deuxième enfant.

— Oui, tu as raison. Tu trouves toujours le moyen de me rassurer, dit-elle en se hissant sur la pointe des pieds pour l'embrasser sur la joue. Et tu as bien fait de demander à Guy et à ton cousin Mark d'être les parrains.

Hanson était en train de mettre à décanter une bouteille de pomerol dans le petit office attenant à la salle à manger lorsque Gordon Lane le rejoignit.

— Je vous demande pardon, monsieur Hanson, mais puis-je vous parler un instant ?

— Cela ne peut-il attendre ? J'ai du travail, comme vous le voyez.

— Sauf votre respect, vous êtes toujours si occupé que l'on ne trouve jamais le bon moment. Je vous en prie, je n'en ai que pour une minute. Et c'est important.

Alerté par le sérieux de sa voix, Hanson se retourna.

— Fort bien. De quoi s'agit-il ?

— Comme vous le savez, Peggy et moi sommes fiancés, et nous voudrions nous marier bientôt, monsieur Hanson. Au mois d'août, si vous n'y voyez pas d'inconvénient ?

— Je présume que vous sollicitez un jour de congé ?

— Oui, monsieur, pour nous deux. Dois-je aller voir Mme Thwaites concernant celui de Peggy ?

— Non, non, Lane, ce ne sera pas nécessaire. Pourquoi ne prendriez-vous pas le premier samedi du mois d'août ? J'en toucherai un mot à Mme Thwaites. Swift et vous avez fourni un excellent travail ce week-end et je suis particulièrement satisfait de la façon dont vous avez pris soin de M. et Mme Handelsman. La noce sera-t-elle célébrée à l'église du village ?

— Nous l'espérons, monsieur. Merci beaucoup. Peggy sera heureuse de savoir que nous pouvons fixer une date.

— Toutes mes félicitations, dit Hanson avant de retourner à sa tâche.

En chantonnant, Dulcie traversa le jardin d'hiver, descendit la petite colline, puis se dirigea vers les bois. Les campanules y étaient en pleine floraison et elle rêvait depuis le matin d'en faire un bouquet pour Alicia. A cette heure-ci, la nounou était affairée à lui faire couler un bain et à sortir ses vêtements de nuit. Dulcie avait saisi l'occasion.

Il n'était que dix-huit heures trente, la nuit n'était pas encore tombée. L'enfant s'enfonça dans le sous-bois d'un pas décidé, le regard fureteur, jusqu'à ce qu'elle repère un tapis de clochettes bleues. Un grand sourire aux lèvres, elle se précipita, en cueillit quelques-unes… et s'arrêta net. Près de sa petite main, une grosse chaussure noire.

Levant les yeux, elle vit un homme qui la regardait. Elle ne le connaissait pas.

— Ça alors ! Mais c'est la petite Dulcie… dit-il tandis qu'elle se redressait.

— Lady Dulcie, corrigea-t-elle. Et vous êtes… ?

— Je suis le gardien des campanules, répondit-il avec un sourire carnassier.

Dulcie fronça les sourcils.

— Je n'ai jamais entendu parler de vous, rétorqua-t-elle. Pourtant, ces terres appartiennent à mon papa.

— Je le sais bien. C'est d'ailleurs lui qui m'a nommé gardien des campanules, *lady* Dulcie. Ton bouquet n'est pas assez fourni, poursuivit-il en désignant les quelques fleurs. Viens avec moi, je vais te montrer le meilleur coin.

Bien que le monsieur ne l'effraie pas particulièrement, une vague inquiétude s'empara de la petite fille. Elle hésita. Mais avant qu'elle puisse esquisser un pas en arrière, il lui saisit la main.

— Dépêchons ! Il faut en cueillir le plus possible avant qu'il ne fasse trop sombre.

— Je crois que j'en ai suffisamment ! s'écria Dulcie en tentant de se libérer.

L'homme était sur le point de la forcer à le suivre, lorsqu'il entendit le bruit d'un fusil que l'on armait. Alors il la lâcha et, courant droit devant lui, disparut dans les buissons.

L'instant d'après, Dulcie se retrouvait face à Percy Swann, le garde-chasse. Elle lui sourit.

— Bonsoir, monsieur Percy. Je n'aime pas ce monsieur-là. Il voulait m'emmener voir d'autres fleurs, mais je n'en avais pas envie.

— Vous avez fait ce qu'il fallait, lady Dulcie. Venez, je vous raccompagne chez vous.

Il se pencha pour la soulever de terre et la jucha sur ses épaules. En quelques minutes, il eut atteint le jardin d'hiver. Toute la maisonnée était déjà sens dessus dessous lorsqu'il déposa l'enfant devant le comte, au comble de l'angoisse.

— Papa, je suis allée cueillir des fleurs pour Alicia ! s'exclama-t-elle en se jetant dans ses bras. Et M. Percy a chassé le monsieur bizarre. Après, il m'a portée jusqu'à la maison.

Elle se tourna vers le garde-chasse et le gratifia d'un sourire.

— Merci, lui dit-elle, affable.

Felicity s'avança, pâle comme un linge.

— Je vous remercie infiniment, renchérit-elle, les yeux emplis de gratitude.

Elle saisit la main de sa petite fille, qui serrait toujours les campanules dans l'autre, et se dirigea vers la nursery. Derrière elles, la nounou pleurait à gros sanglots incontrôlables.

— Que s'est-il passé, au juste ? demanda Charles lorsqu'il eut repris ses esprits.

— Depuis ces rumeurs de braconnage, l'année dernière, je patrouille toujours jusqu'à la nuit tombée. Je venais du bord du lac lorsque j'ai aperçu lady Dulcie qui s'apprêtait à entrer dans les bois toute seule. J'ai couru comme un dératé, Monsieur le comte. Et là, j'ai vu un homme qui la tenait par la main et s'apprêtait à l'emmener. J'ai armé mon fusil pour lui faire peur, il l'a entendu et il s'est enfui.

— Avez-vous reconnu l'individu ?

— Non, Monsieur. Il était mal habillé. Mais de grande taille, par contre. Longs bras et longues jambes. Il portait des rouflaquettes et un béret à visière, donc on ne voyait pas bien son visage.

— Un déguisement ?

— Peut-être, Monsieur. J'aurais sans doute pu lui courir après, mais je ne sais pas si je l'aurais rattrapé. J'ai pensé qu'il valait mieux ramener tout de suite notre petite demoiselle.

— Vous avez pris la bonne décision. Mlle Charlotte insiste pour que nos hommes surveillent particulièrement le bois aux campanules… Pour quelle raison, à votre avis ?

— Parce que les arbres sont très denses par endroits, et qu'ils marquent la limite du domaine de ce côté-là. Après, il n'y a plus que la route pour nous séparer des terres de Havers Lodge et de celles de lord Judson.

Charles secoua la tête.

— Alors, il nous faut une clôture en fil de fer barbelé, n'est-ce pas ?

— Si vous voulez mon avis, lord Mowbray, nous devrions bâtir un grand mur bien solide. Avec des barbelés par-dessus.

— Cela bloquerait l'accès par la route en terre battue. Que faire pour le reste de la propriété ?

— Nous devrions élever des murs partout où il y a des brèches.

— Depuis les origines, certaines parties de Cavendon sont toujours restées ouvertes sur l'extérieur. Mais il semblerait que les temps aient changé… J'en parlerai demain à l'administrateur. Et merci, Swann. Je n'ose pas imaginer ce qui aurait pu arriver à lady Dulcie sans votre intervention.

— Comme quoi j'ai eu raison d'ouvrir l'œil, Monsieur le comte. Sur ce, je vous souhaite une bonne nuit.

— Bonne nuit, Swann, je vous suis extrêmement reconnaissant.

Charles quitta alors le jardin d'hiver et se dirigea vers la nursery, bouillonnant de colère. Il y trouva Felicity en train de parler à la nounou, Maureen Carlton, qui pleurait toujours à chaudes larmes.

Après avoir ordonné à la domestique de sortir dans le couloir, il lui signifia qu'elle était démise de ses fonctions pour défaut de surveillance. Elle devrait quitter Cavendon avant le lendemain midi.

Felicity le rejoignit et ils descendirent ensemble dans la chambre de la comtesse.

— Je n'avais pas le choix, dit-il. Cette fille n'a pas de cervelle. Nous ne pouvons pas laisser une idiote pareille mettre nos enfants en danger.

— Je sais, Charles, je m'apprêtais à lui signifier son congé quand tu es entré.

Felicity se laissa tomber dans un fauteuil. Elle avait la nausée.

— Grâce à Dieu, Dulcie n'y a rien compris. Elle prend son bain comme d'habitude, gaie comme un pinson. Que se serait-il passé si Percy n'avait pas été là ?

— Elle aurait été enlevée, répondit Charles, laconique.

Il frémit en songeant à ce que l'homme aurait pu infliger à sa petite Dulcie, son angelot à la Botticelli. Qui était donc ce dangereux rôdeur ? Il ne le saurait sans doute jamais.

Charles passa dans son dressing-room, où il se débarrassa de sa veste pour enfiler un peignoir de soie, avant de regagner la chambre de son épouse.

Il fut surpris de constater qu'elle ne s'était pas changée et n'avait pas bougé. Elle tenait maintenant sa tête dans ses mains. Lorsqu'elle leva les yeux, il fut frappé par son expression lugubre. Elle était visiblement en proie à l'une de ses sautes d'humeur, fréquentes ces derniers temps. Il n'osa pas s'approcher.

— Que se passe-t-il ? lui demanda-t-il depuis le seuil.

— C'est de ta faute, Charles. Tu n'as jamais pris au sérieux la sécurité du domaine. Nous avons besoin de vigiles armés, pas de gardes-chasses. Ce soir, on aurait pu violer et assassiner Dulcie.

Charles n'en crut pas ses oreilles.

— Je te signale que c'est l'un de mes hommes, armé, qui l'a trouvée. En un temps record. Les équipes de Percy sont déployées sur toute la propriété, et ce depuis longtemps. De plus, j'ai décidé de restaurer tous les murs d'enceinte.

Il avança d'un pas.

— Cet incident nous a beaucoup éprouvés tous les deux, reprit-il d'une voix plus douce. Je sais que tu es terrifiée. Mais Dulcie est saine et sauve, et dès demain nous mettrons tout en œuvre pour rendre Cavendon plus sûr que jamais.

— Jusqu'à présent, je ne m'étais jamais inquiétée pour Dulcie, parce que tes fidèles Swann gardent un œil sur elle. Ces femmes sont prêtes à tout pour te plaire…

Quoique contrarié par cette remarque, il préféra éviter de s'engager dans une querelle avec son épouse. Elle était devenue si étrange… Il ne la reconnaissait plus et s'interrogeait sur la cause de ce changement.

— Je reviens dans un instant, fit-il en ouvrant la porte du dressing. Ensuite, nous pourrions… tirer un trait sur cette histoire. Passer ensemble un moment plus détendu… comme avant. Si tu veux, je peux dormir avec toi.

— Non, je ne crois pas, répondit-elle d'une voix éteinte.

Charles plissa le front.

— Qu'y a-t-il ?

Elle lui raconta alors toute la vérité.

47

La mésaventure de Dulcie souleva une onde de choc dans tout le château. Dès vingt heures trente, en ce dimanche, la nouvelle avait même atteint le village de Little Skell.

En effet, Percy Swann se rendit au cottage de sa tante Charlotte avant de rentrer chez lui. En tant que matriarche de la famille, elle était toujours la première informée des événements de Cavendon et consignait chaque incident dans ses registres. Du moins, c'est ce que chacun supposait, car elle seule avait accès à ces archives.

A l'instar de son frère Walter, Percy était un bel homme, grand et bien bâti, et ne paraissait pas ses trente-trois ans. Cet air juvénile semblait être un trait de famille, dont les Swann ne se plaignaient pas. Malgré son jeune âge, Percy veillait sur la lande et les marais du comte avec passion et savoir-faire. Il était né sur le domaine, dont il connaissait les moindres recoins. Tireur confirmé, celui que ses collègues surnommaient affectueusement « Un-Coup » ne manquait jamais sa cible.

Dès qu'elle le vit sous son porche, Charlotte comprit que quelque chose était arrivé au château. Percy n'aurait jamais osé la déranger un dimanche soir sans une bonne raison.

Elle le fit entrer et lui proposa quelque chose à boire.

— Merci, tante Charlotte. Je ne dirais pas non à un scotch, si tu m'accompagnes.

— Avec plaisir, approuva-t-elle en servant deux verres.

Ils trinquèrent et s'assirent face à face. Pendant quelques instants, ils se contentèrent de déguster l'alcool à petites gorgées.

— Quelque chose ne va pas, Percy ? Ou es-tu simplement venu me rendre visite ?

Il lui relata alors toute l'histoire avec force détails, décrivit l'inconnu et évoqua le projet du comte de bâtir un mur à la sortie du bois.

Charlotte avait pâli, et elle s'aperçut que sa main tremblait en portant son verre à ses lèvres.

— Percy, je vais trahir une confidence, mais je sais que cela restera entre nous. Peggy Swift et Gordon Lane, qui sont fiancés comme tu le sais, avaient pour habitude de sortir se promener le soir. Surtout dans les bois. Or, à plusieurs reprises, Peggy s'est sentie observée par un voyeur, et elle s'en est ouverte à lady Daphné, car elle n'aimait pas l'idée que quelqu'un rôde sur le domaine.

— Ce ne doit pas être quelqu'un d'ici, décréta Percy. Je connais tout le monde dans les trois villages du comte. Et ce n'est certainement pas un de nos gitans, qui restent toujours dans leur coin. Il n'y a que leur sœur Genevra pour traîner à droite et à gauche. Mais elle ne ferait pas de mal à une mouche.

— Oh, je le sais bien.

— Il ne s'agit pas d'un braconnier, tante Charlotte. Cet homme-là a des intentions criminelles, déclara-t-il d'un ton sinistre.

Charlotte ferma les yeux et un frisson la parcourut.

— Je t'en prie, ne dis pas ça, Percy. Je ne supporte pas de penser que le parc ou les bois aient pu devenir dangereux. Nous avons toujours été si tranquilles, ici !

— Ne t'inquiète pas, tante Charlotte. Tu sais bien que mes gars ne rentrent jamais avant le coucher du soleil. Mais je t'en prie, demande au comte d'instaurer un couvre-feu, ou quelque chose comme ça. La famille ne doit pas se promener la nuit.

— Je le lui expliquerai, bien sûr, mais je n'aime pas ça... Un couvre-feu, tu te rends compte ? Nous parlons tout de même de Cavendon Hall !

— Je sais, mais c'est devenu nécessaire. Sur le chemin du village, je me suis dit que je pourrais rassembler une petite troupe pour faire le guet dans le bois toute la nuit. Mais je pense vraiment que le rôdeur a eu peur. Il a compris que j'avais un fusil.

— Une chance ! s'exclama Charlotte.

— Alors tu parleras au comte, n'est-ce pas ?

— Je te le promets. Nous avons rendez-vous demain matin et je suis sûre qu'il abordera la question le premier.

— J'avais aussi pensé à poser des pièges, mais...

— Mais tu risquerais surtout de blesser inutilement de petits animaux.

Bien plus tard, quand Percy fut rentré chez lui pour dîner avec sa femme, Edna, Charlotte monta à l'étage et ouvrit le petit coffre-fort caché dans le buffet. Elle en sortit le registre marqué 1914, dans lequel elle relata les détails de l'entretien avec son neveu. Tandis qu'elle remettait le cahier en place, elle en avisa un autre au bas de la pile, à la couverture bleu foncé.

Elle ne résista pas au plaisir de l'ouvrir une fois de plus et s'installa dans son fauteuil pour relire la page qu'elle connaissait presque par cœur. Le texte en avait été écrit trente-sept ans auparavant.

De ma propre main. Juillet 1876
Par-dessus tout je chéris ma Dame.
Les Swann sont forgés pour le fourreau des Ingham.

J'ai partagé sa couche. Elle est mienne.
Elle me donne sans compter. Un enfant lui ai donné.
Oh, notre joie ! L'enfant mort en son sein. Nous a anéantis. Elle me quitta. Elle revint.
A nouveau
Mes nuits sont siennes. Et jusqu'à l'heure de ma mort.
M. Swann

Depuis des années, Charlotte se demandait laquelle des dames Ingham avait bien pu être la maîtresse de ce M. Swann. En revanche, elle était à peu près certaine de l'identité de ce dernier : il s'agissait sans doute de Mark, le père de Walter et Percy et le patriarche du clan à cette époque.

Elle referma le cahier en soupirant puis le remit sous clé. Tant de secrets... se dit-elle. Tant de choses cachées, depuis si longtemps, entre les Ingham et les Swann. N'avait-elle pas elle-même vécu sous la loi du silence ?

Le sommeil la fuyait. Elle finit par se lever, enfila un peignoir et descendit se préparer une réconfortante tasse d'Ovomaltine. Assise près de la fenêtre, elle contempla le jardin, baigné de la lumière argentée de la pleine lune.

La nuit semblait si paisible... Tout au fond, les chênes et les sycomores se dressaient telle une muraille vert sombre au-dessus de la pelouse.

Et pourtant, cette paix n'était plus qu'illusoire. Un étranger rôdait dans les bois et le parc. Charlotte frissonna. Elle se recroquevilla dans son fauteuil, avala quelques gorgées de sa boisson chaude. Enfin, elle parvint à se calmer et à mettre de l'ordre dans son esprit confus.

Récapitulons, se dit-elle.

Le premier incident remontait au mois de mai, un an plus tôt. Daphné avait été victime d'un viol dans le bois aux campanules. Mais qui en était l'auteur ? S'agissait-il vraiment de Julian Torbett, comme elle le prétendait… ou d'un parfait inconnu ? Et pourquoi aurait-elle menti ?

Avait-elle cherché à protéger ses parents ? S'était-elle dit qu'ils accepteraient mieux l'horreur de ce crime s'ils le croyaient commis par un jeune homme de bonne famille, plutôt que par un homme sorti de Dieu sait où ? D'un autre côté, cela ne collait pas avec la probité indéfectible de Daphné.

Quoique… Elle avait très bien pu travestir la réalité pour protéger son père. Oui, décida Charlotte. Daphné ne voulait pas décevoir les rêves de grandeur que Charles nourrissait pour elle.

Il se pouvait, à bien y songer, que ce viol ait été perpétré pour causer la perte des Ingham si une grossesse en résultait…

Ensuite, la jument de Daphné avait été visée dans l'incendie des écuries. La police avait interrogé tous les chauffeurs des invités du bal. Mais aucun d'entre eux n'avait déclaré être sorti pour fumer à proximité des box, ce qui confirmait la piste d'un acte malveillant.

Puis Peggy Swift avait été épiée en compagnie de Gordon Lane, alors qu'ils fricotaient dans les bois et le hangar à bateaux. Mary Ince avait quant à elle échappé de justesse à l'assaut d'un homme dans les bois.

Et voilà que, ce soir, un individu louche avait essayé d'enlever Dulcie. Il s'agissait forcément du même homme. Charlotte ne pouvait imaginer que toute une bande de vagabonds ait pénétré sur le domaine.

Alors que faire ? *Renforcer la sécurité de Cavendon.* A l'aide de hautes murailles et de barbelés, avait expliqué

Percy. Charlotte soupira. David aurait détesté cette idée.

Mais il fallait bien protéger la famille Ingham. Et la fidélité des Swann ne suffisait peut-être plus. Le monde avait changé.

48

Charles Ingham, sixième comte de Mowbray, était démoralisé, furieux et épuisé.

Il était épuisé car il n'avait pas fermé l'œil, se tournant et retournant dans son lit toute la nuit. Démoralisé parce qu'il savait que c'en était fini de son mariage, et ce depuis bien longtemps. Enfin, il était furieux contre lui-même : voilà plus d'un an qu'il aurait dû reprendre ses affaires domestiques en main.

Après s'être levé de bonne heure, il s'était baigné et habillé à la hâte. A huit heures et demie, d'une humeur massacrante, il descendit pour le petit déjeuner.

Il marqua une pause au bas de l'escalier, inspira profondément, redressa les épaules et traversa le hall avec calme. Avant d'entrer dans la salle à manger, il parvint même à afficher un sourire de bon aloi.

Hanson l'accueillit avec son amabilité coutumière.

— Bonjour, Monsieur, dit-il en tirant sa chaise au bout de la longue table.

— Bonjour, Hanson, et merci. Il semblerait que je sois le premier ce matin ?

— Pas exactement. Lady Daphné est passée il y a environ quarante-cinq minutes pour prévenir que M. Hugo et elle-même vous rejoindraient aux environs de neuf heures. Elle est ensuite montée à la nursery en compagnie de Mlle Willis, puis elles sont redescendues avec lady Dulcie, qu'elles ont emmenée dans l'aile sud. Willis doit lui donner son petit déjeuner et s'occuper d'elle tandis que lady Daphné se prépare.

— Il faut reconnaître que ma fille pense à tout et je suis heureux de savoir que Mlle Carlton n'approchera plus de la petite. Son incompétence est alarmante. A propos, assurez-vous qu'elle quitte les lieux avant midi, Hanson.

— J'y veillerai, Monsieur. Que puis-je vous servir ce matin ?

— Une tasse de thé pour commencer, puis peut-être des œufs brouillés au bacon. J'avoue que je suis affamé. C'est à peine si j'ai avalé quelque chose hier soir.

— Cela ne m'étonne guère, lord Mowbray. Les événements du début de soirée nous ont tous ébranlés.

— En effet… Oh, à propos : je crois que Madame la comtesse prendra son petit déjeuner au lit. Olive Wilson m'a indiqué qu'elle dormait encore.

— Bien, Monsieur.

Hanson servit le thé, puis s'approcha de la console où étaient alignés les différents chauffe-plats. Un instant plus tard, il déposa son assiette devant le comte.

— Merci, Hanson.

Le majordome prit congé d'un signe de tête et se retira dans son office.

Charles commença à se sentir revigoré à mesure qu'il mangeait. La soirée de la veille avait été pour le moins perturbée

Il avait peu à peu repris ses esprits, mais aussi ouvert les yeux sur la bêtise de son comportement envers son épouse. Depuis près d'un an, Felicity avait pratiquement démissionné de son rôle de mère, consacrant toute son attention à sa sœur, et il n'avait rien fait pour y remédier. Il s'était montré compréhensif, lui avait apporté tout son soutien. Et leurs enfants en avaient pâti. Leurs filles, tout au moins. Car heureusement les garçons étaient entre de bonnes mains à Eton et Oxford.

Il ne pardonnait pas à la comtesse son absence criante aux côtés de Daphné à la suite du drame. Au lieu de la réconforter, Felicity avait sauté sur l'idée d'un mariage avec Hugo, sans se soucier de son bonheur, de ses désirs. Elle n'y avait vu qu'une solution miracle à leur problème.

Dulcie avait été quasiment livrée à elle-même, dans la mesure où la nourrice, négligente et irresponsable, agissait sans aucun contrôle de la part de la maîtresse de maison.

Diedre, en revanche, avait passé plus de temps que les autres avec sa mère, alors qu'elle était l'aînée et pouvait très bien se prendre en charge.

Quant à DeLacy, elle était toujours fourrée avec Cecily. Au moins avait-elle bénéficié de l'attention d'Alice, qui s'était activement occupée de sa garde-robe pour l'été. Et sans doute de bien des choses encore. C'était assurément Alice qui était venue en aide à Daphné après le viol. Sans oublier la présence constante de Charlotte en coulisses – impliquée, fiable, dévouée à la famille. Elle était toujours prête à s'occuper des filles en cas de nécessité. Oui, bénies soient les Swann, se dit-il.

Charles aurait dû mettre le holà depuis bien longtemps, au lieu de laisser Felicity faire passer sa sœur avant ses enfants, dans une sorte de dévotion presque anormale.

Quant à son mariage, c'était terminé entre eux. Felicity le lui avait appris la veille, le prenant totalement au dépourvu.

Bouleversé, anxieux et recru de fatigue, il aurait voulu partager ses émotions avec son épouse. Au vu des circonstances, il avait naïvement supposé qu'elle en éprouvait elle aussi le besoin. C'est pourquoi il lui avait demandé la permission de dormir avec elle.

Il ne songeait même pas à faire l'amour, mais plutôt à chercher et partager réconfort et affection.

La froideur de son refus, tant dans sa voix que dans son attitude, l'avait laissé abasourdi.

Il l'entendait encore :

« C'en est fini de notre mariage, Charles. Je ne peux plus partager mon lit avec toi. Ni aucune forme d'intimité. »

Il lui avait semblé recevoir un coup de massue dans l'estomac.

« Pourquoi ? avait-il enfin articulé. Qu'est-ce qui ne va plus, tout à coup ?

— Cela n'a rien de soudain. Voilà bien longtemps que tu ne me fais plus aucun effet. Et je ne supporte plus de simuler. Dorénavant, je voudrais que tu dormes dans ta propre chambre.

— Fort bien... si c'est ce que tu désires. »

Il se demandait à présent pourquoi il était resté ainsi, immobile, impuissant, alors qu'il aurait voulu exploser. Elle l'avait rejeté tel un malpropre, comme si sa personne pas plus que ses sentiments n'avaient d'importance.

« Si tu souhaites divorcer, je n'y vois pas d'inconvénient », avait-elle ajouté.

Les pensées de Charles s'étaient brouillées. Comment avaient-ils pu en arriver là ?

« Alors ? Veux-tu que nous passions devant le juge ? avait-elle insisté.

— Je te tiendrai informée », avait-il enfin répondu, reprenant contenance.

Avant de sortir, il s'était retourné et l'avait regardée dans les yeux.

« J'ai quarante-cinq ans, je ne suis pas vieux. Que suis-je censé faire, maintenant ?

— Ce que tu voudras. Tu es libre comme l'oiseau. »

Alors qu'il buvait son thé matinal, Charles s'aperçut à quel point ces paroles l'avaient blessé, et comme émasculé. Cependant, Felicity lui avait aussi rendu sa liberté. Que pourrait-il bien en faire ? Il n'en avait pas la moindre idée.

Pour le moment, il restait éberlué devant la sécheresse de son attitude, son manque absolu de sentiments envers lui. Ils étaient tout de même mariés depuis presque un quart de siècle, avaient eu six enfants ensemble. Jusque-là, il avait cru leur couple solide comme le roc. Force était de reconnaître qu'il s'était trompé.

Il se demanda un instant si l'épuisement qui la minait ne l'avait pas affectée plus qu'il ne le pensait. Mais à bien y réfléchir, il prit conscience qu'elle se comportait de façon étrange depuis des années – avant même qu'Anne ne tombe malade.

Elle avait cessé de répondre à ses caresses cinq ans plus tôt, un an après la naissance de Dulcie. Il avait alors affecté de ne pas remarquer sa distance. Et par la suite, il était devenu impuissant. Parce qu'elle ne le désirait plus, il avait perdu sa virilité.

— Bonjour, papa, lança Daphné en entrant dans la salle à manger, vêtue d'une jolie robe lilas. Ne t'inquiète pas, Dulcie est sous la bonne garde de Mlle Willis.

— Comment va-t-elle ?

— Oh, très bien. Elle ne s'est rendu compte de rien, le rassura-t-elle.

— Merci de t'être occupée d'elle, fit-il en l'embrassant. Tu es quelqu'un de très organisé. Que dirais-tu d'administrer le domaine avec moi ?

Elle rit à cette plaisanterie.

— Merci. Je me contenterai d'être là dès que tu auras besoin de moi. J'ai hérité de ton efficacité ! Mais dis-moi, tu sembles fatigué ?

— Un peu. Je dormirai sans doute mieux la nuit prochaine.

Hugo entra à son tour et Charles le salua.

— Bonjour, Charles, dit-il en avançant une chaise pour Daphné.

Tandis qu'ils indiquaient à Hanson ce qu'ils souhaitaient manger, Charles décida de ne plus penser à sa rancœur contre Felicity pour le moment. Il se concentra sur Olive Wilson. Lorsqu'il l'avait croisée dans le couloir un peu plus tôt, la femme de chambre de la comtesse lui avait parlé de bagages à préparer. En proie à un violent mal de tête, il ne s'était pas attardé pour la questionner.

Felicity s'apprêtait-elle à partir pour Londres ? La semaine précédente, elle avait laissé entendre à plusieurs reprises qu'elle regrettait de manquer une fois de plus la belle saison.

Peut-être avait-elle jugé plus sage de s'absenter quelques semaines ? Etant donné la situation, mieux valait ne pas vivre sous le même toit.

Ce matin-là, Charles avait du pain sur la planche. Il devait sans tarder se réunir avec Percy Swann et Jim Waters, l'administrateur, afin de mettre en œuvre les mesures nécessaires au renforcement de la sécurité.

Daphné interrompit ses réflexions.

— Papa, je crois que Mlle Willis peut nous aider à trouver une nounou pour Dulcie. Une amie à elle, également formée à Norland, est à la recherche d'une place et je lui ai déjà demandé de la joindre de notre part. Est-ce que j'ai bien fait ?

— Mais naturellement, ma chérie. Espérons que cette personne accepte de travailler pour nous.

Charles se tourna vers Hanson.

— A propos, je n'ai pas encore vu DeLacy ce matin. Savez-vous où elle se trouve ?

— Lady DeLacy fait ses adieux à Mlle Payne sur la terrasse en compagnie de Cecily. Vous savez que les vacances d'été de notre préceptrice commencent aujourd'hui, Monsieur.

— Oh, bien sûr. Je l'avais oublié.

La sonnerie du téléphone interrompit leur conversation et Hanson se rendit dans son petit bureau pour décrocher. Il revint quelques instants plus tard.

— Lady Diedre au bout du fil, Monsieur. Elle téléphone depuis Berlin.

Le comte s'excusa auprès de sa fille et son gendre.

— Bonjour, Diedre. Quel plaisir de t'entendre ! Il paraît que tu es à Berlin... Vraiment ? Oui... Je comprends... Tu as pris la bonne décision. Préviens-nous quand tu arriveras à Londres.

— Que dit-elle ? Elle rentre déjà ? s'étonna Daphné après qu'il eut raccroché.

— Oui, mais elle ne pensait pas prolonger son voyage de toute façon. Elle déteste Berlin. On n'y parle que de la guerre et de la musique de Wagner. Elle prend demain le train pour Paris, d'où elle partira pour Londres. Elle devrait arriver d'ici trois ou quatre jours.

— N'empêche, ce retour me semble bien précipité... marmonna Daphné.

— A propos, reprit Charles, ta mère nous quitte pour Londres ce matin. Elle a envie de changer d'air. Tu pourras élaborer les menus en son absence, n'est-ce pas ?

— Bien sûr. Mais maman est-elle en état de voyager seule ?

— Absolument. Elle se porte beaucoup mieux, et Mlle Wilson l'accompagne, alors ne t'inquiète pas. Et puis, elle aura le personnel de Mayfair pour elle toute seule. Je te rappelle que Eric Swann a été formé par Hanson, et que sa sœur Laura connaît son métier de gouvernante sur le bout des doigts.

Tandis qu'il se dirigeait vers les bureaux, Charles se demanda pourquoi Felicity avait choisi une soirée telle que celle de la veille pour lui annoncer la rupture. La réponse lui sauta aux yeux. Il lui avait proposé de partager son lit. Et elle n'en avait pas supporté l'idée. Sa seule présence lui était devenue intolérable.

Eh bien, soit ! Son mariage était nul et non avenu. Il retrouvait donc sa liberté de célibataire.

49

— Ils ont trouvé le prétexte qu'ils attendaient. Nous allons nous retrouver en pleine guerre avant d'avoir eu le temps de nous retourner.

Autour de la table où ils étaient en train de dîner, les Ingham avaient le regard braqué sur leur hôte. En tant que directeur et actionnaire majoritaire de la *Yorkshire Morning Gazette*, Adam Fairley était souvent informé avant les autres des dernières nouvelles, qu'il tenait directement de grandes agences de presse telles que Reuters.

— Tu veux parler de l'assassinat de l'archiduc François-Ferdinand et de son épouse, n'est-ce pas ? demanda Charles.

— Précisément. Un nationaliste serbe l'a assassiné en juin à Sarajevo. L'Autriche-Hongrie exerce maintenant une lourde pression sur les autorités locales pour obtenir le droit de rechercher et condamner les responsables. Il semblerait que les Serbes aient accédé à certaines demandes, mais tentent encore de négocier quelques points, de sorte qu'ils se trouvent pour l'instant dans une impasse.

— Espérons qu'il reste là-bas quelques personnes de bon sens ! s'exclama Hugo. Car si le conflit éclate, nous nous dirigeons vers une guerre qui ne se terminera sans doute pas en quelques mois.

— Vraiment ? Aucune guerre ne peut durer bien longtemps ! s'étonna Guy.

— Tu oublies un peu la guerre de Cent Ans... lui répondit Charles avec un clin d'œil, ce qui souleva un grand éclat de rire.

Olivia Fairley, la seconde épouse d'Adam, intervint de sa voix chantante :

— Ma mère disait toujours que, le jour où les femmes dirigeraient le monde, il n'y aurait plus jamais de guerres. J'ai tendance à le croire.

Guy regarda Olivia avec fascination. Il avait rarement vu une femme aussi belle, et ses paroles l'intriguaient.

— Ah oui ? Et pourquoi donc ? Comment les femmes pourraient-elles empêcher les guerres, si les hommes n'y parviennent pas ?

— Après l'avoir porté pendant neuf mois, aucune femme n'est prête à envoyer son fils à la boucherie, expliqua-t-elle en adressant au jeune homme un sourire chaleureux. Ce serait la paix universelle. La Loi des femmes, comme disait maman.

— Je pense qu'il y a beaucoup de vrai là-dedans, déclara Daphné.

L'éventualité d'une guerre la terrifiait. Elle savait que Hugo s'engagerait sans l'ombre d'une hésitation, n'écoutant que son patriotisme. Son retour dans le Yorkshire n'était-il pas la preuve de son attachement au pays natal ?

Diedre toussota.

— Lors de mon séjour à Berlin, les Allemands n'avaient que des discours belliqueux à la bouche. S'ils se jettent dans la mêlée, on peut s'attendre à un bain de sang.

— Sans aucun doute, acquiesça Adam. Grâce à Churchill, nous pouvons nous vanter de posséder la meilleure flotte de guerre au monde. On ne peut hélas en dire autant de l'armée de terre, ni de celle de l'air.

— Un ami à moi prétend que notre infanterie manque d'organisation, approuva Hugo. Mais j'ai entendu dire que Churchill est en train d'y remédier, tout en développant l'aviation.

A cet instant, Hanson et les deux valets apparurent pour servir le dessert.

Daphné se mit alors à parler du 12 août et de l'ouverture de la chasse. Comprenant qu'elle cherchait surtout à détendre l'atmosphère, Adam Fairley lui emboîta le pas. La conversation glissa alors vers les derniers potins, les sorties littéraires et les pièces de théâtre à l'affiche à Londres.

Après le dîner, les hommes se réunirent dans la bibliothèque pour déguster cognac et cigares, et la guerre revint au centre des préoccupations.

— Ecoute un peu, vieille branche, dit Adam à Charles. En vertu de l'accord signé avec les Français, nous devrons leur venir en aide s'ils sont attaqués. Nous serions alors automatiquement entraînés dans la bataille.

— Il me semble que nous sommes également alliés avec la Russie, ajouta Charles. N'est-ce pas ce que l'on appelle la Triple-Entente ?

— En effet. Comme tu le sais, il n'y a pas de système de conscription obligatoire au Royaume-Uni. En tout état de cause, ni toi ni moi ne serons sollicités.

— Pourquoi donc ? s'étonna Hugo. Oh ! C'est parce que vous avez tous les deux plus de quarante ans, n'est-ce pas ?

— Oui, répondit Adam. On m'a personnellement informé que le ministère n'inviterait que les jeunes gens de dix-huit à trente ans à s'engager. De toute façon, ma vue est si mauvaise que je ne leur servirais pas à grand-chose.

— Pareil pour moi, renchérit Charles. Je viens de me faire examiner, et il semblerait que j'aie besoin de lunettes.

— En revanche, j'ai entendu dire que de gros sacrifices seraient attendus de la part de l'aristocratie, reprit Hugo. On nous demandera d'ouvrir les châteaux et les manoirs…

Charles regarda son gendre d'un air interrogateur. Puis la terrible réalité lui apparut.

— Tu veux dire… pour les soldats blessés ?

Hugo opina.

— Qu'à cela ne tienne ! s'exclama Charles. Je suis prêt à ouvrir deux ailes de ce château si nécessaire. Ce qui m'inquiète, c'est le pronostic du gouvernement, avant même le début des combats. Les victimes seraient donc si nombreuses que les hôpitaux ne suffiraient plus…

Son angoisse laissa place à la colère.

— Mais pourquoi diable nous jeter dans une telle boucherie ? gronda-t-il. Notre position insulaire nous rend difficiles à envahir et notre fabuleuse marine militaire est là pour nous protéger en cas d'agression. Nous ferions mieux de nous tenir à l'écart de ce panier de crabes !

— C'est la faute des politiciens, martela Adam. Et de ces dirigeants affamés de pouvoir. Le Kaiser jalouse notre empire.

— Il ne l'aura jamais ! s'écria Guy avec feu.

Charles se tourna vers son fils aîné.

Mon Dieu, songea-t-il. Il va vouloir s'engager, prouver qu'il est prêt à défendre son roi et sa nation. Je dois l'en empêcher. Il est mon héritier, l'avenir des Ingham.

Le lendemain matin, Charles se rendit dans sa bibliothèque pour parcourir les journaux. A son grand désarroi, les gros titres prédisaient tous l'imminence de la guerre.

Il était plongé dans sa lecture depuis une quinzaine de minutes, lorsque Daphné passa la tête par l'entrebâillement de la porte :

— Je te dérange, papa ?

— Pas du tout, et tu es ravissante, ce matin. Tu m'as manqué au petit déjeuner.

Elle s'approcha du canapé Chesterfield où il était assis, au milieu des feuillets étalés.

— Eh bien, en tant que femme mariée, je peux maintenant m'autoriser à déjeuner au lit. Et la soirée s'est terminée tard.

— Je l'avoue. Mais quel plaisir de recevoir Adam Fairley ! Je ne vois pas assez souvent mon vieil ami. Qu'as-tu pensé de son épouse ?

— Olivia est charmante et très belle. Elle me plaît beaucoup.

Daphné prit un fauteuil face à son père.

— Je voudrais te parler de quelque chose... qui me tracasse, reprit-elle.

— Te voilà bien sérieuse. Que se passe-t-il ?

— C'est au sujet de maman et toi. Quelque chose ne va pas ? J'aimerais comprendre.

— Ferme la porte, je te prie.

Elle s'exécuta puis revint s'asseoir et attendit la réponse de son père.

Il était plus beau que jamais ce matin-là. Depuis mai, il s'activait beaucoup à l'extérieur pour superviser l'élévation des nouveaux murs. Sa peau avait pris un léger hâle sous le grand soleil de ce mois de juillet et ses cheveux blonds s'étaient éclaircis, de sorte que ses yeux paraissaient encore plus bleus que d'ordinaire.

— Tu restes silencieux... dit Daphné au bout de quelques instants. Dois-je comprendre que vous êtes plus ou moins séparés ?

Charles soupira et étendit ses longues jambes.

— Eh bien... je ne sais par où commencer.

— Tu n'as qu'à tout lâcher d'un coup, papa. C'est ce que je fais quand j'ai quelque chose de difficile à évoquer, déclara-t-elle d'un ton solennel.

Il se mit à rire, pour la première fois depuis des semaines.

— Alors je vais suivre ton conseil... Ta mère m'a quitté le lendemain de l'enlèvement raté de Dulcie. Elle est partie pour Londres ce jour-là, si tu t'en souviens. La veille, elle m'avait annoncé qu'elle ne voulait plus vivre avec moi. Elle a même ajouté que nous pouvions divorcer si je le désirais.

— Je n'arrive pas à le croire ! s'écria Daphné. Pourquoi précisément ce jour-là, alors que nous étions tous tellement secoués ?

— A vrai dire, je ne comprends pas non plus. Ecoute, je t'ai résumé la chose en un mot, et j'aimerais que cela reste entre nous. Aucun de tes frères et sœurs n'a évoqué la situation ou ne m'a interrogé sur l'absence de ta mère.

— Bien sûr, papa. Si tu le souhaites, je n'en parlerai même pas à Hugo.

— Oui, je préférerais qu'il n'en sache rien pour le moment. Oh, je sais qu'il n'ébruiterait pas l'affaire ! Mais ce ne serait pas très gentil envers elle, tu ne crois pas ?

Daphné acquiesça, des larmes plein les yeux.

— Oh, pourquoi quitter un homme tel que toi ? Tu as toujours été si attentionné ! Tu es un bon époux et un bon père... Cela me dépasse ! conclut-elle dans un sanglot.

Charles se leva pour la serrer dans ses bras.

— Je vais bien, tu sais. Sur le coup, j'étais choqué, mais j'ai fini par me rendre à l'évidence. Allons, ma chérie, sèche tes larmes. Ta mère et moi avons partagé de nombreuses années de bonheur. Or parfois les gens changent et je crois que c'est le cas pour Felicity. En tout cas, ses sentiments envers moi ne sont plus les mêmes. Elle ne veut plus être avec moi d'aucune manière. Je n'ai pas tenté de la dissuader, parce qu'elle avait déjà commencé à changer depuis plusieurs années.

— De quelle façon ?

— Ma foi, elle est devenue... plus froide.

— Cette séparation n'est donc pas aussi soudaine qu'elle pourrait le paraître ?

— Non. Tout a commencé environ un an après la naissance de Dulcie, mais à l'époque j'ai fermé les yeux. Et je le regrette aujourd'hui.

— Penses-tu qu'il y ait... un autre homme ?

Charles rit pour la seconde fois.

— Je ne le crois pas, mais à dire vrai je n'en sais rien.

Daphné s'enhardit encore davantage :

— Et toi, tu n'as pas d'autre femme, sans doute ?

Il secoua la tête.

— Non, Daphné, répondit-il d'un ton sérieux. Je n'ai jamais trompé ta mère. Et je ne veux pas que cette situation t'inquiète, ni que tu te fasses du souci pour moi. Je suis bien moins en colère. Mieux vaut que nous vivions heureux et séparés, plutôt qu'ensemble et à couteaux tirés.

— Sache que je suis là si tu as besoin de moi, papa. Mais... que comptes-tu faire à présent ?

— Rien du tout. Laisser le temps œuvrer. Je n'ai aucune raison de divorcer, à moins que ta mère n'en fasse la demande. La gestion du domaine m'occupe beaucoup. Et cela ne risque pas de s'arranger si un conflit éclate. La guerre bouleverse tout.

50

Le 5 août 1914, Charles répéta à Charlotte cette sentence énoncée à sa fille deux semaines plus tôt.

— La guerre bouleverse tout. Le monde et les gens.

— Nous en parlions depuis si longtemps… et maintenant la voilà pour de bon. Pourtant, je n'y ai jamais vraiment cru. J'étais persuadée que nous passerions au travers.

Tous deux se trouvaient dans la bibliothèque de Cavendon. Plusieurs journaux étaient empilés par terre près du Chersterfield ; la veille au soir, la Grande-Bretagne avait déclaré la guerre à l'Allemagne, après que cette dernière eut envahi la Belgique.

— Les Allemands ont attaqué sans raison, expliqua Charles. C'est ce qui a fait pencher la balance pour notre gouvernement. Le Royaume-Uni ainsi que plusieurs autres grandes puissances ont juré de garantir la neutralité de la Belgique.

— Penses-tu que ce sera long ?

— J'en ai bien peur. Et Adam Fairley m'a prédit la même chose hier, après m'avoir annoncé la nouvelle. Il était déjà minuit passé, le journal venait de partir sous presse.

— Oh, tu l'as donc appris avant de le lire dans la *Gazette* ce matin ?

— Oui. Et bizarrement, je me suis presque senti soulagé de savoir enfin à quoi m'en tenir. C'est plus facile que de rester dans les limbes, à se ronger les sangs. Le gouvernement n'avait pas d'autre choix que de nous entraîner dans la bataille, j'en suis maintenant convaincu. Nous ne pouvions pas laisser les Allemands faire main basse sur les ports belges de la Manche. Si cela arrivait, notre supériorité maritime en serait menacée. Mais j'ai une entière confiance en Churchill et Asquith, ajouta-t-il afin de ne pas paraître trop pessimiste.

— Adam dit que la guerre sera longue... mais qu'entend-il par là ?

Charlotte se tordait les mains dans les plis de sa jupe. Des cohortes de jeunes gens partiraient au combat, la fleur au fusil. Hélas, rien ne les excitait tant que l'idée de la guerre.

— Ce sera une grande guerre, déclara Charles après un instant de réflexion. D'autres pays sont déjà impliqués. Oui... j'imagine très bien qu'elle puisse durer plus d'un an.

— Tant que ça ?

— Vois-tu, avec l'arsenal que les Allemands ont accumulé, ils sont capables de combattre des mois durant.

Il secoua la tête et se leva.

— Si nous allions maintenant faire le tour des ailes ouest et nord ? suggéra-t-il. C'était tout de même la raison de ta venue ce matin. Elles devront être opérationnelles si le gouvernement nous demande d'accueillir des soldats blessés. Ce qui ne saurait tarder.

Au matin du 6 août, l'Autriche-Hongrie avait déclaré la guerre à la Russie. Le 12 du même mois, la France et la Grande-Bretagne se lancèrent dans le conflit aux côtés de la Russie, leur alliée dans la Triple-Entente. Ainsi que Charles l'avait prédit, une grande, une terrible guerre s'annonçait. Certains disaient que ce serait la « der des der ». Mais pour Charles, rien n'était moins certain.

Dans les villes, les bourgs et les villages, des affiches furent collées aux réverbères, aux arbres, aux portes et aux murs. Elles couvraient la moindre surface disponible.

VOTRE PAYS A BESOIN DE VOUS, pouvait-on y lire. De nouveaux volontaires vinrent s'ajouter aux cent mille à avoir répondu présent la semaine précédente à l'appel de lord Kitchener.

Ce grand officier était bien plus qu'un héros des guerres coloniales. On le considérait comme une légende et tous les Britanniques se réjouissaient de sa récente nomination au poste de secrétaire d'Etat à la Guerre.

Naturellement, les affiches firent leur apparition dans les trois villages autour de Cavendon, et des bureaux de recrutement ouvrirent dans tout le Yorkshire.

Où que passât Charles, les gens lui demandaient dans quelle mesure la guerre les affecterait, et comment ils pouvaient se rendre utiles.

— Je crois que je vais organiser une réunion publique dans la salle paroissiale de Little Skell, déclara-t-il à Hugo et Daphné au milieu du mois d'août. Et ce, dès vendredi. Les villageois de Mowbray et High Clough y seront aussi conviés, de même que les employés du domaine. Il me semble important de leur parler et de répondre à leurs questions. Les femmes qui le souhaitent doivent venir. Elles ont autant que leurs maris le droit d'entendre ce que j'ai à dire.

Daphné et Hugo soutinrent son initiative.

— Ne crois-tu pas que tu devrais aussi parler au personnel du château, papa ? Pourquoi pas ce soir avant le dîner ?

— Excellente idée, ma chérie. Et d'ailleurs, nous nous adresserons tous ensemble à nos villageois, en tant que famille. Il nous faut emmener les enfants, y compris Alicia, sous la garde de Mlle Willis, ainsi que Dulcie avec Clarice. A propos, a-t-elle fait ses preuves ?

Daphné eut un petit rire.

— Oh, elle ne quitte pas Dulcie des yeux. Heureusement, la petite l'adore. Elles s'entendent comme larrons en foire, parce que Clarice la traite en adulte et lui demande son avis sur de nombreux sujets, et même les vêtements qu'elle voudrait porter. Sur ce front-là, tu n'as pas à t'inquiéter !

— Comptes-tu proposer à Felicity de revenir dans la région pour l'événement ? demanda Hugo.

— Non, je ne crois pas que cela l'intéresserait, répondit Charles. Diedre m'a appris que la comtesse était de nouveau très fatiguée. Quant à ma fille aînée, elle aime trop sa vie à Mayfair pour avoir envie de rentrer.

Dès que lady Gwendolyn entendit parler de cette réunion, elle déclara à Charles qu'elle serait offensée d'en être exclue.

— Je suis tout de même la doyenne des Ingham, rappela-t-elle à son neveu.

Charles convint volontiers que sa présence, en tant que matriarche du clan, était indispensable.

— Nous formons à nous tous une bien belle compagnie ! déclara Daphné à son père alors qu'ils se rassemblaient sur la terrasse le vendredi après-midi.

Guy, qui n'était pas encore reparti pour Oxford, s'était joint à eux. Lady Gwendolyn était assise sur une chaise de jardin et la jeune Clarice tenait la main de Dulcie. DeLacy et Miles se tenaient prêts au départ au pied des escaliers, en compagnie de Mlle Willis et d'Alicia.

— Celle-là, ce sera la vedette de la soirée ! s'amusa Miles en désignant sa nièce, qui se tenait fièrement assise dans le landau Silver Cross.

Toute la famille traversa le parc en direction de Little Skell. Poussant le landau, Mlle Willis ouvrait la marche aux côtés de Clarice et Dulcie. Charles sourit : sa benjamine voulait être la première en toutes circonstances.

Le comte les suivait, ainsi que Hugo, lady Gwendolyn, Daphné, DeLacy, Guy et Miles. La vue de sa famille l'emplit de fierté. Chacun d'entre eux avait une personnalité bien affirmée, dégageait savoir-vivre et confiance en soi. Comme ils étaient beaux !

Alors qu'ils approchaient de la salle paroissiale, une nuée de Swann les accueillirent : Charlotte, Alice, Cecily et Harry étaient là avec Walter, que Charles avait libéré avant l'heure.

Percy était venu avec Edna ainsi que leur fils de dix-sept ans, Joe, apprenti bûcheron. Son cousin Bill les accompagnait. A vingt-huit ans, ce dernier était chef paysagiste dans les jardins de Cavendon.

Les Ingham entrèrent dans la salle sous les vivats et les applaudissements de la foule. Lorsque la clameur se tut, Charles alla se poster face à ses villageois et s'adressa à eux de sa voix modulée. Ils étaient comme hypnotisés par son charisme.

— Chers amis, je suis venu en compagnie de ma famille pour vous parler de la guerre. Malheureusement, Madame la comtesse se trouve à Londres aujourd'hui et n'a pu se joindre à nous, mais elle vous transmet ses meilleures pensées, de même que notre fille, lady Diedre.

« Je crois que chacun ici connaît son devoir : il nous faut soutenir notre patrie à l'heure où elle en a le plus besoin. C'est ce que nous, habitants des trois villages, nous apprêtons à accomplir avec cœur et engagement, comme à chaque fois que ce pays a connu des périodes d'adversité.

« Je sais que lord Kitchener a déjà levé cent mille hommes, qui seront bientôt envoyés au combat dans les Flandres. L'armée recrute encore des volontaires de dix-huit à trente ans. Pour l'instant, seuls les célibataires sont appelés à s'engager. Tous ceux qui se sentent concernés doivent le faire.

« Nous vivons dans un pays de liberté individuelle et mon rôle n'est pas de dire à chacun ce qu'il peut ou ne peut pas faire. Néanmoins, je demande aux hommes mariés de bien réfléchir à leurs responsabilités familiales avant de prendre leur décision. Il serait sans doute plus sage d'attendre, au cas où la mobilisation deviendrait obligatoire pour eux par la suite.

« A présent, il faut que je vous fasse part de mon projet. Je suis en train de convertir deux ailes du château en salles d'hôpital. En effet, le gouvernement nous a informés que nous pourrions manquer de lits pour les blessés de retour du front. Ainsi, je prie tous ceux qui ont une expérience médicale de se signaler sans attendre. Mlle Charlotte commencera dès aujourd'hui à tenir une liste des personnes auxquelles nous pourrons recourir le cas échéant.

« D'autre part, puisque nous ne serons plus en mesure d'importer des denrées, la nourriture risque d'être rationnée. C'est pourquoi je recommande à nos fermiers de ne pas s'engager pour le moment, afin de continuer à cultiver nos terres.

« Pour conclure, je voudrais dire que nous devons nous serrer les coudes dans cette grande bataille, et que nous la gagnerons. A présent, écoutons Mlle Mayhew, qui va nous jouer l'hymne national. Ensuite, nous servirons des rafraîchissements.

Les bravos reprirent de plus belle, puis Viola Mayhew, l'organiste de l'église, martela les premières notes sur le piano. Toute la foule entonna alors le *God Save the King.*

Le chant fini, plusieurs hommes s'approchèrent pour demander conseil et poser les questions qui leur brûlaient les lèvres.

Comme toujours, le sixième comte de Mowbray écouta avec attention et répondit avec respect et bienveillance.

De leur côté, les villageoises se rassemblèrent autour des dames de Cavendon, mais surtout des enfants. Ainsi que l'avait prédit Miles, la petite Alicia remporta tous les suffrages.

Le 20 août, les quatre premières divisions de la British Expeditionary Force avaient fait la traversée de la Manche, suivies de deux autres début septembre.

Tous les navires arrivèrent à bon port, pas un homme ne fut tué. Ce fut un succès retentissant pour Winston Churchill.

La Grande-Bretagne sombra dans le conflit à une vitesse vertigineuse. Chaque citoyen était concerné d'une façon ou d'une autre. Et l'espoir que la guerre ne dure pas s'amenuisa de jour en jour.

Depuis le mois d'août, les canons n'avaient pas cessé de rugir. La nouvelle année arriva comme par surprise, et la victoire n'était toujours pas en vue.

Des centaines de milliers de jeunes gens étaient morts dans les labours imbibés de sang en France et en Belgique. Tandis que les cadavres s'amoncelaient, les blessés étaient rapatriés au Royaume-Uni, le pays pour lequel ils avaient si vaillamment combattu.

QUATRIÈME PARTIE

Le sang coule
Février 1916-novembre 1918

Nous, cette poignée, cette heureuse poignée d'hommes, cette bande de frères ;
Car quiconque aujourd'hui verse son sang avec moi
Sera mon frère.

William Shakespeare

Si je mourais, qu'il soit de moi mémoire,
Disant qu'un coin de champ à l'étranger
Est anglais pour toujours. La terre noire
S'enrichira d'un terreau moins léger ;

Terreau dont l'Angleterre a fait l'histoire
Avec ses fleurs, ses chemins passagers ;
Un corps d'Anglais dans son vivre et son boire
Et son soleil et son art de nager.

Pensez : ce cœur, que tout mal abandonne,
Battement d'absolu... pourtant redonne
A l'Angleterre un peu ce qu'il devait ;
La vue, le son, le bonheur dans les rêves,
Le rire des amis, la paix, sans trêve,
Dans la douceur d'un firmament anglais.

Rupert Brooke

51

Assise à son bureau dans le jardin d'hiver, Daphné établissait la feuille de route pour la journée. Elle jeta un coup d'œil à son agenda. Dimanche 28 mai 1916.

1916... songea-t-elle. Comment le temps avait-il pu passer si vite ?

La photographie de Guy et Miles accrocha son regard. Tous deux étaient si beaux, et si grands déjà ! Hugo avait pris ce cliché sur la terrasse l'été précédent. Miles était encore scolarisé à Eton, mais Guy combattait en France avec les Seaforth Highlanders, un régiment prisé de nombreux soldats originaires du Yorkshire.

Elle s'adossa à son fauteuil et ferma les yeux. Chaque matin et chaque soir, elle priait ainsi en silence pour que son frère rentre sain et sauf. Elle savait que son père en faisait autant. Charles avait tenté en vain de dissuader son fils aîné de s'engager.

Comme tous les Ingham, Guy était patriote, fier de son héritage et prêt à tout pour défendre son pays. Leur père avait fini par céder.

En réalité, le comte n'avait pas vraiment eu le choix. Guy était en âge de prendre ses propres décisions. Mais toute la famille s'inquiétait à son sujet. Les nouvelles du front étaient apocalyptiques et le bilan s'alourdissait de jour en jour.

Les deux ailes de Cavendon transformées en hôpital débordaient maintenant de soldats blessés.

Les meubles anciens, tableaux de maîtres et autres objets précieux avaient été entreposés dans les greniers, dont on avait descendu tous les lits disponibles. Pour subvenir à la demande, Charles avait dû en acheter de nouveaux.

Tout le personnel du château avait mis la main à la pâte pour effectuer les aménagements nécessaires.

Dès l'arrivée des premiers blessés, les femmes des trois villages étaient venues apporter leur aide aux côtés des Swann, tout comme Daphné elle-même.

Grâce à leurs efforts conjugués, leur hôpital de fortune marchait comme sur des roulettes. Le Dr Shawcross effectuait une tournée de temps à autre et Charles avait embauché plusieurs infirmières professionnelles. Il avait en outre acheté tous les équipements médicaux nécessaires.

Daphné vouait à son père une admiration sans bornes. Il gérait le domaine de son mieux, or la tâche n'était pas simple puisque tant de villageois étaient au front. Néanmoins, leurs épouses avaient pris le relais, souvent avec une grande efficacité, et les fermiers continuaient, bon an, mal an, à cultiver leurs terres. Les adolescents, trop jeunes pour s'engager, étaient eux aussi mis à contribution.

Daphné avait fini d'établir son programme. Ce jour-là était son jour de repos et elle pourrait prendre le temps de déjeuner en compagnie de son père et de son mari. Quant à DeLacy, elle était de service, de même que Cecily.

Elle sourit en pensant aux deux jeunes filles. Maintenant âgées de quinze ans, elles étaient toutes deux charmantes et bien décidées à apporter leur contribution à l'effort collectif. Elles préparaient les bandages, servaient des boissons aux patients, leur proposaient journaux et magazines, tiraient les draps et retapaient les oreillers. En un mot, elles étaient partout.

Cet après-midi-là, Alice assurerait la popote dans les cuisines de l'aile nord, agrandies pour la circonstance. Mme Thwaites l'assisterait, ainsi que Peggy Swift. Gordon et elle avaient tous deux conservé leur place au château après leur mariage.

Malcolm Smith, l'autre valet de pied, était parti depuis longtemps, préférant servir l'armée plutôt qu'une famille noble. Hanson n'était pas apte à porter les armes, et Percy Swann avait découvert qu'il souffrait de faiblesse pulmonaire lors du conseil de révision.

Les hommes mariés n'ayant pas encore été appelés, Walter Swann était toujours à Cavendon. Il avait promis à Alice de ne pas s'engager volontairement.

Daphné remerciait Dieu tous les jours : bien que l'envie de partir au combat le démangeât, son Hugo était resté auprès d'elle.

En parcourant son agenda, elle s'arrêta sur les noms de ses tantes, Lavinia et Vanessa, qui figuraient parmi les volontaires.

Les sœurs de son père se comportaient en vraies Ingham, prêtes à se rendre utiles. Vanessa rentrerait de Londres dès le mardi suivant et resterait tout le mois de juin pour travailler aux côtés de Lavinia.

Cette dernière avait révélé des dons d'infirmière insoupçonnés : elle était attentionnée, efficace, et très compétente. Elle ne semblait jamais fatiguée et faisait montre de tant de chaleur et de bienveillance que les soldats l'adoraient. Quant à Vanessa, elle ne perdait pas une occasion de les faire rire pour les aider à retrouver le moral.

Daphné était fière de sa famille, mais aussi des Swann et des villageois. Elle regrettait seulement que Diedre et Felicity ne participent pas à ce grand élan de solidarité.

Diedre ne mettait plus les pieds à Cavendon. Elle occupait désormais un emploi au ministère de la Guerre. Leur mère n'était pas revenue à Cavendon très souvent depuis son départ, en mai 1914. Elle ne donnait quasiment jamais de nouvelles. Felicity détestait que Cavendon soit transformé en hôpital et ne s'imaginait pas une seconde soigner les blessés.

A la surprise de Daphné, ses frères et sœurs ne semblaient pas attristés le moins du monde par l'absence de leur mère. Avant son départ pour le front, Guy était passé la voir dans sa toute nouvelle maison londonienne, mais ce n'était que pure politesse de sa part. N'avait-il pas reçu une éducation de gentleman ?

De son côté, Miles avait confié à Daphné que Felicity l'énervait, qu'il la trouvait frivole et inconséquente. La jeune femme n'aurait jamais pensé que quiconque utiliserait un jour de tels adjectifs pour qualifier leur mère.

Malgré son apparente indifférence, DeLacy était furieuse du départ de sa mère, « la pire démission dont elle ait jamais entendu parler ». Daphné était rassurée de savoir que les Swann entouraient sa jeune sœur, tout comme elle-même, de tendresse et d'affection.

A huit ans, Dulcie était toujours aussi indépendante, mais adorait sa nounou Clarice, qui avait entre autres réussi à lui inculquer quelques règles de vie en société. Et comme Felicity avait si souvent été absente depuis la maladie de sa sœur Anne, elle ne manquait pas vraiment à sa petite dernière.

Ni à papa, songea Daphné. A vrai dire, Charles n'en avait pas le temps. Il avait tant de choses à régler avec Jim Waters, l'administrateur, ainsi que les ouvriers du domaine… De plus, il rendait visite aux blessés aussi souvent que possible. Le travail, toujours le travail… Daphné ne put réprimer une moue désapprobatrice. *Trop de travail et pas de plaisir font de Jack un triste sire*, marmonna-t-elle. Elle savait que c'était pour son père un moyen de combler sa solitude et elle s'inquiétait pour lui.

Après y avoir inscrit les noms de tous les bénévoles, leurs jours de travail et la liste de leurs tâches pour la semaine à venir, Daphné referma l'agenda et se leva. L'heure du déjeuner approchait. Et cet après-midi, lorsqu'elle se retrouverait seule avec son mari, elle lui confierait un secret...

Dès qu'elle entra dans la salle à manger quinze minutes plus tard, elle comprit qu'il y avait un problème. Debout près de la porte, Charles et Hugo l'accueillirent avec des mines lugubres.

— Que se passe-t-il ? s'écria-t-elle, craignant le pire pour son frère Guy.

— Le gouvernement vient de promulguer un nouveau décret, expliqua Charles. Tous les hommes valides, célibataires ou mariés, vont être mobilisés. Le texte a été voté hier soir à la Chambre des pairs et a reçu l'assentiment du roi.

Daphné regarda tour à tour son père et son mari, la gorge nouée. Elle comprenait parfaitement ce que cette nouvelle impliquait.

Hugo s'approcha pour la prendre dans ses bras.

— Le service militaire est maintenant obligatoire, Daphné. Je vais être obligé de partir. Je n'ai pas le choix.

Elle s'agrippa à lui, laissant libre cours à ses larmes. Mais au bout de quelques instants, elle se ressaisit et s'essuya les yeux.

— Je comprends, dit-elle. Chacun doit accomplir son devoir. D'ailleurs, les Ingham ne pleurent pas. Ils répondent présent et gardent le cap.

— Voilà bien ma fille à moi ! s'écria Charles. Allez, asseyons-nous et essayons de manger, puisque Nell s'est donné tant de mal.

— Oui, il faut manger. Enfin… surtout moi. En effet, j'ai un secret, annonça-t-elle en se tournant vers son mari. Je voulais te le dire plus tard, et à toi aussi, papa. Mais voilà : je suis enceinte, Hugo. Nous allons avoir un deuxième enfant.

Ivre de joie, Hugo se leva, l'attira à lui avec force et l'embrassa.

— C'est merveilleux, mon amour ! Je n'arrive pas à le croire ! Et cette fois, quelque chose me dit que ce sera un garçon.

Charles l'étreignit à son tour.

— Toutes mes félicitations, Daphné. Je suis heureux pour Hugo et toi, et ravi à l'idée d'avoir un deuxième petit-enfant.

52

— Lord Mowbray ! s'exclama Alice en refermant la porte du four dans les cuisines de l'aile nord. Vous me cherchiez ? Comment puis-je vous aider, Monsieur ?

— Désolé de m'imposer ainsi, madame Alice, mais je ne trouve pas Mlle Charlotte. Personne ne sait où elle est.

— Elle m'a pourtant dit vendredi qu'elle était de service à l'infirmerie ce week-end. Elle sera chez elle pour une raison ou une autre...

— J'ai déjà essayé de la joindre par téléphone, madame Alice, mais personne ne répond.

Alice réfléchit un instant.

— Elle a dû rentrer se reposer, Monsieur. Elle est peut-être dans son jardin et n'entend pas la sonnerie. Voulez-vous que j'envoie Cecily lui transmettre un message de votre part ?

— Non, non. Ce ne sera pas nécessaire. Ce que j'ai à lui dire est plutôt urgent, autant que j'y aille moi-même. Mais merci, madame Alice. Votre poulet sent délicieusement bon. Nos pioupious vont se régaler !

— Merci, Monsieur. Nous nous efforçons toujours de leur servir quelque chose de bien nourrissant au dîner. Ils le méritent, après tout ce qu'ils ont vécu.

Charles souriait en descendant les marches de la terrasse : depuis quand n'avait-on pas vu le sixième comte de Mowbray dans une cuisine à Cavendon ?

Tandis qu'il traversait le parc en direction du village, il s'efforçait de maîtriser son anxiété. Il s'inquiétait pour Charlotte depuis une semaine. Elle paraissait épuisée, soucieuse, presque souffrante. Et tous deux étaient si occupés qu'ils avaient à peine eu le temps de se parler. La veille, il avait fini par la chercher, sans succès, et recommençait aujourd'hui. Il supposa qu'ils n'avaient cessé de se croiser sans se voir. Mais depuis le déjeuner, il était au bord de la panique. D'ordinaire, Charlotte l'informait de ses projets pour la fin de semaine.

Peut-être était-elle malade, toute seule chez elle ?

Il pressa le pas, persuadé qu'elle avait besoin d'aide. Par chance, son cottage se situait à l'entrée du village, tout près du parc du château. Lorsqu'il frappa à la porte quelques minutes plus tard, elle ne répondit pas. Il entra malgré tout.

— Te voilà enfin ! s'écria-t-il.

Perchée sur une échelle, elle était en train de redresser un tableau au mur du salon.

Charlotte ne l'avait pas entendu entrer. Elle fut si surprise par le son de sa voix qu'elle fit volte-face et perdit l'équilibre.

Charles vit son pied qui glissait, son corps qui basculait vers l'avant. Il se précipita, la rattrapa au vol et la serra contre lui.

Il vacilla, se remit d'aplomb. Elle n'était pas bien lourde, mais le choc de son corps contre le sien avait failli les précipiter par terre.

Sans la lâcher, il la regarda.

Elle leva la tête vers lui. Ils ne pouvaient plus se quitter des yeux, hypnotisés.

— J'étais mort d'inquiétude, dit-il d'une voix douce.

Avant d'avoir le temps d'y réfléchir, il se pencha et l'embrassa sans retenue. Elle l'enlaça à son tour et ils continuèrent à s'embrasser passionnément, comme s'ils cherchaient à étancher la soif inextinguible qu'ils avaient l'un de l'autre.

Le cœur de Charles battait la chamade, l'intensité de son propre désir le surprenait. Il avait si longtemps cru être impuissant...

Il ôta délicatement les quelques épingles qui retenaient son chignon. Les cheveux de Charlotte tombèrent en cascade autour de son visage, luxuriants et illuminés de reflets auburn. Il plongea les yeux dans les siens... merveilleux, translucides, de ce bleu-gris si étrange, si caractéristique des Swann. Et ce qu'il y vit le toucha au cœur. Il comprit qu'elle avait envie de lui, comme il avait envie d'elle. Et elle ne cillait pas.

Elle tendit la main, lui toucha la joue et la caressa tendrement. Il lui sembla que son cœur fondait. Il était en train de perdre le contrôle. Aucune autre femme n'avait provoqué en lui de telles sensations. Il était littéralement submergé.

— Et si nous nous trouvions un lit ? murmura-t-il dans ses cheveux. Nous avons déjà perdu trop de temps.

Charlotte le prit par la main et le conduisit à l'étage, vers son grand lit à baldaquin.

Tout à coup, il se figea, debout au milieu de la pièce, l'air interrogateur.

— Es-tu sûre de vouloir continuer ? Parce que si c'est oui, nous ne pourrons pas nous en tenir là. Pas moi, tout au moins. Et je vois que tu en as autant envie que moi. Mais si nous faisons l'amour maintenant, ça ne finira jamais. Ce sera pour toujours entre toi et moi, Charlotte Swann.

— Je le sais bien, Charles Ingham. Et il en a toujours été ainsi... entre les tiens et les miens.

Elle plaça les mains de chaque côté de son visage, l'embrassa avec passion. Et pour la première fois de sa vie, il fit l'expérience du désir partagé.

Après un long baiser, elle entreprit de se déshabiller. Charles l'imita, et en un clin d'œil ils se retrouvèrent nus, sur le lit.

Il s'appuya sur un coude pour la contempler. Ses longs cheveux se déployaient en éventail sur l'oreiller, la richesse de leur couleur accentuant encore la pâleur de sa peau. Il lui effleura le visage, subjugué par les proportions parfaites de son corps mince et élancé.

Il lui caressa les seins, descendit le long de son ventre, de ses cuisses. Elle avait la peau douce comme du satin. Tandis qu'il l'embrassait, sa main glissa vers le triangle soyeux qui se dessinait en haut de ses jambes, effleura sa féminité. Elle se raidit un instant, puis se détendit immédiatement. Et elle le laissa faire tout ce qu'il voulait. Car enfin elle était sienne, elle savait qu'ils s'aimaient, et rien d'autre n'avait d'importance.

Elle ne tarda pas à réagir à ses caresses. Il s'allongea sur elle.

— J'aimerais prolonger cet instant, savourer chaque partie de ton corps, dit-il d'une voix grave, chargée de désir et d'émotion. Mais j'ai trop envie de te prendre, d'entrer en toi.

— J'en ai envie aussi, Charles.

Elle respirait rapidement, et son ardeur décuplait la sienne.

Il l'embrassa de nouveau, passa les mains sous son dos, et la pénétra avec vigueur. Tandis que sa chaleur moite l'enveloppait, il se sentit comme aspiré dans un tourbillon de plaisir. Il s'immobilisa un instant, savourant cette sensation. Puis, alors qu'il se mettait à aller et venir, elle accompagna ses mouvements.

Charlotte se sentit fondre en Charles, comme consumée par sa chaleur. Son corps s'arqua pour aller à la rencontre du sien. Leurs cœurs tambourinaient à l'unisson. Alors qu'ils atteignaient le paroxysme au même moment, il s'agrippa à elle de toutes ses forces.

Charles tenait Charlotte dans ses bras, empli d'une sérénité qu'il n'aurait jamais imaginée. Un mélange de contentement, d'absence totale de souffrance... et de quelque chose d'autre, qu'il ne parvenait pas à définir.

Charlotte parla la première.

— Tu es bien silencieux.

— Je pensais à toi, et à ce sentiment de bonheur et de paix.

Elle posa sa tête sur son épaule.

— Pourquoi es-tu venu cet après-midi ?

— Je te cherchais depuis hier. Je voulais te voir, te parler, être avec toi. Comme je ne te trouvais pas, j'ai paniqué.

— Pourquoi donc ?

— Je m'inquiétais à ton sujet. Tu avait l'air souffrante depuis plusieurs semaines. Et hier déjà, tout le monde te disait de service à l'hôpital, mais tu n'y étais pas. Je dois avouer que j'ai cédé à l'angoisse.

Elle ne répondit pas tout de suite.

— Je me suis aperçue que je ne pouvais pas venir au château ce week-end, dit-elle enfin. Je n'y arrivais pas, alors je suis restée ici.

Charles se redressa.

— Que se passe-t-il, Charlotte ? Tu es malade ?

— Mais non...

Elle s'adossa à son tour aux oreillers et lui toucha le visage. Tout à coup ses yeux s'emplirent de larmes.

Il lui prit la main, l'air plus anxieux que jamais.

— Qu'y a-t-il ? Dis-moi, je t'en prie !

— Rien du tout. Ça passera.

— Je dois prendre davantage soin de toi. Tu travailles trop. Nous avons besoin de changer d'air. Allons à Londres, échappons-nous de Cavendon quelques jours…

Brusquement, il réalisa ce qu'il était en train de lui proposer. Il la prit par les épaules.

— J'ai besoin de toi. Je te veux à mes côtés. Je t'aime, ma Charlotte adorée, je t'aime tant !

Elle esquissa un faible sourire.

— Nous nous aimons depuis l'enfance…

— Laisse-moi reformuler ce que je viens de dire : *Je suis amoureux de toi.* Et toi de moi, n'est-ce pas ?

— Oui. Et je m'inquiète pour toi. Je sais que tu te sens aussi seul que moi, je me demande pourquoi nous ne sommes pas ensemble. C'est pour cette raison que je ne suis pas venue ce week-end. Je n'arrivais plus à supporter cette situation. C'était devenu une torture de te voir tous les jours, avec l'envie de te toucher, de te serrer contre moi. De te consoler, de te rendre heureux. Et de faire l'amour avec toi… Or rien de tout cela n'était possible.

Elle chassa quelques larmes du bout des doigts.

— Oh, ma chérie ! Ne pleure pas ! Nous avons été stupides. A plus de quarante ans, nous nous sommes comportés comme des enfants. Nous devons rester ensemble, saisir le bonheur qui nous est offert avant qu'il ne soit trop tard. Souviens-toi : je t'ai dit tout à l'heure que, si nous faisions l'amour, nous ne pourrions pas revenir en arrière, et tu as accepté. J'ai bien peur que tu ne sois prise au piège.

— Grâce à Dieu ! s'exclama-t-elle.

— N'est-ce pas le destin qui nous a réunis ?

— Tu ne crois pas si bien dire… Il y a plusieurs années, j'ai trouvé quelque chose dans un des vieux registres des Swann, et je m'en suis souvenue récemment.

— Les fameux registres des Swann... Les Ingham n'y ont pas accès. Mais qu'y as-tu trouvé ? As-tu le droit de me le révéler ?

Elle acquiesça.

— Je peux te parler de ce point particulier. C'est une note d'un certain M. Swann, et datée de 1876. Cet homme a eu une longue liaison avec une dame Ingham. Il a écrit ceci : *Les Swann sont forgés pour le fourreau des Ingham.* Penses-tu que ce soit vrai ?

Le regard canaille de Charlotte le fit éclater de rire.

— En l'occurrence, répliqua-t-il, ce serait plutôt l'inverse. *Les Ingham sont forgés pour le fourreau des Swann* ! Qu'en dis-tu ?

— C'est la pure vérité, déclara Charlotte en joignant son rire au sien.

Elle se leva, sortit une robe de chambre de son armoire.

— Et si nous descendions allumer un feu et boire quelque chose ?

— Bonne idée. J'aimerais bien disposer d'un peignoir ici. Puis-je en apporter un demain ?

— Ecoute... Je n'ai jamais rien volé de ma vie, mais après la mort de David, j'ai pris un de ses peignoirs dans son dressing de Cavendon...

— Pourquoi ?

— Parce que je voulais garder quelque chose de lui. Quelque chose que je pourrais porter.

— Est-ce que tu l'aimais ?

— Oui.

— Et il t'aimait aussi, n'est-ce pas ?

— Je le crois...

— Ne dis pas de bêtises, ma chérie. Je sais bien que oui ! Il t'aimait, j'en ai toujours eu l'intuition, et depuis peu c'est devenu une certitude. Il avait perdu deux épouses l'une après l'autre, il était seul... Après toutes ces années passées à travailler ensemble, comment aurait-il pu résister à une femme aussi belle, aussi intelligente que toi ?

— Je voudrais te préciser quelque chose d'important, Charles.

— Je t'écoute.

— Bien que j'aie commencé à assister ton père dès l'âge de dix-sept ans, nous ne sommes devenus intimes qu'après mes vingt et un ans sonnés. C'était un vrai gentleman.

— Oui, je le sais. Et moi aussi, j'ai quelque chose à te dire, Charlotte. Ta relation avec mon père ne m'a jamais gêné. Pas plus aujourd'hui que par le passé. Je voulais seulement que tu le saches. Je suis vraiment content qu'il ait pu partager un peu de bonheur avec toi.

— Dans ce cas, tu peux porter son peignoir en soie. Il t'ira parfaitement.

53

Charlotte et Charles descendirent au salon. Dans la cheminée, le feu était tout préparé et Charlotte n'eut qu'à craquer une allumette. Après avoir allumé quelques lampes, elle s'assit sur le canapé, tandis que Charles se chargeait de préparer deux verres de scotch allongé.

Il tendit le sien à Charlotte, puis s'installa dans un fauteuil en face d'elle. Elle lui lança un regard interrogateur.

— D'ici, je peux t'admirer à loisir, expliqua-t-il. Un chien regarde bien un évêque.

Elle se pencha pour trinquer avec lui.

— A nous ! firent-ils à l'unisson.

Charles se renfonça sur son siège, pensif.

— J'aimerais te dire quelque chose, mais c'est en rapport avec Felicity. Ça ne t'ennuie pas que je parle d'elle ?

— Mais non, pas du tout.

— Tout d'abord, je voudrais clarifier un point qui me tient à cœur. Je sais que des rumeurs ont circulé à Cavendon, concernant l'absence de ma femme. Au cas où tu ne l'aurais pas deviné, elle m'a bel et bien quitté.

— Oui... Au bout d'un certain temps, comme elle ne revenait toujours pas, hormis pour de brèves visites, j'ai fini par me douter que vous étiez séparés. Mais pourquoi est-elle partie ? Veux-tu me le confier ?

— Bien sûr. Felicity m'a déclaré qu'elle ne ressentait plus rien pour moi. Surtout sur le plan sexuel. Elle ne voulait plus que je dorme avec elle, et elle m'a annoncé que c'était fini entre nous.

— Ce sont ses propres mots ?

— Oui. Elle a été d'une froideur incroyable, tranchante même. Visiblement, elle n'éprouvait plus pour moi que du mépris. Quand elle m'a dit tout ça, je suis resté comme un imbécile, bouche bée, à la regarder sans savoir quoi faire.

Charlotte secoua la tête. Elle n'en croyait pas ses oreilles.

— Je ne comprends pas... Pourquoi une femme voudrait-elle quitter un homme tel que toi ?

— Tu n'es pas très objective, ma chérie ! Mais ce qui m'a le plus blessé, c'est qu'elle me l'a annoncé le soir où Dulcie a failli être enlevée. Je ne voulais que partager son lit, parler de ce terrible incident. Dès les premiers mots, son petit discours m'a laissé abasourdi. Mais par la suite j'ai compris qu'elle ne supportait plus fût-ce ma simple présence. Elle est partie le lendemain matin.

— Quelle horreur ! s'écria Charlotte.

Il avait dû se sentir si offensé, si humilié... Elle sentit une vague de colère monter en elle à l'égard de Felicity, mais prit soin de n'en rien laisser paraître. Prononcer des paroles négatives sur l'épouse de Charles constituait un terrain bien trop glissant.

— Ensuite, je lui ai rappelé que j'étais encore jeune et je lui ai demandé ce que j'étais censé faire, poursuivit ce dernier. Elle m'a répondu que j'étais libre comme l'oiseau.

Il adressa à Charlotte un regard suggestif qui la fit éclater de rire :

— Je suis heureuse que tu te sois posé dans mon nid, Charles Ingham. Très heureuse, même.

— Si je comprends bien, tout le château sait que ma femme m'a quitté ?

— Naturellement. C'est elle qui a déménagé à la cloche de bois, comme on dit. Et puis, n'oublie pas que tu es le sixième comte de Mowbray.

— Je ne l'oublie pas, mais où veux-tu en venir ?

— A ceci que tout le monde sur le domaine te respecte, t'admire et t'apprécie. Tu es une référence morale. En d'autres termes, les villageois et le personnel prendront toujours ton parti, Charles.

Il hocha la tête.

— Je voulais seulement que tu saches que je ne trompe pas ma femme en venant te voir.

Une lueur de malice brilla dans les yeux clairs de Charlotte.

— Tu n'avais pas besoin de le préciser, Charlie. Toi qui viens de vanter mon intelligence...

— Je sais, mais je n'ai jamais dévié d'un certain code moral et n'ai jamais eu de maîtresse... Enfin, je ne t'apprends rien, puisque les Swann savent tout !

Charlotte but une longue rasade de scotch.

— L'état de santé de Felicity a peut-être joué un rôle, dit-elle, sans en croire un mot.

— Non. Je me suis accroché à cette idée pendant quelque temps, de même que Daphné. Mais Felicity avait déjà commencé à changer il y a des années.

Le crépuscule tombait et Charlotte en profita pour fermer les rideaux un à un. Son esprit bouillonnait. Pouvait-elle rester assise sans rien dire face à cet homme qui avait toujours été son meilleur ami, dont elle était amoureuse depuis plusieurs années, et qui venait de devenir son amant ? Ne lui devait-elle pas la vérité ? D'un autre côté, il avait déjà tellement souffert...

— Qu'est-ce qui t'arrive ? demanda-t-il lorsqu'elle revint s'asseoir.

— Pardon ?

— Que signifie toute cette agitation autour des rideaux ? Tu me caches quelque chose, Charlie.

Elle secoua la tête et avala une nouvelle gorgée de whisky. Elle se sentait incapable de lui mentir, mais elle n'en eut pas besoin.

— Tu sais, je n'ignore pas que Felicity a un autre homme dans sa vie, annonça-t-il d'une voix égale.

— Comment le sais-tu ?

— Lavinia me l'a appris il y a environ six mois. Mais je m'en doutais. Une femme s'en va rarement du domicile conjugal sans se soucier de ses enfants, si ce n'est pour un homme. Surtout si c'est un homme qui a dix ans de moins qu'elle. Il a quitté son épouse et son poste à l'hôpital de Harrogate pour ouvrir son cabinet sur Harley Street. Alors elle l'a suivi à Londres.

— Et Lavinia, comment l'a-t-elle appris ?

— Elle les a vus ensemble. Mais leur relation faisait déjà jaser la bonne société. Comme je te l'ai dit, il est de dix ans son cadet, et l'affaire dure depuis des années. Depuis le premier anniversaire de Dulcie. Là encore, je suppose que tu étais au courant, ma chérie ? demanda-t-il en posant la main sur le genou de Charlotte.

— J'ignorais qu'elle avait rompu de façon aussi crue et brutale, ou ce qu'elle t'avait dit exactement. Je savais juste qu'il y avait un autre homme dans la vie de la comtesse, et qu'il était chirurgien.

— Qui d'autre est dans la confidence ?

— Walter et Alice, c'est tout. C'est Walter qui a vendu la mèche.

— Mon Dieu ! Mon valet est au courant de la vie sentimentale de ma femme ! Il ne manquait plus que ça !

— Olive Wilson lui en a parlé, Charles. Lorsqu'elle est venue chercher des vêtements pour la comtesse, il y a environ six mois.

— J'aurais préféré qu'il me le dise... murmura-t-il.

— Il y a des limites entre maîtres et valets que même les Swann ne franchiront jamais !

— Alors comme ça, les Swann et les Ingham peuvent forniquer ensemble, et par parenthèse ils ne s'en privent pas depuis des générations..., mais ne peuvent pas se confier les uns aux autres ?

— C'est ainsi. Enfin, je le suppose... Ce n'est pas moi qui écris les règles.

Elle se leva, s'agenouilla devant lui et le regarda bien en face. Comme il était beau ! Son visage dégageait une certaine douceur, avec ses traits fins, classiques et nobles. Il se comportait toujours avec savoir-vivre, bienveillance et compassion. Et elle n'avait jamais entendu quiconque médire de lui.

— Walter ne savait pas quoi faire, Charles. Il m'a parlé de son embarras. A plusieurs occasions, il a été sur le point de tout te répéter, mais il n'en a pas eu le courage. Aucun d'entre nous ne veut te faire de peine.

Charles déposa un baiser sur ses lèvres.

— Je n'en veux pas à Walter. D'ailleurs, aucun Ingham ne s'est jamais mis en colère contre un membre de la famille Swann. Olive Wilson lui a-t-elle révélé quelque chose d'autre ?

— Elle désapprouve la conduite de Madame la comtesse, et n'est plus aussi heureuse de la servir qu'au début. Mais elle a besoin de ce travail...

Charlotte préféra passer sous silence les détails sordides qu'Olive avait révélés à Walter. Charles n'insista pas.

— Est-ce que tu m'invites à dîner ? demanda-t-il.

— Oui, mais que pensera Hanson si tu ne rentres pas ?

— C'est le cadet de mes soucis. Néanmoins, je vais envoyer un garçon du village pour le prévenir que je suis chez toi, au cas où il me chercherait.

Elle s'aperçut qu'il se retenait à grand-peine d'éclater de rire. Soudain, il n'y tint plus. Sa gaieté était si contagieuse que Charlotte finit elle aussi par y céder.

— Eh bien quoi ? demanda-t-elle lorsqu'ils se furent calmés.

— J'ai maintenant quarante-sept ans. Je suis le sixième comte de Mowbray… et tu me demandes comment je compte expliquer à mon majordome où je me trouve ? Figure-toi que je ne suis plus l'écolier de dix ans que tu menais à la baguette !

— Je ne t'ai jamais mené à la baguette ! Et je ne pensais qu'à éviter les commérages.

— Oh, merde aux commérages ! Pardon… Je sais que tu n'aimes pas que je jure.

— Tu peux bien jurer tant que tu veux, rétorqua Charlotte sans s'émouvoir.

— Je passerai la consigne à Hanson : si quelqu'un me cherche, il n'aura qu'à répondre que je suis sorti. Il est d'une loyauté à toute épreuve.

— Walter aussi, Charles. Je t'en prie, ne sois pas fâché contre lui.

— Puisque je t'assure que je ne le suis pas…

Il laissa échapper un soupir puis reprit :

— J'ai de mauvaises nouvelles pour toi, Charlie. Tous les hommes valides vont être appelés. La mobilisation est maintenant générale.

— Mais… pas toi, n'est-ce pas ? s'alarma-t-elle.

— Je suis trop vieux, et j'ai une mauvaise vue.

— Tu n'es pas trop vieux à mon goût et il n'y a pas de plus beaux yeux que les tiens. Je suis heureuse que tu restes.

— Une grande partie des villageois et des employés doivent y aller, dit-il d'un air lugubre.

Et en effet, ils furent des dizaines à partir pour le front.

54

Le jour que Daphné redoutait tant finit par arriver. Hugo devait quitter Cavendon pour le camp d'entraînement de Catterick, et de là embarquer en direction du front.

Elle s'était levée tôt, afin de lui parler en tête à tête, avant le petit déjeuner en compagnie de Charles.

Hugo la trouva dans la petite bibliothèque qu'elle avait aménagée à son intention deux ans plus tôt. En entrant, il fut plus que jamais ébloui par sa beauté. Oui, sa Daphné était toujours sublime... Mais elle était ce jour-là entourée d'une aura qui le bouleversait.

Elle se leva à son arrivée :

— Que dirais-tu d'une courte promenade ? Jusqu'à la roseraie ?

— Pourquoi pas ?

Main dans la main, ils se dirigèrent vers le hall. Elle désirait sans doute aborder un sujet confidentiel... ou particulièrement sensible. Personne ne pourrait les entendre dans les jardins.

En effet, le parc était désert. Une grande partie des employés étaient déjà partis. Mais pour lord Kitchener, les troupes n'étaient jamais assez nombreuses ; les hommes se faisaient tuer par milliers.

Il tenta de chasser ces pensées macabres tandis qu'ils descendaient les marches et s'asseyaient sur les chaises en fer forgé. Daphné n'avait pas lâché sa main. Et dire qu'il devait la quitter pour son roi et sa patrie... sans certitude de retour ! L'idée qu'il ne la reverrait peut-être jamais lui était intolérable. Et que deviendrait-elle sans lui ?

Le rose de sa robe se fondait dans celui des fleurs qui les entouraient. Il enregistra cette image parfaite et sut qu'il pourrait se la remémorer sur le champ de bataille. Tout comme l'enfant qu'elle portait, elle l'aiderait à tenir le coup.

— Hugo, il faut que je te dise quelque chose de très important, commença-t-elle, ses yeux couleur de bleuet fixés sur lui.

Il ne lui avait encore jamais vu un air aussi sérieux.

— Je t'écoute, ma douce, répondit-il, se préparant au pire.

— Tu m'as aimée au premier regard. Ce sont du moins les mots que tu as employés. Et lors de notre lune de miel à Paris, j'ai à mon tour ressenti un véritable coup de foudre. Oh, pas pour la ville, mais bien pour toi, Hugo... Sache que je suis tombée amoureuse à ce moment-là. Je t'aimerai toujours, de tout mon cœur. Et tu reviendras, j'en ai la certitude.

Les yeux de Hugo s'emplirent de larmes. Il la prit dans ses bras et la serra contre lui, s'enivrant de son parfum, un mélange de rose et de jacinthe qui n'appartenait qu'à elle.

— Tu as raison, Daphné. Je reviendrai. Une longue vie, de nombreuses joies m'attendent encore. Et je suis heureux que tu sois tombée amoureuse de moi lors de notre lune de miel. Je l'avais senti à l'époque.

— Nous allons avoir cinq enfants, murmura-t-elle.

Il lui sourit, le regard empli d'amour.

— Et pourquoi pas six ?

— Parce que Genevra l'a prédit. Je l'ai suppliée de me dévoiler la signification des sept cœurs sur le morceau d'os, mais elle ne voulait rien entendre. Alors je lui ai expliqué que tu partais à la guerre, que j'avais peur pour toi. Elle a fini par me dire que nous aurions cinq enfants en tout. Les autres cœurs nous représentent tous les deux. Je crois à sa prophétie, Hugo, j'y crois vraiment.

— Moi aussi, ma chérie, dit-il pour s'en convaincre lui-même.

— A présent, il faut que je te fasse une sorte de confession. Je ne l'ai encore raconté à personne. Tu dois me promettre de garder le secret toute ta vie.

— Je ne te trahirai pas, et je suis prêt à entendre.

Daphné prit une profonde inspiration.

— Quand mes parents ont appris que j'avais été violée et que j'étais enceinte, ils ont immédiatement conclu que mon agresseur était Julian Torbett. Nous nous connaissions bien et je m'étais rendue à Havers Lodge cet après-midi-là. Or Julian n'était pas au manoir. Et l'agression a eu lieu sur le chemin du retour, dans le bois aux campanules. Le violeur, c'était Richard Torbett, son frère. J'ai laissé mes parents croire que Julian était le coupable, puisqu'il était mort entre-temps. Et c'est pour la même raison que je t'ai menti aussi.

— Dieu tout-puissant ! Torbett n'est-il pas toujours en vie ? Daphné, tu es peut-être en danger ! Il pourrait revenir ! Et notre Alicia ? Il pourrait vouloir la reprendre !

— Non, Hugo. C'est ton enfant, et je ne laisserai personne dire le contraire. Ni nous l'enlever.

— Est-ce que cette ordure est toujours ici ? Ou bien vit-il à Londres ?

— Ni l'un ni l'autre. Voilà un an qu'il s'est engagé.

— Comment le sais-tu, Daphné ? As-tu enquêté à son sujet ? C'est bien trop dangereux !

— Rassure-toi, je l'ai appris par hasard. Nell a rencontré la cuisinière des Torbett, Annie Thorpe. Elle s'est lamentée sur le fait qu'il n'y avait plus de jeune maître au manoir avec les deux frères de Julian partis combattre les Boches, comme elle les appelle.

— C'est Nell qui te l'a dit ? s'étonna-t-il, sachant que Daphné ne se rendait jamais dans les cuisines.

— Non, elle l'a répété à Hanson, qui l'a dit à Mlle Charlotte, qui l'a dit à mon père… Qui me l'a dit, juste en passant, alors que nous parlions des uns et des autres. Les nouvelles vont vite, par ici.

Daphné reprit la main de son mari.

— Là où il est, il ne peut pas nous faire de mal.

— J'espère bien qu'il prendra une balle allemande ! Et si jamais je le croise, je le tuerai de mes propres mains ! s'écria Hugo, hors de lui.

Daphné l'enlaça et le garda serré contre elle jusqu'à ce qu'il ait retrouvé son calme.

— Me pardonnes-tu de t'avoir menti, de t'avoir caché ce terrible secret ?

— Bien sûr, Daphné chérie, ma si belle et si douce épouse… Tu as fait ce qui te semblait juste à l'époque. Et tu as raison : nous ne devons plus y penser, mais nous tourner vers l'avenir et croire en la prédiction de Genevra.

— Il y a encore autre chose. Tu souhaitais me parler de tes affaires et de ton testament avant ton départ. Papa m'a dit qu'il avait connaissance de tes différents investissements, et que tu l'avais mis en contact avec Jill Handelsman. C'est donc lui qui l'appellera toutes les semaines, et qui gérera tes portefeuilles pour moi.

— Je suis heureux d'apprendre que les choses s'arrangent ainsi. Mais j'aurais pu tout t'expliquer, si tu le désirais.

— Non. Et je ne veux surtout pas entendre parler de ton testament. Car tu me reviendras, mon amour. Je crois Genevra. Elle a le don.

Elle lui prit la main :

— Touche ! Tu sens cette petite bosse ? C'est le bébé, notre bébé. Ton fils, Hugo ! Oh, choisissons tout de suite un prénom, afin de pouvoir parler de lui comme il se doit en attendant sa naissance !

— Excellente idée ! approuva Hugo en lui caressant doucement le ventre. Que penses-tu de Charles ? En l'honneur de ton père et de mon meilleur ami !

— C'est un très beau nom. Nous devrions le lui annoncer au petit déjeuner.

— Mais si c'est une fille ?

— Alors il faudra l'appeler Charlotte, parce que Mlle Charlotte a été si bonne avec moi.

— C'est déjà l'un des prénoms d'Alicia...

— Oui, mais nous ne l'utilisons jamais. Alicia reste Alicia, et nous ne l'appelons pas autrement.

— Tu as raison.

Hugo garda la main sur le ventre de sa femme. Pendant quelques instants, ils se permirent de rêver au moment où ils seraient de nouveau réunis. Hugo prit soin d'imprimer ce moment précieux dans son cœur et dans sa mémoire. Son souvenir lui redonnerait courage, lorsqu'il risquerait sa vie sur le champ de bataille.

55

Le lieutenant Hugo Stanton, commandant de peloton dans le 2e bataillon du Yorkshire Regiment, était assis sur une caisse de boîtes de corned-beef. C'étaient là leurs dernières rations. Tout le reste avait été englouti dans la boue de la tranchée.

Fouillant dans sa poche, il y trouva un paquet de cigarettes, en alluma une et aspira profondément la fumée.

Il était si las… A trente-six ans, il lui semblait en avoir au moins cent. Tout cela n'avait que trop duré. Onze mois de trop. On était maintenant en juillet 1917, et ni les Britanniques ni leurs alliés n'avaient avancé d'un pouce vers la victoire.

L'année précédente, alors qu'il faisait ses classes à Catterick, il avait reçu un appel de Charles. Même éploré, son cousin gardait une totale maîtrise de lui-même. Un télégramme du ministère de la Guerre venait de l'informer que Guy manquait à l'appel et était tenu pour mort. Cependant, Charles continuait d'espérer qu'on le retrouverait, blessé, dans l'un des hôpitaux de Verdun. A moins qu'il n'ait été fait prisonnier par les Allemands…

Hugo avait ensuite parlé à Daphné. Elle aussi gardait espoir et priait pour que son frère soit en vie. Quelle merveille d'entendre sa voix, et d'avoir d'autres nouvelles de la famille ! Mais après avoir raccroché, il avait gardé de cet appel un goût amer.

Hugo soupira. La mort de Guy était plus que probable. Nul n'ignorait ce qui s'était passé à Verdun.

L'année précédente, les Allemands avaient attendu les Britanniques de pied ferme aux portes de la ville.

Lors des bombardements préliminaires, leurs armées étaient restées à l'abri de bunkers souterrains. Après la canonnade, ils étaient donc sortis indemnes pour faire face à l'assaut des troupes britanniques, qu'ils avaient décimées à coups de mitrailleuses.

Ensuite, le général Haig avait lancé le deuxième assaut. Rien que le premier jour, on dénombra vingt mille morts et le double de blessés ou disparus. Cependant, les tommies continuèrent à se battre malgré un bilan de plus en plus lourd. C'était une cause perdue. A la mi-novembre, le combat cessa. Six cent quinze mille hommes manquaient dans les rangs alliés, morts, blessés, prisonniers ou disparus. Guy Ingham était peut-être de ceux-là.

Thompson, le major à la tête de son régiment, avait raconté tout cela à Hugo le jour de son arrivée. Tant de vies perdues... une véritable boucherie. Si Guy avait effectivement participé à cette bataille, les chances de le retrouver vivant étaient infimes.

Le major lui avait relaté bien d'autres histoires à faire dresser les cheveux sur la tête, et Hugo était maintenant depuis assez longtemps aux premières loges pour juger par lui-même de l'horreur de cette guerre. Au moins n'avait-il pas intégré la cavalerie, comme il l'avait d'abord envisagé. Les chevaux étaient en permanence menacés par les tirs, les bombardements, les barbelés, les maladies et la boue.

Quelques jours après son arrivée sur le front de la Somme, le major lui avait demandé d'abattre trois chevaux, empalés sur des barbelés, et de tenter d'en sauver plusieurs autres qui se noyaient dans la boue.

Pour Hugo, qui avait grandi aux côtés de ces animaux dans le haras paternel, de telles scènes étaient insoutenables. Les pauvres bêtes, éventrées par les crochets de métal, se vidaient de leur sang. Il n'avait pas hésité à tirer pour abréger leurs souffrances.

Quelques victoires lui avaient cependant redonné espoir. En avril 1917, le Canadian Corps, aile droite de la 1re armée britannique, avait repris aux Allemands la crête de Vimy, près d'Arras.

Les Canadiens avaient fait preuve d'un courage exemplaire et leur avaient enfin fourni une occasion de se réjouir. Mais depuis quelques semaines, Hugo ne savait plus que penser. Au mois de mai, le major Thompson l'avait informé que le ministère français de la Défense avait appelé à cesser le combat sur la Somme, en raison de mutineries dans de nombreuses unités. Les Français étaient à bout.

« Désormais, c'est à nous de jouer, avait déclaré Thompson la veille. Le poids de la guerre nous retombe dessus. Il n'y a plus que nous, Britanniques, pour défendre le front occidental. »

Les neuf divisions du général Herbert Plumer, commandant de la 2e armée, avaient remporté en juin le bastion allemand de Messines, à l'aide de plus de cinq cents tonnes de TNT placées sous la crête. Mais Hugo ne doutait pas que les représailles seraient terribles et se demandait ce que l'ennemi pouvait bien leur réserver.

En attendant, il était assis, le fusil sur les genoux, au fond d'une tranchée boueuse devant la ville d'Ypres. Il avait mené tant de batailles au cours des derniers mois qu'il les mélangeait toutes.

Jusque dans son sommeil, il entendait avec précision le bruit du métal contre le métal, et la voix qui criait : « Baïonnette au canon ! » Aussitôt, ils étaient sur pied pour le corps-à-corps avec les Allemands.

Et le rugissement des canons continuait à résonner dans sa tête alors même qu'ils avaient cessé de tirer.

Hugo s'adossa à la paroi de la tranchée, ferma les yeux pour occulter la guerre. Il revit Daphné dans la roseraie de Cavendon. Ce matin-là, elle lui avait demandé de lui toucher le ventre, et il se souvenait encore de la douceur de sa robe de satin.

De cette bosse à peine perceptible était né un garçon, maintenant âgé de sept mois. La pensée de Charles Hugo Ian Ingham Stanton lui réchauffa le cœur. Hugo se prit à rire tout seul. Encore un bien grand nom pour un si petit enfant !

Cette matinée de juin resterait à jamais gravée dans sa mémoire. Daphné était si belle, si aimante... Mais ce qu'elle lui avait révélé sur Richard Torbett l'avait bouleversé. Après avoir abusé d'elle, le scélérat avait menacé de tuer sa mère et sa sœur si elle parlait... En y repensant, il sentait encore la rage monter en lui, amère comme de la bile.

Hugo laissa tomber son mégot et l'enfonça dans la boue du talon de sa botte. La puanteur insoutenable qui s'en éleva le fit grimacer. Il ne s'agissait pas que de terre mouillée. Le sang des hommes s'y mêlait à celui des chevaux, le crottin aux excréments et aux boyaux de pauvres bougres... Il se mit à tousser.

— C'est c'te foutue boue, déclara le soldat Robby Layton qui s'approchait de lui. Si les balles nous tuent pas, la boue s'en chargera. Tenez, mon lieutenant, je vous ai apporté une tasse de thé.

— Merci, Layton, dit Hugo en acceptant avec gratitude le quart en fer-blanc.

Le liquide était chaud, fort et sucré à souhait.

— Z'avez rien remarqué, mon lieutenant ?

— Non, de quoi parles-tu ?

Hugo regarda autour de lui ; c'était la fin de la matinée, le temps était doux et le ciel couvert.

— On n'entend plus rien. Ces maudits canons ont arrêté de tirer.

— Bigre, mais tu as raison ! s'exclama-t-il en souriant. J'étais perdu dans mes pensées, je ne me suis rendu compte de rien.

— Vous pensiez à vot' dame, pas vrai, mon lieutenant ?

— Tout juste... Au fait, où est passé le sergent Crocker ? Je ne l'ai pas vu depuis près d'une heure.

— J'en sais rien, mon lieutenant, mais je vais vous le chercher, si vous voulez.

Hugo secoua la tête.

— Pas la peine. Est-ce que tu as vu le major Thompson aujourd'hui ?

— Non, mon lieutenant. Je crois qu'il était au QG toute la matinée. Ça s'est un peu calmé, vous savez.

— Prions Dieu pour que ce ne soit pas le calme avant la tempête... marmonna Hugo en se levant.

C'est à ce moment que tout se déchaîna. Tirs soutenus, départ des canons, explosion des obus, crépitement des mitraillettes. Cela venait de partout à la fois. Les Allemands avaient déjà commencé à traverser le no man's land au pas de course.

— Nom de Dieu ! beugla le soldat tandis que Hugo et lui les regardaient arriver. On a les Boches au train !

— Ou plutôt en travers de la gorge... Baïonnette au canon ! hurla Hugo à ses hommes qui accouraient. On passe par-dessus bord, les gars. Et tenez bon jusqu'au bout !

Un corps-à-corps impitoyable s'engagea. Autour de Hugo, les hommes tombaient comme des mouches. Allemands et Britanniques poussaient en mourant les mêmes cris d'agonie, qui déchiraient l'air d'été.

Pendant ce temps, les explosions semblaient ne jamais devoir cesser. L'ennemi, supérieur en nombre et en armement, paraissait quasi invincible.

Hugo combattit vaillamment, avec pour seul objectif de rester en vie, priant pour que ses gars en fassent autant. « Sauvez votre peau ! » leur avait-il martelé.

Puis, au moment précis où il pensait ne plus pouvoir continuer et craignait de s'effondrer de fatigue, il entendit un son étrange, qu'il ne reconnaissait pas au milieu des tirs. Le bruit s'amplifia, devint une sorte de grondement. Tout à coup, les Allemands battirent en retraite et rejoignirent leurs tranchées aussi vite qu'ils en étaient sortis.

Hugo resta figé sur place.

— Voilà les « Filles de l'enfer », mon lieutenant ! lança le sergent Crocker derrière lui.

Et en effet, sur sa gauche un imposant contingent écossais marchait dans leur direction, kilts au vent. Le chant plaintif de leurs cornemuses emplissait l'air, et il n'y avait pas de musique plus gaie aux oreilles de Hugo. Les Seaforth Highlanders arrivaient à la rescousse !

— Pour moi, ce sont désormais les « Anges de l'enfer », sergent !

56

Après l'arrivée des Seaforth Highlanders, le peloton de Hugo connut quarante-huit heures de répit. Les deux camps soignaient leurs blessés, enterraient leurs morts et se remettaient sur pied.

Toujours sur le qui-vive, Hugo devinait que les Allemands pourraient revenir à la charge d'un moment à l'autre. Il envoya son sergent et une équipe de quatre hommes en reconnaissance.

Moins d'une heure après, ils sautaient dans la tranchée.

— Mon lieutenant, on ferait mieux de se préparer, dit Crocker. Ces salauds fourbissent leurs armes. Ils frapperont sans doute demain ou après-demain.

— Faites ce que vous avez à faire, ordonna Hugo.

Un peu plus tard dans l'après-midi, Crocker revint au QG.

— On a trouvé des traînards, mon lieutenant. Ils viennent d'arriver dans la tranchée. Voulez-vous les interroger ?

— Je viens, répondit Hugo en soupirant. Vous les soupçonnez de chercher à déserter ? C'est bien ça, Crocker ?

— Euh... Non, mon lieutenant. Enfin... je n'en sais rien. On dirait juste trois tommies qui ont été séparés de leur régiment.

— Tel que je vous connais, vous avez déjà relevé leur grade, leur matricule et tout ?

— Oui, mon lieutenant. J'ai tout marqué.

— Quels régiments ?

— Deux des Lancashire et un des West Kent.

— Leurs noms ?

— Les soldats Arthur Jones et Sam Tylers, des Lancashire. Et un certain lieutenant Richard Torbett, des West Kent.

Hugo se figea.

— Richard Torbett... répéta-t-il.

Tout à coup, son cœur se mit à battre à toute vitesse, le sang lui monta au visage. Le violeur en personne, livré à sa merci !

Je vais le tuer. Je jure que je vais descendre ce salaud ! Et venger Daphné.

Il entendit vaguement la voix de Crocker.

— Est-ce que vous allez bien, mon lieutenant ?

— Mieux que jamais, Crocker, répondit-il en reprenant ses esprits. Est-ce qu'ils sont blessés ?

— Les deux gars des Lancashire semblent sur le point de s'effondrer.

— Prenez Layton et Macklin, et allons-y. Ce Torbett ? Il est blessé ?

— Non, mon lieutenant.

Tandis que Crocker sortait de la tente, Hugo mit son revolver dans sa poche et suivit le sergent jusqu'au secteur où leur peloton se tenait retranché.

Hugo ignora complètement le lieutenant Torbett et se contenta de poser quelques questions clés aux deux simples soldats. Satisfait de constater qu'il s'agissait bien de traînards séparés de leur bataillon, et non de déserteurs, il les congédia sous la garde de Layton et Macklin.

Puis il se posta devant Torbett et le détailla rapidement. Haute taille, la petite trentaine, le teint mat. Il n'était pas très beau, plutôt d'apparence falote et ordinaire. Insignifiant.

Hugo lui demanda dans quelles circonstances il avait été isolé de son unité puis, après lui avoir posé les questions d'usage, dit à brûle-pourpoint :

— Ne seriez-vous pas originaire du Yorkshire, par hasard ?

Pour la première fois depuis le début de l'interrogatoire, Torbett se détendit. Une lueur de curiosité brilla dans ses yeux.

— En effet, mon lieutenant. Pourquoi cette question ?

— Votre nom m'est familier. La résidence de votre famille n'est-elle pas Havers Lodge, sur le domaine de Havers ?

— Ma foi, oui ! répondit Torbett, avec un grand sourire.

Brusquement, Hugo le saisit par le bras, sortit son arme de sa poche et la lui braqua sur le front.

— Espèce de salopard ! gronda-t-il d'une voix sourde. Fils de pute ! Tu as violé une jeune fille ! Je vais te descendre, ça t'apprendra à bousiller la vie d'une innocente... Une balle dans la tête, c'est encore trop gentil !

— Holà, mon lieutenant, calmez-vous ! hurlait Crocker. Baissez votre arme ! Je vous en prie, mon lieutenant. Il n'en vaut pas la peine ! Vous passerez en cour martiale si vous pressez la détente !

— Rien à foutre ! Il doit crever pour ce qu'il a fait ! cria Hugo sans se retourner.

Tremblant de la tête aux pieds, Torbett urina dans son pantalon. Et comme toutes les brutes épaisses, lorsque la situation se retourne contre elles, il se mit à supplier :

— Ne me tuez pas ! Je vous en prie, ne me tuez pas...

Hugo arma son revolver.

— Je vais te descendre ! répéta-t-il.

— Je vous en prie, mon lieutenant... disait Crocker.

Le sergent vouait une profonde admiration à son supérieur, si humain et si loyal. Il ne savait plus que faire pour l'empêcher de commettre un acte irréparable, qui, la guerre terminée, condamnerait son avenir.

Torbett se mit à crier :

— Elle n'arrêtait pas de me provoquer ! Ce n'est pas de ma faute ! C'est elle qui m'a séduit !

— Sale menteur ! siffla Hugo entre ses dents. Tu la traquais. Elle, et d'autres femmes. Même des petites filles ! C'était toi, le rôdeur qui traînait tout le temps sur la propriété des Ingham. Je le sais. Tu as été identifié !

Torbett tremblait toujours.

— Je ne pensais pas à mal, gémit-il, au bord des larmes.

— Eh bien, c'est raté, connard ! Que comptais-tu faire de la gamine ? Dis-moi la vérité et je ne te tuerai pas. Rien que pour cette information, Torbett, je suis prêt à te laisser la vie.

— Rien du tout... Je voulais juste l'emmener voir les campanules. Après, je l'aurais laissée repartir.

— Menteur ! Tu allais la violer, tout comme sa sœur. Tu dois crever !

— Mon lieutenant, baissez votre arme, commanda Crocker d'une voix calme et ferme.

De peur qu'un mouvement brusque ne le fasse appuyer sur la détente, il n'osait pas approcher.

Hugo ne répondit pas. Torbett pleurnichait.

— Il n'en vaut pas la peine, mon lieutenant, continua Crocker. Laissez ce pistolet. Je vous en prie, pensez à votre dame, à vos enfants. Par pitié, ne vous abaissez pas à son niveau. Vous valez mieux que ce couard.

Hugo ne lâchait pas Torbett, le regard vissé au sien. Ses traits étaient figés en un masque implacable.

– Pour l'amour de Dieu, ne tirez pas, lieutenant Stanton. Vous passeriez en cour martiale. Réfléchissez, mon lieutenant. Vous êtes un officier, un gentleman. Et pensez à votre dame, à votre lady Daphné !

Et au nom de Daphné, Hugo revint à lui.

Il devait rentrer pour la retrouver. Que deviendrait-elle, sinon ? Elle avait besoin de lui. Ses enfants avaient besoin de lui. Charles avait besoin de lui.

Avec une lenteur infinie, Hugo Stanton baissa son arme.

— Lâchez-lui le bras, mon lieutenant.

Hugo obéit.

Torbett se dégagea, mais dans ses yeux se lisait encore la terreur.

— Courez, Torbett ! hurla Crocker. Sauvez-vous ! Suivez cette tranchée et trouvez un autre régiment !

Il n'y eut pas besoin de le lui répéter. Torbett prit ses jambes à son cou... sans savoir qu'il se précipitait vers la mort.

Enfin, Hugo se retourna vers son sergent.

— Merci, Crocker. Vous m'avez aidé à dessaouler.

Il plissa les yeux en suivant Torbett du regard.

— Mais... il court en direction des lignes allemandes. Vous l'avez envoyé du mauvais côté.

— Non, mon lieutenant, répondit Crocker, impassible. C'est le bon côté. Je l'ai envoyé en enfer, comme il le mérite.

A cet instant, les fusils allemands se déchaînèrent, une détonation assourdissante retentit au bout de la tranchée, la mitrailleuse fit entendre son « ratatata » caractéristique.

— Et voilà, mon lieutenant, il est foutu. Torbett est en charpie.

Crocker prit alors Hugo par le bras et le raccompagna au QG.

Le régiment du Yorkshire était encore stationné aux portes d'Ypres quand les pluies du mois d'août transformèrent le secteur en une mer de boue. Puis la division de Hugo s'approcha de Passchendaele, où la situation empira. En effet, les bombardements avaient détruit le système de drainage de ces basses terres des Flandres, de sorte que Britanniques et Allemands furent pris au piège d'une épaisseur de boue telle qu'elle les contraignit à un étrange cessez-le-feu.

Un après-midi, Crocker vint parler à Hugo.

— Mon lieutenant, je voulais vous dire que c'est un honneur de combattre sous vos ordres. Je n'ai jamais rencontré d'homme de votre trempe. Un vrai officier et un gentleman. Alors, merci d'avoir été si bon avec nos gars, et de nous avoir si bien commandés.

Hugo fut à la fois touché et décontenancé par ce discours.

— Vous me quittez, sergent ? Vous ralliez un nouveau peloton ?

— Non, mon lieutenant.

— Alors pourquoi ces remerciements ? On dirait que vous me faites vos adieux.

— C'est un peu ça, mon lieutenant. Je pense qu'on ne sortira pas vivants de cette satanée boue. On va s'y noyer comme des rats.

Hugo secoua la tête.

— Non, sergent. Souvenez-vous de ce que je vous ai dit. Mon épouse m'attend, je pense à elle nuit et jour. Et je rentrerai chez moi.

En avril 1917, les Etats-Unis déclarèrent la guerre à l'Allemagne et se joignirent aux Alliés contre les forces de l'Axe. Les hommes ne manquaient pas, mais il leur fallut du temps pour les recruter et les entraîner. Au bout de plusieurs mois, ils furent fin prêts. Les troupes américaines suréquipées débarquèrent sur le front de l'ouest, au grand soulagement de Churchill et du gouvernement britannique.

L'arrivée de ces renforts fit pencher la balance en faveur des tommies et de leurs alliés. A l'été 1918, ils avaient l'avantage. La victoire était à portée de main.

Dès octobre, les Allemands surent qu'ils avaient perdu. C'est en novembre qu'ils signèrent l'armistice. A onze heures, le 11 novembre, dans un wagon en forêt de Compiègne, la guerre prit fin.

Partout, les manifestations de joie se mêlèrent au deuil et à la peine. Si de nombreux soldats étaient à peu près indemnes, beaucoup revinrent blessés ou mutilés. D'autres ne rentrèrent pas du tout. Des milliers et des milliers d'hommes avaient été fauchés dans la fleur de l'âge.

Walter Swann et son fils Harry rentrèrent à Cavendon, où Alice les attendait, et Gordon Lane retrouva Peggy Swift. De nombreux habitants des trois villages survécurent, accueillis avec soulagement par leurs familles.

L'Honorable Guy Ingham ne revint jamais. Il était mort à Verdun, enterré au fin fond d'un champ étranger. Charles accusa durement la perte de son fils aîné. Par chance, Miles était là pour le consoler, car sa mauvaise vue l'avait dispensé de la mobilisation. Grâce à lui, la lignée des Ingham se perpétuerait.

CINQUIÈME PARTIE

Un choix difficile
Septembre 1920

Et c'est ainsi que tout commença.
Le plus insatiable des appétits de succès
et de renommée, le plus inhumain
programme de travail que se soit
volontairement imposé une jeune fille.

Emma Harte : L'espace d'une vie

Souviens-toi de moi quand je serai loin,
Au pays du silence exilée ;
Tu ne pourras plus me tenir la main,
Ni moi, me retourner.
Souviens-toi, quand tu auras cessé
De projeter notre avenir rêvé.
Oh, souviens-toi de moi ! Tu comprends ;
De prier, il ne sera plus temps.

Christina Rossetti

57

C'était un camaïeu de mousseline bleue, depuis le cyan jusqu'au lavande, de l'indigo jusqu'au bleu ciel. Un fond bleu-gris, plus mat, rehaussait les autres nuances. Sous le corsage mince, à la taille ajustée, la jupe s'épanouissait jusqu'à mi-mollet en de longues pointes, tels les pétales d'une fleur renversée.

Dorothy Pinkerton, née Swann, la tante de Cecily, ne cessait de hocher la tête en signe d'approbation.

— Quelle merveille, Cecily ! dit-elle enfin. C'est une robe de rêve, l'une de tes plus belles créations.

— Merci, ma tante. Je dois dire qu'elle te met particulièrement bien en valeur, DeLacy. Et je ne regrette pas d'avoir fait teindre les chaussures en bleu ciel. Elles semblent légères comme l'air !

— Ceci, je ne te remercierai jamais assez d'avoir dessiné pour moi un modèle aussi original. Tu es un génie de la mode !

— Je sais exactement ce qui va à chacune de mes clientes... surtout à toi.

A dix-neuf ans, DeLacy Ingham était devenue une ravissante jeune femme blonde, pétillante et un tantinet frivole. Elle ne pensait qu'à s'amuser, à courir Mayfair et à flirter, dans le tourbillon du Tout-Londres festif.

Sa meilleure amie, Cecily Swann, étoile montante de la couture dans la capitale, tenait sur South Audley

Street une échoppe pas plus grande qu'un mouchoir de poche. Elle y travaillait dur, de façon presque compulsive, prête à soulever des montagnes pour réaliser son rêve d'enfant. L'honnêteté et la loyauté étaient restées les traits marquants de son caractère.

— Lady DeLacy, je ne sais pas où vous devez vous rendre vendredi, mais vous serez la reine du bal !

— Merci, Dorothy... Il ne s'agit pas d'un bal. Ce sont les fiançailles de mon frère Miles, expliqua DeLacy.

Son amie la regarda, les yeux ronds. S'agissait-il d'une plaisanterie ? DeLacy semblait on ne peut plus sérieuse. Cecily fut parcourue par une sensation de froid intense. A sa propre surprise, elle se mit à trembler, au point de devoir s'appuyer au dossier de la chaise la plus proche. Ses jambes étaient molles comme de la guimauve. Miles, fiancé ? Impossible ! Ils étaient ensemble, ils se l'étaient promis. Elle entendit confusément sa tante demander qui était l'heureuse élue.

— Clarissa Mildrew, répondit DeLacy. Tu te souviens, Ceci ? Nous l'appelions « Mildiou », autrefois.

Cecily ne répondit pas. Elle en était incapable. Elle avait la bouche sèche, un sanglot lui obstruait la gorge.

Dorothy, impuissante, remarqua sa pâleur. Comment DeLacy avait-elle pu être assez stupide pour jeter un tel pavé dans la mare ?

Tout à coup, la jeune fille se rendit compte de sa bévue.

— Tu ne savais pas ! Miles ne te l'a pas dit ? Oh, mon Dieu, Cecily... Je suis navrée d'être la première à te l'annoncer. Je vois bien que tu es un peu... choquée.

— Non, il ne me l'a pas dit, articula péniblement Cecily. Il m'avait demandée en mariage, *moi*.

— Tu veux dire... quand vous étiez plus jeunes. Vous n'aviez que douze et quatorze ans, n'est-ce pas ?

Cecily baissa les yeux.

— Et plus récemment, aussi, murmura-t-elle.

— Oh, ma pauvre chérie ! dit DeLacy en secouant la tête. Comment pouvais-tu imaginer qu'il t'épouserait ? Miles hérite du titre de comte. Il doit se marier avec une jeune fille noble, pas une roturière comme toi. Ses enfants doivent avoir le sang bleu afin de perpétuer la lignée des Ingham.

Cecily était comme pétrifiée, le cœur transformé en un bloc de glace.

De son côté, Dorothy bouillait de colère. Mais elle se taisait, de peur d'ajouter au chagrin de sa nièce. Elle se contenta de tendre la main à DeLacy pour l'aider à descendre de la plate-forme.

— Vous devriez vous rhabiller, lady DeLacy. Pendant ce temps, j'emballerai la robe et les chaussures et vous pourrez vous sauver. Nous fermons dans dix minutes. Je ne vous chasse pas, mais nous avons un rendez-vous à l'extérieur.

— Oh, bien sûr, Dorothy. Auriez-vous l'amabilité de me faire livrer le paquet ?

— Je suis désolée, mais Tim ne travaille plus chez nous et nous n'avons pas de garçon de courses pour le moment. J'ai bien peur que vous ne soyez obligée de le porter vous-même.

Cinq minutes plus tard, Dorothy raccompagnait DeLacy à la porte de façon quelque peu expéditive.

— A plus tard, Ceci ! Et merci encore pour la robe.

Dans la rue, Dorothy héla un taxi, aida DeLacy à y monter. Après avoir posé brutalement le paquet sur la banquette, elle adressa un dernier sourire pincé à la jeune femme et claqua la portière.

De retour dans la boutique, elle poussa le verrou et s'élança vers sa nièce, qui n'avait pas lâché le dossier de la chaise et semblait sur le point de s'évanouir.

— Comment te sens-tu, ma chérie ? Assieds-toi, je vais nous préparer une bonne tasse de thé.

Cecily secoua la tête.

— Non, merci, ne te dérange pas. Ça ira mieux dans une minute.

— Allez, je range le magasin et je renvoie Flossie chez elle, puis nous pourrons partir pour notre rendez-vous avec Charlotte.

— Oui, répondit machinalement Cecily.

Le monde extérieur n'existait plus pour elle.

Quelques minutes plus tard, on frappa à la porte et Cecily parvint à grand-peine à se lever pour ouvrir. Elle se retrouva nez à nez avec Miles.

— Bonjour, Ceci, dit-il en entrant avant qu'elle puisse l'en empêcher.

Alertée par le bruit, Dorothy sortit du petit atelier situé dans l'arrière-boutique. Elle reconnut Miles, le salua d'un signe de tête et se retira aussitôt.

Le jeune homme tenta de prendre Cecily par le bras, mais elle s'esquiva et lui adressa un regard glacial.

— Quand avais-tu l'intention de me le dire ?

— Aujourd'hui même. D'où ma présence. Je voulais t'inviter à prendre le thé en ville. J'avais besoin de te parler. Et… Comment l'as-tu appris ?

— Par DeLacy. Mais c'est sans importance. En revanche, je ne comprends pas pourquoi je ne l'ai pas entendu de ta bouche.

— Ecoute, Ceci, on m'a forcé la main. Tu ne me croiras peut-être pas, mais c'est la vérité. Ma condition m'y oblige. Moi, je ne voulais pas…

A la surprise de Cecily, sa voix se brisa et ses yeux papillotèrent. Elle détourna la tête. Il ne devait pas voir qu'elle pleurait aussi.

— Nous pourrions peut-être nous débrouiller…

— Jamais ! Il est hors de question que je devienne ta maîtresse !

— Ce n'est pas ce que je voulais dire. Pas du tout, Ceci. Je t'aime depuis toujours et je ne t'infligerai pas une telle humiliation. Mais je me disais que peut-être, après quelques années, quand j'aurais donné un héritier à la famille... je pourrais partir et divorcer.

— Arrête tes bêtises, Miles. Tu sais bien que cela n'arrivera jamais. Si vraiment tu m'aimes comme tu le dis, alors va-t'en. Tout de suite. Je ne veux plus entendre un mot. Fais-le pour moi, je t'en prie. Sors d'ici et laisse-moi conserver un semblant de dignité.

Il se sentait incapable de la quitter. Autant s'arracher un membre. Et pourtant, il obéit. Sans rien dire, sans essayer de la toucher ou de la prendre dans ses bras, il sortit de la boutique et referma tout doucement la porte derrière lui.

Elle ne le vit pas descendre South Audley Street d'un pas titubant et les joues baignées de larmes. Arrivé devant l'hôtel particulier de son père, sur Grosvenor Square, il sortit la clé de sa poche sans sonner le majordome, puis monta à l'étage en catimini.

Après s'être enfermé dans sa chambre, il se jeta sur son lit, la tête dans l'oreiller pour étouffer ses sanglots. Il venait de perdre la seule personne qui comptait vraiment pour lui, à l'exception de son père. La seule femme qu'il ait jamais aimée, la seule qu'il aimerait sa vie durant. Un mariage sans amour l'attendait, exigé par son statut social et ses obligations familiales. Il était pris au piège.

Cecily lui manquait de façon presque physique. Ce désir d'elle le transperçait jusqu'aux os, en une souffrance intolérable. Et qui ne se dissiperait jamais.

58

Pendant ce temps, South Audley Street, Cecily reprenait lentement ses esprits. Arguant que l'air frais leur ferait du bien, Dorothy suggéra de se rendre à pied à Burlington Arcade. Elles devaient retrouver Charlotte à cinq heures.

— Où avons-nous rendez-vous, au juste ? demanda Cecily alors qu'elles pénétraient sous le passage couvert par Piccadilly.

— Dans la galerie, à deux pas. Charlotte voudrait te montrer une ou deux vitrines qui pourraient bien t'intéresser.

— Bon, pourquoi pas... dit la jeune femme sans conviction.

Elle ne parvenait pas à occulter la dernière image de Miles.

— Ça y est, nous y sommes ! s'exclama Dorothy avec excitation, tout en entraînant Cecily devant une vaste boutique, dont les deux vitrines s'étendaient de part et d'autre de la porte. Regarde un peu ! N'est-ce pas du dernier chic ? Simple et sobre !

La vitrine de gauche ne montrait qu'une chaise de bal sur laquelle était posé un chapeau. Un froufrou de dentelle noire, une fleur assortie. Trois fois rien, en somme. Dans celle de droite, un mannequin drapé de plusieurs mètres de soie écarlate, qui se répandaient ensuite largement sur le sol. A côté, une paire de chaussures de la même couleur.

— En effet, ces objets ne valent pas grand-chose en eux-mêmes, mais leur disposition attire l'œil, admit Cecily, intriguée.

— N'est-ce pas ? Maintenant, lève les yeux !

Cecily faillit s'étrangler.

— Oh, mon Dieu ! Dorothy, ce n'est pas possible !

Son nom s'étalait en lettres blanches sur l'enseigne noire : CECILY SWANN. De chaque côté, deux cygnes, eux aussi peints en blanc, se faisaient face.

La porte du magasin s'ouvrit alors sur Charlotte, qui souriait d'une oreille à l'autre.

— Ça te plaît ? demanda-t-elle en lui prenant la main pour la faire entrer.

— Tu plaisantes ? Quelle surprise, tante Charlotte ! Où as-tu trouvé le temps de faire tout ça ?

— Je m'y suis mise petit bout par petit bout au cours des derniers mois. Je n'en ai parlé qu'à Dorothy ! Dès demain, elle tiendra le magasin pour toi. Et toi, tu pourras tranquillement créer tes modèles dans l'atelier à l'étage.

— Tante Charlotte, Dorothy… Je ne sais pas comment vous remercier !

Alors qu'elles faisaient le tour de la boutique, immense en comparaison de la minuscule échoppe qu'elle occupait jusqu'alors, Cecily ouvrait des yeux émerveillés. Les nouveaux locaux disposaient de deux vastes cabines d'essayage, d'une belle salle centrale pour les retouches, ainsi que d'un grand espace où entreposer les tissus au sous-sol. Sans compter l'atelier et un petit bureau à l'étage.

— Il faut que j'y aille, Howard va attendre son dîner, déclara Dorothy une fois la visite finie. Mais j'aimerais vous inviter demain soir pour célébrer l'inauguration de Cecily Swann Couture.

— Avec plaisir, dit Charlotte.
— Merci beaucoup, ajouta Cecily en la gratifiant d'un sourire.
Dorothy embrassa la jeune femme.
— Tu vois, il faut garder le moral. Le vaste monde t'attend, lui glissa-t-elle à l'oreille.
Alors qu'elle quittait le magasin, Dorothy jeta à Charlotte un regard éloquent et cette dernière la suivit dans la galerie marchande. Cecily s'abstint de tout commentaire. De toute évidence, Dorothy voulait parler de Miles.

— Dorothy m'a raconté que ça n'a pas été facile pour toi aujourd'hui. A cause des Ingham… aussi bien DeLacy que Miles. Veux-tu m'en parler ? demanda Charlotte avec un sourire d'encouragement.
Elles étaient assises dans la suite du Brown's Hotel où Charlotte était descendue.
— DeLacy m'a annoncé de but en blanc qu'elle porterait sa nouvelle robe à l'occasion des fiançailles de Miles. Tu imagines le choc ?
— Elle ne t'en avait donc pas parlé ?
— Non. Je ne la vois pas souvent. Elle passe son temps à s'amuser, et moi à travailler. Mais nous sommes toujours amies. Elle avait même insisté pour me prêter de l'argent quand j'ai ouvert mon atelier. Enfin, nos intérêts diffèrent quelque peu… Elle n'a pas trouvé l'occasion de me le dire plus tôt.
— Je comprends… Et Miles ?
Cecily secoua la tête, ravalant ses larmes.
Charlotte se leva alors pour s'approcher de la fenêtre, qui donnait sur Green Park. Quelque chose d'épouvantable venait de lui traverser l'esprit, et elle avait peur pour sa nièce. Avait-elle continué de voir Miles alors qu'elle vivait à Londres avec Dorothy et

Howard depuis ses quatorze ans ? Pas moins de *cinq ans* auparavant. La jeune fille avait d'abord travaillé au rayon mode de chez Fortnum, sous la direction de Dorothy, puis dans la petite boutique qu'elle avait louée avec l'aide de DeLacy.

Pendant ce temps, Miles avait été scolarisé à Eton, à un jet de pierre de Londres. Et Oxford n'était pas bien loin non plus. Il ne leur aurait été que trop facile de se voir et de nouer une relation.

Mon Dieu, dites-moi que ce n'est pas vrai ! pria silencieusement Charlotte en revenant vers sa nièce.

Cecily sanglotait maintenant sans retenue. Son expression hébétée confirma les angoisses de sa tante.

Charlotte la rejoignit sur le canapé et lui tendit un mouchoir. La jeune femme s'essuya les yeux, finit par se calmer.

— Excuse-moi, tante Charlotte, dit-elle avec un sourire forcé. Je me suis laissée aller.

— Ne t'inquiète pas, je comprends. Du moins, je crois.

Charlotte se tut un moment puis reprit :

— Tu es amoureuse de Miles, n'est-ce pas ?

La bouche de Cecily trembla, et elle lâcha un petit « oui » si craintif que sa tante en eut le cœur brisé. Charlotte lui prit la main.

— Vous vous fréquentiez, n'est-ce pas ? Depuis que tu vivais avec Dorothy ?

— Oui.

— Et j'imagine qu'il t'aime aussi ?

Pourquoi posait-elle seulement la question ? Miles était un Ingham !

— Oui, murmura encore Cecily d'une voix étouffée.

Charlotte ferma les yeux. D'où venait donc cette attraction fatale entre les Ingham et les Swann ? Etait-ce inscrit dans leur sang ? Cette histoire prendrait-elle fin un jour ? Bien sûr que non. Ils avaient besoin les uns des autres.

— Je voudrais te poser une question, Cecily, poursuivit Charlotte avec un petit sourire. Est-ce que Miles et toi avez… été ensemble ?

— Non ! se récria Cecily. Miles me respecte. C'est un gentleman.

Charlotte avait peine à croire que les deux jeunes gens n'aient pas couché ensemble. Elle voulait en avoir le cœur net, mais craignait d'offenser sa nièce.

— Te souviens-tu du vœu que tu as prononcé lorsque tu avais douze ans ? demanda-t-elle au bout d'un moment.

— Bien sûr : *Loyaulté me lie.* Je resterai toujours fidèle aux Ingham, y compris à Miles… puisque je l'ai juré.

— C'est précisément à cela que je pensais. Quand tu me dis que vous n'avez pas fait l'amour, essaies-tu de le protéger ? De ma colère, par exemple, ou bien de celle de son père ?

— Mais pas du tout ! protesta Cecily. Et si tu ne me crois pas, tante Charlotte, tu n'as qu'à m'emmener chez un médecin pour me faire examiner, et tu sauras que je dis la vérité. Je suis encore vierge !

— Ce ne sera pas nécessaire, Cecily. Je te crois.

— Merci, fit-elle avec un faible sourire.

— Tu comprends que tu ne dois plus le voir, désormais. Du moins, pas en privé. Tu continueras sans doute à le croiser à Cavendon, mais vous devez mettre fin à votre… liaison. Tu ne peux pas devenir sa maîtresse après son mariage.

— Et je n'en ai pas la moindre envie !

— Ma chérie, je suis vraiment navrée pour toi… J'ai pourtant essayé de te protéger. De t'éloigner de Cavendon. J'ai vu le danger se profiler alors que vous n'étiez encore que des enfants…

— Je sais… Que vais-je devenir sans lui ? Je l'aime tant ! Il fait partie de moi. De mon cœur, de mon âme !

Cecily se remit à pleurer et Charlotte la serra contre elle. Par deux fois, elle avait vécu une situation similaire à celle de sa nièce. Elle était tombée amoureuse de deux Ingham l'un après l'autre, elle aimait encore le second. Il n'y avait pas de solution.

Elle aussi sanglotait.

Elles restèrent ainsi une bonne dizaine de minutes, jusqu'à ce que Charlotte se reprenne.

— Bien, changeons donc de sujet, dit-elle en séchant ses larmes. J'aimerais parler affaires. Plus particulièrement de *tes* affaires, à commencer par la boutique de Burlington Arcade, si tu veux bien.

— Oui, naturellement.

— Sache que tu en disposes à ta guise. Le bail est à ton nom, pour une durée de cinq ans. J'ai réglé la première année de loyer et je me charge des cinq suivantes. Ensuite...

— Tante Charlotte ! Je ne peux pas te laisser faire ça ! A moins que tu ne deviennes mon associée.

— C'est ce que j'allais te proposer. Je serai ta partenaire, mais seulement sur le plan financier. Tu peux gérer ton commerce comme bon te semblera. Combien DeLacy t'avait-elle prêté pour l'ouverture du petit magasin ?

— Environ mille livres, plus cinq cents pour le tissu.

— Est-elle partie prenante dans l'entreprise ? Avez-vous signé un contrat ?

— Non. Pourquoi cette question ?

— Très bien, je préfère qu'elle t'ait prêté cet argent en amie. Dès demain, je calculerai les intérêts que tu lui dois et je te donnerai de quoi lui rembourser la totalité. Je ne veux pas que tu t'endettes en dehors de la famille.

— Je comprends. Et je te remercie du fond du cœur.

— De toute façon, je m'apprêtais à te laisser cette somme sur mon testament, alors autant que tu en bénéficies dès aujourd'hui. Un choix se présente à toi, Cecily. Tu n'as que dix-neuf ans, et la vie devant toi. Tu peux saisir cette vie à bras-le-corps et devenir quelqu'un. Tu es belle, tu as du charme, et surtout tu as entre les mains un don de Dieu, un talent qui confine au génie. Sinon, tu peux passer ta vie à soupirer après Miles, devenir sa maîtresse et tout laisser tomber. Que choisis-tu ?

— Avant qu'il ne me le demande, j'ai dit à Miles que je ne serais jamais sa maîtresse.

— Cela ne l'empêchera pas de revenir te chercher, Cecily. Je connais les hommes Ingham. Ils ne résistent pas aux femmes Swann. Il te faudra être forte.

Cecily resta muette. Elle savait que sa tante voyait juste.

— Alors ? Quelle est ta réponse ?

— Je choisis de devenir une grande couturière. De réussir. Je veux vivre mon rêve… quitte à le vivre seule.

59

Miles arriva le premier à l'hôtel de lord et lady Mildrew, à deux pas de Berkeley Square, au cœur de Mayfair. Après tout, ne célébrait-on pas ses fiançailles ce jour-là ? Il se devait d'accueillir les invités, au même titre que ses futurs beaux-parents.

Aux côtés de Clarissa, près de lady Sara et de lord John, il affichait un sourire confiant. Mais intérieurement, la perspective de sa nouvelle vie le plongeait dans le plus profond désarroi. Allons, il n'y a rien à y faire, songea-t-il, avant de sourire de plus belle. Miles savait que Clarissa appréhendait l'arrivée imminente de sa famille. Bien que les Ingham eux-mêmes n'aient pas une once de prétention, il fallait reconnaître qu'ils en imposaient par leur apparence, leur fortune et leur statut social.

— Tu connais déjà mes sœurs, Clarissa, tu sais qu'elles ont le contact facile. Alors, ne t'inquiète pas, je t'en prie.

— Oh oui, nous nous connaissons. Et je sais aussi que DeLacy m'appelait Honorable Demoiselle Mildiou derrière mon dos, répliqua Clarissa avec une pointe d'humour.

Miles ne pouvait le nier. Une fois de plus, il ne lui restait qu'à sourire. Dans l'absolu, épouser Clarissa n'avait rien de bien terrifiant. C'était une jeune et jolie aristocrate, aimable et bien dotée par ses riches parents. De prime abord, elle semblait quelque peu réservée, mais révélait un caractère agréable dès la glace brisée.

Alors que bien des hommes se seraient battus pour la conduire à l'autel, Miles se soumettait à ce mariage par devoir. Son cœur était ailleurs.

Il commençait à se demander ce que fabriquait sa famille, quand tous arrivèrent en même temps, tout en blondeur, en jovialité et en sourires éclatants.

Tiré à quatre épingles, incroyablement séduisant, son père traversa le hall. En moins d'une minute il avait fait la conquête des Mildrew. Il était suivi de DeLacy et de Dulcie, à présent une superbe jeune fille de douze ans. En voyant DeLacy s'approcher de son pas léger, drapée dans une fabuleuse robe bleue, Miles eut le souffle coupé. Il s'agissait à n'en pas douter d'une création de Cecily. Son cœur se serra. Ne pas penser à elle... se sermonna-t-il.

Après avoir salué leurs hôtes, Charles, DeLacy et Dulcie furent invités à passer au salon.

Arrivaient ensuite Hugo et Daphné, toujours aussi resplendissante et plus heureuse que jamais. Enceinte de quatre mois, elle attendait son troisième enfant, pour la plus grande fierté de son mari.

Derrière eux, grand-tante Gwendolyn était vêtue d'une robe de satin – pourpre, cela allait sans dire –, rehaussée d'assez de diamants pour faire couler un cuirassé. Elle seule, la matriarche du clan Ingham, pouvait se permettre de les porter avec un tel aplomb.

La doyenne s'appuyait au bras de Diedre, qui pour une fois avait la bonne grâce de sourire. Miles admirait beaucoup sa sœur aînée. Deux ans après l'armistice, elle était encore employée au ministère de la Guerre et s'impliquait beaucoup dans son travail.

Ce fut ensuite au tour de tante Lavinia et oncle Jack de faire leur apparition, suivis de tante Vanessa. Les invités de Miles étaient au complet... A l'exception notable de sa mère. Il venait de s'en faire la remarque, quand elle se présenta à son tour. Felicity était seule, car Miles n'avait pas jugé convenable d'inviter son nouveau compagnon, Lawrence Pierce, le désormais célèbre neurochirurgien. Lors de leur unique rencontre, Miles l'avait détesté au premier regard.

Afin d'éviter à sa mère d'entrer seule, Miles s'avança vers elle, mais son père le coiffa au poteau. C'est donc Charles, avec sa galanterie légendaire, qui l'escorta jusqu'à la porte du salon pour saluer les maîtres de maison.

Felicity connaissait bien les Mildrew, de sorte qu'ils se mirent à discuter à bâtons rompus sans la moindre gêne. Miles se fit la réflexion que sa mère était élégante, quoique trop mince et trop maquillée, mais du moins avait-elle l'air détendue.

— Les Mildrew et les Foster ne vont pas tarder, souffla Clarissa au bout de quelques instants. Sans oublier mon amie Annabelle.

— Mon père m'a dit qu'il connaissait ton oncle ainsi que son épouse, Phyllis, répondit Miles.

— Oui, c'est la sœur de ma mère. Leurs deux fils doivent venir aussi, de même que mon autre cousine, Johanna Mildrew.

Elle lui jeta un drôle de regard.

— Nous ne sommes pas aussi nombreux que vous, ajouta-t-elle. Et je dois dire que je t'envie tes sœurs.

Miles éclata de rire.

— En effet, nous formons un véritable clan, n'est-ce pas ?

Il parcourut la pièce du regard. Elle débordait de Ingham, et ce n'était pas pour lui déplaire. Il se sentait entouré du soutien des siens.

Au cours du somptueux dîner de fiançailles, Miles fut soulagé lorsque la conversation se détourna des derniers potins mondains pour s'orienter vers des sujets plus sérieux. Comment pouvait-on encore perdre son temps avec de telles futilités à l'époque actuelle ?

La guerre avait changé la face du monde. Plus rien n'était comme avant. Au Royaume-Uni en particulier, les aristocrates devaient payer de lourds impôts pour la première fois de leur histoire.

Tous les villages d'Angleterre, et en particulier ceux de Cavendon, avaient été durement frappés par le conflit. Tant d'hommes avaient été tués dans les combats, tant de champs laissés en friche… Les soldats, partis pleins de déférence envers leurs élites, étaient revenus avec des idées nouvelles. Ils avaient vu leurs frères mourir dans le sang et la boue. Ils s'étaient battus pour leur patrie et attendaient quelque chose en retour. Une meilleure vie, de meilleurs salaires. Plus de respect, aussi. Comment Miles aurait-il pu le leur reprocher ?

Il pensa alors à son frère Guy, disparu à jamais. Tombé au champ d'honneur. Malgré leur différence d'âge, ils avaient été très proches l'un de l'autre et Miles avait toujours admiré son aîné, l'héritier de la famille. Il laisserait un immense vide dans son cœur.

Une jeune fille l'avait aimé, Violette Lansing. A la fin de la guerre, elle était venue trouver Miles pour l'interroger sur les circonstances du drame. Et en pleurant dans ses bras, elle lui avait avoué son amour pour Guy. Miles avait compris à demi-mot que la famille avait interdit leur union, car Violette n'était pas noble. Miles soupira. Cela aussi, il faudrait que cela change un jour… Mais était-ce vraiment possible ?

Nul ne le savait. Le monde semblait flotter dans un épais brouillard d'incertitude. Tout à coup, Miles eut envie de s'échapper de ce dîner qui n'en finissait pas. De se retrouver seul pour penser à elle, son amour perdu, son amour interdit, comme Violette l'avait été à son frère.

Plusieurs heures plus tard, Miles refusa lorsque son père lui proposa de le raccompagner avec la Rolls. Il préférait marcher, respirer un peu d'air frais et se dégourdir les jambes. Charles lui pressa affectueusement le bras, puis monta en voiture en compagnie de Dulcie et DeLacy. Les autres membres de la famille étaient venus avec leurs propres véhicules.

Miles rejoignit à pas lents Berkeley Square, obliqua dans Mount Street et fit demi-tour. Il emprunta alors George Street en direction de Park Lane.

Une brise tiède soufflait en cette belle soirée de septembre, un véritable été indien. Il leva les yeux. Dans le ciel noir comme de l'encre, des centaines d'étoiles, minuscules têtes d'épingle lumineuses, entouraient une magnifique pleine lune. Il pensa alors à Cecily. Par une nuit pareille, il aurait tant voulu la tenir dans ses bras...

Il s'aperçut alors qu'il s'était arrêté dans South Audley Street, et ne résista pas à l'envie de prendre à droite, en direction de sa petite échoppe. Elle ne se composait que d'une seule pièce, avec un petit coin pour coudre. Mais n'importe, c'était son magasin à elle, et elle l'adorait. Bien sûr, elle n'y serait pas à une heure pareille, mais il voulait sentir son ombre, sa présence.

Il ne put en croire ses yeux lorsqu'il vit le panonceau blanc accroché à la porte : *Bail à céder*. Il dut le relire plusieurs fois. Lundi encore, il était venu la voir, et on n'était que vendredi.

Que s'était-il passé ? Où était-elle ? Lui était-il arrivé quelque chose ? Avait-elle quitté Londres ? Ou juste trouvé un nouveau local ? La panique s'était emparée de lui.

Il ne bougeait plus. Cela ne changerait donc jamais ? Etait-il voué à s'inquiéter pour elle ? A se préoccuper toute sa vie de ce qu'elle faisait et à se tourmenter au sujet de sa santé ? Oui, bien sûr. Rien ne pourrait l'empêcher de penser à la femme qu'il aimait pardessus tout.

Cecily ne serait jamais sienne, et pourtant il lui appartenait entièrement. Il ne pouvait choisir son destin. Il lui fallait suivre la voie tracée pour lui par la mort de Guy. Il épouserait Clarissa, mais resterait toujours solitaire.

Les dés étaient jetés.